10 jours
pour une love story

Kristy Greenwood

10 jours pour une love story

Traduit de l'anglais
par Marion Schwartz

Titre original : *The Love of My Afterlife*

FL Éditions,
avec l'autorisation des Éditions Leduc

6, rue Anatole de la Forge, Paris 17e

ISBN : 978-2-298-19326-8

Pour ma petite sœur Nic. Une amie à toute épreuve et la complice la plus intrépide et la plus espiègle qui soit.

1

Je ne peux pas mourir comme ça.

Ce n'est pas possible.

Je sais bien que tout le monde n'a pas la chance de sombrer dans un doux sommeil, comme la vieille dame de *Titanic* dont les souvenirs de Leonardo DiCaprio nu défilent, atténuant la douleur de sa sentence. Mais mourir étouffée à 27 ans ? *Non, Delphie. Non.*

Tandis que je suffoque, au lieu de trouver une quelconque solution, mon cerveau fait une fixation sur les circonstances mortifiantes de cette scène, digne d'un film d'épouvante.

Primo, je m'étrangle en mangeant un burger. Pas un burger de luxe ou fait maison : un sandwich premier prix à réchauffer au micro-ondes, acheté à l'épicerie du coin en sortant du boulot. Ensuite, parlons de mes vêtements : chaussettes vert cornichon assorties à la chemise de nuit la plus laide que je possède, une atrocité au tissu distendu, sur laquelle une étoile de dessin animé souriante illustre la devise « Brille comme le jour, brille toujours ! » en caractères délavés. Mon poste de télévision est en pause à environ un quart du film *L'Arnaqueur de Tinder* et sur l'écran de mon ordinateur, un onglet solitaire scintille, révélant ma dernière recherche Google : « Les burgers à réchauffer sont-ils composés de vraie viande ? »

Qui va me retrouver dans cet état ? Mon ignoble voisin du dessous, Cooper, que j'entends déjà ricaner en découvrant ma tenue ? La police, qui voudra fouiller mes affaires personnelles, dans le but de relever les indices d'un potentiel homicide ? Ils auraient du pain sur la planche pour trouver un suspect. C'est simple, je ne connais que trois personnes dans tout Londres : Leanne et sa mère, Jan, les propriétaires de la pharmacie où je travaille, et le vieux M. Yoon, mon voisin de palier. Mon Dieu, et si c'était M. Yoon qui me découvrait ainsi ? Son cœur est bien trop fragile pour endurer un tel choc. Ce cher M. Yoon ! Si je disparais, qui s'assurera qu'il a bien éteint ses cigarettes avant de se coucher ? Qui lui préparera un petit-déjeuner digne de ce nom, moins fade que ses éternelles *All-Bran* cartonneuses ?

Imaginant soudain le regard triste de M. Yoon, perdu devant son placard à céréales, je me précipite sur une chaise de cuisine branlante et me courbe par-dessus le dossier, tentant de mettre en pratique la méthode Heimlich sur moi-même. J'ai vu Miranda faire la même chose dans un épisode de *Sex and the City* ; elle en sortait certes bouleversée, mais vivante et plus avisée.

J'écrase mon diaphragme sur le dossier de la chaise à plusieurs reprises puis, joignant mes mains, je me donne un coup de poing dans l'estomac. Aïe. Rien. Est-ce que j'appuie au bon endroit ? Je répète le mouvement, un peu plus bas cette fois. Puis un peu plus haut. Ça ne marche pas du tout ! Cette fichue bouchée de burger à la viande potentiellement artificielle est coincée en travers de mon gosier et semble vouloir y rester.

Mince.

Je me mets à courir à travers mon appartement, cherchant quelque chose, n'importe quoi qui pourrait faire l'affaire : ma casquette de baseball adorée aux couleurs de la série *Broad City*, suspendue au crochet de la porte d'entrée ? Absurde ! Ma nouvelle boîte de crayons à papier *Blackwing* sur la table de la cuisine ? Voyons, Delphie ! Mes yeux se posent alors sur mon téléphone portable, qui dépasse derrière un coussin du canapé. Je l'attrape, pour appeler une ambulance, mais mes mains tremblent tellement que je lâche le téléphone qui dégringole et glisse sous le meuble télé, rejoignant ainsi tout un écosystème de poussière et une plaquette d'antidépresseurs que j'ai laissée tomber par inadvertance le mois dernier, sans trouver le temps d'aller la récupérer depuis.

Au secours. Tout s'assombrit autour de moi. Ma langue me paraît étrangement lourde, comme si elle pendait. Est-ce qu'elle pend vraiment ? Mes genoux ploient et, dans un mouvement théâtral, je m'effondre au sol. Avec un bruit sourd, ma tête atterrit sur le doux tapis à rayures dans lequel j'ai investi trois mois d'économies.

Mon Dieu.

Je crois que… c'est terminé ?

Mon apothéose.

Ma date d'expiration.

Ma fin.

Ici repose Delphie Denise Bookham.

Elle est partie comme elle a vécu : seule, perplexe, vêtue d'une tenue moche.

— Ouvre les yeux… c'est ça. Allez, il est l'heure de se réveiller. Ah, voilà ! Bonjour bonjour, jeune fille.

Cette voix de femme m'est étrangère, mais je décèle dans sa mélodie une pointe d'accent irlandais, qui l'adoucit. Mes yeux s'ouvrent grands. La femme me sourit de toutes ses dents, son petit nez retroussé à seulement quelques centimètres du mien. Je la dévisage avec attention : ses boucles souples, d'un blond crémeux, sont attachées en queue de cheval haute, et derrière sa monture de lunettes dorée dernier cri, les yeux verts qui m'observent avec un air sérieux paraissent deux fois plus leur taille. Son rouge à lèvres orangé déborde sur ses grandes dents dont les deux rangées sont parfaitement visibles. Je ferme les paupières, puis je les rouvre et essaie en vain de reprendre mes esprits. Je réalise alors que je ne suis pas dans mon appartement – où je passe le plus clair de mon temps – mais assise sur une chaise en plastique, les jambes relevées, calées contre un buffet tapissé à motifs fleuris. C'est la panique.

Où suis-je ?

Les notes de la chanson de Bobby McFerrin, *Don't Worry Be Happy*, s'élèvent et résonnent dans la pièce, étranges et surréalistes. J'écarquille les yeux et balaie du regard les murs bleu pâle. Devant moi se dresse une rangée de machines à laver turquoise alignées qui tournent, gargouillent et, à intervalles réguliers, exhalent de l'air chaud au parfum de lavande. Minute. Qu'est-ce que je fabrique dans un Lavomatique ? Comment ai-je atterri ici, et quand ?

Sur le mur juste au-dessus des lave-linge, j'aperçois alors un large cadre avec une photo de la femme à lunettes, pouces levés, arborant un sourire digne d'une reine de beauté. Mon regard passe du cliché à la version réelle, accroupie à côté de moi : elle rayonne, comme si rien ne pouvait lui faire plus plaisir que me voir. Quand mes yeux s'arrêtent sur elle, elle lève les deux pouces vers le haut, fidèle à son portrait.

Qui est-ce ? Où suis-je ?

— Euh...

Mon cerveau, en proie à la panique, refuse de collaborer. Je suis incapable de formuler mes questions à voix haute.

— Bien vu, non ? lance l'inconnue, sourire aux lèvres. Personne n'a peur dans un Lavomatique ! J'ai essayé de compenser la terreur que peut inspirer un tel moment en créant l'environnement le plus apaisant qui soit. Et voilà le résultat : un joli vestibule à l'atmosphère aussi calme et douillette qu'une petite laverie automatique ! Quand j'étais jeune et que j'étais dans une phase du genre « AU SECOURS, LA VIE EST TROP DURE, OUIN OUIN OUIN », je filais au Lavomatique du quartier et je regardais les machines tourner pendant des heures. Je me souviens encore de leur doux clapotis et des senteurs florales qui embaumaient la pièce... C'est tellement réconfortant, vous ne trouvez pas ?

Elle se redresse d'un bond, me faisant sursauter, et ouvre grand les bras, l'air fier, telle une présentatrice de jeu télévisé qui s'apprête à annoncer le nom du gagnant.

— La teinte bleue des murs est celle du ciel de la dernière semaine de juin, juste avant le coucher du soleil. Retrouver la chromaticité exacte m'a pris une éternité. C'est la nuance *Dehydrated Goose*, une édition limitée fabriquée au Canada dont la production a été arrêtée en 1992. Par miracle, je connaissais quelqu'un qui connaissait quelqu'un qui connaissait un type qui connaissait la bonne personne, et j'ai fini par y arriver.

Elle pince ses lèvres et enfonce ses mains dans les poches de sa salopette jaune moutarde, tout en se balançant légèrement.

— Là-haut, ils m'ont bien fait comprendre qu'ils attendaient une esthétique plus épurée, plus

« professionnelle », mais je leur ai expliqué que s'ils voulaient qu'une thérapeute de haut vol comme moi les rejoigne dans l'au-delà, alors ils devaient me laisser une autonomie totale sur l'environnement dans lequel je thérapeutise les défunts. Sérieusement... Quelle bande d'idiots ! Mais cette nuance est splendide, n'est-ce pas ?

Elle contemple les murs, admirative, pousse un soupir de satisfaction, et mordille sa lèvre inférieure, retirant davantage de rouge à lèvres au passage.

— Elle change même en fonction de la lumière. Parfois, elle se pare de reflets gris-mauve un peu crayeux. Ou bleu jeans, comme les yeux de Jamie Fraser. Vous voyez qui c'est ? Le type, dans les livres de Diana Gabaldon, *Le Chardon et le Tartan* ? Quel étalon ! Il est dans le top 10 de mes héros romantiques préférés. Peut-être même dans le top 5. Voire dans le top...

— Les défunts ? je répète, parvenant enfin à l'interrompre.

— Eh oui... vous êtes morte, ma belle. Désolée, lâche-t-elle en me frottant vigoureusement l'épaule.

— Quoi ? Non... Je suis en train de rêver ?

J'ordonne à mon cerveau de se réveiller. C'est le rêve le plus bizarre que j'aie jamais fait, et pourtant, j'ai déjà rêvé que je tenais un salon de coiffure au bord de la faillite et que mon associé était le Clochard de *La Belle et le Clochard*... c'est dire.

— Vous vous êtes étouffée, vous vous souvenez ? Avec votre burger réchauffé au micro-ondes ? Ah, au fait, c'est bien de la vraie viande. 100 % *bœuf.* Je me suis mise à apprendre le français entre deux arrivées. Non pas que je m'ennuie. Enfin, pas complètement. Est-ce que cet endroit pourrait être un peu plus animé ? demande-t-elle en haussant ses épaules lisses et bronzées, et en faisant la moue. Oui, sans doute. Mais un flot constant de morts vaut mieux qu'un embouteillage ! Ah ah.

Des morts ?

Soudain, mon estomac se tord et les souvenirs remontent à la surface. Mon appartement. La bouchée avalée de travers. Je porte ma main à ma gorge et essaie de respirer.

— Ne vous inquiétez pas, tout va bien, me susurre la femme d'une voix calme en s'accroupissant de nouveau pour se mettre à ma hauteur. Tous les troubles physiques disparaissent dès l'instant où vous arrivez ici. C'est seulement cette période de transition entre la vie et la mort qui peut s'avérer émotionnellement délicate. C'est là que j'interviens. Moi, c'est Merritt, 28 ans pour toujours. Amatrice de currys et de romans d'amour – plus c'est chaud, plus c'est bon, et c'est valable pour mes deux passions. Je suis votre thérapeute attitrée, spécialité vie éternelle.

Elle sort sa main de sa poche et la tend, prête à serrer la mienne. Je remarque qu'elle porte une bague à chaque doigt : une en émail noir épais ornée d'une tête de mort parsemée de rubis, une rose en diamant vintage, et au pouce, un anneau en argent gravé « half agony / half hope » en hommage à Jane Austen. C'est un peu comme si elle avait plongé ses doigts dans une boîte d'objets trouvés et avait enfilé au hasard un maximum de bijoux. Je la fixe, immobile. Elle saisit alors mon bras ballant par-dessus l'accoudoir et me serre la main avec tant de vigueur que je vacille sur ma chaise.

— Bon, maintenant que les présentations sont faites, on peut se tutoyer ! Ma mission est de t'aider à prendre tes marques et à dompter tes peurs ainsi que de répondre à toutes tes questions. À partir de maintenant, je suis ton interlocutrice privilégiée. Ça te va ?

Non. Ça ne me va pas du tout, non.

— Pas de panique, je suis incroyablement douée, poursuit Merritt, d'un ton enjoué. J'ai commencé à travailler à Evermore – c'est ainsi qu'on appelle cet endroit – six mois après mon décès et aujourd'hui, je suis la plus jeune thérapeute de l'au-delà. Je n'ai rien à voir avec la plupart de mes collègues – de vieilles canailles autour de 60 ou 70 ans – mais j'avais une affinité naturelle pour ce poste, en plus d'une ambition sans limites.

— Au secours, je chuchote.

— Malheureusement, une jolie jeune femme qui en veut, ce n'est pas pour plaire aux autres thérapeutes, crois-moi. Ils accaparent tous les morts qui arrivent avant que je puisse mettre la main dessus.

Son regard se pose un instant sur ses pieds nus, aux ongles rouges couleur bouteille de Coca.

— Si on me donnait ma chance, je ne ferais qu'une bouchée de ces crétins, murmure-t-elle, l'air soudain sombre. Bref, je ne vais pas t'embêter avec ça. Le fait est que deux d'entre eux sont en vacances et qu'ils n'ont donc pas eu l'occasion de t'intercepter ! Tu es ma première arrivée de la semaine. Ça se fête ! Enfin, c'est dommage pour toi, bien sûr. Mais pour moi, c'est le pied !

Abasourdie, je regarde Merritt se diriger vers la porte de l'autre côté de la pièce, d'un pas décidé, en courbant l'index pour me faire signe de la suivre.

— Où allons-nous ?

Mon corps tout entier tremble si bien que les mots sortent de ma bouche avec un vibrato digne de Jessie J.

— Dans mon bureau, pardi. Je ne peux pas procéder à ton inscription dans un vestibule, voyons ! Imagine qu'un autre défunt arrive au moment où tu es en train de répondre à une question intime. Ce serait gênant. S'il y a bien une qualité que les gens me concédaient quand j'étais sur Terre, c'était mon professionnalisme. La confidentialité avant tout. Ne te fais pas de bile, je vais bien m'occuper de toi. *I got you babe...* fredonne-t-elle en imitant la voix de Cher.

Merritt ouvre la porte qui donne sur un joli bureau, tout ce qu'il y a de plus normal. Me voilà un peu rassurée. Au milieu de la pièce se trouve une table en verre couverte de bibelots dont un chat porte-bonheur japonais qui lève la patte, trois plantes incroyablement vigoureuses et un pot à crayons vide – tous les stylos qu'il est censé contenir étant éparpillés çà et là. Sur le mur du fond, la bibliothèque s'étend du sol au plafond et croule sous les livres aux reliures aussi colorées qu'un arc-en-ciel. Je repère quelques noms : Jasmine Guillory, Cathy Bramley, Helen Hoang... uniquement des autrices de romances. Merritt surprend mon regard et choisit un ouvrage relié à l'élégante couverture tissée : un exemplaire de *Persuasion* de Jane Austen. Elle le serre contre sa poitrine et ferme les yeux, l'air béat, comme si elle câlinait un chiot.

— Tu peux emprunter tout ce que tu veux, dit-elle en remettant le livre à sa place et en promenant ses doigts sur les autres volumes.

— Euh, merci.

Merritt hume l'air puis expire bruyamment.

— Rose et cassis. Mon parfum signature, déclare-t-elle en désignant une bougie blanche à la flamme dansante, posée sur une petite table en bois. Ça vient de la boutique *Diptyque* d'Evermore. Magnifique, n'est-ce pas ? Oh, il va falloir qu'on te trouve ta fragrance signature, à toi aussi ! Je suis sûre que tu es une fille du genre chèvrefeuille, je me trompe ? Personnalité encline à l'introspection, cœur sensible, mais possédant un monde intérieur riche. Sous la surface, la passion bouillonne.

Je cligne des yeux. Bon sang, que se passe-t-il ? Qu'est-ce que c'est que cet endroit ?

Merritt me sourit, bienveillante.

— Bon. Je vois bien que tu es perturbée... C'est complètement fou, je sais. Quand je suis arrivée ici la première fois, j'ai carrément vomi. Tu devrais t'asseoir, récupérer un peu, me conseille-t-elle en désignant une chaise pivotante en cuir blanc, en face d'elle. Soudain et avant même que je puisse récupérer de quoi que ce soit, elle frappe dans ses mains.

— Bien ! Excellent. Alors.

Elle sort un bloc-notes de son tiroir et parcourt du regard la première feuille.

— Voyons voir, première question... Souhaites-tu voir ta vie défiler sous tes yeux ?

— Je... je te demande pardon ?

Mes dents se mettent à claquer.

— J'ai dit : souhaites-tu voir ta vie défiler sous tes yeux ? Nous ne proposions pas ce service avant, mais le problème, c'est qu'Hollywood a fait croire à tout le monde que c'est ce qui se passe au moment où on meurt. Malheureusement, même si je n'ai rien contre les clichés, celui-ci n'est pas conforme à la réalité. Nous avons reçu quelques plaintes de la part de défunts mécontents, si bien que depuis, nous l'offrons à celles et ceux qui le souhaitent. C'est à toi de décider. Pas de pression.

J'ai froid. Pourquoi fait-il si froid ? J'aperçois une couverture en fausse fourrure posée sur l'une des chaises. Je l'attrape, l'enroule autour de mes épaules et la serre sous mon menton.

— Alors... c'est oui ou non ? m'interroge Merritt, en tapotant des ongles sur son bloc-notes.

— Euh... je... Je peux rentrer à la maison, maintenant ? dis-je d'une voix chevrotante, tout en triturant le coin de la couverture.

Merritt pousse un léger soupir.

— Bon, dans ce cas, on va dire que c'est oui ? C'est la seule occasion que tu auras de voir ça. Si je n'insiste pas et que tu changes d'avis plus tard, tu risques de m'en vouloir. Ce serait une terrible manière d'entamer notre amitié éternelle.

Elle disparaît dans un placard d'où elle sort un chariot en métal blanc sur lequel trônent un énorme poste de télévision gris typique des années 1990 et un lecteur DVD.

— Ce n'est pas très long, dit-elle. On montre juste les extraits qui nous paraissent les plus pertinents, sinon ce serait barbant. Même si techniquement, on a l'éternité devant nous, personne n'a envie de perdre son temps à se regarder le nombril. Enfin, le passé, c'est le passé, tu vois ce que je veux dire ?

Je la fixe, bouche bée, tandis qu'elle appuie sur « play ». Est-ce que le DVD est déjà dans le lecteur ou le lecteur n'est-il qu'un artifice ? Je ne comprends rien.

— C'est parti ! lance Merritt. Delphie Denis Bookham. Voici... TA VIE !

2

Au son d'*Isn't She Lovely* de Stevie Wonder, la vidéo de Merritt laisse apparaître en fondu un adorable montage de scènes idylliques de mon enfance. Bien avant que papa n'en ait marre et s'en aille. Bien avant que maman ne se trouve un nouveau petit ami et file s'installer dans une communauté d'artistes en plein milieu du Texas. À l'époque, la vie était plus que parfaite. Je m'imprègne de chaque image, soudain terrifiée à l'idée de passer à côté du moindre détail. Je nous regarde tous les trois faire des roulés-boulés dans les herbes hautes parsemées de pâquerettes, nous pelotonner les uns contre les autres sous la couette le dimanche matin, dessiner des créatures sous-marines imaginaires et danser sur le lit en écoutant Aretha Franklin. Maman me laisse essayer son gloss parfum cerise et éclate de rire en me voyant le lécher et en redemander. Me voici à présent aux fêtes d'anniversaire d'autres enfants, le sourire aux lèvres, le regard pétillant, espiègle – un vrai moulin à paroles. Sur certains extraits, je me vois bras dessus, bras dessous avec Gen, ma meilleure amie d'enfance, en train de glousser à cause d'une bêtise oubliée depuis. Je détourne les yeux ; une pointe de honte et de tristesse me serre la poitrine.

— Mon Dieu, dit Merritt en pressant une main sur son cœur. Moi qui pensais que j'étais une adolescente modèle… toi, tu es encore un cran au-dessus ! C'est adorable.

La voix de Céline Dion s'élève alors, entonnant *All By Myself* tandis que j'apparais à l'écran, seule à table, chez nous, dans l'ouest de Londres – où je vis toujours. Je découpe minutieusement les images d'un magazine télé et compose des collages. À l'époque, j'étais persuadée d'être cool et de posséder un vrai talent d'artiste. Aujourd'hui, je vois bien ce que ces collages avaient de saugrenu.

J'ai tout de l'ado en plein dans l'âge ingrat : des rougeurs sur le visage, des lunettes à monture épaisse, un appareil dentaire et une boulette de coton qui dépasse d'une oreille – une otite chronique récalcitrante. Les extraits s'enchaînent, fondu après fondu, moi seule à table avec mes collages, dessinant les stars de télé du moment, grimaçant en mettant des gouttes dans mes oreilles, et enfin moi, me glissant seule dans mon lit, nuit après nuit.

— C'est triste, murmure Merritt en secouant la tête.

Elle a raison. Ça n'a pas l'air gai. Pourtant, ce n'est pas l'impression que j'avais. Est-ce que je me trompais ?

La vidéo passe alors à l'époque du lycée de Bayswater. D'un brusque mouvement d'épaule, je me défais de la couverture. Mon corps tout entier s'embrase et je sens cogner à l'arrière de mon crâne.

— Tu pourrais appuyer sur avance rapide, s'il te plaît ?

Je sais pertinemment que tout ce qui est lié à cette période est catastrophique. Ce sont ces souvenirs-là qui m'empêchent de dormir la nuit.

— Je crains que non, répond Merritt. Une fois que c'est lancé…

Ma poitrine se serre en voyant l'image qui apparaît à l'écran : j'ai 15 ans, plus aucune trace d'acné, j'ai troqué mes grosses lunettes rondes contre une monture plus légère, et les bagues ont redressé ma dentition. Mes cheveux roux ondulent sur mes épaules, créant un élégant contraste avec l'uniforme vert bouteille de Bayswater.

Je suis seule dans une salle de classe à dessiner, tout en mordant de temps à autre dans le sandwich au fromage que je me suis préparé le matin même. Soudain, la voilà : Gen Hartley. Ma meilleure amie d'enfance, la fille que j'aimais le plus au monde et la cheville ouvrière de presque tous mes traumatismes. Elle déboule dans la salle en compagnie de son petit ami, Ryan Sweeting. Ils sont tellement clichés que c'en est presque comique : elle, avec sa chevelure étincelante couleur châtaigne, ses longs cils recouverts d'une épaisse couche de mascara bleu et sa minijupe. Lui, beau et déjà grand pour son âge, arborant avec fierté la tenue de l'équipe de rugby du lycée, ses cheveux blonds rasés de près. Si on était dans un film pour ados, n'importe quel spectateur saurait aussitôt que ce sont eux les méchants. Même si, sur la vidéo, ils me paraissent bien plus petits qu'à l'époque ; à mes yeux, c'étaient des géants.

— Salut Delphie, lance Gen d'une voix douce en avançant jusqu'à moi et en appuyant ses deux mains sur mon bureau. Ryan la suit et passe ses bras autour de sa taille. Gen me sourit.

— Ryan et moi on avait une question et on espérait que tu pourrais nous aider.

— Bien sûr, je réponds, enthousiaste, en posant mon crayon et en grimaçant pour faire remonter mes lunettes sur mon nez. C'est pour le contrôle de chimie ?

Ça ne va pas être facile, mais je peux vous donner un coup de main. Vous voulez mes fiches de révision ?

Le rire de Gen cascade comme les notes d'un xylophone ; une douce mélodie qui masque si bien ses intentions.

— Non, Delphie. Ce qu'on se demande c'est... pourquoi tes cheveux sont aussi... DÉGUEUS ? s'exclame-t-elle en en saisissant une poignée.

Le choc et la douleur se lisent sur mon visage.

— Franchement, on dirait de la paille de fer ! Tu connais l'après-shampoing ?

Mes yeux s'emplissent de larmes. Ryan fait le tour de la table pour se poster de l'autre côté et me tire les cheveux à son tour.

— Tu as raison, grogne-t-il en essuyant ses mains sur son jeans comme s'il venait de les salir. On dirait des poils de pubis !

Gen glapit, hilare. Je me lève d'un bond, mon dessin tombe et glisse par terre, je me précipite pour le ramasser, mais Ryan me devance. Sa bouche se retrousse en un sourire machiavélique.

— J'y crois pas.

— Rends-moi ça.

Je tends la main pour le lui arracher, mais Ryan l'agite en l'air. Gen s'en empare et pousse un cri perçant :

— C'est M. Taylor ? Tu as dessiné M. Taylor ? Tu es amoureuse ou quoi ?

J'aurais tant voulu savoir mentir, à ce moment-là, mais mes joues s'empourprent et me trahissent. Bien sûr que j'en pinçais pour notre prof d'arts plastiques, comme toutes les filles. Il était sublime, avec ses yeux bleus pétillants et ses cheveux en bataille couleur caramel. Et puis c'était quelqu'un de gentil, d'accessible. Souvent, il prenait le temps de me parler de la composition des œuvres, de la lumière, m'expliquait l'importance d'une pratique créative quotidienne – un concept qui m'était inconnu jusqu'alors.

— Mais oui, regarde, elle est rouge comme une tomate ! Elle veut coucher avec M. Taylor. Et une fois qu'elle aura couché avec lui, elle le dessinera tout nu avec son zizi qui pendouille.

J'observe la scène, assise devant Merritt, le cœur battant à tout rompre, exactement comme alors.

— Oh non, personne couchera jamais avec elle, ajoute Ryan. Tu imagines ? Il faudrait être désespéré.

— C'est clair. Tu vas finir vieille fille ! renchérit Gen.

— Je... je peux avoir mon dessin maintenant ?

— On te le rendra demain, lance-t-elle avant de quitter la salle d'un pas nonchalant, Ryan à sa suite.

— S'il te plaît, ne le montre à personne ! je l'implore, le visage inondé de larmes.

— Promis ! claironne-t-elle en pliant la feuille pile au milieu du front de M. Taylor.

Merritt pousse un cri et appuie sur « pause » :

— Oh non. Elle l'a montré à tout le monde ?

J'acquiesce, et le souvenir de mon portrait de M. Taylor photocopié et placardé dans les couloirs du lycée refait surface. Je ressens encore la honte devant les rires moqueurs de mes camarades, et la tristesse aussi : après cette histoire, M. Taylor, mal à l'aise, avait arrêté de me parler de quoi que ce soit en dehors du strict programme.

— Quelle conne ! s'exclame Merritt avant de rappuyer sur « play », avide de visionner la suite, comme s'il s'agissait d'une série.

Gen et Ryan, alors surnommés les « Sweethearts » – un mélange un peu bancal de Sweeting et Hartley qui achevait de les consacrer comme chouchous en titre du lycée –, apparaissent de nouveau à l'écran et les images de leurs supplices, de plus en plus fréquents, défilent : des insultes au chewing-gum dans les cheveux, à la manipulation de mes camarades de classe, qui ont fini par me tourner le dos les uns après les autres. Le message était clair : se lier d'amitié avec moi sonnerait le glas de leur popularité.

— C'est bon, j'en ai assez vu, dis-je d'une voix ferme. Arrête la vidéo.

Je n'ai pas pleuré depuis l'âge de 16 ans, et je ne compte pas recommencer maintenant.

— Je suis sérieuse. Arrête.

— Mais ça s'arrange sûrement après, non ? demande Merritt avec bienveillance. Il ne reste plus que quelques minutes !

Je me mords la lèvre tandis que je me vois me transformer en adulte. Les images se suivent et se ressemblent : de longues journées à la pharmacie et des nuits entières à regarder la télévision ou à surfer sur internet, affalée dans mon canapé. Impossible de différencier les mois qui se succèdent, jusqu'à la scène d'épouvante finale, terriblement peu flatteuse : j'ouvre grand la bouche pour croquer dans le burger assassin.

— Aïe, marmonne Merritt en éteignant la télé et en rangeant le chariot dans le placard. Ça ne s'est vraiment pas arrangé. Toutes ces journées qui se ressemblaient… Et cette solitude…

— C'était un choix, dis-je en relevant le menton. J'étais peut-être solitaire, mais pas seule. Comme les pandas géants. C'est ainsi que je m'épanouis.

— Oh tu ne m'avais pas l'air épanouie, ma jolie, crois-moi.

— Vous n'avez même pas montré M. Yoon ! je

proteste. Je prends le petit-déjeuner avec lui tous les jours. D'accord, il ne me parle jamais, mais c'est juste parce qu'il ne peut pas parler. Il m'écrit sur des post-it parfois, quand même...

Merritt prend place sur le fauteuil derrière son bureau, et joint ses mains en forme de clocher sous son menton.

— Pas la moindre histoire d'amour... Pas même un flirt, une aventure d'un soir ? Delphie, tu n'as jamais...

Elle s'interrompt, sourcil levé.

Cette femme commence à me taper sur le système.

— Tu veux dire, est-ce que j'ai déjà couché avec quelqu'un ? Non. La réponse est non. On peut tout à fait être heureuse et épanouie sans sexe.

Je croise les bras, vexée. D'accord, ma vie n'était peut-être pas des plus trépidantes, mais ce montage était franchement mauvais. Il manquait les moments avec M. Yoon, mon voyage seule en Grèce, sans parler de la vue sublime depuis les fenêtres de mon salon, d'où je contemple, avec une joie inaltérée, les saisons qui défilent, année après année.

— Impossible d'imaginer à quoi ressemble une vie sans sexe, car à l'époque, j'étais plutôt du genre dévergondé. J'adorais ça. Ça me fait de la peine pour toi.

Le léger agacement que je ressens généralement à chaque interaction avec d'autres êtres humains se transforme soudain en une brûlante bouffée de colère.

— Je n'ai pas besoin de ta pitié ! Encore moins sur ce sujet-là.

Merritt se lève, contourne son bureau et vient s'asseoir juste au bord. Nos genoux se touchent presque.

— Mais tu as déjà embrassé quelqu'un ? Rassure-moi.

— Bien sûr que oui ! Jonny Terry, à la fac.

Bon, ce que j'omets de mentionner, c'est que c'était

le pire baiser de tous les temps – baveux et maladroit. Nos dents s'entrechoquaient et il respirait par le nez en faisant un bruit pas possible. Après coup, il s'est essuyé la bouche avec la manche de son pull en laine. Curieusement, je n'ai jamais eu envie de retenter l'expérience.

— Mais tu es vierge... À 27 ans ! C'est rarissime. Oh, attends une minute... Une pucelle... (Elle s'interrompt et regarde son bloc-notes.) Oui, c'est ça ! Une pucelle qui ne sait pas conduire. Exactement comme dans *Clueless* ! La romcom pour ados, tu l'as vue ?

Bon, à ce stade, je n'ai plus le choix, elle dépasse les bornes.

— Je peux parler à un responsable ?

Merritt fait la moue.

— Oups. Ils m'avaient bien dit, là-haut, que le tact n'était pas mon point fort. Je suis désolée.

— Un responsable, je répète.

— Oh non, crois-moi, il ne vaut mieux pas que j'aille chercher Eric. C'est lui qui remplace mon supérieur pendant ses congés. Horrible. Un vrai crétin. En revanche, il est beau comme un dieu. Quel dommage ! Je te promets que si je vais le chercher, tu regretteras de ne pas être restée avec moi. Tu sais qu'un jour, poursuit-elle en chuchotant, je l'ai même entendu dire qu'il n'aimait pas le pain ? (Je grimace. Cet Eric m'a tout l'air d'une buse.) Écoute, je suis désolée de t'avoir vexée. Je vais essayer de m'améliorer. Ce n'est qu'une question de pratique ! Je te promets que je vaux mille fois mieux qu'Eric. Tu veux un cookie ? Pour me faire pardonner.

Je souris. Bien sûr que je veux un cookie. Et puis je préférerais éviter de devoir encore rencontrer quelqu'un de nouveau.

Merritt fouille dans le tiroir de son bureau et en sort un biscuit emballé dans du papier aluminium. Je l'ouvre et croque dedans tandis qu'elle en fourre un entier dans sa bouche et se met à mâcher, les joues gonflées comme un écureuil.

— Bon, déclare-t-elle quand elle a avalé sa bouchée. Serais-tu partante pour tester notre service de rencontres interne ? Je vais être honnête, on en est à la version bêta, donc il y a encore quelques petits bugs, mais comme je fais partie de l'équipe qui s'en occupe, je serais ravie de t'y faire entrer. On aurait bien besoin de quelques volontaires supplémentaires. Ça s'appelle Eternity 4U – « l'éternité pour s'aimer » ; c'est mignon, non ?

— Il y a un service de rencontres dans l'au-delà ?

— Les morts aussi ont le droit de s'envoyer en l'air ! Au moins, ça te permettrait de voir tout ce que tu as manqué sur Terre ! Alors, je t'inscris ? C'est quoi, ton genre ? Blond aux yeux bleus, comme M. Taylor ?

Je crois que la nonchalance avec laquelle elle dit ça me sidère... Les morts.

Je suis morte.

Je suis morte ?

Coincée ici ? Avec cette femme, son espèce d'énergie débordante, et l'éternité pour s'aimer ?

Mon corps est de nouveau pris de tremblements.

Non. Non, pas ça. Tout sauf ça. Il faut que je me sorte de là. C'est une erreur. Je ne veux pas rester ici. Je ne peux pas !

Mon cœur bat à tout rompre. D'un bond, je me lève et me précipite vers la porte. Il y a forcément quelqu'un d'autre à qui m'adresser, quelqu'un de sensé, qui m'aiderait à comprendre ce qui m'arrive.

— Delphie, attends ! Ne pars pas ! Bon sang. Encore une qui s'échappe !

J'ouvre la porte, je me rue dans le Lavomatique et je heurte de plein fouet le torse musclé d'un bel inconnu.

3

— Hé, doucement !

Le bel inconnu attrape mes bras et m'observe, l'air inquiet. Ses sourcils froncés, couleur châtain clair, contrastent avec ses yeux d'un bleu étincelant.

— Je suis désolée, je bredouille d'une voix légèrement haletante. Il faut que je voie un médecin, ou le responsable, enfin, je ne peux pas rester ici. Savez-vous où je pourrais trouver quelqu'un pour m'aider à sortir ?

L'homme secoue la tête. Ses mains sont toujours posées sur mes bras. Une sensation de chaleur m'envahit et m'apaise immédiatement. Je frissonne.

— Je crois que je viens tout juste de… de me réveiller ici, explique-t-il en jetant un coup d'œil aux lave-linge alignés contre le mur. La dernière chose dont je me souvienne, c'est qu'on m'a injecté un anesthésiant avant de m'opérer des dents. Et me voici… Alors soit c'est un rêve très étrange, soit… je suis mort ?

J'acquiesce, et hoche la tête énergiquement.

— C'est exactement ce que j'essayais de comprendre – rêve éveillé ou repos éternel ? Je ne peux pas imaginer pire devinette.

Un rire lui échappe.

— C'est quoi cet endroit ? Et qui… Qui est-ce ? m'interroge-t-il en apercevant le portrait accroché au mur.

— C'est Merritt, la foldingue qui travaille ici. C'est elle, la déco « Lavomatique ». Elle trouve que c'est apaisant.

— Je trouve ça sordide. Et puis... tous les vêtements sont de la même couleur, vous avez vu ? constate-t-il en se penchant pour regarder à travers les hublots.

Il a raison. Tous ont l'exacte teinte moutarde de la salopette de Merritt.

— Sordide, oui... dis-je en frémissant.

— Et la musique... c'est *Don't Worry Be Happy* ? demande-t-il en inclinant la tête pour tendre l'oreille.

— Oui. En boucle.

— C'est un peu plus sinistre à chaque fois.

— Exactement ! Même les plus jolies chansons deviennent flippantes à force d'être répétées.

— Je confirme. J'ai passé tout 2007 à n'écouter rien d'autre que My Chemical Romance et aujourd'hui, je ne peux plus les entendre sans me sentir mal.

— My Chemical Romance ?

— Ils étaient cools, à l'époque, réplique-t-il.

— Ah oui, vraiment ?

— Bon, OK, dit-il en rougissant un peu. Mais mes parents venaient de divorcer et j'étais en pleine période emo : cheveux noirs et frange asymétrique. La totale.

— Aïe. Et moi qui pensais que le divorce de mes parents m'avait traumatisée.

— Tu avais quel âge ?

— 15 ans. Ma mère est bien plus heureuse aujourd'hui qu'à l'époque, donc tant mieux, mais je n'ai pas reparlé à mon père depuis. Enfin, je lui ai envoyé une lettre il y a quelques années pour savoir s'il voulait qu'on se voie et il ne m'a jamais répondu. Je reçois seulement une carte de vœux de temps en temps.

— C'est dur...

— Tu avais quel âge, toi ?

— 16 ans.

— Hmm. Tout de même, rien ne peut excuser la frange asymétrique !

— Tu es drôle ! s'exclame-t-il.

Et toi, tu es plutôt sympa. D'ailleurs, c'est la plus longue conversation que j'aie jamais eue avec un homme aussi supérieur à moi, esthétiquement parlant. À ma grande surprise, ma nervosité et mon agacement habituels se sont atténués. Notre discussion est fluide. Pas de bégaiements ni de silences gênés. Je parviens même à ne pas me liquéfier devant tant de charisme, c'est dire !

En l'observant, je remarque que ses cheveux sont pile de la même couleur que la nuance « terre d'ombre brûlée » de chez *Winsor & Newton*, parsemés de petits éclats cuivrés, comme s'il passait le plus clair de son temps au soleil.

— Donc je suis mort ? dit-il en faisant la grimace, me ramenant soudain à la triste réalité.

L'espace d'un instant, j'avais tout oublié. Mes épaules s'affaissent de nouveau.

— Eh oui… dis-je d'une voix douce. Je suis désolée.

— Mince. J'avais tant de projets pour le mois d'août. Et puis Londres a quelque chose de magique, l'été, dit-il en mordant sa lèvre – objectivement pulpeuse. C'est de loin la plus belle ville de la planète.

Me viennent aussitôt à l'esprit des images de sacs poubelles entassés sur les trottoirs et l'odeur infecte qui en émane sous l'effet de la chaleur estivale, des rats assez audacieux pour sortir à la lumière du jour et vous fixer sans ciller, des hordes de touristes qui débarquent à Paddington et me réveillent en faisant rouler leurs énormes valises dans la rue, à minuit passé. Je songe à l'épais brouillard chaud qui se forme aux heures de pointe, rendant l'air presque irrespirable. Comme si la ville tout entière baignait dans un bouillon de pollution.

— C'est vrai, dis-je en hochant la tête. Absolument magique.

Je baisse les yeux sur les mains bronzées de mon bel inconnu, qui agrippent toujours mes bras. La sensation de sa peau contre la mienne est douce. La plupart du temps, il suffit que quelqu'un m'effleure pour que je me mette à transpirer, gagnée par l'anxiété et par le besoin de fuir ou de répliquer par un coup de pied bien senti dans le tibia. Là, c'est différent. C'est... très, très agréable. Son étreinte est à la fois ferme, tendre et sensuelle. Aussi délicieuse qu'un bain moussant par une triste journée d'hiver.

Il suit mon regard, retire brusquement ses mains et les glisse dans les poches de son jeans.

— Désolé. Je ne m'étais pas rendu compte que je me cramponnais à toi. C'est un peu bizarre. Je n'ai rien d'un obsédé, je te le promets.

— Aucun problème, dis-je en ramenant mes cheveux derrière mes oreilles et en poussant un petit gloussement.

Je n'avais pas gloussé depuis 2011.

— C'est étrange, dit-il en plissant les yeux. Et tu vas croire que c'est une vieille réplique que je ressors à chaque fois, mais je... J'ai l'impression de t'avoir déjà rencontrée. C'est comme si je te connaissais... Ça paraît fou, n'est-ce pas ?

J'esquisse de rapides hochements de tête en guise de réponse. Je ressens la même chose. Je sais, bien sûr, que je n'ai jamais croisé cet homme par le passé. Je le sais. Mais à son contact, j'éprouve une sorte d'apaisement que je n'ai ressenti avec personne auparavant. C'est comme s'il connaissait déjà tout de moi, de mes petites manies, de mes mauvaises habitudes et de mon anxiété, et que ça ne le dérangeait pas plus que ça. Comme s'il m'appréciait malgré… qui je suis. Comme si c'était la personne qui avait toujours manqué à ma vie. C'est une sensation étrange et délicieuse à la fois. Je contemple son visage. Ses dents, son nez fort et droit, ses yeux couleur bleue qui me rappellent terriblement M. Taylor – ce qui est d'autant plus étonnant que je viens de l'évoquer. Il m'observe à son tour et s'attarde un moment sur mes lèvres. Mon corps tout entier est parcouru de picotements. J'ai l'impression d'être une boule à neige pailletée que l'on vient de secouer. Sa présence lumineuse semble tout éclipser. Bon sang, mais qui est cet homme ?

Il se met à rire, un peu gêné, et passe une main sur sa mâchoire.

— Et euh… tu te promènes souvent par ici ? dit-il, l'air béat, en s'adossant au mur.

Je souris, oubliant une fois de plus où je me trouve. Ce bel inconnu me regarde comme personne ne m'a jamais regardée. Comme si j'étais fascinante, jolie et tout sauf nulle.

— Tu es si jeune, murmure-t-il, soudain sombre. Trop jeune pour mourir.

— Toi aussi.

— Ça craint.

— Carrément.

— Au moins, on restera toujours aussi canons ! Bien conservés, quoi. À l'abri du temps qui passe.

Il l'a dit. Il me trouve canon. Malgré mes cheveux sales – j'ai dépassé d'un jour le délai acceptable pour les relaver – et ma vilaine chemise de nuit. Waouh. Mes joues s'embrasent de plaisir. Que m'arrive-t-il ?

Soudain, il s'approche de moi et me parle à voix basse, sur le ton de la confidence :

— Dis-moi comment tu t'appelles...

Ses pupilles sont dilatées... C'est de la chimie ! C'est ça, alors, le coup de foudre ? Incroyable.

— Delphie. Delphie Bookham.

— Enchanté, Delphie Bookham, répond-il, tout sourire.

Il me tend la main, je la saisis, mais ne la serre pas et nous restons là, immobiles, béats. Si nous étions dans un film, on entendrait les violons en fond et la caméra tournerait autour de nous tandis que nous nous regarderions les yeux dans les yeux. Je parie qu'il y aurait même des feux d'artifice qui éclateraient au-dessus de nos têtes.

— Et toi, comment t'appelles-tu ?

— Jonah. Jonah T...

La porte du bureau de Merritt s'ouvre brusquement et elle entre en trombe dans la pièce, nous dévisageant, perplexe. D'un bond, nous nous écartons l'un de l'autre. Merritt, un fax à la main, s'approche à grands pas, faisant rebondir ses boucles blondes.

— Bonjour ! lance-t-elle, un sourire crispé aux lèvres, en clignant des yeux. Jonah, c'est ça ?

— Euh, oui ? dit-il d'une voix éraillée, surpris d'avoir été interrompu. (Il s'éclaircit la gorge.) Oui, c'est moi.

— Parfait. Booon, j'ai bien peur qu'il y ait eu une petite confusion – ça arrive. Rien de dramatique.

— Comment ça ? demande Jonah, tendu, le visage blême.

— Eh bien, déclare Merritt en chassant l'air de ses joues, bonne nouvelle ! Vous n'êtes pas mort. Vous êtes ce que nous appelons un « visiteur inconscient ». Parfois, notre système déraille un peu et nous envoie des gens dont l'heure n'a pas encore sonné... (Ses yeux se posent sur le fax.) Et ne sonnera pas avant longtemps, d'ailleurs. Du coup...

Soudain, Merritt avance et appuie son pouce au milieu du front de Jonah. Un cri m'échappe en voyant son corps scintiller puis disparaître comme une bulle de savon qui éclate.

Je regarde ma main, qui tenait la sienne un instant plus tôt.

Rien.

Non, non, non !

Je viens de rencontrer le seul être au monde qui est fait pour moi, et il n'est déjà plus là.

4

Je fixe l'espace où se tenait Jonah en clignant des yeux. Mon cerveau essaie en vain de comprendre ce qui vient de se passer.

— Voyez-vous ça, dit Merritt d'une voix traînante en se frottant les mains.

Elle fait bouger ses sourcils, tout sourire, affichant un petit air suffisant.

— La grande Nora Roberts vendrait ses reins pour parvenir à ce degré-là d'alchimie sur le papier.

— Ce... C'était qui ? Il était là... Et puis il...

— Il est parti, ma jolie. De retour dans le monde des vivants. C'était une simple erreur administrative – ça arrive. Dommage, tu aurais pu passer du bon temps à Evermore s'il avait été dans les parages. D'après son dossier, c'est vraiment quelqu'un de bien. Je suis désolée, Delphie, ça m'attriste tout autant que toi.

— Attends un peu... tu viens de le renvoyer ? Renvoie-moi aussi ! Tu as le pouvoir de le faire, je viens d'en être témoin. Allez, fais ton truc magique, dis-je en attrapant son pouce et en le pressant contre mon front. Je ne veux pas rester ici. Je ne peux pas ! M. Yoon a besoin de moi. J'ai un travail ! Tu as renvoyé Jonah. Renvoie-moi aussi !

Merritt retire son pouce et le serre contre sa poitrine, comme pour le protéger.

— N'importe qui peut renvoyer des visiteurs inconscients sur Terre, rétorque-t-elle en haussant les épaules, comme si faire disparaître l'être magnifique qui s'intéressait à moi n'avait aucune espèce d'importance. En revanche, pour les personnes qui sont censées être mortes, c'est impossible.

Je m'écroule sur l'une des chaises en plastique.

— Sincèrement désolée, soupire Merritt. Il y a eu une étincelle entre vous, hein ? Vous vous teniez la main, non ? Alors que vous veniez tout juste de vous rencontrer ? Incroyable. Quel dommage ! Enfin, pour toi surtout parce que lui est plutôt très populaire sur Terre, donc je ne m'inquiète pas pour son cas.

J'enfouis ma tête dans mes mains et laisse échapper un gémissement. C'est à ça que ressemble l'éternité ? Je vais devoir rester ici, coincée avec cette foldingue à tout jamais ?

— Quoique... réfléchit Merritt. Et si je... ? Peut-être que je pourrais... Comme ça tu pourrais repartir et... non... Non, ça ne fonctionnerait pas... Hmm, à moins que...

Je relève le visage, les oreilles dressées, tel un chien aux aguets.

— Tu as dit quoi ? Je pourrais repartir et quoi ? Qu'est-ce qui ne fonctionnerait pas ? Qu'as-tu en tête ?

Merritt se laisse tomber sur la chaise en face de moi et tapote ses doigts chargés de bagues sur ses cuisses.

— Eh bien, il y a toujours la clause Franklin Bellamy. Ça pourrait peut-être marcher...

— La clause Franklin Bellamy ?

Merritt remonte ses lunettes sur son nez et s'avance sur le bord de son siège.

— Bon. Dans le règlement, il y a une clause, rédigée dans les années 1990 par l'un des grands manitous d'Evermore, un certain Franklin Bellamy. Elle stipule que dans les trois heures suivant l'arrivée d'un défunt – sous réserve que la nouvelle de son décès ne soit pas encore connue – celui-ci peut être renvoyé sur Terre par un thérapeute. Sous certaines conditions, bien sûr.

— Quelles conditions ?

— Le défunt en question se verra attribuer une mission de la plus haute importance par le thérapeute chargé de son renvoi. S'il réussit, il peut rester sur Terre.

— Tu veux dire... vivant ?

— Si la mission est accomplie avec succès, oui. Franklin Bellamy a créé cette clause afin de renvoyer quelqu'un pour prévenir la femme qui sera amenée à découvrir le traitement contre le syndrome de l'intestin irritable en 2028 qu'il y avait une fuite de monoxyde de carbone chez elle. Ainsi, il lui a sauvé la vie, et facilité celle de l'humanité à l'avenir.

— Pourquoi n'y est-il pas allé lui-même, s'il avait ce pouvoir ?

Merritt lève les yeux au ciel.

— Tu ne m'as pas écoutée, ma jolie ? L'une des dispositions de la clause est que le décès du revenant n'ait pas encore été découvert. Tu imagines, sinon ? Je pourrais débarquer sur Terre après cinq ans d'absence ! Même avec toutes les précautions du monde, quelqu'un pourrait me reconnaître et cela engendrerait un véritable désastre dans le tissu spatio-temporel. Sans compter que ce serait gênant.

— Donc seuls les nouveaux morts... je veux dire, les nouveaux arrivants, peuvent effectuer ce genre de mission.

— Exact. Mais les règles sont claires : chaque thérapeute dispose d'un unique renvoi, la mission doit être de la plus haute importance, rendre service à un membre du personnel, et elle ne doit jamais impliquer directement quelqu'un que le ou la thérapeute connaissait de son vivant.

— Pourquoi ?

Merritt écarquille les yeux.

— Si nous étions en mesure d'agir sur le destin de ceux qui nous sont chers, nous deviendrions fous, enfreindrions sans cesse le règlement, et le secret de l'existence d'Evermore serait compromis. Un vrai cauchemar !

— Et tu... tu as encore ton renvoi ?

— Oui, déclare Merritt. J'ai temporisé.

— Pourquoi ?

— Pour avoir un levier de négociation, pardi ! Chaque renvoi est cessible, ce qui signifie que l'on peut le transmettre à un autre membre du personnel – contre une promotion ou quelques avantages en nature, par exemple. Tant que j'ai le mien, j'ai plus de poids, et ici, ça peut toujours servir...

— Non ! je m'exclame en me levant d'un bond. Utilise-le, je t'en supplie, dis-je en jetant un œil à l'horloge numérique rose accrochée au mur. Je ne suis ici que depuis deux heures, n'est-ce pas ? Il est encore temps ! Il y a forcément quelque chose que je puisse faire pour toi. N'importe quoi. Je veux vivre ! Je ferai tout ce que tu voudras !

Merritt pince les lèvres quelques instants, l'air songeur, puis elle relève le menton, les yeux brillants.

— Vraiment tout ?

— Oui !

Elle soupire et lance un regard en direction de la porte tout au fond de la salle, avant de s'asseoir au bord de son siège. Son visage est si près du mien que l'odeur du cookie qui parfume son haleine me parvient.

— J'ai bien une petite idée, mais… elle hésite et baisse encore la voix. Les autres thérapeutes n'aimeraient pas du tout ça…

— Tu n'avais pas dit que tu pourrais n'en faire qu'une bouchée ?

— Si. J'ai dit ça.

Elle hoche vivement la tête, faisant rebondir ses boucles en rythme.

— Et c'est le cas. En cela, Evermore ressemble beaucoup à la Terre : c'est une bande de vieux crétins empêtrés dans leur conformisme qui est aux manettes. Impossible d'innover ou d'insuffler le moindre vent de modernité.

— Quelle est ton idée ?

— Bon, ça va te paraître dingue, je sais, mais… Delphie, je crois que Jonah était ton âme sœur, explique-t-elle en me serrant la main. Enfin, techniquement, chaque humain a cinq âmes sœurs, quelque part sur la planète. Vu la façon dont vous vous regardiez, je pense que Jonah pourrait être l'une des tiennes… soupire-t-elle. Exactement comme Laurie et Jack dans *Un jour en décembre*, de Josie Silver. Comme si être au contact l'un de l'autre était tout ce qui comptait. Quelle est la probabilité que ce type se retrouve par hasard ici en même temps que toi ? Dans mon vestibule spécial, qui plus est.

Elle bondit de sa chaise et se met à faire les cent pas dans la pièce, le souffle court.

— Et si c'était le destin et qu'il me suffisait de te donner un petit coup de pouce ?

Je cligne des yeux. Une âme sœur. Ça existe donc ? Je m'imagine descendre Oxford Street, sous la neige, en compagnie de Jonah, la main dans la main – rêve complètement insensé puisque je déteste l'agitation d'Oxford Street et que j'évite la neige autant que possible. Mais dans mes chimères, Jonah et moi portons des mitaines assorties et rions comme des gosses. Je ne suis ni agacée, ni apeurée, ni triste. On dirait presque que je ne suis pas moi. C'est drôle, je n'avais jamais pensé qu'il pouvait exister une âme sœur auparavant... Mais si c'était vrai, si Merritt avait vu juste ? S'il était possible de ressentir quelque chose de plus fort et de plus beau que tout ce que j'ai jamais ressenti ?

— Je t'accorde dix jours, dit Merritt d'un ton décidé.

— Dix jours ?

— Dix jours sur Terre pour retrouver Jonah. S'il t'embrasse, c'est gagné.

— Je peux rester en vie ? Comme si rien de tout cela ne s'était produit ?

— Affirmatif. Mais c'est lui qui doit t'embrasser. De son plein gré.

— Pourquoi dix jours ? dis-je en plissant les yeux.

— Les thérapeutes, dont je t'ai parlé... Ceux qui me volent les nouveaux arrivants et pensent que je n'ai pas ma place ici, tu te souviens ? Ces deux petites crottes de rat sont en vacances pour dix jours. Si tu accomplis ta mission avant leur retour, ils n'en sauront jamais rien.

— Attends... tu n'as pas le droit de faire ça ?

— Bien sûr que si ! Jamais je n'oserais enfreindre les règles d'Evermore ! Mais il vaudrait mieux que notre joli pacte reste entre nous, c'est tout. Je suis quand même en train de t'offrir la chance de ta vie !

Je plisse de nouveau les yeux.

— Quoi encore ?

— En quoi cela te rend-il service ?

— Eh bien, je vais pouvoir tout regarder, fait-elle avec un petit rire.

— Je ne comprends pas.

— Réfléchis un peu. Tu ne connais même pas le nom de famille de ce type, tu n'as aucune indication sur le quartier de Londres où il habite, tu es soumise au tic-tac d'une horloge dont JE suis la maîtresse et un nombre incalculable d'obstacles se dresse entre vous. C'est une vraie romance grandeur nature à laquelle je peux assister en temps réel. Le rêve !

Elle frappe dans ses mains et sautille sur ses talons aiguilles.

— Tu ne vas même pas me donner son nom ? dis-je en la dévisageant, perplexe.

— Ce ne serait plus drôle du tout ! Oh, et j'oubliais : sa mémoire a été effacée dès son retour sur Terre. Il n'aura donc aucun souvenir de votre petit coup de foudre de tout à l'heure.

Elle se dirige vers son portrait encadré fixé au mur et le redresse doucement.

— Je veux voir le destin à l'œuvre. Et voir si tu y arrives. Je te l'ai déjà expliqué, on me pique sans cesse mes morts. Alors je prends mon pied comme je peux.

— Et si je ne le trouve pas ? dis-je en me levant pour arpenter la pièce. S'il ne m'embrasse pas ? Je devrai revenir ici ?

Merritt se frotte les mains et reste immobile pendant quelques instants, le regard perdu dans le vague. Soudain, un immense sourire illumine son visage.

— Oui. Tu travailleras d'office pour le programme de rencontres amoureuses que je suis en train de monter. Tu sais, Eternity 4U. Nous avons cruellement besoin de cobayes. Des volontaires pour tester nos rendez-vous types et voir comment les améliorer. Tu seras donc mon cobaye attitré, aussi longtemps que je le souhaiterai. Magnifique ! Bon, avant de partir, tu dois signer ce contrat, stipulant que tu acceptes toutes mes conditions, lance-t-elle en agitant un bout de papier venu de nulle part et en le posant sur mes genoux.

Elle fouille dans les poches de sa salopette et en sort un stylo doré surmonté d'une plume bordeaux.

Devenir testeuse de rendez-vous amoureux et rencontrer une série de parfaits inconnus sont la définition de mon pire cauchemar. Je n'arrive même pas à adresser la parole à la caissière de l'épicerie du coin alors que je la vois presque tous les jours ! Je ne sais pas comment me comporter avec les autres. Je songe à la façon dont Jonah m'a regardée. Bien sûr qu'il m'embrasserait de son plein gré. Ça ne ferait pas un pli. Tout ce qu'il me reste à faire, c'est de le trouver : il habite à Londres, s'appelle Jonah et son nom de famille commence par T. Combien de Jonah T. peut-il y avoir dans une ville comme Londres ?

Je repense à mon appartement douillet et à mon tapis à rayures flambant neuf, à toutes les séries télé que je n'ai pas eu le temps de terminer, à ce cher M. Yoon, qui semble de plus en plus étourdi et n'a que moi pour veiller sur lui. Ce serait l'occasion de m'assurer qu'il va bien et qu'il a tout ce dont il a besoin au cas où je finisse par mourir pour de bon. Mon cœur se met à battre à tout rompre, mû par un instinct de survie terriblement humain ; une envie de continuer à respirer, à vivre, à exister, quoi qu'il en coûte.

Avant que le doute ne puisse s'immiscer en moi, je saisis le stylo de Merritt et griffonne ma signature en bas de la page. L'encre humide et violette scintille comme de l'essence dans une flaque d'eau.

— Dix jours, répète Merritt. Et c'est à lui de t'embrasser.

— Mais si je…

Je n'ai pas le temps de terminer ma phrase. Merritt

m'arrache la feuille des mains, tend son pouce et le presse fermement contre mon front avec un rire démoniaque.

Mes bras prennent des reflets irisés, puis se transforment en une sorte de liquide argenté, et alors...

5

— Delphie ? Bon sang. Delphie ? Réveille-toi.

Je fronce les sourcils, ouvre les yeux et découvre deux billes sombres, presque noires, qui me fixent. De son visage, si près du mien, me parvient une odeur de savon de luxe. Je l'entends prononcer mon nom, l'air énervé. Il me faut quelques secondes pour reconnaître cet accent distingué. Soudain, mon ventre se noue, saisi par un sentiment d'aversion tout à fait caractéristique. Je me redresse d'un coup et repousse l'homme de toutes mes forces.

— Hé ! s'écrie-t-il.

Un éclair de soulagement traverse son ignoble visage.

— Bon, au moins, tu es vivante.

J'essuie les quelques gouttes de sueur qui perlent à mon front et serre mes lèvres l'une contre l'autre, la bouche sèche. Je regarde autour de moi et reconnais mon appartement. Je suis... vivante ? J'essaie de respirer timidement et lorsque je me rends compte que plus rien ne m'en empêche, j'avale une immense goulée d'air – de cet air magnifique, merveilleux, vivifiant.

— La vache.

Je me relève en chancelant, et aperçois mon téléphone posé là, sur la console. Aucune trace du burger assassin. Ma télé est éteinte et mon ordinateur portable fermé.

— C'est quoi ce cirque ?

Cooper, mon voisin du rez-de-chaussée, me toise du haut de sa silhouette de géant qui fait paraître mon salon plus petit qu'il ne l'est. En entendant ma question, il lève les mains, comme s'il ne voulait surtout pas se mouiller.

— Je suis venu t'apporter ça, dit-il d'un ton sec en désignant un carton, sur la table de ma cuisine. Ils l'ont encore livré chez moi. La porte de ton appartement était entrouverte, et en entrant, je t'ai découverte inconsciente, par terre. Mais visiblement, tu n'es pas morte. Hourra. Maintenant, je peux y aller.

— Attends ! (Je tire un peu sur ma chemise de nuit.) Combien de temps suis-je restée évanouie ? Quelle heure est-il ? Et où est mon burger ? Je ne...

Dehors, le soleil se couche. Mes yeux se posent alors sur mon horloge qui affiche 20 heures.

— Deux heures se sont écoulées, c'est ça ?

— Tu es saoule ?

— Non, non... dis-je en m'éclaircissant la gorge. Mais le burger... Il n'est plus là, je marmonne. Disparu. Aurais-je rêvé ? Pourtant, le Lavomatique...

Je m'approche de la table basse et l'examine.

— S'il n'y a plus de burger, ça signifie que... qu'est-ce que ça signifie, bon sang ?

Cooper fait un pas vers moi et appuie deux doigts sur mon épaule. Je m'écroule sur le canapé.

— Je devrais peut-être appeler un médecin, propose-t-il, la bouche figée dans son habituel rictus sinistre.

— Non, non, ça va, je réponds en le chassant d'un geste de la main. Je crois que... J'ai juste fait un rêve très étrange.

Cooper parcourt mon salon du regard, le sourcil levé. Soudain, je vois la pièce à travers ses yeux : les murs recouverts d'un vieux papier peint à fleurs défraîchi que je n'ai jamais trouvé le temps de changer depuis que maman a déménagé, les boîtes de peinture à l'huile encore emballées, empilées sur un coin de la console en teck, une rangée de culottes élimées qui sèchent sur le radiateur.

Ses yeux s'arrêtent un instant sur mes sous-vêtements puis reviennent se poser sur moi, affichant une expression à mi-chemin entre le vague ennui et le mépris total. Au secours. Cet homme se croit tellement supérieur à tout le monde. Comme d'habitude, il s'est habillé façon poète français maudit, à la fois mystérieux et torturé. C'est le genre de type qui s'accoude au comptoir des cafés pour lire des bouquins à la couverture brunie par le soleil, tant il refuse d'être esclave de son iPhone. Le genre à fumer rien que pour la beauté du geste. C'est un peu comme si Timothée Chalamet avait un crétin de frère aîné beaucoup plus grand, et beaucoup plus sombre que lui. Veste en cuir noir, tee-shirt noir, jeans noir, bottines noires bien lacées, et une épaisse barbe de trois jours, évidemment – il est bien trop intelligent et ténébreux pour se raser. Quand Cooper a emménagé dans l'immeuble il y a six ans, il était tout à fait différent – ses cheveux noirs, plus courts, n'avaient rien à voir avec l'enchevêtrement de boucles d'aujourd'hui. Il était rasé de près, arborait des chemises hawaïennes aux couleurs ostentatoires assorties à ses shorts de plage, un stylo derrière l'oreille, et avait l'air moins sinistre. C'était bien avant que je ne commence à le croiser dans le hall d'entrée en compagnie de magnifiques femmes – une nouvelle à chaque fois – qu'il raccompagnait après les avoir diverties le temps d'une nuit. C'était avant qu'il ne m'envoie balader le jour où j'ai toqué à sa porte, à 6 heures du matin, pour lui demander poliment de baisser sa musique, qu'il écoutait à fond. Après cet épisode, autant dire que ses yeux m'ont paru bien moins pétillants. Je me suis mise à l'ignorer ostensiblement à chaque fois que je le rencontrais dans le hall. Il a cessé de porter son stylo derrière l'oreille et s'est mis à m'agonir à chaque fois qu'un livreur avait eu le malheur de déposer un de mes colis chez lui, au rez-de-chaussée. Il paraît que je suis susceptible. Eh bien, je peux vous garantir qu'à côté de ce type, je suis un vrai soleil aux couleurs de l'arc-en-ciel.

— Soit, soupire-t-il, exaspéré. Tout va bien, donc. Tu es sûre que je ne devrais pas téléphoner à quelqu'un pour t'aider ?

— Téléphoner ? Non, je ne crois pas, non. D'ailleurs, tu n'as rien à faire ici.

— Bien, dit-il, ses yeux glissant de ma chemise de nuit à mon visage. Dans ce cas, je vais te laisser « briller comme le jour », n'est-ce pas ?

— Et moi, je vais te laisser retourner à Rydell High. Les T-Birds doivent se demander où est passé le plus naze de leurs membres.

— J'espère de tout cœur que tu vas retrouver ton burger disparu.

— J'espère de tout cœur que tu n'auras pas d'éruption pustuleuse à cause de ton fichu blouson en cuir que tu portes même par quarante degrés.

Je le gratifie d'un sourire forcé, auquel il répond en me foudroyant du regard.

Cooper pivote sur les talons de ses satanées bottines et sort de mon appartement sans même prendre la peine de fermer la porte derrière lui. Il l'a fait exprès, je le sais. Je la claque en maugréant, tire les verrous, et m'enferme à triple tour.

— Et ne reviens jamais ! je lance à travers la porte

fermée, alors qu'il est sans doute déjà rentré chez lui. Argh. Je suis certes d'un naturel irritable, mais mon Dieu, ce crétin a le don de m'exaspérer.

Cooper à peine parti, je passe de nouveau mon appartement au peigne fin, à la recherche d'une quelconque trace du burger assassin, ou de la plante que j'ai renversée dans ma course effrénée vers la chaise de la cuisine pour tenter de me sauver la vie. Rien.

Je saisis mon téléphone. Ni notifications ni appels, comme d'habitude – ce qui me va très bien.

J'entends alors la voix de ma voisine du dessous, Mme Ernestine, qui sermonne un passant dans la rue. Elle se mêle au doux ronronnement de mon frigo et à l'odeur du poulet rôti qui entre par la fenêtre ouverte, autant de bribes de mon quotidien, et je me dis que ce n'était qu'un rêve. Le rêve le plus perturbant du monde. Un sentiment de déception inattendu m'envahit. Soyons clairs, je suis ravie de ne pas être morte. C'est évident. Mais si rien de tout ça n'a existé, alors Jonah T. n'existe pas non plus. Il n'est que le fruit de mon imagination délirante. Dommage.

Quoi qu'il en soit, ces deux heures étendue par terre au soleil ont rendu ma peau crasseuse et collante ; il est urgent de prendre une douche. Je me déshabille et file me passer sous le jet d'eau tiède. Tout en me savonnant, je contemple le mur couvert de carreaux rose pâle, encore hébétée. Comment ai-je pu m'évanouir ainsi ? Peut-être que je ne vais pas bien ? Serais-je... déshydratée ? À la pharmacie, Jan me répète que je devrais boire beaucoup plus d'eau, vu la quantité de sueur que nous perdons par cette chaleur.

Je fais mousser mon shampoing préféré, parfum pomme, et me frotte le cuir chevelu en repensant à Jonah. À son contact, mon corps a ressenti une sorte d'excitation devant la perspective de… Je ne sais pas de quoi. De quelque chose de mieux, peut-être. Je revois ses yeux, sa crinière caramel et je sens encore la douceur de sa main dans la mienne. Mon cœur se serre.

— Reprends-toi, Delphie, dis-je à haute voix. Ce n'était qu'un rêve.

Une fois propre et sèche, je déambule dans mon appartement trop chaud, trop petit. Je me sens terriblement mal à l'aise. Il est déjà 20 heures, mais le soleil brille encore trop fort. Je fixe du regard le tapis à rayures, là où je me suis effondrée, là où l'air a quitté mes poumons. Bon sang, ça m'a paru tellement vrai.

J'ouvre le frigo et y aperçois le burger assassin, intact, dans son emballage. Je l'attrape et le balance directement à la poubelle.

Alors, ne sachant que faire d'autre et n'ayant absolument personne à qui raconter ce qui m'est arrivé, je rallume la télé, ouvre Netflix et reprends *L'Arnaqueur de Tinder* à l'endroit où je m'étais arrêtée.

6

Je me glisse dans l'appartement silencieux de M. Yoon pour m'assurer que ses cigarettes et son four sont éteints, puis rentre me coucher. Je mets un temps fou à m'endormir, terrifiée à l'idée de rêver de nouveau de Lavomatiques et de femmes en salopette moutarde collées à mes basques. Le lendemain matin, les images de la veille occupent encore mes pensées. Je repousse ma fine couette d'été et laisse mon esprit vagabonder. Le visage de Jonah m'apparaît bientôt, et mon souvenir est si précis que je revois la teinte exacte de ses iris – bleu cobalt moucheté de marron noisette – et la chaleur infinie de son regard, la gentillesse qui en émane, le calme qui m'a envahie lorsqu'il s'est posé sur moi.

Je m'assois et pousse un long soupir. Peut-être ai-je une tumeur au cerveau, comme Izzie, dans *Grey's Anatomy* ? Je me rappelle très bien cette saison où, en proie à des hallucinations, elle revoit Denny et a même l'impression de coucher avec lui ! Serait-ce ce qui est en train de m'arriver ? Ou ai-je simplement aperçu un type sexy dans un film ou une série, et son visage est resté gravé dans mon subconscient ?

— Mon Dieu, je murmure, en me souvenant de la vidéo que Merritt m'a fait visionner. Ces souvenirs étaient parfaitement limpides : les rires moqueurs de Gen et Ryan, moi, seule sur mon canapé, à regarder la télé en boucle et l'image de ma mère, avant son déménagement au Texas. Mon cœur frémit. Je sors mon téléphone pour lui écrire :

Coucou maman. Ça va ? Tu as le temps pour qu'on s'appelle tout à l'heure, ou demain ? Ça me ferait plaisir de t'entendre.

Je fais défiler ses derniers messages : des photos de grandes toiles abstraites qu'elle vient d'achever et qui, selon ses dires, se seraient vendues avant même d'avoir été exposées. Je passe devant la console, ignore délibérément les boîtes de peinture qui s'y entassent, et file dans la salle de bains. Je me coiffe comme d'habitude – deux tresses relevées au sommet de mon crâne fixées par quelques épingles – puis j'enfile ma tenue de travail, un pantalon noir et une chemise blanche à manches courtes. « Merritt ! Ha ! » je grogne. Où mon cerveau est-il allé chercher un prénom pareil ? Bizarre. Peut-être devrais-je prendre rendez-vous avec le Dr Lane pour augmenter ma dose de Prozac ? Je note dans un coin de ma tête de l'appeler un peu plus tard, mais soudain, son insistance à vouloir me faire entamer une thérapie me revient en mémoire. Bon, je crois que je l'appellerai un autre jour.

Mon téléphone vibre ; c'est un message de ma mère.

Ma chérie ! C'est la folie ces jours-ci ! Un galeriste vient exprès de New York rendre visite à notre communauté et c'est moi qui suis responsable du dîner de bienvenue. Génial, non ? Contente de lire que tu vas bien. Je t'embrasse.

Je lève les yeux au ciel, puis saisis la boîte de crayons à papier posée sur la console et attrape le sachet de bagels dans la boîte à pain. Je prends des œufs, une plaquette de beurre et un paquet de saumon fumé dans le frigo et m'en vais frapper à la porte de M. Yoon.

M. Yoon et moi avons un accord. Je toque pour lui signaler ma présence et lui laisse le temps d'ouvrir par lui-même avant d'utiliser mon double des clés. Il le fait rarement, mais je n'ai aucune envie de faire irruption chez lui au mauvais moment ; cela risquerait de changer à jamais le côté simple et détendu de notre relation.

Quand les deux minutes réglementaires se sont écoulées, je glisse la clé dans la serrure et entre.

L'appartement de M. Yoon fait deux fois la taille du mien et bien que j'aie la chance d'avoir la même hauteur sous plafond, le sien dispose d'une immense baie vitrée dotée d'un petit balcon donnant sur les boutiques de notre rue. Le soleil d'août se déverse dans le vaste salon et mon cœur se serre en voyant que le désordre règne. Si la pile de vaisselle est propre, en équilibre précaire sur son torchon préféré – un tissu rouge parsemé de notes de musique –, le plan de travail est crasseux et un nuage de poussière en suspension brille sous les rayons du soleil. Pourtant, d'ordinaire, M. Yoon veille à ce que son intérieur soit impeccable. Mais je lui trouve l'air absent ces derniers temps ; outre le ménage, il lui arrive d'oublier de se peigner les cheveux le matin. Je devrais peut-être appeler son médecin traitant. Il n'y a sans doute rien d'anormal à être un peu dans la lune quand on a 80 ans passés, mais mieux vaut en avoir le cœur net.

— Bonjour, bonjour, M. Yoon, je lance d'un ton jovial.

Assis à la table ronde près de la fenêtre, cigarette aux lèvres, il a les yeux rivés sur son cahier de mots croisés

– une vraie obsession. Je pose la boîte de crayons à côté de lui.

— J'ai pris ce qui se fait de mieux.

Il m'adresse un petit sourire et un signe de la main distrait avant de retourner à son casse-tête. M. Yoon ne parle pas, mais depuis peu, il me griffonne quelques mots sur un papier de temps à autre – c'est grâce à cela que j'ai su qu'il avait eu une blessure aux cordes vocales lorsqu'il était bébé et avait ainsi toujours été muet. Cela dit, généralement, nous nous contentons de rester assis ensemble, en silence. C'est de loin l'une des raisons pour lesquelles j'apprécie autant sa compagnie. Ça, et le fait qu'il ne fait pas semblant ; ni de m'aimer ni de me détester. Le problème dans la vie, c'est que la plupart des gens changent de comportement face aux autres et préfèrent jouer un rôle plutôt qu'être eux-mêmes. Bien souvent, ils se donnent des airs supérieurs, ont le jugement facile et, si tant est que ça puisse les servir, ils n'hésiteront pas à vous briser le cœur. Une chose est sûre, la plupart des gens sont nazes. Excepté M. Yoon. Il est bon, sincère, et tout sauf calculateur.

C'est drôle, je me souviens avoir peur de lui, quand j'étais petite. C'était le vieux monsieur grincheux d'en face, muet comme une carpe, qui m'intimait toujours de faire moins de bruit, un doigt sur ses lèvres, lorsque je jouais dans le hall d'entrée avec Gen. Maman disait qu'il voulait qu'on le laisse tranquille, alors je n'ai jamais cherché à avoir le moindre échange avec lui. Jusqu'au jour de mon anniversaire, il y a quelques années. Même ma mère avait oublié de m'appeler et, au désespoir, j'étais allée dans la boulangerie la plus proche et m'étais acheté un énorme gâteau. J'étais tombée nez à nez avec M. Yoon sur le palier. Ses yeux étaient passés successivement de moi au gâteau, l'air intrigué. « C'est mon anniversaire, je fais bien ce que je veux », avais-je marmonné en rentrant chez moi. Une heure plus tard, une enveloppe introduite sous ma porte avait glissé sur le plancher à toute vitesse. J'y avais découvert une feuille A4 pliée en deux, avec un dessin au crayon d'un gâteau orné de bougies. À l'intérieur, une écriture soignée disait : « Joyeux anniversaire, Delphie, de la part de M. Yoon. » C'est le seul et unique message que j'ai reçu cette année-là. Je l'ai pressé contre mon nez et me suis mise à éternuer en sentant l'odeur de cigarette qui en émanait. Depuis, je le garde précieusement dans mon dossier renfermant les documents importants, en compagnie de mes déclarations d'impôts et de mon diplôme universitaire.

Je me dirige vers la cuisine américaine et prépare le café dans la vieille cafetière en cuivre. J'attrape ensuite un saladier, y casse les œufs, les fouette et ajoute une pincée de sel, de poivre et de piment, avant de les verser dans une poêle chaude, en les mélangeant aussi vite que possible. Une fois les deux bagels légèrement grillés, je les beurre et y dépose les œufs brouillés, puis le saumon fumé.

— C'est prêt ! dis-je en posant les assiettes sur la table dans un geste ample, ainsi que deux grands verres de jus d'orange.

M. Yoon referme son cahier et commence à manger avec appétit. On dirait qu'il est affamé. Aurait-il oublié de dîner ? À son poignet, sa montre semble plus lâche que d'habitude.

— Je ne sais pas vous, M. Yoon, mais moi j'ai fait un rêve complètement dingue hier soir, dis-je en mordant dans mon bagel. J'ai rêvé que je mourais et que je débarquais dans l'au-delà, dans un endroit aux allures de Lavomatique. Il y avait une femme déjantée qui était censée être une sorte de thérapeute, mais qui avait l'air archinulle.

M. Yoon avale une gorgée de café et pousse un petit soupir de satisfaction. J'ai mis des mois à le lui arracher : les premières semaines, il se renfrognait à vue d'œil en goûtant le café que je lui préparais. À force de tentatives malheureuses, j'ai compris qu'il l'aimait fort, fraîchement moulu, avec un soupçon de lait d'amande. Une vraie expérience scientifique ! J'en ai même gardé la trace dans un carnet où j'ai noté chaque dégustation sur une échelle de 1 à 10, en fonction de sa réaction.

— Et puis il y avait ce type…

M. Yoon me fixe avec intérêt et hausse les sourcils, comme pour dire « Ah oui, vraiment ? ». Je ne peux m'empêcher de rire.

— Oui, oui. Un très bel homme ! Et une dentition extraordinaire. Il s'appelle – enfin, il s'appelait – Jonah. Il était adorable. Doux, gentil. (Je pose mes couverts sur la table.) Et maintenant, il me manque. Je suis cinglée, je sais. C'est bête, n'est-ce pas, qu'un inconnu tout droit sorti de mes rêves puisse me manquer ? Et pourtant, ça m'a fait du bien de ressentir ça, l'espace d'un instant. Pour être honnête, je ne pensais pas que c'était possible.

J'émets un petit rire mélancolique, tandis que M. Yoon, les yeux de nouveau rivés sur son assiette, continue à engloutir son petit-déjeuner.

— Je devrais peut-être me procurer un livre sur l'interprétation des rêves, dis-je en réfléchissant à voix haute tout en sirotant mon café. Bon, je doute qu'il existe un chapitre intitulé « Se réveiller morte dans un Lavomatique et y rencontrer un bel inconnu », mais on ne sait jamais…

M. Yoon rit en silence, accentuant les rides au coin de ses yeux.

— Vous pouvez bien vous moquer, mais ça me perturbe cette histoire, M. Yoon, dis-je en soulevant nos assiettes pour les mettre dans le lave-vaisselle. Et si je devenais folle ?

M. Yoon prend alors un crayon et griffonne quelque chose en haut de la page de son cahier.

Vous ne pouvez pas devenir folle, vous l'êtes déjà !

— Hé ! je proteste. Enfin, vous avez sans doute raison. Sur ce, il faut que je file à la pharmacie. Une longue journée m'attend, pleine de terribles histoires de peaux sèches, d'yeux chassieux et de démangeaisons. Passez une bonne journée ! Je ferai un saut un peu plus tard pour nettoyer le plan de travail, si vous n'avez pas pu le faire.

M. Yoon lève le pouce avant d'attraper son paquet de cigarettes, d'en sortir une et de l'allumer, d'une main tremblante. Je lui ai évidemment déjà suggéré d'arrêter, mais ce jour-là, il m'avait fusillée du regard avec une telle intensité que j'avais fini par lui offrir un cendrier pour me faire pardonner.

Au moment où je quitte son appartement pour rejoindre le mien, mon téléphone portable se met à sonner et je reconnais les premières notes de la chanson *Jump Around* de House of Pain. Serait-ce une nouvelle sonnerie ? Je le sors immédiatement de ma poche. C'est un texto. Quoi ? Je n'ai jamais activé la sonnerie pour les textos ! J'ouvre le message et mon cœur tressaille.

Hey, Delphie, ici Merritt, d'Evermore. J'ai comme l'impression que tu crois que ce qui s'est passé hier n'était qu'un rêve, je me trompe ? Tu devrais te bouger un peu, je te rappelle que tu n'as que dix jours pour retrouver Jonah.

Enfin, neuf maintenant, car techniquement, le premier, c'était hier soir.

P.S. Ce message s'autodétruira dès que tu auras fini de le lire.

Je fixe l'écran, perplexe, et devant mes yeux écarquillés, les mots scintillent puis s'évanouissent, exactement comme Jonah dans mon rêve qui… n'en était pas un ?

Je retourne dans le dossier des messages reçus : rien. Je scrute le couloir tout autour de moi. Personne. C'est une blague ? Impossible, je connais trop peu de gens pour qu'un petit farceur se cache parmi eux. Peut-être vais-je vraiment mal… J'aurais dû laisser Cooper appeler un médecin hier soir.

La mélodie de *Jump Around* retentit de nouveau. Suis-je en train de rêver ? Je me mets une petite claque sur la joue pour essayer de me réveiller.

Bon sang ! On peut avancer, maintenant, Delphie ? Non, ce n'est pas un rêve. Tout est vrai. Nous sommes le mardi 4 août, il est 8 h 45. Tu as jusqu'au 14 à 18 h pour retrouver Jonah, ou tu seras ma prisonnière pour l'éternité… Mouahahahahah.

Le message disparaît aussitôt. Je sens mes genoux faiblir, comme une demoiselle fébrile tout droit sortie d'un film historique. J'agrippe la poignée de la porte d'entrée et me laisse glisser sur la moquette.

C'est encore moi. Sérieusement, tu pourrais juste me confirmer que tu as pigé ? Je ne peux pas passer la journée scotchée à mon téléphone, ça éveille les soupçons. Eric vient d'entrer dans mon bureau et il ne s'est pas privé de me faire remarquer que j'avais l'air un peu trop occupée. Quel crétin ! Dis seulement à voix haute que tu comprends que tout est bien réel. Allez !

Je pousse un petit cri de surprise en voyant le message s'évaporer une fois de plus. « Euh… C'est réel ? » dis-je d'une voix presque inaudible. Je m'éclaircis la gorge et recommence, plus fort : « Tout est bien réel. »

Génial ! OK, beauté. Je dois filer, mais on se parle bientôt. Bonne chance ! J'ai tellement hâte de voir ce qui va se passer ! Wouhou !

Malgré l'angoisse, l'incrédulité, et la peur croissante d'être menacée par la folie, j'éprouve un sentiment tout à fait inattendu : une bouffée d'excitation. Comme une faible lueur d'espoir qui frémit au creux de mon ventre.

Si tout est bien réel, alors Jonah existe.

Et il se trouve quelque part dans Londres.

7

J'ouvre la porte de la pharmacie *Meyer* à toute volée. La sonnette retentit, et l'odeur réconfortante de savon et de teinture mère me frappe immédiatement. Derrière sa caisse, Jan sursaute et lâche son téléphone qui heurte le comptoir en verre dans un bruit sourd. Elle lève les bras comme si j'étais un cambrioleur qu'elle s'apprêtait à neutraliser, avant de s'apercevoir que c'est moi. Ses épaules retombent et elle retourne à son écran, où défile l'une de ces captations de comédie musicale qu'elle aime regarder entre deux clients.

Leanne surgit de derrière la cloison, les sourcils impeccables – grâce au maquillage permanent – en V, et son gloss scintillant sous l'éclairage artificiel. La pharmacienne, c'est elle, et c'est aussi notre boss, bien qu'elle ressemble plutôt à une influenceuse Instagram, avec sa peau lisse, sa chevelure ondulée au balayage parfait et ses longs cils épais tout sauf naturels. Sans parler de ses vêtements ; passionnée de couture et de mode, elle arbore toujours des modèles confectionnés par ses soins – le plus souvent, de grands pans de tissu aux couleurs fluo agrémentés de manches si larges qu'elles traînent dans sa salade, à l'heure du déjeuner.

— C'est quoi ce raffut ? siffle Leanne tout en déchiffrant l'heure sur la montre en Plexiglas qui ne quitte jamais son poignet. D'ailleurs, tu es en retard.

Quand j'ai commencé à travailler ici il y a trois ans, Leanne passait son temps à essayer de me convaincre d'aller boire un verre avec elle après le boulot. Je me suis toujours défilée, pour deux raisons : tout d'abord, sa sympathie inaltérable me paraissait suspecte. Personne ne peut être aussi heureux de vendre de la crème pour hémorroïdes à longueur de journée. Ensuite, si notre amitié ne fonctionnait pas (et je savais d'expérience que ça ne fonctionnait jamais), la situation aurait été gênante, au travail. Même si ce boulot ne m'emballe pas plus que ça, la pharmacie est idéalement placée, juste en face de mon immeuble, classer des boîtes de comprimés est une tâche plutôt simple et le salaire me permet de vivre correctement. Je ne voulais pas risquer de perdre ce confort-là.

Je me dirige vers le comptoir et je me lance :

— Je voudrais poser les neuf prochains jours.

— Mais... tu ne prends jamais de congés, dit Leanne.

Un bref éclair d'inquiétude traverse son visage, puis elle retrouve son expression contrariée.

— Et puis c'est un peu tard pour prévenir.

— Je sais, je réponds en haussant les épaules, l'air penaud. Mais j'en ai réellement besoin. Si ce n'était pas le cas, je ne te le demanderais pas.

Jan interrompt sa rediffusion sur Broadway HD, et se tourne vers moi :

— Tout va bien, Delphie ? Tu es pâle.

— Oui, oui, très bien, dis-je en balayant son inquiétude du revers de la main. *Techniquement, je suis morte, et j'ai moins de dix jours pour retrouver l'homme de mes rêves et l'embrasser sans quoi je mourrai une seconde fois. Où est le problème ?* J'ai seulement besoin... de faire une pause. Euh... je... je me sens un peu dépassée, en ce moment.

Leanne croise les bras et ses manches, plus bouffantes que larges, semblent avoir été gonflées à l'hélium.

— Tu veux te mettre en arrêt maladie ? Parce que dans ce cas, il te faut un certificat médical. Tu en as un ?

Je secoue la tête.

— Allez, Leanne, s'il te plaît. Ce n'est pas la haute saison, tu peux très bien t'en sortir toute seule quelques jours. Je m'occuperai de l'inventaire à mon retour.

— Et s'il y a des ruptures de stock pendant ton absence ? rétorque Leanne en faisant la moue. Cela signifie que les habitants de Paddington et de Bayswater risqueraient de ne pas pouvoir se procurer leurs médicaments vitaux juste parce que tu n'as pas anticipé tes congés annuels, c'est ça ?

— Oh, ça suffit ! Tu exagères, intervient Jan en tripotant le pendentif plaqué or en forme de trèfle qui ne quitte jamais son cou. Je t'aiderai. Laisse-la donc prendre un peu de repos. Elle ne réclame jamais rien.

Je la dévisage. Pourquoi est-elle soudain dans mon camp ? Ça me paraît trop beau pour être vrai. D'ordinaire, quand elle m'adresse la parole, c'est pour me demander si je sais qui est Stephen Sondheim. Je réponds toujours par la négative, et elle me répète inlassablement que je passe à côté des plus grands chefs-d'œuvre de tous les temps.

Leanne plisse les yeux et je remarque que même son eye-liner est assorti à ses chaussures, d'un violet outremer profond.

— OK. Je veux bien t'accorder tes neuf jours sans préavis, mais dans ce cas, toi aussi tu devras me faire une fleur.

— Très bien. Qu'est-ce que tu veux ?

— Tu viens boire un verre avec moi vendredi prochain, réplique-t-elle en levant le menton.

Je la fixe, bouche bée. Cela faisait trois ans qu'elle avait arrêté de me solliciter. Pourquoi y tient-elle autant ? À quel moment lui ai-je donné l'impression que nous pourrions être amies ? Moi qui ai tant cultivé la solitude... Peut-être est-ce à cause de cette soirée où nous avions descendu une bouteille de vin à deux, peu de temps après que j'ai commencé à travailler à la pharmacie. Elle l'avait sortie de son sac comme par magie. J'avais eu une mauvaise journée, alors j'avais été facile à convaincre d'accepter un premier verre, et puis elle avait continué à me resservir. J'étais tellement pompette que j'ai oublié les trois quarts de la soirée, mais Leanne a dû passer un sacré bon moment, car à compter de ce jour, elle s'est mis en tête de recommencer.

— Hé, si vous sortez, je viens aussi ! proteste Jan. Vous ne pouvez pas me tenir à l'écart juste parce que je suis plus âgée, ce serait de la discrimination.

— Très bien ! dis-je. On sortira toutes les trois, c'est promis. La première tournée sera pour moi ! je m'écrie, répétant machinalement ce que disent les gens dans les séries télé.

Leanne hoche la tête, et un sourire de satisfaction illumine son visage à la symétrie parfaite.

Je rentre chez moi en vitesse pour entamer mes recherches sur Jonah depuis mon ordinateur portable, mais je suis incapable de détacher mon regard du tapis rayé sur lequel je suis morte étouffée la veille. À force, je finis par avoir la trouille. Mieux vaut aller à la bibliothèque. Je descends dans la rue et consulte mon téléphone pour repérer la bibliothèque la plus proche. Certains diront sans doute qu'après vingt-sept ans dans ce quartier, je devrais le savoir, mais une fois mes études terminées, j'ai privilégié les achats de livres sur internet.

La bibliothèque Tyburnia s'avère à seulement quelques minutes à pied. Parfait. Je ne sors presque jamais du quartier de Bayswater – pour quoi faire, j'y trouve tout ce dont j'ai besoin – mais quand j'y suis contrainte, je préfère marcher, écouteurs sur les oreilles et musique à fond pour que personne ne puisse m'aborder. Si cela se produit, je peux toujours faire comme si je n'entendais rien. Malin, n'est-ce pas ?

Je tourne sur la très animée Praed Street et descends en zigzag, évitant les gens sur mon chemin, le regard fixé sur un point imaginaire, à l'horizon. J'écoute un podcast sur la période tumultueuse de la relation entre Van Gogh et Gauguin, à Arles, et une question me vient à l'esprit : Van Gogh s'est-il rendu compte qu'il devenait fou ?

La bibliothèque est un ancien bâtiment, immense, aux vitres poussiéreuses constellées de collages colorés représentant des personnages de contes pour enfants.

Je pousse les lourdes portes et déambule dans les salles au sol recouvert de moquette et aux étagères remplies de livres jaunis, jusqu'à ce que je tombe sur une grande table où sont installées deux autres personnes, en train de travailler sur leur ordinateur portable. Parfait. Je m'assois, ouvre mon propre PC et sans perdre un instant, je tape « Jonah T. Londres » dans la barre de recherche Google.

Vingt-trois millions de résultats.

Je pousse un petit cri, et mon voisin de table me fait signe de me taire, l'air furieux. Je réplique en le fusillant du regard quand soudain, on me tapote doucement l'épaule.

Je pivote sur ma chaise et me retrouve nez à nez

avec un homme : la quarantaine, grand, un peu fluet, les cheveux blond cendré fins et clairsemés. Il porte un gilet de costume en satin sur une chemise blanche, et me dévisage avec curiosité.

— Bonjour, je suis Alec, dit-il en désignant le petit badge doré accroché à son gilet. Puis-je vous aider ? Je vous ai entendue râler depuis là-bas, et j'ai immédiatement reconnu le cri caractéristique du lecteur en détresse, poursuit-il dans un accent mélodieux, rond et chaleureux typique du Yorkshire. Puis-je vous être utile ?

Son visage respire la malice. Je l'observe un instant, puis grimace devant le chiffre affiché sur l'écran de mon ordinateur.

— Peut-être, oui. Auriez-vous quelque part des dossiers contenant les données personnelles des habitants de Londres ? Adresses, numéros de téléphone, etc. ?

— Pour le grand public ? Non. Si vous souhaitez trouver l'adresse de quelqu'un, vous feriez mieux d'utiliser un moteur de recherche !

— C'est ce que je viens de faire, mais il y a des millions de résultats ! J'essaie de retrouver quelqu'un. Le temps presse.

— Vous avez l'air complètement paniqué, dit Alec en pinçant les lèvres. C'est… c'est grave ?

— C'est une question de vie ou de mort, je marmonne en faisant défiler la page Google et en cliquant sur les résultats par images, en vain.

— Hmm, je vois, je vois, murmure-t-il, songeur, en se frottant les mains. Bon, je n'ai peut-être pas accès aux numéros de téléphone privés, mais je crois avoir quelque chose qui pourrait aider… Des livres !

8

Alec est d'une aide précieuse et curieusement, il semble déterminé à se donner à fond, comme s'il s'agissait d'une mission personnelle. Il m'entraîne à travers la bibliothèque, tout en interpellant au passage les lecteurs attentifs qui parcourent les rayons. « Madame Marani, je vous ai commandé le nouveau livre d'Ottolenghi. Il est à l'accueil » ou « Celui-ci, ce n'est pas une bonne idée, Danny – il n'y a pas assez d'action pour vous. Essayez plutôt le dernier Lisa Jewell » et même, plus étrange : « Monsieur Timms, vous n'avez pas un rendez-vous chez l'ophtalmo dans cinq minutes ? Dépêchez-vous, vous allez être en retard ! »

Lorsque nous arrivons dans la section *true crime* de la bibliothèque, il émet un petit rire et se retourne vers moi, le regard brillant d'excitation. L'endroit est bondé, ce que je trouve assez perturbant. Alec sélectionne les livres qu'il juge utiles pour mon cas et les charge dans mes bras.

— Je ne suis pas sûre d'avoir besoin de tout ça, dis-je en essayant de me défaire de trois volumes consacrés aux personnes portées disparues en les remettant dans les bras fluets d'Alec, mais celui-ci lève les mains, paumes apparentes, comme pour m'en empêcher.

— Ce Jonah dont vous m'avez parlé… Il est porté disparu, n'est-ce pas ?

— Eh bien, pas officiellement, non.

— Vous savez où il se trouve ?

— Euh… non, mais c'est-à-dire que… Je ne le connais pas vraiment.

— Bon. Mais vous avez bien mentionné que c'était une question de vie ou de mort ?

— Hmm… oui. Oui, c'est vrai.

— Alors ça coche toutes les cases – dans le métier, c'est ça qu'on appelle une personne portée disparue, déclare-t-il tout en tapotant la tranche d'un livre. Oh, celui-ci est très bon. Ils ne retrouvent pas la victime, mais l'histoire est poignante et tellement émouvante que j'en ai pleuré. Cela dit, je pleure pour un rien. Ça m'est même déjà arrivé devant une publicité pour un bain moussant.

Il entasse trois nouveaux ouvrages dans mes bras surchargés. Moi qui excelle à repousser toute interaction non désirée avec mon prochain, je ne fais pas le poids face à la ténacité d'Alec.

Quand nous atteignons la réception, je pose ma cargaison sur le comptoir – cinq pavés consacrés aux faits divers et personnes disparues ainsi qu'un volume de *La Criminologie pour les nuls* – et Alec me demande ma carte de bibliothèque.

— Je n'en ai pas.

Son visage se décompose, comme si je venais de lui annoncer qu'il lui restait dix jours à vivre.

— Vous l'avez perdue ?

— Non. Je n'en ai pas.

Alec secoue la tête, incrédule.

— Waouh. Ça alors. Eh bien, c'est un grand jour ! s'écrie-t-il en me tendant un formulaire d'inscription. Songez qu'une carte de bibliothèque, c'est une sorte de portail vers tous les univers possibles et imaginables. Des aventures incroyables vous attendent !

— Je ne suis pas certaine de repasser de sitôt... dis-je en lui remettant le document complété.

— Vous serez bien obligée ! dit-il tout en entrant mes coordonnées dans l'ordinateur. Il vous faudra rendre les livres. C'est ça, le piège ! Et quand vous reviendrez, je vous attendrai avec des recommandations de lecture à gogo ! s'exclame-t-il en frappant dans ses mains. Je m'y attelle dès que vous serez partie.

— D'accord, dis-je, confuse, en prenant ma toute nouvelle carte de bibliothèque et en empilant les ouvrages dans mes bras. Eh bien, merci...

— *You'll be back*, lance Alec dans une parfaite imitation de *Terminator*.

Alors que je me dirige vers la sortie, il saisit le petit hibou empaillé sur son bureau, et le brandit en faisant remuer son aile en signe d'au revoir. Avant de franchir les portes, je me retourne une dernière fois : il est encore là.

Je me traîne péniblement dans la chaleur étouffante des rues, les bras chargés, transpirant à tel point qu'arrivée en bas de mon immeuble, ma fine chemise blanche colle à ma peau. Je tiens mon butin d'une main le temps de trouver ma clé. L'enfoncer dans la serrure et la tourner dans le bon sens sans faire tomber ma précieuse cargaison requièrent une concentration et une dextérité extrêmes. Je suis à deux doigts d'y parvenir quand soudain, la porte s'ouvre de l'intérieur. Je trébuche, les livres m'échappent et dégringolent sur les marches poussiéreuses de l'entrée.

« Noooon », je gémis et jette un regard furieux en direction de la porte. Qui est le coupable ?

Ah. Évidemment.

L'ignoble Cooper se tient devant moi, tout de noir vêtu bien que sans son habituelle veste en cuir. Il doit étouffer, mais son visage calme n'en laisse rien transparaître.

— Tu comptes t'excuser ? je rétorque, tout en me baissant pour ramasser ces fichus bouquins dont je ne voulais même pas. Sa mâchoire se crispe un peu sous sa barbe de trois jours.

— Je ne pouvais pas savoir que tu étais de l'autre côté, non ?

Il se penche et saisit l'un des livres – *Profilage géographique : le guide indispensable.*

— Pourquoi tu as tiré la porte comme ça ?

— Comme quoi ?

— Comme si tu avais une dent contre elle !

— Elle est lourde ; il faut y aller franchement pour l'ouvrir, tu le sais très bien. Et puis je n'y peux rien, c'est ma force naturelle.

C'est une blague ? Comme je ne l'ai jamais vu plaisanter, j'en déduis que non.

— Ta force naturelle ? Waouh. Chapeau, il fallait oser. C'est bon, je peux passer maintenant ?

Cooper reste là, dans l'embrasure de la porte, me barrant l'entrée de toute sa carrure. Sans bouger d'un pouce, il examine la couverture du premier livre de la pile, les sourcils froncés.

— Tu cherches quelqu'un ?

— Peut-être.

Il plie les genoux pour déchiffrer les titres des ouvrages.

— C'est costaud, comme lecture, pour un « peut-être », dit-il en tapotant la tranche du dernier livre avec l'index. Celui-ci n'est pas mal. En revanche, les autres sont parfaitement inutiles.

À mon tour d'être suspicieuse.

— Tu les as lus ?

— Oui.

— Pourquoi ?

— Tu essaies vraiment de retrouver quelqu'un ? demande-t-il, éludant ma question. Qui ? Et pourquoi ?

— Vous voudriez peut-être que je fasse une déposition écrite au commissariat, détective Cooper ?

— Ça va, ça va, proteste-t-il en levant les mains. Eh bien, bonne chance.

Je repense à ce que Leanne me reprochait ce matin – mon attitude parfois insolente et acerbe. Je ne la prenais pas au sérieux, mais la façon dont je viens de répondre à Cooper me rappelle à l'ordre : c'était un peu insolent, et clairement acerbe.

— J'essaie de retrouver mon euh… mon dernier plan cul.

C'est sorti tout seul. J'ai failli dire « mon ex », mais Cooper aurait tout de suite décelé l'affreux mensonge : personne ne vient jamais me rendre visite.

— Ah.

Sa voix devient un peu plus aiguë, et il affiche une moue surprise qui m'agace au plus haut point. Je pourrais parfaitement avoir un plan cul ! Certes, aucun homme n'a jamais manifesté le moindre intérêt pour moi hormis Jonah, mais Cooper l'ignore. Pour autant qu'il sache, je pourrais très bien m'envoyer en l'air dans tout Londres. Je souffle, vexée.

— Figure-toi que tu n'es pas le seul de cet immeuble à avoir des mœurs libertines, Cooper.

— Des mœurs libertines ?

— Eh oui. Mais contrairement à toi, je ne fais pas

la collection. Je m'en tiens à Jonah. Un mec génial. Magnifique, hyper intelligent. Un regard à tomber…

Je souris et me perds un instant dans mes pensées. Cooper hausse un sourcil.

— Ah oui ?

— Hmm. On s'est envoyés en l'air dans tout Londres.

— Je vois… Et maintenant il te ghoste et tu veux comprendre pourquoi, c'est ça ? dit-il en hochant la tête, comme si c'était une évidence. (Mon Dieu, ce que ce type peut être insupportable !)

— Tu sais quoi, Colombo…

Je m'arrête, car je ne sais absolument pas comment terminer cette phrase. Impossible de lui dire que j'essaie de retrouver l'amour de ma vie, à qui je n'ai parlé que cinq minutes alors que je venais de mourir, afin de l'embrasser et d'éviter de claquer une nouvelle fois. J'aperçois Leanne, qui me fait un signe de la main derrière la vitrine de la pharmacie, en face. L'affiche placardée à côté d'elle est une publicité pour la lutte contre les MST.

— Je… je lui ai transmis la chlamydiose.

Pourquoi ai-je dit ça ? Pourquoi ? Cooper garde une expression neutre – c'est tout à son honneur.

— Je ne l'ai plus, je me dépêche de préciser. Je suis guérie. Tirée d'affaire. Tout est nickel-chrome. Mais bon, tu comprends… Il faut que j'en informe Jonah. C'est mon devoir.

— Bien sûr, acquiesce Cooper.

— Voilà.

Je voudrais me transformer en flaque d'eau, glisser dans une canalisation souterraine et disparaître de la surface de cette planète. Vas-y, Merritt, embarque-moi, je suis prête.

Dès que j'entre dans mon appartement, je me précipite

dans la salle de bains pour voir si je suis aussi rouge que je le soupçonne. Le constat est terrible : je suis rouge cadmium intense. *Mon Dieu, Delphie.*

Je me dirige vers ma chambre, me déshabille entièrement et m'assois en tailleur par terre, face à mon ventilateur-colonne. Je prends une profonde inspiration et commence à feuilleter l'un des livres recommandés par Alec, faisant de mon mieux pour repousser la vague de honte qui m'envahit à chaque fois que je repense à ma discussion avec Cooper. L'heure est à la concentration.

Deux heures plus tard, désormais au fait de toutes les méthodes permettant de cacher un cadavre et d'échapper à la police, je n'ai toujours pas la moindre idée de comment retrouver Jonah T.

J'ouvre mon ordinateur portable et tape de nouveau « Jonah T. Londres » dans Google. Le nombre de résultats est aussi décourageant que les cinq dernières fois où j'ai effectué cette recherche. Je clique sur le profil LinkedIn d'un certain Jonah Thompson et sa photo apparaît : la cinquantaine, il vit à Tucson en Arizona, et est passionné de microfinance. Ce n'est pas mon âme sœur. Je consulte ensuite la page de Jonah Tyburn, qui habite à Londres : c'est un garçon de 15 ans en quête de partenaires pour jouer avec lui à *Fortnite*. Pas mon âme sœur non plus. Je continue ainsi à cliquer au hasard sur le profil de tout un tas de Jonah T., mais aucun n'est l'homme idéal rencontré à Evermore. Je repousse mon ordinateur et me masse les tempes. Les yeux clos, je convoque l'image du visage de Jonah. Je revois l'éclat de ses iris. Sa façon de me contempler, comme s'il apercevait ce que je décèle parfois aussi lorsque j'examine mon reflet avec bienveillance : une peau pâle presque sans imperfections, un regard franc couleur noisette, un nez certes un peu gros, mais droit et somme toute assez classique si on le considère sous le bon angle. Un corps souple et charnu, aux cuisses épaisses et musclées et aux hanches larges, que l'on pourrait sans doute qualifier de sexy.

Tout à coup, la télévision s'allume, m'arrachant à mes pensées. Je pousse un petit cri de surprise et cherche la télécommande : elle est innocemment posée sur ma table de chevet. Un épisode de *Schitt's Creek* débute sous mes yeux stupéfaits : des sous-titres viennent d'apparaître en plein milieu de l'écran, dans une police manuscrite rose fluo, recouvrant les visages des acteurs. Je les déchiffre, bouche bée :

Tes efforts ne semblent pas porter leurs fruits, ma chère Delpherina. Peut-être as-tu besoin d'un coup de main.

— Je m'en sors très bien, je n'ai pas besoin d'aide.

Les sous-titres se mettent à pétiller et laissent apparaître un nouveau paragraphe.

Si tu le dis, ma jolie. J'essayais seulement de me rendre utile. C'est calme par ici aujourd'hui... J'ai déjà lu toutes les œuvres d'Emily Henry et relu les quinze tomes de *La Chronique des Bridgerton*. J'avais un peu de temps devant moi, alors j'ai pensé t'offrir mon aide. Si tu n'en veux pas, aucun problème ! Ça m'est parfaitement égal !

— Tu pourrais me dire où habite Jonah, par exemple ?

Je fixe l'écran dans l'attente d'une réponse, mais la télévision s'éteint brusquement. C'était couru d'avance. Si Merritt me donnait son adresse, tout son concept de romance par procuration tomberait à l'eau. Or c'est tout ce qui l'intéresse.

Où es-tu, Jonah ? Je m'efforce de me rappeler d'éventuels indices apparus au cours de notre brève rencontre à Evermore. Il portait un tee-shirt uni, sans logo. Il a évoqué Londres de manière assez générale – hormis le côté magique qu'il y trouvait. Je n'ai pas non plus eu le temps de deviner quel type de travail il exerçait, mais ça ne me surprendrait pas s'il était médecin, ou pompier, ou quelque chose comme ça. Tout ça est bien joli, mais ça ne me donne pas de plan d'action.

Je passe encore une heure à envoyer des messages à tous les Jonah T. sans photo de profil que je repère sur internet avant de concéder que Merritt avait raison : j'ai besoin d'aide.

9

Quand Cooper ouvre sa porte d'entrée, ses sourcils sont déjà froncés, comme s'il anticipait le caractère décevant de notre future conversation. Si je réfléchis bien, je crois ne l'avoir vu sourire qu'une seule fois : un jour, peu après son emménagement, il était passé devant moi dans le hall, téléphone portable à l'oreille. Il était rayonnant. Au moment où nous nous étions croisés, il m'avait fait une petite révérence en guise de bonjour et avait plongé ses yeux dans les miens ; je m'étais sentie mal à l'aise.

Il reste debout dans l'encadrement de la porte, l'obstruant presque entièrement, mais je perçois tout de même une lueur bleutée derrière lui. J'en déduis que ses volets sont fermés et que l'unique source de lumière est celle de son écran d'ordinateur.

— Qu'y a-t-il encore ? soupire-t-il.

Quelle arrogance !

— Je voulais juste vérifier les rumeurs, dis-je d'un ton dégagé. Manifestement, elles sont fondées ; tu passes bien la journée assis seul dans le noir à troller des inconnus sur Twitter pour t'amuser. Ça sent l'*incel* à plein nez.

— Mon appartement est plongé dans l'obscurité parce qu'il fait trente-trois degrés dehors et qu'ainsi, les murs épais de l'immeuble permettent de maintenir la fraîcheur sans utiliser de clim. Et puis je n'ai même pas Twitter.

Il m'adresse un sourire hypocrite et s'apprête à refermer la porte, mais je suis plus rapide que lui et glisse mon pied dans l'entrebâillement.

— Attends. Je peux entrer ?

— Non.

— Je... J'ai besoin d'aide le plus vite possible.

C'est le genre de phrase que je n'ai prononcé que deux fois dans ma vie : la première, à la caissière de l'épicerie du coin, car je n'arrivais pas à choisir des avocats et la seconde, à des usagers, dans le métro, après avoir vu un pigeon et un rat se battre à la sortie de la station Ladbroke Grove.

Je sens bien que Cooper n'a aucune envie de me laisser entrer, mais sa politesse de jeune homme distingué a raison de lui. Il recule et ouvre la porte avec un grognement à peine dissimulé.

Je pénètre dans son appartement et constate d'emblée qu'il est bien plus grand que le mien. En fait, il dépasse même en surface celui de M. Yoon. Je parcours la pièce du regard. La personne qui vit ici semble bien plus chaleureuse et intéressante que Cooper. Les murs sont tapissés d'étagères débordant de livres, d'œuvres d'art et de reproductions de couvertures d'ouvrages anciens encadrées. Le canapé, en tissu crème rayé, est parsemé de coussins moelleux en velours bleu de Prusse. Je laisse échapper un cri en apercevant la cheminée d'origine, dont la fonte noire a viré au gris étain avec le temps.

— La chance ! Elle fonctionne ?

— Je crois.

— Comment ça, tu crois ? Si j'avais une cheminée, elle serait allumée en permanence.

— Même en pleine canicule ?

— Je prendrais un bain glacé avant et je resterais toute nue rien que pour pouvoir en profiter.

Il hausse les sourcils presque imperceptiblement.

Un grand dessin au trait trône au-dessus de la cheminée, dans un cadre noir, représentant une femme nue, de dos. C'est une encre magnifique, et bien plus érotique que ce que j'aurais pu m'attendre à trouver chez quelqu'un d'aussi aigre que Cooper. Je l'observe quelques instants, immobile.

— Je peux faire quelque chose pour toi ou tu es juste venue inspecter les lieux ?

Je pivote sur mes talons et désigne le bureau, à gauche de la cheminée, où sont alignés trois écrans d'ordinateur. Ils sont allumés en permanence ; je m'en suis aperçue à force de venir chercher mes colis livrés chez lui par erreur.

— Tu es calé en informatique, non ?

— Je... En tout cas, je passe pas mal de temps sur l'ordinateur, en ce moment. Tu as un problème avec ton PC ? Parce que dans ce cas, il y a un atelier de réparation sur Queensway.

— Non, non...

Je m'approche de la table et scrute l'écran central, couvert de rangées de chiffres et de symboles incompréhensibles.

— C'est à propos du type dont je t'ai parlé tout à l'heure pour... euh...

— Ah oui, l'homme avec lequel tu t'es envoyée en l'air dans tout Londres ?

Je vire au rouge pivoine.

— C'est ça. J'ai épluché tous les livres empruntés à la bibliothèque, en vain. J'ai consulté l'annuaire, mais il y a tellement de Jonah à Londres que je me sens dépassée. Je ne sais pas par où commencer. Alors je me suis dit que toi et tes talents de geek auriez peut-être une idée pour accélérer le processus.

— Ce n'est pas le bon moment, dit Cooper en secouant la tête. Je suis occupé. Peut-être que dans un jour ou deux, je pourrai y jeter un œil.

— Pourquoi m'as-tu laissée entrer, si c'était pour refuser de m'aider ?

— Je ne connaissais pas la nature de ta requête.

— Mais je ne peux pas attendre un jour ou deux !

Cooper croise les bras, et le tissu de sa chemise se tend, épousant ses épaules remarquablement musclées.

— Pourquoi ?

— Hmm... Eh bien, je crois qu'avec euh... la chlamydiose, chaque minute compte. Je me suis fait soigner sur-le-champ bien sûr et maintenant tout est...

— Nickel-chrome. Je sais, tu l'as déjà dit tout à l'heure.

— Oui, mais Jonah ne le sait pas, lui. Et je me dois de lui dire. Il en va de ma responsabilité. Tu imagines, si ton haricot était en péril et que personne ne te prévenait ? Ce serait terrible !

Je referme soudain la bouche, horrifiée en entendant l'écho de mes mots retentir dans la pièce.

— OK. Bon, je crois que tu ferais mieux d'y aller, Delphie. Je suis désolé, j'ai du travail.

Il se dirige vers la porte à grandes enjambées et l'ouvre.

— S'il te plaît, aide-moi ! Je te revaudrai ça, c'est promis. Je ferai tout ce que tu veux.

— Je n'ai besoin de rien.

— Peut-être qu'un jour, si.

— Et de quoi pourrais-je avoir besoin, venant de toi ? réplique-t-il avec un petit sourire narquois.

— Du sucre ? Des bougies, en cas de coupure de

courant ? dis-je en jetant un œil à la pièce. Tu n'as pas l'air d'en avoir alors que moi, j'en ai des tonnes.

— Je ne prends pas de sucre depuis que je n'ai plus 12 ans et il n'y a pas eu de coupure de courant à Londres depuis vingt ans.

Mon Dieu, ce type est horrible. On ne peut pas faire pire. Il est vraiment comme ça avec tout le monde ?

— Super. Merci de ton aide, Cooper. Au fait, ne songe même pas à venir frapper à ma porte le jour où ton lave-linge sera en panne et que tu auras besoin de laver tes slips.

Pourquoi ai-je dit ça ? Je crois que je devrais arrêter de parler. Les raisons pour lesquelles je garde mes distances sont nombreuses, mais cette espèce de dysfonctionnement verbal systématique est dans mon top 5.

— Quelle perspective insoutenable, soupire Cooper. Mais je pense que je parviendrai à m'en tirer malgré tout.

Son portable vibre. D'une main, il le sort de sa poche et lit le message qui s'affiche à l'écran, tandis que de l'autre, il désigne la porte. Ça ne peut pas être plus clair.

— Tu es le type le plus odieux de la Terre !

La frustration et la colère me serrent la gorge. Que suis-je censée faire maintenant ?

Je pivote sur mes talons et m'en vais, d'un pas décidé, en espérant de tout cœur qu'un jour, pris d'un besoin vital d'une tasse de thé chaud à pas d'heure, Cooper soit contraint de toquer à ma porte pour me demander du lait. Ce que je lui refuserai *illico*. Ou mieux encore, je lui offrirai un bol de lait tourné. Cette idée me redonne le sourire. Je m'apprête à claquer la porte derrière moi, mais Cooper me rattrape :

— Delphie, attends !

Je me tourne vers lui et lui adresse le regard le plus dédaigneux possible.

— Quoi ?

— Euh... en fait, il y a peut-être quelque chose que tu peux faire pour moi, bredouille-t-il, tout en fixant son téléphone.

— C'est quoi ?

— Je...

Il ferme les yeux un instant.

— Tu veux bien prendre une photo avec moi ?

— Tu veux me prendre en photo ? dis-je en faisant la moue.

— Euh... oui. Un selfie.

Le mot « selfie » sonne bizarrement dans sa bouche, et je serais prête à parier tout ce que j'ai – certes, c'est peu – que c'est la première fois qu'il le prononce. Ses oreilles se colorent légèrement.

— Pourquoi ? dis-je, méfiante. C'est un piège ?

Je l'imagine un instant coller mon visage sur la photo d'une fille nue et la diffuser sur internet, rien que pour m'emmerder.

— Ça n'a rien de pervers, je te le promets. Juste un selfie. Ça te prendra une seconde. Tu as besoin de mon aide ou pas ?

Oui, évidemment.

— D'accord, mais je suis un peu transpirante.

— Tu veux te rafraîchir ? La salle de bains est par là.

Il désigne une porte entrouverte derrière lui.

— Hmm... OK.

Troublée, je me dirige vers sa salle de bains, qui s'avère aussi dépouillée que son salon est encombré. Hors de question que j'utilise son savon, Dieu sait ce qu'il a lavé avec. Je fais couler de l'eau froide et m'en asperge le visage puis j'ouvre le tiroir sous le lavabo.

J'y trouve une pile d'élégantes serviettes de toilette anthracite, une boîte portant la mention « Préservatifs – sensation naturelle » sur le côté dans une police très chic, et une bouteille neuve de savon liquide Kiehl's. Je prends une serviette, me tamponne les joues et sors de la pièce.

— Transpiration éliminée.

Cooper ne dit pas un mot. Il se contente de se placer à côté de moi, épaule contre épaule, et lève son portable. Je gigote, mal à l'aise.

— Il faut que tu souries, dit-il.

Je montre mes dents, en guise de réponse.

— Un vrai sourire, Delphie. Tu en es capable ?

— Pourquoi, toi oui ?

— Il faut que ça soit sincère. Pense à quelque chose qui te rend heureuse.

Je songe immédiatement à la voix de Jonah qui me confie avoir l'impression de déjà me connaître. Je souris et Cooper appuie sur le bouton, prenant une rafale de clichés.

— Tu ne les mets pas sur internet, hein ? dis-je en me penchant pour tenter de jeter un œil à son écran.

— Pourquoi ferais-je un truc pareil ? raille-t-il en glissant son portable dans sa poche. Je peux t'assurer que je les aurai supprimées d'ici ce soir. Bon, maintenant… J'ai une trentaine de minutes devant moi. Après, je dois filer. Comment puis-je t'aider ?

10

Je n'étais jamais allée dans les quartiers de l'est de Londres avant, et ça ne me plaît pas. Pas du tout, même. Je n'arrive pas à me repérer dans ce dédale de rues inconnues et les gens que je croise ont tous l'air d'aller auditionner pour un groupe de musique indé prétentieux avec un nom du genre Radiator Conspiracy ou Breakfast with Carl. Mais comme il y a de bonnes chances que Jonah soit dans le coin ce soir, je fais de mon mieux pour braver mon malaise. Cooper s'est révélé un vrai as de l'informatique. Il n'a pas voulu entrer dans les détails, mais à ma grande surprise, il avait accès à une base de données confidentielle établie par la police qui lui a permis de générer rapidement une liste des Jonah T. de moins de 30 ans vivant à Londres. Une brève recherche sur les réseaux sociaux nous a aidés à en éliminer la plupart, mais l'un d'eux a retenu mon attention : Jonah Thompson. Ses comptes étaient soit privés, soit inutilisés, mais sa photo de profil montrait un homme d'une trentaine d'années aux cheveux couleur terre d'ombre brûlée. Je ne peux toutefois pas être certaine qu'il s'agit bien de lui, car son visage était dissimulé derrière des lunettes de soleil. Cependant, nous avons découvert une publication Instagram d'un piano-bar de l'est de Londres, annonçant des soirées hebdomadaires sur le thème des comédies musicales, sur laquelle son nom était tagué. Il me paraissait donc logique de m'y rendre, en espérant qu'il ait l'habitude de fréquenter cet endroit – ça ne semblait pas le genre de mon Jonah, mais je peux me tromper. Après tout, il comptait passer un été magique à Londres ; c'était peut-être ce qu'il entendait par là ? Peu importe, à la seule idée de le revoir, mon cœur bat la chamade et une bouffée de chaleur envahit ma nuque et ma poitrine.

J'aperçois une enseigne au néon indiquant *The Broadway Club* et m'engage dans la cage d'escalier crasseuse qui mène au sous-sol. Quand j'ouvre la porte, une vague de sensations me submerge, un brouhaha mêlé à l'odeur synthétique des cigarettes électroniques, à l'éclat des boules à facettes et aux tintements du piano droit qui trône au centre de la salle.

— Au secours, je marmonne entre mes dents. C'est quoi cet enfer ? Pourquoi mon merveilleux Jonah viendrait-il ici ?

Je me dirige vers le comptoir à contrecœur et ne peux réprimer une grimace lorsqu'un groupe de femmes arborant des boas en plumes me bouscule tout en déblatérant contre Andrew Lloyd Webber.

Derrière le bar, le serveur vêtu d'un tee-shirt entièrement recouvert de sequins rouges m'adresse un grand sourire.

— Euh… salut, dis-je en faisant un petit signe de la main maladroit.

— Waouh, tes cheveux ! ça fait très *Sound of Music*, j'adore !

— Ah. Je… je n'ai pas vu *La Mélodie du bonheur*, dis-je en tripotant mes tresses, mal à l'aise. Ce n'est pas trop mon truc, les comédies musicales.

Il éclate de rire, persuadé que je plaisante, mais dès

qu'il comprend que ce n'est pas le cas, son sourire s'évanouit.

— Mince. Dans ce cas, tu vas avoir besoin d'un verre.

— Tout à fait d'accord, dis-je en hochant la tête. Un verre de blanc serait parfait. Vous avez du Pinot gris ?

— C'est l'happy hour, les cocktails sont à moitié prix, tu devrais en profiter ! Ils sont délicieux. Je le sais, puisque c'est moi qui les fais. C'est moins cher que le vin, et mille fois plus fort.

Il me tend le menu sur lequel figure une liste de breuvages sophistiqués aux noms évocateurs : le Liza, le Patti, le Barbra, l'Idina et le Bernadette.

Je n'ai jamais bu de cocktail de ma vie. Mais à moitié prix, ça ne se refuse pas. Je passe mon doigt sur la liste et m'arrête au hasard.

— Super, je vais prendre un Liza.

— Très bon choix.

Il saisit un verre à la fois original et élégant, tout droit sorti d'un *James Bond*, et réunit les ingrédients nécessaires tout en me faisant la conversation.

— Je ne t'ai jamais vue, observe-t-il en versant une quantité indécente de vodka dans un shaker en métal. Qu'est-ce qui t'amène ?

— Je cherche un homme, dis-je distraitement en fouillant la salle du regard, dans l'espoir d'y apercevoir Jonah.

— Hmm pas sûr que ce soit l'endroit idéal, répond-il en riant.

Il plonge une paille argentée en forme de spirale dans mon verre, ajoute une cerise au marasquin toute collante et une ombrelle à cocktail et le fait glisser sur le comptoir. Mes lèvres se frayent un chemin au milieu de toutes ces fioritures, je bois timidement une première gorgée, avant d'en reprendre une aussi sec.

— Waouh.

— Ah, je te l'avais dit ! Le secret de ce cocktail, c'est un soupçon de liqueur de pomme. C'est ce qui lui donne ce petit peps, déclare-t-il en faisant frétiller ses doigts sur le mot « peps ».

Je continue à siroter mon breuvage et une douce sensation de calme m'envahit petit à petit, comme si mon corps tout entier se détendait. Au piano, une femme se met à chanter ; c'est une catastrophe, mais personne ne semble s'en formaliser. Une petite foule se joint à elle. Cet endroit est vraiment bizarre. Je commande un nouveau cocktail et commence à arpenter la salle, aux aguets. Mon regard s'arrête sur chaque chevelure caramel que j'aperçois, en vain. Je continue à errer, essayant de faire abstraction de la terrible plainte discordante qui s'élève du groupe à côté du piano. J'examine chaque recoin abritant des banquettes. Nulle trace de Jonah.

Soudain, je sens mon portable vibrer dans mon sac. Je le sors et découvre un message de Merritt.

Bonjour beauté ! J'ADORE cet endroit ! J'y allais tout le temps, quand j'étais vivante. Il faut absolument que tu chantes All That Jazz pour moi.

— Hors de question, je grommelle entre mes dents. Je suis ici pour trouver Jonah.

S'IL TE PLAÎT. Si j'étais là, je le ferais, mais je ne peux pas. Je suis morte. Tu te rends compte ? C'est tellement tragique. Emportée dans la fleur de l'âge.

Je me tourne pour faire face au mur avant de lui répondre, histoire de ne pas éveiller les soupçons.

— Je ne connais même pas cette chanson. Et quand bien même, jamais de la vie je me lèverais pour chanter devant un parterre d'inconnus.

Soudain, derrière le piano, une silhouette attire mon attention : un homme, très grand, aux cheveux couleur Jonah. Malgré la lumière tamisée, je le reconnais aussitôt et me précipite dans sa direction. Trop tard. Il s'engouffre dans les toilettes pour hommes.

— Bon sang !

Tandis que je reste plantée devant la porte des toilettes en attendant qu'il ait fini ses affaires, mon téléphone vibre frénétiquement.

All That Jazz ! C'est un ordre. Si tu refuses, je t'enlève un jour.

— Quoi ? Tu ne peux pas faire ça !

Un homme sort des toilettes à ce moment-là et me lance un regard empreint de vanité.

— Pourtant, je viens juste de le faire, ma belle, dit-il d'une voix traînante.

— Pas vous ! je m'exclame, furieuse, mais l'inconnu a déjà disparu dans la foule.

Je m'adresse de nouveau à Merritt :

— Peu importe, je n'aurai pas besoin des neuf jours restants. Je crois que je l'ai trouvé.

Soudain, mon cœur s'arrête. Le type qui sort des toilettes a la même carrure et les mêmes cheveux que l'homme de mes rêves, mais ses traits sont moins fins, ses yeux bien trop rapprochés et pas du tout bleu cobalt.

— Vous... vous êtes Jonah Thompson ?

— Non, ce n'est pas moi.

— Vous cherchez l'Australien ? demande une femme

en se faufilant jusqu'à l'homme que je viens d'interpeller et en passant un bras autour de sa taille. Il est rentré à Sydney il y a six mois, son visa avait expiré. Il nous manque, c'était un excellent Jean Valjean.

— Attendez... Jonah Thompson est australien ? Avec un accent australien ?

— C'est assez fréquent, oui, répond le type avec un sourire narquois.

Mon Jonah avait un accent anglais, et je sais qu'il est à Londres en ce moment. Ce n'est pas lui. Mince. Je pensais que j'avais au moins trouvé son nom de famille.

Tandis que les deux tourtereaux s'éloignent et rejoignent le groupe de femmes aux boas de plumes, mon téléphone vibre à nouveau et je perçois les premières notes de *Jump Around* derrière les tintements du piano.

Tiens, tiens... Perdre une journée serait plus compliqué que prévu, dirait-on !

— Pourquoi insistes-tu autant ? Je croyais que tu voulais m'aider ? OK, je me suis trompée, ce n'est pas le bon Jonah. Permets-moi au moins de rentrer et d'élaborer un nouveau plan, dis-je d'une voix suppliante en collant mon portable contre mon oreille, mimant une conversation téléphonique, pour éviter qu'on me prenne pour une folle.

Je suis morte. Laisse-moi vivre par procuration ! C'est All That Jazz, ou tu perds une journée.

— Je ne connais pas *All That Jazz.*

Tout le monde connaît All That Jazz.

Elle a raison. Curieusement, tout le monde connaît *All That Jazz*, même moi.

Allez, Delphie, courage ! Tu n'as pas envie d'essayer de vivre un peu, tant que tu le peux ?

— Aaaaargh. Un shot de tequila et un troisième Liza, s'il te plaît, dis-je en m'écroulant sur le comptoir.

— Tu as retrouvé ton homme ?

— Ce n'était pas le bon, dis-je en avalant la tequila d'une traite.

— Je vois.

Il secoue le cocktail d'une main experte, puis le verse dans mon verre et me le tend.

— Celui-là, c'est offert par la maison.

— C'est un piège ?

— Non, répond-il en haussant les épaules. Tu sembles juste en avoir sacrément besoin.

Je le remercie d'un signe de tête, laisse quelques pièces sur le comptoir en guise de pourboire et m'avance vers le pianiste. Alors qu'il finit de jouer une chanson tirée d'*Hamilton* – c'est un tel tube que même moi je le reconnais –, je me penche vers lui.

— Je... Je peux vous demander *All That Jazz*, s'il vous plaît ?

Il lève les yeux au ciel.

— Vous ne préféreriez pas Sondheim plutôt ? Ou Tesori ? Bon sang, un peu de changement ! N'importe quel autre titre de Kander & Ebb fera l'affaire.

Je ne sais absolument pas de quoi il parle.

— Votre nom ? finit-il par soupirer.

— Delphie Denise Bookham.

— Je n'en demandais pas tant. Bon, OK. Delphie. C'est parti.

Il me tend le micro, que je saisis d'une main tremblante, avant de descendre mon cocktail d'une traite. Il exécute les premières mesures, j'approche le micro de mes lèvres, terrifiée, et ouvre la bouche. Aucun son n'en sort.

— Il faut chanter pour de vrai ! siffle-t-il en reprenant la mélodie une fois de plus.

Autour de moi, la foule me regarde l'air absent, mais soudain, le serveur en top à sequins bondit sur scène, à côté de moi, et se met à chanter. Sa voix est d'une beauté incroyable. Il m'adresse un petit signe de tête, mais malgré ses encouragements, la tequila, et la menace agitée par Merritt de me retirer un jour, je reste muette. Même mes oreilles transpirent. C'est au-dessus de mes forces. Hier encore, je faisais tout pour limiter au minimum mes interactions sociales. Et me voilà debout sur une estrade, devant une salle comble, forcée de chanter une chanson que je connais à peine pour une pseudo-thérapeute arriviste planquée dans son Lavomatique céleste qui a envie de s'amuser un peu avant de me faire la peau.

À l'instant même où je me dis que ça ne peut pas être pire, mes yeux se posent sur une femme, au fond de la salle, qui se déplace avec une sorte d'aura impérieuse, entourée du groupe aux boas de plumes dont elle est clairement la meneuse.

Ma gorge se noue quand je réalise qu'il s'agit de Gen. Mon ex-meilleure amie devenue bourreau. Elle me montre du doigt et chuchote quelque chose à ses copines, un sourire suffisant aux lèvres.

J'ai la nausée. Que fait-elle ici ? Mon estomac se tord ; je suis à deux doigts de vomir. Je lâche mon micro qui tombe sur le clavier dans un bruit fracassant.

— Hé ! s'énerve le pianiste. C'est un Sennheiser 430 !

— D-désolée, je bafouille en m'éloignant, la mâchoire crispée tandis que Gen avance dans ma direction.

Il me faut quelques secondes pour réaliser que ce n'est pas elle, mais une grande blonde, sûre d'elle, dont le visage m'est inconnu. J'essaie de respirer, j'attends que les battements de mon cœur s'apaisent, mais rien n'y fait. L'idée même que Gen aurait pu être ici a provoqué chez moi une sécrétion proprement exceptionnelle de cortisol – la fameuse hormone du stress.

Soudain, la voix du serveur à sequins me parvient de très loin, comme si j'évoluais sous l'eau :

— Tout va bien ?

Je bredouille un « désolée », fais volte-face et sors du bar en courant aussi vite que possible. Une fois dans la rue bondée, je continue à courir jusqu'à ce que j'atteigne l'arrêt de bus.

11

Je sors du bus à Paddington et en sentant la brise de cette douce soirée d'été caresser mon visage, je me rends compte que je suis saoule. Je bois si peu que la série de cocktails absorbée en l'espace de quelques heures m'a bien assommée. Je descends Craven Road d'un pas titubant, en trébuchant pour un rien toutes les trente secondes. Au moment où je passe devant la bibliothèque, une voix retentit :

— Delphie ? Delphie Bookham ? C'est bien toi ?

Je regarde par-dessus mon épaule et aperçois un homme dégingandé avancer vers moi en trottinant. Comment connaît-il mon nom ? Pourquoi me poursuit-il ?

J'accélère le pas, mais au bout de deux mètres, mon manque de coordination a raison de moi et je m'étale sur le trottoir.

— Non !

L'homme me rattrape et arrive à ma hauteur alors que je suis toujours étendue par terre. À la lueur du réverbère, je distingue les traits de mon assaillant, qui n'est autre que le bibliothécaire de ce matin. Mes épaules se relâchent.

— Espèce de dinde ! lance-t-il en me tendant la main pour m'aider à me relever.

Je ne la saisis pas, convaincue de pouvoir me

débrouiller toute seule, mais autour de moi, tout semble vaciller.

— C'est moi, Alec ! dit l'homme en me renouvelant son geste.

Je n'ai pas d'autre choix que de l'agripper ; il me tire avec une force surprenante pour quelqu'un d'aussi fluet.

— C'est bon, ça va mieux, dis-je d'un ton jovial. Merci pour ton aide. Au revoir, et bon vent !

J'ai à peine fait quelques mètres que je fonce dans le mur et rebondis contre une borne d'incendie. Décidément, marcher droit ne me réussit pas du tout. Alec me rattrape et me soutient.

— Tu vas jusqu'où ? Laisse-moi te raccompagner. Enfin, si on en a pour plus de dix minutes de marche, je préfère appeler un taxi. Je sors tout juste du club de lecture des amateurs de romans policiers que j'anime à la bibliothèque et franchement, je suis crevé. Les gens sont épuisants.

Je lui jette un regard en coin et montre du doigt le bas de la rue :

— J'habite juste là. Et je suis d'accord avec toi. Les gens sont épuisants.

— Épuisants, mais indispensables.

Je tente de dire « pas indispensablement indispensables », mais dans ma bouche pâteuse, cela donne plutôt quelque chose comme « pas indispenment indispensal », qu'Alec semble comprendre malgré tout.

— Allez, je te ramène, espèce d'ivrogne.

Je le laisse me guider jusque chez moi et l'écoute d'une oreille distraite me parler des livres que j'ai empruntés et de ceux qu'il songe à me conseiller.

— Nous n'avons malheureusement pas encore le tout nouveau *Ne dormez que d'un œil ! – Une histoire des tueurs en série*, mais je pourrais le commander, il serait à la bibliothèque d'ici sept à dix jours.

— Je ne serai sans doute pas là dans sept à dix jours, je marmonne, désespérée après le fiasco de ce soir.

— Oh, tu pars en vacances ?

— On peut dire ça comme ça, je murmure.

Je lève les yeux et m'aperçois que nous sommes arrivés devant la porte de mon immeuble. Je lâche le bras d'Alec, lance un « Bonne nuit ! », m'attendant à ce qu'il s'éloigne, mais il ne bouge pas.

— Tu as des escaliers à monter ? demande-t-il, inquiet.

— Oh, juste une volée de marches. Ça va aller, dis-je en le chassant d'un geste de la main.

— Dans le livre dont on a discuté au club ce soir, la première victime du tueur meurt poussée du haut d'un escalier et la police ne daigne même pas ouvrir une enquête. Tu sais pourquoi ? Parce qu'elle était aussi saoule que toi !

— Ça veut dire que si je te laisse entrer, tu pourrais m'assassiner, dis-je en étouffant un rot.

Alec éclate de rire et quelque chose me frappe : lorsqu'il rit, c'est comme si son corps tout entier riait de concert.

— N'importe quoi ! Je n'ai pas du tout le profil. Je suis végane.

Je ne suis pas sûre que son raisonnement tienne debout, mais je dois admettre qu'il n'a rien du tueur en série. De toute façon, même s'il m'assassinait, Merritt me renverrait sur Terre pour le simple plaisir de m'humilier à nouveau.

Je toque à la porte de l'immeuble, avant de me souvenir que j'ai les clés. Évidemment, j'habite ici.

— Donne-moi tes clés, beauté, dit Alec en réprimant un gloussement.

Je farfouille dans mon sac à main et les lui tends.

Il ouvre et je pénètre dans le hall d'entrée d'un pas titubant. On doit faire un sacré raffut, car Cooper passe la tête par la porte de son appartement. À première vue, il sort de la douche ; ses cheveux sont mouillés et il porte un peignoir en éponge d'un blanc éclatant, comme s'il était au spa. Comment fait-il pour préserver la blancheur de ses peignoirs ? Les miens grisaillent toujours, quelle que soit la quantité d'Eau Écarlate que j'utilise. Cooper s'avance dans le hall d'entrée et je lui adresse un petit signe de la main.

— Désolée ! Désolée pour ce tapage, ô détestable Cooper !

— Bonsoir, dit Cooper en se précipitant pour se placer juste devant Alec. Je crois que nous ne nous sommes pas encore rencontrés.

Sa voix est bien plus grave que d'habitude.

— Alec. Votre service de proximité spécialisé dans le transport d'ivrognes, annonce-t-il d'un ton enjoué.

— Tu connais cet homme ? m'interroge Cooper en s'accroupissant et en me regardant droit dans les yeux.

Tout à coup, je comprends : je suis tellement éméchée qu'il craint qu'Alec profite de moi, d'une manière ou d'une autre. Le simple fait qu'il me pense incapable de me défendre juste parce que j'ai bu quelques cocktails de trop m'agace au plus haut point. Je lève le menton.

— Bien sûr ! C'est Alec, mon meilleur ami et confident, dis-je d'un ton assuré, sans toutefois parvenir à réprimer un énorme hoquet en fin de phrase. Je le connais bien. Très bien, même.

— Oh, ça alors ! s'écrie Alec. Je ne m'y attendais pas.

Je suis bien entouré, mais il est vrai qu'en ce moment je n'ai pas de meilleure amie attitrée, alors... Laisse-moi réfléchir... C'est d'accord ! Je revérifierai ça demain, quand tu seras un peu moins éméchée. Tu auras peut-être changé d'avis d'ici là. Ce serait triste, mais ça m'est déjà arrivé. Si tu es toujours dans les mêmes dispositions demain, j'accepte.

Cooper dévisage Alec, incrédule, avant de poser son regard sur moi, puis de nouveau sur Alec.

— Tu n'as pas retrouvé Jonah ? me demande-t-il tout en me prenant le bras et en m'aidant à monter les marches jusque chez moi sous l'œil médusé d'Alec, resté en bas.

— Eh non. C'était pas le bon. Ses yeux étaient trop rapprochés.

— Oh, c'est qui ce Jonah ? lance Alec.

— Tu n'as pas parlé de Jonah à ton meilleur ami ? s'étonne Cooper tandis que je m'escrime à insérer la clé dans la serrure.

— Mais si ! C'est la personne disparue dont je t'ai parlé, je crie à l'intention d'Alec.

— Ah oui, bien sûr. Pauvre chérie. Pas étonnant que tu aies bu comme un trou. La disparition d'un être cher peut s'avérer un poids difficile à supporter.

— Un être cher ? s'exclame Cooper. Je croyais que Jonah était...

— Oui, oui, je l'interromps. Et voilà ! Enfin à la maison. Ah, ça fait du bien d'être chez soi !

Je pivote pour souhaiter bonne nuit à mes deux gardes du corps et je surprends Alec en train de fixer Cooper, les yeux plissés.

— Ton visage me dit quelque chose... marmonne-t-il. On se connaît ?

— Je suis sûr que non, répond sèchement Cooper.

Puis, sans un mot ni un regard, il tourne les talons, dévale les escaliers, passe devant Alec à toute allure et rentre chez lui.

— Peut-être qu'il a un de ces visages…

— Odieux ?

— Oh non, j'aurais plutôt dit charmant. Avec un côté un peu sombre, comme si Timothée Chalamet…

— Avait un crétin de frère aîné !

— Exactement ! s'écrie Alec, le sourire aux lèvres, en s'appuyant contre la balustrade. Bon, ça va aller, maintenant ? Parce que je suis épuisé. Je t'écris demain sans faute à propos de cette histoire d'amitié.

J'acquiesce, sachant pertinemment qu'Alec n'a pas mon numéro de téléphone et que l'on peut retourner les livres empruntés dans une boîte prévue à cet effet, à l'extérieur de la bibliothèque. Je suis donc certaine que je ne le reverrai plus jamais.

— Ça marche. Merci beaucoup pour ton aide.

— Je t'en prie.

Je ferme la porte derrière moi et marche droit vers ma chambre. Je m'écroule sur mon lit, la tête entre deux oreillers, et m'endors en moins d'une minute.

12

C'est déjà le troisième jour. Je me réveille en sueur, victime d'un cauchemar dans lequel Gen et Ryan me tabassaient à l'aide de micros Sennheiser tout en se filmant pour diffuser leur agression en direct sur YouTube.

Je m'assois et j'ai immédiatement la sensation que mon cerveau tente de sortir de mon crâne *via* mes globes oculaires. Je jette un œil à mon téléphone portable : 5 heures du matin. Super.

L'anxiété me submerge. Cela m'arrive souvent sans raison particulière – c'est ce que mon médecin appelle un « mal-être général qui devrait passer grâce à une alimentation équilibrée, une activité physique régulière, une thérapie et un comprimé de Prozac par jour ». Mais pour une fois, les raisons ne manquent pas.

— Au secoooours. J'enfouis ma tête entre mes mains. Soudain, une pensée me traverse l'esprit : M. Yoon ! Mince. J'étais tellement saoule en rentrant que j'ai oublié de m'assurer qu'il avait fermé le gaz et éteint ses cigarettes. Cela dit, si je ne suis pas morte brûlée dans un incendie nocturne, c'est plutôt bon signe. Mais tout de même, il aurait pu se passer quelque chose.

Je me glisse hors du lit avec précaution, saisis le double des clés de son appartement près de la porte d'entrée et pénètre chez lui à pas de loup. Il dort ; son ronflement léger me fait l'effet d'un baume et je sens mes angoisses se dissiper. Le salon est déjà baigné de lumière, mais l'air est encore frais. J'inspecte les lieux ; rien à signaler. Parfait.

Le cendrier déborde de mégots. Si je le nettoie maintenant, je risque de réveiller M. Yoon. Je l'emporte donc dans la cuisine, le vide dans la poubelle et m'accroupis pour en attraper un propre dans le placard de gauche, qui semble plein à craquer. Il faudra que j'y mette un peu d'ordre, quand j'aurai le temps. Je vois un cendrier qui dépasse, derrière un cadre photo. Sans bruit, je fais glisser le cadre et, curieuse, je l'oriente vers le soleil qui filtre à travers les rideaux. Mon Dieu ! Serait-ce M. Yoon ? Mais oui, c'est lui ! Il est tout jeune ! Il se tient debout au milieu d'une immense scène, violon et archet dans une main, trophée dans l'autre. Je tente de déchiffrer l'inscription sur le trophée, mais la photo est vieille, et de mauvaise qualité. M. Yoon joue du violon ! Et pas qu'un peu ; il est tellement doué qu'on lui a décerné un prix ! Je me demande pourquoi il ne m'en a jamais parlé.

« Chapeau, M. Yoon », je chuchote en rangeant le cadre. Je dépose le cendrier propre sur la table, à côté du bouquet de pois de senteur que je lui ai apporté la semaine dernière et d'un énorme paquet de bonbons pétillants saveur Coca que j'essaie de lui faire arrêter de grignoter, en vain. Comment a-t-il mis la main là-dessus ? Ferait-il appel à un dealer ? Un marchand de bonbons véreux qui rôde autour de l'immeuble et lui fournit des sacs de confiseries acidulées en échange de quelques coupures ?

Je me faufile hors de l'appartement en maugréant et rentre chez moi. Mon pied dérape sur une enveloppe que quelqu'un a vraisemblablement glissée sous ma porte.

Je la ramasse, l'ouvre et en sors deux feuilles. Je déplie la première et mon cœur chavire en découvrant une photo de Jonah – le vrai Jonah –, imprimée en noir et blanc. Il est encore plus beau que dans mes souvenirs, avec ses yeux qui pétillent et son sourire chaleureux et confiant. Je secoue la tête, incrédule. Qui a bien pu me déposer ça ? Je déplie la seconde feuille : il s'agit d'une note griffonnée à l'encre noire, d'une écriture ronde et précise.

Delphie,

J'ai creusé un peu, et j'ai l'impression d'avoir trouvé l'homme que tu m'as décrit. La mauvaise résolution de l'image m'empêche de déterminer avec certitude s'il a « un regard à tomber », mais il me semble que c'est lui. Il s'appelle Jonah Truman. Sur les réseaux sociaux, ses comptes sont en privé, et on ne peut pas non plus lui envoyer de message, mais mon enquête m'a permis d'apprendre qu'il est membre du club de running de Kensington Gardens. Ils s'entraînent tous les matins, à 7 heures. J'espère que tu arriveras à mettre la main dessus, s'il s'agit bien du Jonah avec lequel tu t'es envoyée en l'air dans tout Londres.

Cordialement,

Cooper

Incroyable ! On a retrouvé la trace de Jonah ! Et puis, Kensington Gardens, c'est à côté ! Peut-être habite-t-il à Paddington, ou à Notting Hill ? Il était juste là, pendant tout ce temps, et je ne le savais même pas ? Waouh.

Jonah. Je ferme les paupières et imagine ses lèvres effleurer les miennes. À Evermore, il m'a regardée comme si je n'avais qu'à demander. Un peu comme dans un film des années 1940, dans lequel il m'aurait suffi de dire « Embrasse-moi, idiot ! ». Mais dans la vraie vie, ça ne marche pas comme ça. Il faut que je prépare le terrain, en l'invitant à boire un verre par exemple.

Une bouffée d'adrénaline m'envahit à l'idée de me retrouver en tête à tête dans un bar avec Jonah et ses yeux bleus pétillant de plus belle à la lueur des bougies. Soudain, j'exulte :

— Ahahahah ! En moins de deux jours ! Alors Merritt, qu'en dis-tu ? Tu ne te sens pas un peu bête d'avoir douté de moi ?

Gagnée par un enthousiasme débordant à l'idée de revoir Jonah – sans parler du soulagement d'avoir la vie sauve – je fonce sous la douche, faisant fi du mal de tête, et exécute un brossage de dents en règle. Même s'il est peu probable que Jonah m'embrasse sur-le-champ, mieux vaut être prête.

En sortant de la salle de bains, je songe tout à coup que si je ne manque pas de vêtements d'été, je n'ai en revanche rien qui soit à la fois adapté à la course à pied – en supposant que je croise Jonah en plein jogging – et assez séduisant pour inciter un homme à m'inviter à boire un verre au premier regard. Les vêtements que je m'achète sont avant tout pratiques, mais il y a peu de chances que Jonah succombe à mes charmes si je porte mon tee-shirt extra-large aux couleurs du *Victoria & Albert Museum* et un short en jeans.

J'ouvre mon armoire et passe frénétiquement en revue tous mes habits. Rien. Soudain, j'ai une idée de génie : quand elle a déménagé, ma mère a laissé derrière elle un sac rempli d'affaires ! Peut-être y trouverai-je mon bonheur ? Tout le monde trouvait maman séduisante. Enfin, sauf papa.

Je tire une chaise de cuisine près du grand placard de l'entrée et grimpe dessus. Ainsi perchée sur la pointe des pieds, j'attrape le sac plastique – beaucoup plus lourd que je le pensais – qui rebondit sur ma tête avant de tomber par terre et de m'entraîner dans sa chute.

Je reprends rapidement mes esprits et défais les liens en plastique jaune avec empressement. Lorsque le sac s'ouvre, le parfum est si fort qu'une vague d'émotions m'envahit, mêlant tristesse, manque, nostalgie et colère. Je sors une robe en coton rouge imprimée de cœurs blancs. Comment est-ce possible que ses vêtements sentent encore son odeur – un mélange parfait de Chanel n° 5, de lessive Lenor et de crème solaire Nivea ? J'avais pourtant pris soin de les laver avant de les ranger, dans l'intention de les donner à une boutique solidaire, ce que je n'ai jamais trouvé le temps de faire.

Je colle la robe contre mon nez pendant une fraction de seconde. Quelle imbécile ! Aussitôt, un flot de souvenirs refait surface. Je la revois ici, elle qui ne tenait jamais en place ; elle vole d'une pièce à l'autre, enchaîne les tâches ménagères, organise des fêtes, discute avec ses amies au téléphone, nous aide à faire nos devoirs, Gen et moi, la mère de Gen étant toujours accaparée par son travail. Elle se donnait corps et âme pour faire de cette vie et de ce cocon familial une vraie réussite. Mais le jour où mon père lui a brisé le cœur, elle s'est mise à considérer son mariage et tout le reste, y compris moi, comme un échec.

Elle a passé les six mois qui ont suivi à tenter de survivre ; elle dormait jusqu'à 17 heures, sifflait un cocktail aux alentours de 11 heures du matin, et pleurait à gros sanglots dans son bain. Un jour, en rentrant de l'école, Gen et moi l'avons trouvée, inconsciente, sur le canapé tandis qu'une poêle était en train de brûler sur la cuisinière. À partir de cette date, j'ai arrêté d'inviter Gen. J'avais honte qu'elle sache que depuis que mon père était parti, la vie à la maison était devenue sinistre. Quand maman s'est enfin sentie mieux, Gen avait déjà décidé de me haïr. Ensuite, ma mère a rencontré Gerard, et ils se sont installés dans leur communauté d'artistes, au Texas. Pour elle, qui avait arrêté de peindre à ma naissance, c'était l'occasion rêvée.

La poussière qui s'est déposée sur le sac me fait éternuer à quatre reprises avant que je ne puisse me mettre à fouiller.

Ahah ! La voilà ! Je viens de déterrer la tenue de jogging de maman : une jolie brassière de sport grise avec des rayures sur le côté et un legging assorti. Bon, c'est beaucoup moins couvrant que dans mon souvenir, et maman était bien plus mince que mon 40 actuel, mais si je me fie aux séries télé, en matière de séduction, il n'y a rien de tel que des vêtements moulants. Le bas semble m'aller. Comme je n'ai pas de miroir en pied, je file voir le haut dans le miroir de la salle de bains. La brassière est tellement serrée qu'elle fait remonter mes seins, mais à part ça, ça va. De toute façon, comme tenue de sport, c'est ce que j'ai de mieux.

Je me sèche les cheveux à l'air froid et les coiffe comme à mon habitude en deux tresses fixées au sommet de mon crâne à l'aide d'une dizaine d'épingles et d'une tonne de laque. J'applique ensuite de petites touches d'anticernes sous mes yeux, en espérant vainement masquer les cercles grisâtres dus aux cocktails de la veille.

Je glisse mes pieds dans mes bonnes vieilles baskets Nike et claque la porte derrière moi.

13

Je ne crois pas être déjà sortie de chez moi aussi tôt. Les fameuses quatre rues alentour sont bien plus calmes à cette heure-ci, sans le flux de touristes allant et venant entre la station de métro et les hôtels du quartier. Malgré tout, la température est élevée et une odeur de goudron chaud imprègne l'air. Je suis bien contente de porter une tenue légère. Alors que je traverse le passage piéton, la fleuriste qui tient la boutique juste à côté de l'agence immobilière fait un petit salut de la main. Je jette un coup d'œil derrière moi, me demandant qui elle salue, avant de réaliser que ça m'était destiné. Je lui adresse un signe un peu gauche en retour, mais quand j'arrive à quelques mètres d'elle, elle me fixe, mi-horrifiée, mi-amusée. C'est exactement la manière dont Gen et sa bande me toisaient lorsque je levais le doigt pour répondre à une question, en classe, et c'était presque toujours suivi d'un concert de gloussements. Parfois, je retrouvais même une boule de chewing-gum collée dans mes cheveux, d'où l'habitude de les tresser le matin.

Je fusille la fleuriste du regard, mais au fond de moi, je m'en veux : je sais pourtant pertinemment qu'il vaut mieux garder ses distances. Je longe la rangée d'immeubles blanc éclatant et décide de prendre le raccourci qui me fait passer par les anciennes écuries pavées. Les jardins de Kensington sont à moins de cinq minutes. Dès que je franchis les grilles, je suis saisie par la sérénité qui se dégage du lieu. Des fontaines sculptées émane un léger brouillard où se dessine un arc-en-ciel miniature, à la faveur du soleil. Un héron se tient immobile, perché sur l'une des statues. En haut de la colline, à gauche, un homme installe des chaises longues vertes à rayures, qu'il dispose de-ci de-là. Une femme solitaire, coiffée d'un chapeau à larges bords, se prélasse sur un banc et déguste un esquimau en guise de petit-déjeuner.

Pas étonnant que maman soit venue ici tous les matins, à l'époque. Tout respire la quiétude, que seul vient perturber, de temps à autre, le doux bourdonnement de joggeurs ou de promeneurs avec leurs chiens. Je me demande si elle fait toujours son footing quotidien, au Texas, puis chasse aussitôt cette pensée. Ce n'est pas le moment de me laisser distraire. J'ai une mission à accomplir.

Bon, d'après le mot de Cooper, le club de running s'entraîne ici tous les matins, à 7 heures. Je sors mon téléphone, coincé dans la ceinture de mon legging : il est 6 h 59.

Ne sachant pas de quel côté Jonah arrivera, je décide de faire le tour du parc en marchant aussi vite que possible. Comme je suis à peu près sûre que ma capacité n'excède pas les cinq minutes de course, mieux vaut garder des forces pour plus tard, quand je l'aurai repéré.

Je croise un joggeur à la foulée souple qui fixe ma poitrine.

— Hé, occupe-toi de tes oignons, je lui lance, agacée.

J'ai bien conscience que mes seins rehaussés par ma brassière peuvent être attirants, mais ce n'est pas une raison pour les reluquer. L'homme rougit et me dépasse en courant, sans pouvoir s'empêcher de jeter un dernier coup d'œil par-dessus son épaule.

Je secoue la tête et continue mon chemin, mais cette fois, une joggeuse avec une poussette passe devant moi et me regarde de haut en bas.

— Mais de quoi je me mêle ? je répète, outrée que les gens se sentent autorisés à me zieuter.

Après trois autres cas similaires, j'en conclus que cette tenue m'a transformée en une femme indéniablement sexy.

Tout à coup, une force inconnue s'empare de moi. La seule personne qui m'ait jamais trouvée sexy était Jonah. Et maintenant, cinq d'affilée ! Waouh. C'est sans doute à ça que doit ressembler le quotidien de Gal Gadot.

Je me redresse, mi-offusquée, mi-flattée, et grâce à l'énergie que me procure ce regain d'attention, je me mets à courir, à mon rythme. Ça ne pouvait pas tomber mieux : un groupe de huit joggeurs déboule d'un chemin sur la droite, deux par deux, et suit l'allée qui mène à la rivière Serpentine en sprintant.

L'un d'eux se tourne vers son binôme pour lui dire quelque chose. Je distingue alors son profil, et à la forme de son menton, je sais immédiatement que c'est lui. Jonah. Mon Jonah ! Exactement comme l'avait prédit Cooper.

« Jonah ! » je crie mais il est déjà à une quarantaine de mètres de moi et ne m'entend pas. J'accélère, mais il est trop rapide pour moi. Les gens que je croise sur mon chemin me regardent tous avec des yeux de merlan frit, ce qui ne m'aide pas à me concentrer. En pleine course, une idée me traverse soudain l'esprit : et si je portais cette tenue au quotidien ? Dénicher mes tout premiers partenaires sexuels serait d'une facilité déconcertante, et j'aurais peut-être même l'embarras du choix... Non. Il n'y en a qu'un qui m'intéresse. Jonah. L'homme le plus beau et le plus gentil que j'aie jamais rencontré. Mon âme sœur ! C'est drôle, avant, je m'étais faite à l'idée de n'avoir jamais couché avec qui que ce soit, mais depuis la seconde où il a posé ses mains sur moi, je n'ai cessé de penser à ça.

L'anxiété prend aussitôt le pas sur mes rêveries : comment pourrais-je exceller dans un art dont je ne connais absolument rien ? Et si je ne savais pas faire ?

Je gagne du terrain. L'écart entre Jonah et moi se réduit à chaque foulée, mais au moment où je m'apprête à l'interpeller, une meute de chiens passe juste devant moi, traînant leurs laisses derrière eux. Je me prends les pieds dans l'une d'elles et fais un vol plané. J'atterris par terre, m'écorchant les genoux et la paume de la main.

Hébétée, je regarde Jonah s'éloigner avec horreur. Je tente de me relever et de m'extirper de l'enchevêtrement de laisses, mais les cinq cabots se ruent sur moi et me lèchent le visage avec leurs langues répugnantes.

— Oust ! Fichez le camp, bande de Gremlins !

Ils ignorent mon rejet et paraissent d'autant plus enthousiastes. Je n'ai qu'une envie : reprendre ma course et rattraper Jonah. Mais je ne peux pas laisser ces chiens ici tout seuls. Soudain, une femme aux allures de hippie surgit de la contre-allée, à bout de souffle, et se précipite vers moi. Je ramasse le fatras de laisses et m'efforce de rester debout alors que le plus gros chien de la meute, une espèce d'ours pelucheux, semble tout faire pour me déstabiliser.

— Je ne sais pas ce qu'il s'est passé ! lance la femme, haletante, en arrivant à ma hauteur. Je dirais qu'elle est un peu plus jeune que moi. Ses longs cheveux châtain clair ondulent jusqu'à sa taille et elle porte une robe longue en mousseline violette assortie à ses claquettes. Son accent me laisse penser qu'elle vient d'Europe de l'Est.

— Je suis une professionnelle, je vous assure, poursuit-elle en essuyant la sueur de son front. Je les promène tous les matins, et jamais leurs laisses ne m'ont échappé ! Ma main a fait comme ça, dit-elle en agitant son poignet, j'ai lâché et ils en ont profité pour filer. Je suis vraiment désolée !

— Pas de problème, dis-je. Au moins, ils sont sains et saufs.

Mes épaules s'affaissent tandis que je vois Jonah s'éloigner et tourner une dernière fois en direction de la rivière.

La femme a les yeux rougis et humides de larmes, comme si elle avait pleuré longuement.

— Trahie, encore une fois, lâche-t-elle en jetant un regard en coin aux chiens et en secouant la tête. Je les promène tous les jours depuis cinq ans et à la première occasion, ils s'enfuient.

— Quelque chose a dû les exciter, c'est tout.

— Ian, je suis particulièrement déçue par ton comportement, lâche-t-elle en faisant les yeux noirs au plus petit de la bande, un chihuahua Teacup gris. Tu es censé être le plus raisonnable. Le chef de meute ! Enfin... Merci de les avoir attrapés. On dirait bien que tout le monde me fuit, ces temps-ci. Ah ah.

Elle émet un rire sans joie et soudain, je comprends pourquoi son visage est maculé de larmes. Même moi, je le sais : c'est l'expression typique de quelqu'un qui vient de se faire larguer.

Je tends timidement la main pour lui tapoter le bras, mais je renonce à la dernière minute, craignant d'en faire trop, et me contente d'effleurer la manche de sa robe. Tout à coup, je me rends compte qu'un des chiens est en train d'uriner sur le trottoir ; le mince filet s'approche un peu trop de mes baskets à mon goût. Je crie, bondis sur le côté et me réfugie près du panneau d'affichage qui surplombe le lac. Je parcours les diverses annonces qui y figurent quand une affiche collée à la Patafix, au centre du panneau, attire mon attention : sur la photo, quelques personnes exhibent fièrement leurs dessins au fusain.

Mon Dieu. Je pousse un petit cri suraigu.

Jonah.

14

Comment est-ce possible ? J'observe la photo de plus près. C'est bien lui, là, le regard fixé sur l'objectif. Les plus cyniques diraient qu'il s'agit d'une pure coïncidence et c'est sans doute ce que j'aurais moi-même pensé il y a encore quelques jours. Mais je sais qu'il est mon âme sœur désormais, et cette apparition ne peut être rien d'autre qu'un signe du destin. L'affiche annonce la tenue d'un cours hebdomadaire de dessin sur le vif. Jonah dessine ? JE dessine ! Enfin, je dessinais. Mais quand même... Je nous imagine déambuler ensemble à travers les vastes salles de la National Gallery, nous chamaillant pour déterminer qui est la vraie star du mouvement postimpressionniste. Il finirait par souscrire à mon jugement éminemment supérieur, m'enlacerait devant un Cézanne et m'embrasserait sur le bout du nez.

Je sens soudain des pattes sur mes mollets ; je me retourne et réalise que la promeneuse et sa meute de chiens turbulente sont encore là.

— Je passe devant ce panneau tous les jours, et je me dis waouh, ce type a l'air incroyable.

Contre toute attente, elle me montre l'homme au crâne chauve, vêtu d'un col roulé noir qui se tient à côté de Jonah.

— J'adorerais assister à son cours, mais je suis nulle en dessin.

— Ce n'est pas ça qui compte, dis-je en haussant les épaules. Je crois que le dessin, c'est avant tout un acte en soi. L'acte de créer une œuvre à partir de rien. La sensation que cela procure. Au début, peu importe que ce soit réussi ou pas parce que...

Je m'interromps. De quel droit est-ce que je parle de dessin ? Je n'ai pas touché à un crayon depuis dix ans.

— Vous allez y aller ?

Les cours ont lieu à Notting Hill une fois par semaine, et... c'est demain soir ! Certes, attendre une journée de plus n'est pas idéal, mais au moins, j'ai l'assurance que Jonah sera là et pas en train de courir, cette fois. Et puis même si je suis manifestement canon dans cette tenue, je serai moins transpirante. J'acquiesce et lève mon téléphone pour prendre en photo l'adresse des cours.

La femme ouvre de grands yeux.

— Si vous y allez, moi aussi. Comme ça, on pourra se soutenir. Ce genre de situation est toujours hyper stressante.

— Oh non, non c'est bon, dis-je en secouant la tête. Je me débrouille très bien seule. Je ne vais pas rester tout le cours ; je dois juste parler à quelqu'un. Et faire en sorte qu'il m'embrasse au plus vite.

— Mais si, allons-y ensemble ! On fera équipe.

Cela commence à devenir gênant.

— Je... Je ne fais pas ça, je réplique tandis que ses chiens continuent à me sauter dessus – le plus petit essaie carrément de grimper sur ma jambe.

— Pourquoi ? dit-elle en inclinant un peu la tête.

— Euh... eh bien, je suis pas très « équipe ».

— Comment ça ?

— Je ne traîne pas avec des gens que je ne connais pas.

— Dans ce cas, ce seront toujours des inconnus, jamais des amis.

— Précisément.

La femme soupire, prend un sac en plastique pour ramasser la crotte d'un de ses chiens et le referme d'un nœud rapide et efficace.

— Moi, j'aimerais bien avoir plus d'amis, mais c'est difficile à Londres. Les seuls amis que j'ai, ce sont eux. Et ce ne sont pas toujours les plus loyaux. Comme Ian par exemple, vous avez pu le constater par vous-même : c'est Machiavel fait chien ! J'avais Gant, mon amoureux. Mais il n'est plus là désormais, dit-elle en baissant la tête, l'air solennel.

— Mon Dieu. Il est mort ?

— Non. Il est tombé sous le charme d'une autre.

L'expression de son visage me rappelle quelque chose... Ah oui, je sais : elle a la même tête que moi dans la vidéo de ma vie de Merritt. Complètement abattue.

— Bon, OK, dis-je en soupirant.

— On fait équipe ?

— Non. Non, il n'y a pas d'équipe ! On va ensemble à ce cours si vous voulez, mais c'est tout. Je ne compte pas rester dessiner.

— Ça me va ! lance-t-elle, en tendant la main avec un sourire. Je m'appelle Frida.

— Moi c'est Delphie, dis-je en la lui serrant brièvement.

Frida hésite un instant puis se penche vers moi et baisse la voix.

— Même si on ne fait pas encore équipe, je crois qu'il faut que je vous prévienne... Ce legging, ça vous fait un… comment dit-on déjà en anglais… un caramel… enfin vous voyez, quoi, un orteil de chameau !

Quoi ? Je suis son regard jusqu'à mon entrejambe et comprends tout de suite ce qu'elle veut dire : un *camel toe.* Voilà pourquoi tout le monde me fixait. Je me cache derrière le panneau d'affichage et essaie de tirer sur le tissu, mais il est trop élastique et reprend aussitôt sa position impudique.

— Ça ne faisait pas ça quand ma mère le portait, je gémis tout en continuant à m'acharner sur le tissu.

— C'est juste que vous devez avoir des lèvres plus grosses. Ça arrive, c'est humain. Il n'y a rien de plus naturel, ne vous inquiétez pas.

Je suis absolument mortifiée. Je recule puis, n'y tenant plus, je tourne les talons et me mets à courir en direction de chez moi, les mains sur l'entrejambe.

— On se retrouve là-bas demain à 19 h 25 ! lance Frida. Vous ne m'avez même pas donné votre numéro !

— Ça marche ! je crie en poursuivant ma course.

Je passe devant les fontaines et sors sur Bayswater Road, filant aussi vite que possible : si je m'arrête, tout le monde pourra se rincer l'œil.

Je finis par ralentir quand j'arrive sur Westbourne Hyde Road et j'aperçois Leanne qui contemple la rue derrière l'immense vitrine de la pharmacie. Elle me fait un petit signe de la main puis fronce les sourcils en voyant que je cache mes parties intimes. Je la salue d'un bref hochement de tête et m'empresse d'ouvrir la porte d'entrée. Je me rue dans le hall et me retrouve alors face à une vision troublante : une grande brune en tenue de yoga, enroulée autour de Cooper, devant la porte de son appartement. Leurs au revoir semblent s'éterniser. Elle l'embrasse dans le cou et lui se blottit dans le creux du sien, en lui mordillant l'oreille. Soudain, il ouvre les yeux et nos regards se croisent. Je rougis et me faufile jusqu'à l'escalier le plus discrètement possible. Tout à coup, la porte de l'immeuble claque derrière moi et arrache la femme à son festin matinal. À contrecœur, elle jette un dernier regard langoureux à Cooper, les pupilles dilatées, avant de s'en aller.

Cooper se tient toujours sur le seuil. Comme je ne veux surtout pas qu'il soit témoin de l'élasticité de ce fichu legging, je me dépêche de monter les escaliers.

— Delphie.

Raté.

Cooper s'avance sur la première marche.

— Ma recherche de ce matin, ça t'a aidée ? C'était bien lui ?

Je continue à grimper en prenant soin de me tourner pour qu'il ait pleine vue sur mes fesses pendant l'ascension. Ce n'est pas l'idéal, mais c'est ce que j'ai de mieux.

— Oui, oui ! je lance par-dessus mon épaule. C'était bien Jonah Truman. Merci, merci beaucoup. C'est super sympa de ta part. Je le vois demain soir et je vais enfin pouvoir tirer tout ça au clair. Bon ! À plus !

— Attends. J'ai un truc à te demander.

Je m'arrête et tourne la tête autant que possible sans bouger le reste du corps. Un peu comme l'Exorciste.

— Quoi ? dis-je en priant pour qu'il fiche le camp. Je te rassure, j'ai mis à jour les instructions de livraison de mes courses sur mon compte client. Plus personne ne sonnera à ton interphone.

Cooper monte encore deux marches. Argh. S'il continue, je serai bientôt à découvert. Je décide de me laisser tomber et m'assois sur la marche la plus haute, genoux contre ma poitrine. Cooper paraît fatigué, ses boucles sont vaporeuses et tout ébouriffées, et ses cernes sont plus marqués qu'à l'accoutumée. Je rage, car cela lui donne une allure encore plus cool que d'habitude, comme si c'était le batteur d'un groupe branché. Moi, si j'enchaînais les nuits blanches et les parties de jambes en l'air au même rythme que lui, mon visage serait bouffi et j'aurais des espèces de croûtes dégoûtantes au coin des yeux.

Cooper ne semble pas s'apercevoir que mes seins débordent de ma brassière et si c'est le cas, il parvient à s'abstenir de toute remarque désobligeante, ce qui est tout à son honneur.

— Ça n'a rien à voir avec tes courses, dit-il en se balançant d'un pied sur l'autre. Tu te souviens quand tu as promis que tu ferais n'importe quoi en échange de mon aide ?

— Bien sûr, c'était hier ! Et j'ai déjà accepté cette histoire de selfie bizarre, donc on est quittes.

— Mais ça, c'était la contrepartie d'hier. Or je t'ai de nouveau aidée ce matin. Par conséquent, tu me dois encore quelque chose. Techniquement.

— Sérieusement ?

— Eh oui…

— Qu'est-ce que tu veux ? dis-je en soupirant.

Cooper me scrute quelques instants.

— Tu es libre ce soir ?

— Explique-moi pourquoi, et je verrai si je suis libre, dis-je en croisant les bras.

Il fait courir nerveusement ses doigts sur la rampe d'escalier.

— Eh bien… il est possible que… bon, j'ai dit à mes parents qu'on sortait ensemble. Ils veulent te rencontrer, annonce-t-il en grimaçant. Ce soir.

— Quoi ? Mais pourquoi ? Ça a quelque chose à voir avec le selfie ?

Il hausse une épaule. Une légère sensation de fierté m'envahit à l'idée qu'il ait pu me considérer comme une petite amie potentielle. Cooper a beau être un crétin, impossible de nier qu'il est séduisant – enfin, si on aime le genre mi-poète maudit, mi-motard stylé. Sans compter que les femmes qui défilent chez lui sont bien plus jolies que moi.

Mes émotions doivent se lire sur mon visage, car Cooper se racle la gorge et s'empresse de s'expliquer :

— Mes parents essaient de me caser avec notre ancienne voisine, Veronica. Le selfie, c'est la seule solution que j'ai trouvée pour qu'ils arrêtent de jouer les cupidons. Tu n'aurais sans doute pas été mon premier choix, mais il se trouve que tu étais justement dans mon appartement à ce moment-là.

— Va te faire voir ! Je me relève d'un bond et me rassois aussitôt de peur d'exposer mon *camel toe*. Non, pour toi, je ne suis pas libre. Tu n'as qu'à demander aux autres.

— Aux autres ?

— Aux autres femmes ! Tu sais, ta collection de coups d'un soir ? Tu as le choix, on dirait un vrai buffet apéritif. Pourquoi tu n'as pas proposé ça à celle qui vient de partir ?

Cooper secoue la tête.

— Réfléchis un peu. C'est ta photo que j'ai envoyée à mes parents. Donc c'est toi qu'ils invitent chez eux pour une soirée jeux, et si j'explique que tu ne peux pas, ils inviteront Veronica. Je ne peux pas la voir, mais ils prétendent avec insistance que c'est une perle rare.

— Comme c'est touchant, dis-je avec un sourire en coin. Mais c'est toujours non.

Je traverse le couloir en me traînant sur les fesses pour parer au risque de tout révéler à Cooper.

— Qu'est-ce que tu fabriques ? dit-il en fronçant les sourcils, formant une petite fossette au-dessus de son nez.

— Je... j'aime bien varier un peu. Ce n'est pas marrant de marcher tout le temps.

— Tu n'en as vraiment rien à faire de ce que les autres pensent de toi, n'est-ce pas ?

— Non. Enfin, la plupart du temps.

— Comment fais-tu ? Ma sœur me répétait que j'accordais bien trop d'importance au regard des autres. Ça m'a toujours freiné.

— En tout cas, tu t'en fiches bien de ce que moi je peux penser de toi. Sinon tu ne serais pas aussi déplaisant.

— Je le suis uniquement parce que tu l'es, réplique-t-il en haussant les épaules.

— Minute, c'est toi qui as commencé.

— Tu as la mémoire qui flanche, Delphie. C'est toi qui es à l'origine de... de ça, lâche-t-il en désignant vaguement l'espace entre nous.

— Bon, quoi qu'il en soit, je n'ai pas le temps pour tes histoires. Je dois tout faire pour retrouver Jonah !

Cooper secoue la tête et passe une main dans ses cheveux. Une mèche s'échappe et retombe sur son œil.

— Ce qui est sûr, c'est que l'avis de mes parents compte pour moi. Qu'est-ce que je vais leur raconter ?

— Je ne sais pas, moi ! Dis-leur que tu as autre chose de prévu ; comme passer la serpillière, écouter de la musique naze ou le genre de truc que tu fais quand tu as du temps.

— Je leur ai déjà confirmé que j'étais libre parce que

j'avais envie d'y aller, à la base. Tout seul. Une fois que j'ai accepté, ils t'ont invitée et je n'ai pas trouvé d'excuse et… Allez, s'il te plaît. Je croyais que nous avions un accord !

— Je ne suis pas le genre qu'on présente à ses parents…

Enfin, ce que je veux dire, c'est que je n'ai jamais eu de relation assez sérieuse pour qu'un quelconque petit ami me propose de rencontrer ses parents. Mais c'est Cooper, je ne vais pas rentrer dans les détails.

— Ça, je sais, mais…

— Je te conseille de recommencer ta phrase.

— Désolé, dit Cooper. Ce n'était pas sympa. Ce serait juste pour une soirée. Histoire qu'ils me laissent en paix. Et puis je te rappelle que sans moi, tu ne connaîtrais même pas le nom de famille de Jonah.

C'est vrai. De ce point de vue, Cooper m'a peut-être sauvé la vie. Et puis si Merritt accepte que je reste sur Terre, j'aime assez l'idée que Cooper me soit redevable. Comme ça, l'hiver, je pourrai peut-être utiliser sa cheminée à mon gré. Ou négocier qu'il dépose mes colis directement chez moi pour que je n'aie pas à descendre et risquer de croiser la terrifiante Mme Ernestine. Oh, peut-être pourrait-il me remplacer à la pharmacie de temps en temps ? J'adorerais voir s'il garde la même arrogance une fois qu'il aura dû examiner le pied de Mme Wren, dont l'ongle infecté résiste à tous les antibiotiques.

— D'accord, dis-je avec un sourire détendu. Je viens. À quelle heure se retrouve-t-on ?

— Donne-moi ton numéro, dit-il en sortant son portable de sa poche. Je vois ça avec mes parents et je te préviens dès que je sais.

Je dicte mon numéro en roulant des yeux et nous

rentrons chacun chez nous. Vingt minutes plus tard, mon téléphone vibre.

Je t'attendrai dans le hall à 19 h. Tu as des allergies ?

Je commence à taper « à part toi, non » puis me ravise et réponds un simple « non, aucune ».

15

Je suis en retard pour ma visite matinale chez M. Yoon. Je saute dans la douche et enfile mon vieux tee-shirt préféré et un short ample ultraconfort. Mon téléphone bipe – un message qui ne viendrait pas de Merritt ?

Delphie, est-ce que tu penses vraiment ce que tu as dit hier soir ? C'est Alec, au fait. Xxx

Je plisse les yeux, essayant de me remémorer notre conversation, mais les souvenirs de la veille se sont logés dans les recoins les plus inaccessibles de mon cerveau. Je glisse mon téléphone dans ma poche et traverse le palier.

M. Yoon est retranché derrière la table de la cuisine, le nez dans ses mots croisés. Le soleil éclaire sa chevelure rêche, d'un gris pâle, lui donnant des reflets argentés. Le cendrier que j'ai vidé hier soir contient déjà trois cigarettes.

Je pense au lendemain de mon anniversaire, celui où M. Yoon m'avait glissé un mot sous la porte. Malgré tous mes efforts, je n'avais pas réussi à terminer l'énorme gâteau, alors je lui en ai apporté une part, en guise de remerciement. Il l'a coupée en deux, pour la partager avec moi, et nous l'avons savourée, assis à la table de sa cuisine, sans un mot mais sachant tous deux que nous avions besoin de ce réconfort.

— Bonjour, dis-je d'une voix chantante en ouvrant le frigo. La brique de lait est presque vide. D'ordinaire, M. Yoon se débrouille pour ses provisions, mais cette fois, il semble avoir oublié de passer commande. Mon regard se pose sur le bouton rouge qu'il a fait installer dans sa cuisine quelques années plus tôt, en cas d'urgence. C'est un service proposé par une entreprise londonienne d'aide à domicile. S'il lui arrive quoi que ce soit, il peut appuyer sur le bouton et quelqu'un vient sur-le-champ. Je note dans un coin de ma tête d'appeler le numéro qui figure sur la carte plastifiée, derrière le bouton. Peut-être proposent-ils d'autres services, pour les courses par exemple ? Ou peut-être même une aide générale, au quotidien ? Si les choses tournaient mal, je voudrais faire le nécessaire pour qu'il soit bien entouré, car j'ai l'impression qu'il commence à en avoir de plus en plus besoin.

Une fois notre toast à l'avocat terminé, je me dirige vers le placard et sors la photo encadrée que j'ai aperçue aux aurores, en cherchant le cendrier. Je voudrais lui dire à quel point je trouve ça cool, qu'il ait reçu un prix de violon.

— C'est génial, dis-je en plaçant le cadre sur la table, devant lui. J'adore le son du violon. Je n'arrive pas à croire que vous ayez gagné un prix. Et regardez-moi la taille de cette scène ! Vous deviez être extraordinaire.

M. Yoon fixe la photo un instant. Son visage se décompose, d'abord en proie à la tristesse, puis à une sorte de colère noire. Les yeux exorbités, il ouvre la bouche à plusieurs reprises, comme s'il voulait dire quelque chose, sans qu'aucun son n'en sorte, évidemment. Il lui est déjà arrivé de prendre la mouche, mais je ne l'ai jamais vu aussi furieux. Je tends la main pour attraper le cadre et le remettre dans le placard, mais avant que j'y parvienne, M. Yoon le balaie d'un geste énergique, surprenant pour son âge. Le cadre s'écrase sur le plancher et le verre vole en éclats.

— Je suis tellement désolée ! je bredouille, sans comprendre ce que j'ai fait pour provoquer une telle réaction. Je vais nettoyer tout ça.

M. Yoon secoue la tête, les lèvres serrées. D'une main tremblante, il désigne la porte. Puis moi. Puis de nouveau la porte.

— Vous... vous voulez que je parte ?

Il acquiesce, trois fois de suite, les lèvres recourbées vers le bas, comme les visages tristes dans les livres pour enfants.

— Mais... qui va nettoyer le... Et si vous marchez sur le verre et que...

M. Yoon tape du pied, m'empêchant de terminer ma phrase, puis désigne à nouveau la porte, le visage rouge de colère. Je lève les mains.

— D'accord, d'accord, je m'en vais. Assoyez-vous, respirez. Je m'en vais, c'est bon !

Je recule jusque dans le couloir et m'engouffre dans mon appartement. Mes mains tremblent, sous le choc.

Je me dirige lentement vers mon canapé, je me laisse tomber sur l'accoudoir et soudain, je fais quelque chose que je n'ai pas fait depuis dix ans.

Je pleure.

Il me faut vingt longues minutes pour me ressaisir. J'essuie mes yeux et prends une profonde inspiration, encore tremblante. Tout va bien. C'était juste une crise. M. Yoon est en rogne contre moi, ça va passer. Peut-être ai-je été trop intrusive. Après tout, je ne lui ai jamais explicitement demandé si ça lui convenait, ces petits-déjeuners quotidiens. Peut-être n'a-t-il aucune envie que je m'attarde chez lui et que je mette le nez dans ses affaires.

Je me traîne jusqu'à la salle de bains pour prendre du papier-toilette et me moucher quand je tombe nez à nez avec Merritt, assise sur le rebord de ma baignoire, en train de contempler son reflet dans le miroir, l'air satisfait. Je n'ai jamais rien vu d'aussi effrayant.

— Bon sang !

Merritt pivote pour me faire face.

— Nous n'avons pas de miroirs à Evermore, dit-elle en lissant son tee-shirt qui porte l'inscription « Vive les romans d'amour ! ». En mourant, certaines personnes perdent leur reflet, si bien que la présence de miroirs créerait de terribles jalousies entre les défunts. Nous voulons l'éviter à tout prix. Mais ça me fait un bien fou de pouvoir m'admirer de nouveau. J'avais oublié à quel point mon regard était envoûtant. Waouh. Tu as vu ces yeux incroyables !

Elle les ouvre grand, les fait papillonner et me jette un regard derrière ses longs cils.

— Qu'est-ce que tu fabriques ?

Je secoue la tête, prends une feuille de papier-toilette juste derrière elle et me mouche.

Merritt m'attrape par le bras et me traîne jusqu'au salon. Elle scrute la pièce, méfiante, et baisse la voix.

— Bon… ça chauffe pour nous, ma jolie.

— Pardon ?

— Ça chauffe. Il faut que je lève le pied côté textos pendant quelque temps. Cette ordure d'Eric trouve que je passe un peu trop de temps sur mon téléphone et me demande sans cesse ce que je fabrique. J'ai prétendu jouer à *Tetris*, mais je n'ai jamais été très bonne menteuse

– mon cœur est trop pur. Il s'est mis à me poser un tas de questions. Je crois qu'il a des soupçons. Je vais essayer de continuer à communiquer autant que possible, mais...

— Je ne comprends pas. En quoi le fait de me contacter poserait-il problème ?

Merritt se mord la lèvre et tripote l'encolure de son tee-shirt.

— Tu te souviens, quand je t'ai juré que jamais je n'enfreindrais les règles d'Evermore ? Eh bien... c'était un bobard. Te renvoyer sur Terre pour dix jours n'était pas, disons... autorisé.

— Comment ça ? Et la clause Franklin Bellamy, alors ?

— Je te l'ai expliqué, en principe, elle est censée s'appliquer à des situations d'extrême importance. Pour sauver des vies, ou empêcher une catastrophe. Donc je l'ai en quelque sorte contournée pour que tu puisses revenir ici et que je m'amuse un peu. En temps normal, je n'ai pas le droit d'entrer en contact avec qui que ce soit sur Terre. Mais je m'ennuyais tellement ces derniers temps que j'ai eu envie de profiter des congés de mes supérieurs pour faire une petite incartade. Et puis tu étais dans un sale état... Oh, avoue que mon idée n'était pas mal, à la fois drôle et romantique ; digne d'un délicieux Sophie Kinsella !

— Hé ! Je ne suis pas du tout dans un sale état !

— Pas physiquement, bien sûr. Tu es super mignonne. Mais émotionnellement ? AU SECOURS. Tu ne t'en rends pas compte ? C'est le genre de schéma narratif que j'adore : je te sors de ta zone de confort. Je n'arrive pas à croire que tu ne t'en aperçoives pas.

— Non, je ne vois pas de quoi tu parles, dis-je en croisant les bras.

— Hmm... le truc, c'est que là-haut, ils ne doivent surtout pas découvrir le pot aux roses, sinon...

Sa voix s'éteint et la peur se lit sur son visage.

— Sinon quoi ?

— Ils me vireraient, c'est sûr. Eternity 4U ne verrait jamais le jour. Ce serait terrible, c'est un projet qui a tellement de potentiel ! Et puis il y a toi…

— Quoi, moi ?

— S'ils s'aperçoivent de ce qu'on manigance toutes les deux, et si tu ne parvenais pas à convaincre Jonah de t'embrasser… Il se peut qu'ils ne te laissent pas revenir.

— À Evermore ?

— Hmm.

— J'irais où ?

— Qui sait ? dit Merritt en haussant les épaules. Ils prennent bien soin de garder ce genre d'info sous clé. Mais j'ai eu vent d'un autre lieu, Nevermore. Apparemment, là-bas, chanter des mantras a cappella et apprendre à faire son propre houmous font partie des activités les plus en vogue, et il paraît que c'est un environnement 100 % sans écran – il n'y a même pas de télévision.

— Ça a l'air atroce.

— Je sais. Mais il y a encore pire : une fois, j'ai entendu Eric mentionner un endroit du nom de Clevermore. Là-bas, les gens communiquent uniquement en grec ancien et se font des interros surprises pour s'amuser.

— Mon Dieu.

— Et pour ce que j'en sais, il s'agit des meilleurs scénarios possibles. Il est donc essentiel de limiter nos échanges. Et honnêtement, plus vite tu retrouveras Jonah, mieux ce sera. Comme ça, on sera tranquilles.

— Est-ce que Jonah est mon âme sœur, au moins, ou as-tu aussi menti sur ce point ?

— Mais non ! s'exclame Merritt en chassant ma

question du revers de la main. Bien sûr que c'était vrai. Tu n'as pas le choix, Delphie, il faut que tu réussisses.

— Attends... tu m'enlèves toujours une journée, à cause d'*All That Jazz* ?

— J'y ai songé, admet-elle en secouant la tête. Mais je me suis dit qu'au moins, tu avais essayé. Parfois, essayer de faire ce qui nous terrifie vaut presque autant qu'y parvenir. Il te reste donc bien sept jours. Enfin, si tu pouvais accélérer un petit peu le rythme, ça m'arrangerait.

— Je le vois demain soir. Jonah. Au cours de dessin.

— Oui, je sais ! Tu pourrais peut-être laisser tomber les tresses, non ? Tu as de magnifiques cheveux roux. Détache-les ! Elles te donnent l'air sévère, à mi-chemin entre la Mlle Legourdin de Roald Dahl et une ballerine russe qui continuerait à danser malgré la douleur.

— J'aime bien mes tresses, dis-je en tapotant le sommet de mon crâne.

— Personne ne peut tirer sur des cheveux aussi bien attachés, ajoute-t-elle en hochant la tête d'un air entendu. Peut-être est-il temps de tourner la page de l'époque Gen et Ryan. Si tu les laisses dicter ta façon de vivre, ils ont encore du pouvoir sur toi.

— Tu ne disais pas que tu n'étais même pas censée être là ?

— C'est vrai ! s'écrie Merritt en tapant dans ses mains. Je te recontacte dès que je peux. En attendant, bonne chance ! Et songe à cette histoire de tresses. N'oublie pas que le but est que Jonah ait envie de t'embrasser le plus tôt possible. Sinon...

Elle mime la lame d'un couteau contre sa gorge avant de se transformer en poussière scintillante et de se volatiliser.

16

J'appelle le médecin généraliste de M. Yoon, le Dr Garden, ainsi que la société d'aide à domicile dont j'ai noté le numéro, mais aucun n'accepte d'engager la discussion avec toute personne n'étant pas membre de sa famille. J'envisage un instant de retourner chez lui pour lui demander de signer une déclaration pour me désigner comme contact référent, que j'irais ensuite déposer auprès des services concernés, mais je me rappelle soudain que d'une part, pour l'heure, M. Yoon me maudit et que d'autre part, m'étant sans doute un peu trop immiscée dans sa vie, je devrais me faire plus discrète. Moi-même, je déteste qu'on se mêle de mes affaires. Or M. Yoon et moi sommes assez semblables de ce point de vue-là. D'ailleurs, je crois qu'il est pour moi ce qui se rapproche le plus d'une famille ; une sorte de grand-père de substitution. La preuve, le simple fait de l'avoir contrarié a provoqué une crise de larmes comme ce n'était pas arrivé depuis… eh bien, depuis le jour où je me suis mise à porter ces tresses.

Finalement, je décide de prendre contact avec le conseil municipal pour voir si les services de la ville seraient susceptibles de coordonner la prise en charge de M. Yoon sans moi, histoire qu'il puisse respirer un peu.

Une fois dans ma chambre, j'allume le ventilateur et cherche « Gen Hartley » sur Google. Contrairement à Jonah, elle apparaît immédiatement en haut de la page. Il s'agit d'un article de journal. Gen Hartley et Ryan Sweeting se tiennent côte à côte, avec l'un de ces ignobles chèques caritatifs géants, fixant l'objectif avec un sourire convenu. Je parcours le texte du regard.

Gen et Ryan Hartley – il a pris son nom ? – remettent leur don à l'occasion de la soirée de bienfaisance organisée par leur toute nouvelle agence événementielle Sweethearts Events.

Je lève les yeux au ciel et vérifie la date de l'article : c'était il y a un an. Je poursuis ma lecture.

Après dix ans à New York, Gen et Ryan viennent de rentrer s'installer dans la maison d'enfance de Gen, dans l'ouest de Londres, en compagnie de leurs deux enfants, Freya et George, pour créer l'entreprise dont ils rêvaient déjà adolescents, lorsqu'ils fréquentaient le lycée de Bayswater.

Depuis le lancement de leur agence, les Sweethearts - comme les surnomment leurs amis - ont orchestré de nombreux événements caritatifs pour des personnalités prestigieuses telles que Benedict Cumberbatch, Niall Horan des One Direction ou encore Paul Hollywood, le célèbre juge du concours télévisé de pâtisserie *The Great British Bake Off*.

Gen évoque leur aventure professionnelle en ces termes :

« Depuis notre rencontre, Ryan et moi

rêvions de créer une entreprise qui apporterait aux gens de la joie et leur permettrait de s'amuser tout en soutenant des causes qui nous tiennent à cœur. Nous sommes ravis de revenir nous implanter dans l'Ouest londonien et espérons organiser de nombreux galas de bienfaisance, ici et ailleurs. »

Argh. Si j'avais le journal entre les mains, je le brûlerais sans hésiter. Malheureusement, je n'ai que la version internet et dois me contenter d'un doigt d'honneur et d'un regard noir en direction de l'écran. Comment est-il possible que Gen et Ryan parviennent encore à exploiter les autres ? Soutenir des causes qui leur tiennent à cœur, vraiment ? La seule chose qui les a jamais intéressés, c'était de trouver le meilleur moyen de m'humilier pour accroître leur popularité auprès des autres élèves – des gamins qui ne les ont jamais appréciés, mais qui les craignaient trop pour s'opposer à eux.

Je clique sur le lien du compte Instagram de Gen. Elle rayonne de bonheur sur chaque photo, tantôt entourée de ses enfants – adorables, en effet – tantôt de ses amis. Ici, elle passe une journée à la campagne, ou à un festival de littérature, là elle monte à cheval en compagnie de Ryan. Sa maison, un tantinet décrépite à l'époque, dispose désormais d'un système de chauffage au sol et d'une batterie de cuisine Le Creuset.

Quelque part au fond de mon cœur, je me réjouis de voir que mon amie d'enfance a obtenu tout ce dont elle avait toujours rêvé. Mais ce sentiment est très vite rattrapé par une vague de colère. Quelle injustice ! Gen et Ryan ont tout, et moi j'ai…

Exactement ce que *je* voulais.

N'est-ce pas ?

Il est 18 h 15 et à cause de cette fichue canicule, j'en suis déjà à ma troisième douche de la journée. J'enfile un débardeur en coton léger et un pantalon baggy blanc. J'applique un peu d'anticernes pour unifier mon teint rougi par le soleil et quelques couches de mascara waterproof sur mes cils. Impossible de me résoudre à défaire mes tresses pour l'instant, mais je saisis une épingle à cheveux papillon qui appartenait à ma mère et m'en sers pour attacher ma frange encore humide sur le côté.

Lorsque j'arrive en bas des escaliers, j'aperçois Cooper en chemise noire, comme toujours, mais assortie cette fois-ci à un jeans clair. Il ne semble pas remarquer mes efforts de coquetterie et soudain, j'ai un peu honte de ma barrette papillon. Il me tend un sac en papier dont je reconnais tout de suite la provenance : la pharmacie *Meyer*.

Je jette un coup d'œil à l'intérieur et découvre une boîte de médicaments ainsi qu'un dépliant sur les mycoses vaginales. Au dos, quelques mots ont été griffonnés à l'encre bleue.

Chère Delphie,

Quand tu es passée devant la pharmacie ce matin, j'ai vu que tu avais des problèmes au niveau de ta zone vulvaire. J'ai tout de suite pensé à une mycose. Tu trouveras dans ce sachet un médicament qui devrait t'en débarrasser rapidement. Je retiendrai le prix de la boîte sur ton salaire, ne t'inquiète pas. En revanche, si tu as des brûlures lorsque tu urines, je te conseille de prendre rendez-vous avec ton médecin traitant, car tu as peut-être une cystite ou une infection urinaire et dans ce cas, il te faudra une prescription sur ordonnance.

Bonne semaine de congé.

Bien à toi,

Leanne (pharmacie Meyer)

Mes joues s'embrasent. Je m'empresse de ranger la note et fourre le tout dans mon sac en tissu.

Je regarde Cooper du coin de l'œil.

— Tu l'as ouvert ?

— Bien sûr que non.

— Tu as lu le mot à l'intérieur ?

— Delphie, tes problèmes médicaux ne m'intéressent pas le moins du monde. Allons-y, dit-il en jetant un regard à l'élégante montre au bracelet de cuir noir qui orne son poignet. Nous allons être en retard.

Je plisse les yeux et examine son visage, cherchant à déceler un quelconque signe de mensonge, mais il est impassible.

— Bon, allez. Finissons-en.

17

La voiture de Cooper est plutôt désordonnée pour quelqu'un d'aussi guindé. Des piles de papiers et de livres encombrent la banquette arrière et le plancher est jonché de stylos Bic et de bouteilles d'eau.

Tandis que nous nous mettons en route pour le nord de Londres, où vivent ses parents, il devient vite évident que nous n'avons ni l'un ni l'autre envie d'engager la conversation. Je me penche pour allumer la radio. Celle-ci est préprogrammée sur la station Jazz Noir. Bien entendu.

Cooper l'éteint aussitôt.

Je la rallume.

Il l'éteint.

Nous nous précipitons sur le bouton en même temps et nos mains se frôlent. Je grommelle et retire ma main d'un coup, comme si je venais de me brûler. Il s'éclaircit la gorge.

Une fois qu'il a replacé ses mains sur le volant, loin des miennes, j'appuie sur la touche « play » du lecteur CD. Quand je m'aperçois qu'il s'agit de la même chanson que celle qui passait à l'instant à la radio, je ne peux réprimer un grognement.

— Tes goûts musicaux sont très éclectiques, dis-moi ! fais-je remarquer, amusée.

— Éclectiques... C'est exactement le terme

qu'emploient les gens qui ne comprennent rien à la musique.

— OK, désolée, monsieur Rolling Stone Magazine.

Je commence à fouiller parmi les CD posés sur la petite étagère, au-dessus de la chaîne stéréo, mais Cooper m'arrête d'un geste.

— Nous devons mettre au point notre présentation.

Mon Dieu. Qui parle comme ça ?

— Mes parents, Amy et Malcolm, sont très gentils, mais aussi très curieux. Je... Je leur ai dit que nous nous étions rencontrés il y a trois semaines à...

Il termine sa phrase à mi-voix, si bien que je ne saisis pas tout.

— Quoi ?

— À un concert en hommage à Charlie Parker.

— Pardon, tu peux répéter ? Je n'ai pas entendu.

— Tu as parfaitement entendu.

Si sa gêne me procure un certain plaisir, je me garde bien de le montrer.

— Ils ne s'attendent pas à ce que nous sachions tout l'un de l'autre, étant donné que ça ne fait que quelques semaines que nous nous... voyons. Mais tâchons d'acquérir les bases, pour que nous ne commettions pas d'erreur majeure.

— Très bien, commence.

Cooper emprunte le périphérique nord et se range immédiatement sur la voie rapide. Je remonte ma vitre pour être certaine de l'entendre.

— Alors. Je travaille depuis chez moi en tant que programmeur informatique. J'écris des codes et les teste, en somme. J'ai 33 ans, j'aime bien écouter de la musique, boire du très bon vin, lire des romans, explorer Londres et...

— Tu as fait un copier-coller des petites annonces du *Guardian* ?

— Bon, et toi, alors ? demande-t-il en esquivant ma pique.

— Je travaille comme assistante à la pharmacie *Meyer* et j'ai 27 ans.

— Et ?

— Et... c'est tout.

— Écoute, ce n'est pas le moment de plaisanter. Je peux difficilement te présenter à mes parents comme ça : « Voici Delphie, 27 ans, qui est assistante-pharmacienne et – ah oui ! – s'est envoyée en l'air dans tout Londres avec un dénommé Jonah, porté disparu depuis. »

Je me tortille sur mon siège, mal à l'aise, et lui adresse un regard mauvais, furieuse qu'il s'amuse à réemployer ma malencontreuse formulation.

— Sérieusement, reprend-il. Dis-moi quelque chose sur toi. Quelque chose de vrai.

La vérité, c'est que je n'ai rien à ajouter. Je n'ai pas de loisirs. À part travailler, passer du temps avec M. Yoon et regarder la télé... Ah, si, j'aime bien dessiner. Enfin, j'aimais, du moins.

— Je m'intéresse à l'art.

— Super, dit Cooper en me jetant un coup d'œil intrigué. Quel est ton peintre préféré ?

— Modigliani. Sans hésiter. Il a une vision tellement singulière. Ces lignes étirées, cette mélancolie qui se dégage de ses œuvres...

— Tu as fait un copier-coller du site internet de la National Gallery ?

— Et toi, tu as fait un copier-coller de mes répliques pour te les réapproprier ?

— Ah ah ! Moi aussi, j'aime bien Modigliani. Mon préféré, c'est la *Femme aux cheveux roux.*

— Les artistes et les cheveux roux... une vraie obsession.

— Je crois que je comprends, murmure-t-il en haussant une épaule.

Je lui lance un regard en coin. Serait-il en train de... flirter ? Ses yeux restent rivés sur la route, son visage concentré. Non. Bien sûr que non. C'est absurde.

Je grommelle et caresse mes cheveux, mal à l'aise.

Nous nous laissons absorber par nos pensées pendant un moment puis nous tournons sur une rue typique de la banlieue londonienne. Cooper coupe le moteur.

— Mince. Je croyais qu'on aurait un peu de temps pour mettre au point une version commune de notre rencontre et du reste, mais ma mère est déjà là, à la fenêtre. En train de nous observer.

Je lève les yeux et aperçois une femme souriante, le visage coincé entre deux lames de stores, et bien que je ne puisse pas en être certaine à cette distance, il me semble qu'elle nous regarde en remuant les sourcils.

Compte tenu de l'accent sophistiqué et de l'attitude snob de Cooper, j'aurais cru que ses parents vivaient dans une grande maison bourgeoise d'un quartier aisé comme Hampstead ou Richmond. Mais nous sommes à Barnet, une localité bien moins chic, dans un lotissement qui est l'archétype même de l'habitat de la classe moyenne.

— Suis-moi, dit-il, une pointe de nervosité dans la voix.

Soudain, c'est à mon tour d'être gagnée par le stress. Il semblerait que cette rencontre soit importante pour Cooper. Lui qui se préoccupe toujours de ce que les gens pensent, il doit s'en vouloir à mort de n'avoir pas trouvé mieux que moi pour prendre part à son petit stratagème.

Je relève le menton : je vais faire de cette soirée un entraînement grandeur nature pour le jour où Jonah – en espérant que ce jour advienne – me présentera à ses parents. C'est décidé, je serai tout l'opposé de ce dont on me croit capable : je vais être absolument adorable.

Pour l'instant, je m'en sors plutôt bien. J'ai complimenté Amy, la mère de Cooper, pour sa robe et l'ai remerciée de m'avoir servi une coupe de prosecco. Son père, Malcolm, a trouvé que je lui avais serré la main avec tant d'énergie que je pouvais rivaliser avec la poigne légendaire de son vieil ami. Lester, l'oncle de Cooper, bien plus âgé que Malcolm est présent et a déjà descendu trois coupes de prosecco dans les quinze minutes qui se sont écoulées depuis notre arrivée.

Nous sommes assis tous les cinq autour d'une grande table rectangulaire près de la fenêtre, côté rue, sur laquelle sont disposés quelques bols de chips, des truffes au chocolat et une pile de boîtes de jeux de société tels que Docteur Maboul et le Pictionary. Je frémis d'enthousiasme ; j'adorais le Pictionary quand j'étais enfant.

Je sirote mon prosecco tout doucement, gardant en mémoire que la quantité d'alcool ingurgitée la veille est déjà supérieure à ce que je bois en l'espace d'une année. Je parcours du regard le salon, encombré de livres et de journaux. Au centre trône un grand canapé qui m'a l'air confortable et un tapis persan rose, un peu élimé, recouvre le sol. Ça me plaît.

— Tu n'es pas le genre habituel de Cooper, fait remarquer Amy, en me tendant un bol de chips. J'en prends une et en grignote délicatement le bord. Elle se casse, et l'un des deux morceaux tombe sur la table.

Je m'empresse de le ramasser et l'enfourne dans ma bouche.

— Très jolie, bien sûr. Elles sont toujours très jolies, mais ses autres petites amies étaient assez différentes de toi.

— Ah oui ? Quel est son genre, d'habitude ?

— Oh, ça fait un moment qu'il n'y a eu personne, mais il fut un temps où elles se succédaient et se ressemblaient toutes.

Cooper lève les yeux au ciel.

— Comment Em les décrivait, déjà ? demande son père en étouffant un rire.

— Une ribambelle de Mercredi Addams qui défilerait pour Chanel ! s'esclaffe Amy.

Je ris à mon tour et songe à la femme aux cheveux bruns aperçue devant la porte de l'appartement de Cooper ce matin. La description colle parfaitement.

— Qui est Em ?

Le visage d'Amy se décompose.

— Tu n'as pas parlé d'Em à Delphie ? interroge-t-elle Cooper en lui lançant un regard blessé.

Les narines de Cooper semblent se dilater. Il vide son verre d'eau d'une traite, comme s'il s'agissait du prosecco qu'on vient de lui proposer – aussitôt refusé, étant donné qu'il conduit.

— Aucun problème, dis-je. Je n'ai pas besoin de tout savoir ! Je ne connais Cooper que depuis quelques semaines après tout.

— Em est la sœur jumelle de Cooper, dit Malcolm d'une voix douce. Enfin, était. Elle est décédée en 2018.

Mon cœur se serre.

— Elle avait l'air d'avoir un grand sens de l'humour, dis-je d'une voix douce.

— Oh oui. C'était un sacré numéro, confie Amy alors

que ses yeux se voilent. Et redoutablement intelligente, avec ça. La première de sa classe au lycée, comme son frère. Ensuite, elle a reçu une bourse pour faire ses études à Trinity College. Lui a fait Oxford, dit-elle en pointant le pouce en direction de Cooper.

— Comme il a dû te le dire moins de deux secondes après t'avoir rencontrée, ajoute Lester.

— Ah, j'avais des raisons d'être fière ! renchérit Amy en élevant la voix pour couvrir les paroles de Lester.

Cooper est allé à Oxford ? Voilà qui explique tout.

— Je suis désolée que tu l'aies perdue, dis-je en m'adressant directement à lui.

Si j'ai perdu quelques proches, au fil des ans, ce n'est pas la mort qui me les a enlevés, et j'ose à peine imaginer la douleur que l'on doit éprouver dans pareille situation.

— Ces deux-là étaient unis comme les deux doigts de la main, soupire Malcolm en caressant le bras de son fils. Em et Cooper, Cooper et Em – ils ne faisaient qu'un.

— Ne parlons pas d'Em, dit Cooper d'une voix claire en dégageant doucement son bras. Si nous sommes ici, c'est pour que vous fassiez la connaissance de Delphie.

— Bien sûr, chéri, tu as raison. Delphie, parle-nous de toi ! lance Amy en me tapotant l'épaule.

Je tressaille – je n'ai pas l'habitude qu'on me touche – mais comme je ne veux pas passer pour une cinglée, je transforme ça en une sorte de trémoussement.

Cooper écarquille les yeux. Manifestement, me voir soudain sur le devant de la scène le rend nerveux.

Qu'il aille se faire voir. Je peux très bien être charmante, si je veux !

— Je travaille dans une pharmacie, dans l'ouest de Londres. J'aime beaucoup courir dans les jardins de

Kensington – d'ailleurs, je fais partie d'un club de running qui s'entraîne là-bas. Et aussi...

Je réfléchis un instant. Qu'est-ce qu'une femme que l'on considère comme charmante pourrait-elle bien dire ? Me reviennent soudain en tête les images des séries historiques où les femmes sont éduquées dans le but de devenir des êtres vertueux et cultivés. C'est idiot et complètement dépassé, mais c'est tout ce à quoi mon cerveau arrive à se raccrocher sur le moment.

— Je lis de la poésie et euh, je fais un peu de... crochet ?

— Tu n'as pas l'air sûre de toi sur ce coup-là, grogne Lester, en mâchant ses mots.

Malcolm, lui, semble ravi de ma réponse. Il se penche vers moi, la tête entre les mains :

— J'adore la poésie. Le jour de notre mariage, Lester a lu *She Walks in Beauty* de Byron lors de la cérémonie. Oh, tu ne voudrais pas nous réciter quelques vers, Delphie ?

Mince. Qu'est-ce qui m'a pris ? Je ne connais pas un seul poème. Ma couverture va tomber en un éclair. Cooper avait raison de craindre le pire.

Il s'éclaircit la gorge.

— Ne mettez pas Delphie dans l'embarras, voyons ! dit-il d'un ton faussement enjoué.

— Je suis sûre que ça ne la dérange pas du tout ! réplique sa mère en me tapotant de nouveau l'épaule. Moi aussi j'adorerais entendre un poème. C'est si romantique !

Mon visage est comme paralysé. Je descends le reste de mon prosecco, me lève sur mes jambes tremblantes, et prends une profonde inspiration.

Vite, un poème... Bon sang, pense à quelque chose qui rime au moins, Delphie.

« *Lo, back up now*
and give a woman room.
The fuse is... alit
and I'm about to go boom. »

Ça y est, je suis sur ma lancée. Je ne peux plus m'arrêter.

« *Mercy, mercy – oh, mercy me,*
my whole life feels like a cage.
Yet on stage...
I am free. »

Soudain, j'entends une sorte de grognement à côté de moi. Cooper, les yeux exorbités, couvre sa bouche pour étouffer son rire. Le tressautement de ses épaules le trahit. Lester et ses parents lui jettent un regard intrigué ; s'ils ne se sont aperçus de rien, Cooper, lui, a tout à fait compris que je viens d'adapter les paroles de la chanson *Boom! Shake the Room* pour les rendre plus « lyriques ».

Quand je m'arrête, ils m'applaudissent, perplexes, mais sous le charme. Cooper se joint à eux ; son visage est encore un peu rougi et ses yeux brillent d'un éclat que je ne leur avais pas vu depuis les premières semaines suivant son emménagement dans l'immeuble.

— Très intéressant, dit Amy. Pour moi, c'est tout nouveau, je ne connaissais pas. Qui en est l'auteur ?

— Je crois que c'est un certain William Smith, répond Cooper, l'air sérieux. Un poète contemporain dont l'œuvre est absolument majeure. *Wild Wild West* est l'un de mes textes préférés.

— Eh bah ! s'exclame Malcolm. Merci de nous l'avoir fait connaître, Delphie. La plupart des ex-petites amies de Cooper ne reconnaîtraient pas Keats, même si on leur mettait sous le nez.

Je ris de bon cœur, oubliant un instant que je serais moi-même incapable de réciter Keats.

— Je ne suis pas venu pour entendre de la poésie, moi, ronchonne Lester en se servant un nouveau verre de prosecco. On joue ?

— C'est toi qui choisis le jeu, Delphie, propose Cooper.

Sa mère s'émeut aussitôt et émet un petit « ooh », comme s'il m'avait donné un rein.

J'acquiesce, parcours la pile de haut en bas et finis par désigner le Pictionary.

Cela fait peut-être des années que je n'y ai pas joué, mais mon esprit de compétition est toujours aussi vif. Amy a installé un chevalet au milieu de la pièce et j'ai d'office été placée dans la même équipe que Cooper. Malheureusement pour nous, il se révèle nul à ce jeu. Amy, Lester et Malcolm nous écrasent. Les gribouillis de mon coéquipier ne m'aident pas ; son trait est relâché et imprécis.

Quand c'est à mon tour de dessiner, Cooper est tellement frustré que sa voix descend presque d'une octave, tentant en vain de masquer son mécontentement.

— Tu fais les ombres là, c'est ça, Delphie ? L'horloge tourne !

— La raison pour laquelle je n'ai pas réussi à comprendre tes croquis, Cooper, c'est qu'il y manquait des informations cruciales, dis-je entre mes dents, en m'efforçant de garder mon calme. Je refuse d'être la première à craquer.

— C'est un Pictionary, Delphie. On s'en fiche du clair-obscur, OK ? Contente-toi de dessiner le mot écrit sur ta carte.

— C'est exactement ce que je fais, Cooper.

J'accélère. Il ne nous reste plus que quinze secondes.

— Allez, dépêche-toi ! lance Cooper en se levant du

canapé, boucles dressées sur son crâne comme si elles allaient toucher le plafond.

— Ne m'adresse la parole que si tu as une vraie réponse à donner, Cooper.

— Eh bah, ça doit y aller au lit ! intervient Lester, désormais très imbibé, en souriant jusqu'aux oreilles.

Tout le monde l'ignore ostensiblement. J'achève en ajoutant un dernier détail – qui j'en suis sûre parviendra à lui faire deviner « fête surprise » : une bouche ouverte qui pousse un cri.

— Voilà. Allez ! Tu vois bien...

— Oh... Oh ! C'est une surprise... une fête surprise ! s'exclame Cooper, en tapant des mains sur ses genoux.

— Oui ! je m'écrie, le poing en l'air.

Cooper traverse la pièce et me prend dans ses bras, tout heureux de cette victoire. Je me raidis aussitôt. Juste assez pour qu'il s'en aperçoive. Il recule d'emblée et hausse les épaules en guise d'excuse – me demander pardon serait trop étrange vis-à-vis de sa famille.

— Je ne vois pas ce que vous fêtez, grommelle Lester. Vous avez quand même perdu.

— Merci, oncle Lester, on avait compris.

— Félicitations à vous, dis-je en m'inclinant un peu. C'est une victoire bien méritée. Jolie partie.

— Oh, je crois que ce que nous avons surtout gagné ce soir, c'est d'avoir fait ta connaissance, Delphie ! dit Amy en me serrant à son tour dans ses bras.

Cette fois, je parviens à rester détendue. Au contraire, je me fonds dans l'étreinte, respire l'odeur un peu cotonneuse de son chemisier, et me laisse envahir par une douce sensation de réconfort. Elle caresse délicatement l'arrière de ma tête et je sens les larmes poindre. Super. Je suis mortifiée. Ça fait plus de dix ans que je n'ai pas pleuré, et voilà que ça m'arrive deux fois dans la même journée ?

Amy me regarde droit dans les yeux, ses mains sur mes épaules :

— Prends soin de lui, veux-tu ? Ça ne lui ferait pas de mal, un peu de bonheur.

— Maman, aboie Cooper. Bon sang. Delphie et moi, ça… ça ne fait que trois semaines.

— C'est juste… Ça fait du bien de te voir sourire, c'est tout, murmure-t-elle en haussant les épaules.

— C'est si rare, je renchéris tout en essuyant subrepticement une larme au coin de mon œil, avant qu'elle ne tombe.

Cooper reste de marbre. Il passe une main dans ses boucles et regarde sa montre.

— Il est peut-être temps qu'on y aille, lâche-t-il.

— Oui, mais quel joli sourire, poursuit Amy comme si elle n'avait rien entendu. Allez, chéri, souris-nous encore une fois.

— Vas-y fiston, montre à ta mère ce sourire ravageur. Ça lui fera la semaine et moi, je ne l'entendrai plus se plaindre du fait que tu es malheureux.

Amy se tourne vers Cooper, le regard plein d'espoir.

Il ferme les yeux un instant, comme s'il préférait être n'importe où ailleurs qu'ici. Soudain, je repense au jour où je lui ai demandé de baisser sa musique et où il m'a hurlé d'aller me faire voir.

— Allez, Cooper, montre-nous tes jolies dents, dis-je en me penchant vers Malcolm avec un air de connivence. J'adore ses dents. C'est ce que je préfère chez lui.

— Vraiment ? pouffe Malcolm. Ses dents ?

J'acquiesce.

— Elles sont si parfaitement alignées. C'est fascinant.

— Des années d'orthodontie, dit Amy. C'est moi qui me suis occupée de tous ses rendez-vous.

— Très bien ! bougonne Cooper en arborant un immense sourire forcé, à la Wallace et Gromit.

Il le tient pendant une seconde, avant que son visage ne retrouve sa sévérité habituelle, le regard toutefois adouci.

— C'est un début, plaisante Amy en nous raccompagnant à la porte. Je suis ravie de t'avoir rencontrée, Delphie.

— Moi aussi, dis-je spontanément.

Un flot de sentiments confus m'envahit : ce n'est pas une simple réponse de politesse. C'est vrai.

Sur le chemin du retour, je pense à ma mère et lui envoie un texto, pour lui dire que je vais essayer un cours de dessin sur le vif. Voir Amy et Cooper ce soir m'a rappelé à quel point maman et moi aimions dessiner ensemble. Cooper se gare sur Hyde Road, devant notre immeuble, et m'ouvre la portière.

— Merci, dis-je. Tu as ta clé, ou je prends la mienne ?

Je m'interromps en le voyant sortir sa clé de sa poche et la glisser dans la serrure.

Il traverse le hall d'entrée à grandes enjambées et se tourne vers moi une fois devant la porte de son appartement.

— Merci de m'avoir rendu service, dit-il. J'ai passé une bien meilleure soirée que je le pensais et ça devrait me permettre d'échapper aux rendez-vous avec Veronica pendant quelque temps.

— C'était sympa, je réponds en haussant les épaules. Tes parents sont gentils.

Comme il reste immobile devant sa porte, je fais un pas vers lui.

— Je suis désolée, pour ta sœur… Il déglutit et ouvre sa porte.

— Arrêtons-nous là, OK ? Je t'ai rendu service, toi aussi, je pense qu'on est quittes.

Son attitude fait descendre la température du couloir de quelques degrés.

— Oui, tout est en règle, dis-je d'une voix enjouée.

— J'espère que tout ira bien avec Jonah.

— J'espère que tout ira bien avec… ton très bon vin.

Je n'ai rien trouvé de mieux, c'est malin.

— À un de ces jours, Cooper.

Pour toute réponse, il se glisse dans son appartement, en veillant à refermer délicatement la porte derrière lui.

18

Quatrième jour. Sur dix. Je n'ai toujours pas parlé à Jonah, et encore moins suscité chez lui l'envie de m'embrasser. Dès que je pense au tic-tac du compte à rebours de Merritt et à ce qui m'attend si je ne remplis pas ma mission, l'anxiété me prend à l'estomac. Il faut absolument que le cours de dessin de ce soir soit une réussite.

Je me redresse et m'assois dans mon lit, les cheveux humides de sueur. J'allume mon téléphone et consulte la météo ; un gémissement m'échappe en lisant que la journée s'annonce encore plus chaude que celle d'hier. Les premiers jours de canicule m'ont paru plutôt agréables – cela faisait du bien de voir un peu de soleil après des mois de grisaille – mais la ville est vite devenue irrespirable, et j'ai déjà hâte qu'il pleuve. Quand je m'aperçois que j'ai reçu un message de ma mère, je m'empresse de l'ouvrir, curieuse de découvrir sa réponse à mon texto de la veille.

Voici une photo de moi et Larry, le fameux galeriste d'art new-yorkais. De Brooklyn, plus précisément. Il adore ce que je fais !

Bon, elle doit être bien occupée.

Je ne sais pas si M. Yoon aura de nouveau envie de

me voir, mais le plus responsable serait d'aller vérifier. Ce n'est pas que j'y tienne particulièrement ; disons que je m'assure juste que le vieux monsieur d'en face se porte bien. C'est tout. J'attrape des œufs et du bacon dans mon frigo et traverse le couloir. Je toque, puis passe la tête dans l'entrebâillement de la porte. M. Yoon est assis à sa table, penché sur ses mots croisés, un crayon à la bouche et une cigarette à la main.

— Faites-moi un petit signe si vous voulez que je parte, je lance. Ou tapez du pied – je sais que vous savez faire maintenant.

M. Yoon me regarde l'air absent, mais la colère a disparu de son visage. Je fonce dans la cuisine et m'aperçois qu'il n'a pas fait la vaisselle. Je m'en occupe rapidement puis plonge les œufs dans l'eau bouillante.

Je saute presque jusqu'au plafond en sentant une main chaude et sèche se poser sur ma peau. C'est M. Yoon. Il me tapote deux fois sur l'épaule. Son regard s'adoucit et il esquisse un léger sourire, comme pour s'excuser. À ma grande surprise, mon premier réflexe est d'avoir envie de le serrer dans mes bras, mais je me retiens : hors de question de me laisser de nouveau submerger par mes émotions. Je me contente de hocher la tête.

— Ne vous inquiétez pas. Moi aussi, il m'arrive de m'énerver.

Au moment où il retourne à ses mots croisés, je hume l'air et… ça ne sent pas très bon. Je crois que… c'est M. Yoon. Il sent très fort. Oublierait-il de se laver maintenant ? Depuis quand ? La journée va être étouffante. Il ne peut pas la passer assis à baigner dans sa propre sueur.

Je nous prépare le petit-déjeuner et lorsque nous nous installons à table, je lance innocemment :

— Il va vous falloir un grand bain frais avec cette chaleur. C'est un vrai four, dehors.

Il acquiesce. Dès que nous avons terminé, je l'emmène jusqu'à la salle de bains pour qu'il se déshabille, tout en lui assurant que je garderai les yeux clos jusqu'à ce qu'il soit immergé dans la baignoire. Une fois qu'il a pris place, j'ouvre les robinets et verse une bonne dose de savon moussant dans l'eau, histoire de le couvrir au mieux.

Je m'assois à l'angle de la baignoire, saisis le pommeau de douche et fais couler l'eau sur ses cheveux. Tandis que je les lave, je l'entends pousser un soupir que j'espère être de satisfaction. Après tout, c'est la première fois que je fais ça.

Si M. Yoon se sent mal à l'aise de quelque façon, il ne le montre pas. Cela dit, dans la vie, il m'arrive très souvent d'être mal à l'aise et de ne pas le montrer non plus. J'essaie donc d'entretenir une conversation légère, et me mets à lui raconter la soirée de la veille.

— ... et à ce moment-là, figurez-vous que Cooper m'a reproché de passer trop de temps sur les ombres !

Quand je prononce le nom de Cooper, M. Yoon se tourne vers moi pour me regarder, le crâne couvert de mousse de shampoing.

— Vous connaissez Cooper ? Ah oui, vous l'avez vu dans l'immeuble, c'est ça ?

M. Yoon hoche une fois la tête.

Je baisse la voix.

— Il est un peu odieux, non ?

M. Yoon hoche deux fois la tête, ce qui déclenche chez moi un grand éclat de rire.

— On est d'accord. Quoi qu'il en soit, je crois qu'il était surtout jaloux de mes talents artistiques bien supérieurs aux siens. On a perdu, mais c'était clairement de sa faute. Si j'avais joué avec Amy ou Malcolm, on aurait gagné.

Les cheveux de M. Yoon rincés, j'attrape un gant de toilette et du savon sur la petite étagère en bois, qui surplombe les robinets.

— Je vous laisse laver vos… enfin, vous voyez, dis-je en lui tendant le gant. Il n'est pas question que je le fasse et je suis à peu près certaine que vous ne voudriez pas de ça non plus.

Il acquiesce.

Une fois sorti du bain et bien enveloppé dans un peignoir propre, je lui sèche les cheveux, les coiffe en dessinant une parfaite raie au milieu et lui apporte un miroir pour qu'il s'admire. Il sourit à son reflet et émet un petit rire. J'attrape son spray déodorant dans sa chambre, fais mine de m'en asperger puis le lui tends :

— Vous allez en avoir bien besoin aujourd'hui.

Il saisit le flacon et me tapote le bras. Je lui souris et fais de même. Puis il me tapote de nouveau le bras.

— Le premier qui arrête de tapoter a perdu ! je m'exclame en recommençant. M. Yoon se prend au jeu et sa bouche se fend en un grand éclat de rire silencieux. Il en a des crampes à l'estomac, et je suis moi-même prise d'un accès de fou rire.

Le rire a ce pouvoir incroyable de faire disparaître toute gêne : soudain, chacun ressent la même chose. J'avais oublié.

De retour dans mon appartement, je fouille de nouveau dans le sac de vêtements de ma mère. J'y trouve une multitude de robes plus que légères ainsi que quelques chemises en nylon tout droit sorties des années 1990. Je repère une jolie jupe marron clair en daim, toute douce, mais dans laquelle je risque de me transformer en flaque de sueur au bout de trente secondes. Je la range.

Je finis par dénicher une minirobe blanche à boutons parsemée de petites marguerites argentées. Parfait.

J'imagine Jonah m'embrasser et passer sa main dans mes cheveux. Ma rêverie s'arrête brusquement : personne ne peut passer la main dans des tresses aussi serrées. Je repense à Merritt, qui m'encourageait à les détacher. Je retire alors chaque épingle une à une et mes cheveux retombent sur mes épaules, telle une épaisse cascade aux reflets roux.

Bof. Je n'ai pas l'air si différente.

19

— Waouh, quelle chevelure ! C'est Ophélie ! Vénus sortant de l'onde !

Il me faut un instant pour reconnaître la voix de la fille du parc. Elle aussi a fait un effort vestimentaire, même si de son côté, cela se traduit par une couronne de fleurs et une robe en dentelle claire aux manches longues et fluides.

À ces mots, deux clients du café d'à côté se retournent pour me regarder, ne découvrant ni Ophélie ni aucune autre figure préraphaélite, mais une jeune femme transpirante et mal à l'aise, affublée d'une robe trop courte et de baskets élimées.

— Chut ! je gronde, avant de reprendre : Je suis désolée, je crois que tu m'as dit comment tu t'appelais au parc hier, mais impossible de m'en souvenir.

— C'est Frida.

— Ah oui. Moi, c'est Delphie, dis-je en lui tendant une main.

— Ahah, nos mains on dirait de la soupe !

— Pardon ?

— Nos mains, en sueur, l'une contre l'autre. On dirait de la soupe.

— Hmm... OK.

Beurk. Je les essuie sur ma robe et elle en fait de même tout en arborant un grand sourire, comme si c'était une interaction plaisante. Elle tapote son sac, une sorte de cabas en patchwork à pompons :

— J'ai apporté des crayons et des stylos. Tu as les tiens ?

— Ah non, non, non, dis-je en secouant la tête. Je ne suis pas là pour dessiner. Je viens uniquement pour voir Jonah, le type de l'affiche. Celui avec les yeux bleus.

— Ah, je croyais que c'était le modèle.

Mince. Étrangement, cette possibilité ne m'avait pas effleuré l'esprit. Je m'étais préparée à ce que Jonah participe au cours, voire qu'il en soit le professeur. Mais le modèle ! Comment faire pour me présenter s'il se tient devant moi le bidule à l'air ? Pff… et une difficulté de plus. Ça n'arrête pas en ce moment.

J'emboîte le pas à Frida ; nous entrons dans un pub et gravissons l'escalier qui mène à une grande salle. Bien que toutes les fenêtres soient ouvertes, il y règne une chaleur infernale. Des chaises sont disposées en cercle, avec un chevalet devant chacune d'elles. Au milieu se trouve un tapis sur lequel est assise une très belle femme aux cheveux courts, les jambes croisées, enveloppée dans un kimono.

— Bienvenue !

Tiens, voilà le type chauve de l'affiche. Celui que Frida trouvait à son goût. D'ailleurs, je l'entends pousser un petit cri d'excitation, juste derrière moi.

— Hello ! fait-elle en agitant la main en direction des autres participants.

Le groupe est assez hétéroclite. Je repère un caissier portant encore son uniforme de supermarché, une ado aux cheveux teints en noir, coiffés en un carré sévère, avec un piercing de chaque côté du nez, et quelques personnes qui semblent sortir tout juste du bureau.

Frida s'assoit et me fait signe :

— Viens, Delphie. Assois-toi à côté de moi.

— Où est Jonah ? je demande à l'homme chauve qui se présente comme étant Claude. C'est pour lui que je suis là.

Claude jette un œil à sa montre.

— Eh bien, Kat est notre modèle pour la première session, répond-il en désignant la femme installée sur le tapis et Jonah posera seulement pour la seconde.

Frida avait raison, Jonah est modèle !

— Et à quelle heure commence la seconde session, s'il vous plaît ?

— Dans une heure.

Je hoche la tête. Une heure. Une heure d'attente, ce n'est rien, surtout quand l'alternative est l'éternité à Evermore.

Claude s'éloigne pour saluer les habitués et je prends place devant un chevalet, raide comme un piquet, quand soudain mon téléphone vibre. C'est un texto de Cooper :

Je me rends compte que j'ai peut-être été un peu brusque hier soir. Je suis désolé.

— Tu n'as pas de matériel avec toi ? m'interroge Claude, m'arrachant à mon téléphone.

— Oh. Non, désolée. Je ne pensais pas que j'allais… Je venais juste voir… Enfin, non. Je n'ai rien.

— Ton médium, c'est quoi ? Fusain ? Crayon ? Encre ? Il me semble qu'on a de l'acrylique quelque part si tu veux peindre, mais vu que l'évier est hors service, ce n'est peut-être pas l'idéal.

— Fusain ?

Ma réponse me surprend moi-même, car je n'ai jamais dessiné au fusain. Peut-être est-ce pour ça. L'image du portrait au crayon de M. Taylor et des photocopies tachetées punaisées dans tout le lycée me revient soudain en mémoire. Je chasse ce souvenir, l'enferme à double tour dans ma boîte à malheurs tout au fond de mon cerveau et souris à Claude, qui me tend quelques feuilles de papier fin et un bâton de fusain.

— OK, c'est parti, dit Claude en tapant dans ses mains tel un danseur de flamenco. Nous allons faire une série de sessions rapides de dix minutes chacune ; Kat changera de posture entre chaque. Ensuite, nous aurons une longue session de trente minutes.

Je n'arrive pas à croire que je vais revoir Jonah d'ici une heure. Je souris intérieurement en l'imaginant me parler, poser sur moi son doux regard et effleurer ma peau. Comme si être mort n'était pas un problème, du moment qu'il était avec moi.

— Delphie ? chuchote Frida à côté de moi.

Je lève les yeux et m'aperçois que tout le monde a déjà commencé à dessiner. Kat s'est redressée et a ôté son kimono, les bras en prière.

— Prise en flagrant délit de rêvasserie, s'amuse Frida.

Je saisis mon fusain et appuie sur la feuille de papier. Il se brise immédiatement en deux. Mince. Je ne sais pas du tout comment dessiner avec ça. Je pose l'un des deux morceaux sur le rebord de mon chevalet et observe Kat. Sa peau est immaculée, comme une photo sur laquelle on aurait appliqué un filtre. Ses côtes sont visibles, sans qu'elle soit maigre, et ses poils pubiens forment une bande étroite et si nette qu'elle semble avoir été tracée au crayon. Est-ce vraiment censé ressembler à ça ? Parce que si c'est le cas, en ce qui me concerne, il y a du boulot…

Une idée me traverse l'esprit : Jonah a déjà vu Kat nue. Mince. Ont-ils couché ensemble ? Sans doute. Imaginez deux personnes aussi génétiquement supérieures qui se voient chaque semaine dans le plus simple appareil – le contraire serait étonnant.

— Delphie ! répète Frida. Tout va bien ?

— Oui, oui, ça va ! Je m'y mets ! dis-je en l'envoyant promener d'un signe de la main.

Pendant que je divaguais, elle a eu le temps de terminer son dessin, qui n'est pas si mauvais. Un bref signal sonore retentit ; Kat change de pose et s'installe par terre, en grand écart, portant une main à l'oreille comme si elle percevait un bruit au loin.

J'appuie la pointe de mon fusain sur ma feuille, avec moins de force cette fois, et commence à tracer les contours du corps de Kat.

J'ai à peine le temps de dessiner que le signal sonore se fait de nouveau entendre. Kat s'accroupit, les mains sur les genoux. Au signal suivant, elle se relève et adopte une posture digne d'un ninja. J'entre dans une sorte de transe – seuls l'odeur qui émane de la poussière de fusain et son léger grattement sur le papier semblent pouvoir pénétrer ma conscience.

— Fin du chrono ! crie Claude.

Je cligne des yeux. J'ai l'impression de me réveiller d'un très long sommeil. Une vague d'émotion m'envahit, intense et délicieuse ; c'est presque de l'euphorie. Mon cœur bat vite, comme si j'avais bu trop de café.

Je n'avais plus dessiné depuis le lycée. Mon Dieu, ce que ça m'avait manqué.

— Waouh ! s'exclame Frida en se penchant pour regarder mes croquis.

Elle prend les feuilles, une à une, en émettant un petit cri d'admiration à chaque nouvelle esquisse.

— Tu ne m'avais pas dit que tu étais une pro, lance-t-elle en se tournant vers moi pour me toper la main. Je l'ignore délibérément.

— Je n'ai rien d'une pro.

— En effet, murmure Claude en se positionnant juste derrière moi, un peu trop près de ma nuque. Pas pour l'instant… Mais peut-être un jour.

Frida lui tend les feuilles qu'il examine tout en commentant mon trait et mes choix de composition, mais je n'y comprends pas grand-chose. Tout ce que je sais, c'est que je me sens bien. Ce qui est en train de se passer me fait du bien.

— Tu travailles très bien les formes féminines, dit Claude d'une voix traînante. D'ailleurs, tu vas pouvoir continuer à t'entraîner avec Kat pour la deuxième session, car je viens de recevoir un texto de Jonah. Il ne pourra pas être parmi nous ce soir.

Je bondis, faisant s'envoler mes feuilles.

— Comment ? Non ! Je croyais que c'était le modèle de la session suivante ! Je suis venue pour le voir.

— Désolé ! répond Claude. Tu n'es pas la première, soupire-t-il. Depuis qu'il a posé pour David Hockney l'année dernière, un tas de gens viennent pour le voir, poursuit-il en levant les yeux au ciel. Mais ce cours porte sur la technique artistique, pas sur l'attractivité du modèle ! Ce n'est pas un concert pop, ici.

Derrière moi, Frida étouffe un rire.

— Jonah a posé pour Hockney ? je répète d'une voix suraiguë.

J'adore David Hockney. C'est mon deuxième peintre préféré, juste après Modigliani. Jonah a posé pour lui ? C'est dingue ! Quelle est la probabilité d'un truc pareil ?

Claude acquiesce, comme si c'était tout naturel :

— Jonah est un excellent modèle. Il parvient à créer de magnifiques angles avec son corps.

Je songe aux angles du corps de Jonah, un peu abasourdie. Quels angles serais-je capable de créer avec mon corps, moi ? Ce seraient plutôt des courbes, d'ailleurs. Est-ce qu'elles plairont à Jonah ? Je secoue la tête et force mon cerveau à se concentrer sur l'essentiel : je dois le retrouver ce soir, c'est une question de vie ou de mort. Le temps presse.

— Vous avez bien dit qu'il vous avait envoyé un texto, non ? Il faut à tout prix que je le contacte à propos de... quelque chose. Pourriez-vous me donner son numéro ? S'il vous plaît.

— Mon Dieu, non ! réplique Claude, une main sur le cœur, l'air outré. Je ne peux pas transmettre les coordonnées privées de mes modèles à n'importe qui. Leur sécurité m'importe beaucoup.

— Leur sécurité ? Mais je ne vais pas m'en prendre à lui !

— Ça, je n'en sais rien.

— Elle ne lui ferait jamais de mal ! intervient Frida, la voix tremblant d'indignation, comme si elle me connaissait depuis bien plus que soixante-cinq minutes.

— Je suis son... amie. Jamais je ne ferais quoi que ce soit qui puisse lui nuire. S'il vous plaît, donnez-moi son numéro.

— Si tu disais vrai, lance Kat, tu aurais reçu le texto qu'il a envoyé à tous ses amis, expliquant qu'il vient de décrocher un casting à la dernière minute pour danser au *Shard*. C'est pour ça qu'il ne peut pas être ici ce soir. Il était surexcité.

Merci, Kat, je t'adore.

— Ah oui ! Le *Shard* ! dis-je en sortant mon téléphone et en désignant l'écran noir. J'ai bien eu le texto, tu avais raison ! C'est à quelle heure déjà ?

Kat ouvre la bouche, mais Claude intervient :

— Kat ! Elle ment, c'est évident. Ne dis rien !

— Kat, je m'exclame en me précipitant vers elle,

donne-moi le numéro de Jonah. S'il te plaît. Solidarité féminine. C'est important.

Kat montre du doigt ses lèvres, cousues par une fermeture éclair imaginaire.

Bon, tant pis. J'ai une piste, c'est déjà ça.

Je roule mes feuilles de dessin, les glisse dans mon sac et sors de la salle d'un pas déterminé.

— On part ? demande Frida. Mais on a payé pour les deux heures !

— Oh, tu peux rester ! dis-je d'un ton désinvolte. Moi, j'ai à faire.

Évidemment, il y a une grève de métro cette semaine. J'ouvre l'application VTC de mon téléphone : une voiture est disponible à deux minutes. Le temps de trajet est estimé à… cinquante minutes ? C'est dans une éternité ! Tout à coup, Frida déboule et jette un œil à l'écran par-dessus mon épaule :

— C'est trop cher, le taxi. Tu devrais prendre le bus.

— Je n'ai pas le temps, dis-je en appuyant sur le bouton pour confirmer ma réservation.

— Je viens avec toi ! déclare-t-elle, me ramenant soudain à l'instant présent.

— Oh, non, dis-je en secouant vigoureusement la tête. Ce n'est pas la peine. Et puis je croyais que tu voulais tenter ta chance avec Claude ?

— J'ai la sensation que sa personnalité ne correspond pas à la photo de l'affiche, tu comprends ? J'imaginais que c'était une boule d'énergie, mais dans la vraie vie, on dirait qu'il a un bâton de fusain là où je pense.

Quand le taxi se gare devant moi, je plonge sur la banquette arrière. Frida, ignorant mon refus poli, grimpe aussitôt de l'autre côté, attache sa ceinture et se tourne vers moi, pouces levés.

— C'est drôle, dit-elle, l'œil brillant d'excitation,

depuis le temps que je vis ici, je ne suis encore jamais allée au *Shard* ! C'est quand même l'un des gratte-ciel les plus emblématiques de Londres ! J'ai proposé à Gant d'y aller un tas de fois, mais il ne m'écoutait jamais et finissait toujours par me dire de me taire. C'est vrai que je suis très bavarde.

— Ce Gant m'a tout l'air d'un crétin, je marmonne.

Frida hausse les épaules et secoue la tête, faisant danser ses boucles d'oreilles en lunes dorées.

— Il n'était pas si mal, souffle-t-elle, les larmes aux yeux.

La pauvre, je crois qu'elle a réellement le cœur brisé.

Au moment où la voiture démarre et s'éloigne lentement du trottoir, Claude surgit du pub en courant.

— Vous êtes folle à lier, crie-t-il à travers la vitre ouverte, mais vous avez un immense potentiel artistique ! Revenez !

20

Une rapide recherche sur Google nous apprend qu'il n'y a qu'un seul événement au *Shard* susceptible de correspondre à ce que décrivait Jonah dans son texto : une soirée disco silencieuse dans un espace baptisé « *The View* ». Une soirée silencieuse ! Je n'ai jamais entendu parler d'un truc pareil. Nous entrons dans l'ascenseur et Frida pose une main sur sa poitrine.

— Enfin ! s'écrie-t-elle, les yeux brillant d'excitation.

Quand nous arrivons au soixante-dixième étage, les portes de l'ascenseur s'ouvrent dans un bruissement imperceptible.

Nous nous dirigeons vers de grandes baies vitrées donnant sur une salle aux éclairages violet et rose, où dansent une centaine de personnes, un casque audio sur les oreilles. En les apercevant, Frida commence déjà à se trémousser. Ils écoutent donc vraiment de la musique, mais j'imagine que chacun choisit ce qu'il veut. En voilà une bonne idée ! Ce n'est pas que je sois très branchée soirées disco, mais ce soir, vu l'enjeu, avoir ma propre bande-son me convient parfaitement.

Une femme grande et assez costaud se tient devant la porte vitrée, un casque sur la tête et un porte-bloc à la main. Derrière elle, un panneau indique : « Tous les invités sont priés de présenter leurs billets. » Mince. Nous n'avons pas de billets. Peut-être que si je lui explique que je veux seulement faire un rapide saut à l'intérieur pour trouver quelqu'un et repartir aussitôt, elle nous laissera passer ? Compte tenu de la moue irritée qu'elle affiche, je doute qu'elle soit très encline à déroger aux règles. La femme secoue furieusement la tête en nous voyant approcher. Elle promène son regard sur ma petite robe légère et s'arrête sur la couronne de fleurs de Frida.

— Vous êtes en retard ! siffle-t-elle.

— Pardon ?

— Vous n'avez pas intérêt à vous barrer avant la fin, comme le type avant vous. Sa nana l'a traîné dehors, vous imaginez ? Jamais rien vu d'aussi peu professionnel. Il m'a laissée en plan. Dans la merde jusqu'au cou. C'est la dernière fois que je passe par Maurice Alabaster pour le casting, grogne-t-elle. Bon au moins, vous êtes là, toutes les deux.

Qu'est-ce qu'elle raconte ? Qui est Maurice Alabaster ? Pour qui nous prend-elle, au juste ?

Je m'apprête à formuler toutes ces questions à voix haute, mais Frida dégaine avant moi :

— Oui, il nous a envoyées toutes les deux, déclare-t-elle en levant le menton, tandis que la femme nous ouvre les portes et nous conduit à l'intérieur.

Je parcours la salle du regard, à la recherche de Jonah. Rien en vue pour l'instant, mais je suis confiante, repérer un homme de cette carrure et doté d'un tel magnétisme devrait être un jeu d'enfant.

— Vous deux, vous êtes sur celui-ci, dit la femme en désignant un podium rétroéclairé en rose, sur la gauche.

Je remarque alors que des danseurs évoluent sur des podiums similaires, disposés à chaque angle de la pièce. Des danseurs professionnels. Qui dansent. Tous portent des couronnes de fleurs semblables à celle de

Frida. La femme a dû en déduire que nous sommes... des danseuses ?

— Où est votre coiffe ? me demande-t-elle en levant les yeux au ciel, exaspérée.

— On la lui a volé ! réplique Frida, tandis que je reste bouche bée. Quelqu'un la lui a arraché dans la rue. Un vieux tout rabougri, avec de longs cheveux gris et l'œil fou qui tendait vers l'est. Mais ne vous inquiétez pas, Delphie est la plus belle danseuse de tout Londres. Personne ne s'apercevra de l'absence de sa couronne de fleurs.

Je jette un regard en biais à Frida. Comment fait-elle pour mentir avec autant d'aplomb ? L'austère hôtesse me toise.

— Très bien, dit-elle à contrecœur. Mais je ne manquerai pas de me plaindre auprès de Maurice. Tous les performeurs sont tenus d'arriver en costume.

— Désolée ! répond Frida d'une voix chantante tandis que la femme s'éloigne pour retrouver son poste devant les portes vitrées. Allez, viens ! me lance-t-elle en désignant le podium. Dépêche-toi, elle nous observe.

— Je ne monterai pas sur ce podium !

— C'est la seule façon de rester ! Je te rappelle qu'on n'a pas de billets.

— Mais je... je ne danse pas.

— Tout le monde danse !

— Il n'y a pas de musique !

— La musique, elle est ici, dit Frida en prenant ma main pour la placer sur ma poitrine.

Je la retire immédiatement.

— Comment font les autres danseurs ? Ils n'ont même pas de casque !

— Ça ruinerait leurs couronnes de fleurs, explique Frida, comme si c'était évident. Viens, depuis le podium, tu auras une vue imprenable sur la salle. Ce sera bien plus facile de localiser Jonah.

C'est un bon argument – perchée là-haut, je verrai tout. Je jette un coup d'œil par-dessus mon épaule : la cerbère gesticule derrière la vitre, nous faisant signe de nous mettre au travail.

Au secours.

J'imite Frida, qui est étrangement impatiente de commencer, et grimpe sur le podium le plus élégamment possible. Mon regard balaie la mer de corps dansants, à l'affût de la douce crinière cuivrée de Jonah. L'espace d'un instant, je me laisse distraire par le paysage nocturne que dévoile l'immense mur vitré. Je devine les courbes de la Tamise et le somptueux bracelet d'or de Tower Bridge, éblouie par les lumières des bâtiments qui s'étendent devant moi par milliers et scintillent, comme s'ils se savaient observés. Tandis que le soleil se retire peu à peu, le ciel se pare d'une intense couleur violette striée de rose. Mon Dieu, tout semble si paisible, vu d'ici. Si simple.

Je repense aux mots de Jonah, à Evermore. En mon for intérieur, je m'étais un peu moquée de lui, mais je dois admettre que sous cet angle, Londres a quelque chose de magique.

— Danse, Delphie !

Frida me ramène à la réalité à force de coups de coude dans les côtes. Elle se déhanche et fait délicatement onduler ses bras, donnant aux manches vaporeuses de sa robe l'occasion de se distinguer.

Je n'ai pas le choix. Je commence à bouger mes hanches et, sans réfléchir, je me lance dans la seule chorégraphie dont je parvienne à me souvenir dans de pareilles circonstances : le hand jive de *Grease*. Je suis à la fois surprise et mortifiée.

— Pas de panique, je marmonne comme pour moi-même, en enchaînant les mouvements. Je frappe mes poings l'un au-dessus de l'autre puis croise mes mains l'une sur l'autre, paumes à plat.

Je dois m'en sortir plutôt bien, car j'aperçois la cerbère hocher la tête, l'air satisfait, et s'éloigner – sans doute pour aller se plaindre à Maurice Machin-chose. Mince, et si elle découvrait que ce n'est pas lui qui nous a recrutées et que nous n'avons absolument rien à faire ici ? Et si elle nous mettait dehors avant même que j'aie pu parler à Jonah ?

Dans la foule, quelques personnes se tournent vers Frida et moi, et semblent nous admirer, comme si nous étions de vraies danseuses professionnelles. Je jette un coup d'œil à Frida qui s'est elle aussi lancée dans un hand jive, sans savoir si c'est un choix esthétique ou uniquement par solidarité. Devant ce regain d'attention, mon cœur s'emballe, gagné par la nervosité. Au fond de moi, chaque cellule de mon être me crie de m'enfuir en courant, mais je réalise alors que la situation pourrait tourner à mon avantage : si je parviens à discerner chaque visage de cette foule, je devrais pouvoir repérer Jonah bien plus aisément. J'accélère le rythme. Frida écarquille les yeux et me suit sans hésiter – une vraie championne. Ça marche ! De plus en plus de gens nous observent, et certains se donnent même des petits coups de coude – d'admiration, sans doute. En l'espace d'une minute, tous les regards sont rivés sur nous. J'affiche un sourire éclatant et continue à me dandiner tout en scrutant la salle. Nulle trace de Jonah. Mince. Il est forcément ici, je le tiens de Kat. C'est impossible autrement.

À court d'idées, je m'éclaircis la gorge et pousse un cri à travers la salle :

— Je cherche Jonah Truman.

Ma voix transperce le silence.

— Jonah Truman ! je répète, encore plus fort cette fois. Es-tu là ? Je dois te parler ! Jonah Truman ?

Frida arrête de danser, prend une profonde inspiration et hurle : « Jonaaaaaaaaah ! »

Bon, ce n'est pas du tout l'atmosphère légère et informelle dont je rêvais pour notre première rencontre, mais je n'ai pas d'autres alternatives ? Le temps m'est compté.

Voyant que nous ne dansons plus, la foule commence à se détourner. Je descends du podium et pousse un soupir de dépit. Où est-il, bon sang ? Kat avait pourtant bien dit qu'il était au *Shard* !

À l'idée que je ne le retrouverai peut-être jamais, mon estomac se noue. Je ne peux pas mourir de nouveau. Je ne peux pas finir à Evermore, ni à Nevermore ou pire, à Clevermore. Merritt m'a donné une seconde chance, une seule – c'est le genre de chose qui n'arrive jamais ! Je n'ai pas le droit de me planter.

J'aide Frida à descendre à son tour quand une femme coiffée à la garçonne, vêtue d'une robe ornée de pierres multicolores, s'approche de nous.

— Vous connaissez Jonah ? demande-t-elle d'un ton enjoué, en nous regardant tour à tour. Elle a un accent du Nord et une voix légèrement rocailleuse.

— Oui, oui, dis-je. Vous aussi ? Il est ici ?

— J'aimerais tellement le connaître, soupire-t-elle. Il était là il y a une demi-heure, il dansait sur votre podium. Je fumais une cigarette sur la terrasse, quand il est arrivé ; il voulait « souffler un peu ». On a commencé à discuter, mais au bout de cinq minutes, il a reçu un appel de l'hôpital où il est bénévole pour remplacer un type de son équipe qui ne s'était pas présenté.

— Quel hôpital ? dis-je brusquement.

— Aucune idée, répond la femme en secouant la tête. Tout ce qu'il a dit, c'est qu'il ne pouvait pas laisser tomber les enfants.

Jonah était juste là ? Et il est bénévole dans un hôpital ? Pour enfants ? Mon Dieu, quel être merveilleux ! Si Merritt ne m'avait pas assuré qu'il s'agissait de mon âme sœur, je le trouverais sans doute trop bien pour moi.

— Il n'a vraiment pas dit dans quel hôpital il allait ? Ni dans quel quartier ?

— Non. Il s'est envolé dans la nuit tel un beau et noble super-héros.

— Hé, vous deux ! Je vous rappelle que vous n'êtes pas payées pour faire la conversation aux invités.

Je pivote sur mes talons et me retrouve nez à nez avec la cerbère au casque qui nous fusille du regard, les joues en feu.

— De toute ma vie, je n'ai jamais été confrontée à un tel manque de professionnalisme. Vous êtes virées ! Sortez immédiatement. Et si Maurice Alabaster a un minimum de bon sens, il vous rayera de sa liste de talents sans hésiter.

Ma mâchoire se décroche, mon orgueil curieusement blessé d'avoir été renvoyée d'un boulot que je n'avais même pas obtenu.

Frida fait un pas en avant, les bras croisés sur la poitrine.

— Vous ne pouvez pas nous virer, parce que vous savez quoi ? On DÉMISSIONNE.

Je fais les yeux ronds tandis que Frida m'attrape par la main et me tire vers la sortie.

— Allez, viens, Delphie. On s'arrache.

21

Une fois dehors, Frida éclate de rire.

— J'ai toujours rêvé de dire ça. JE DÉMISSIONNE ! hurle-t-elle, le regard brillant. Quand ton boulot, c'est de promener des chiens, l'occasion ne se présente pas souvent. Ah ah ! « On s'arrache », je n'arrive pas à y croire.

Je ne peux pas m'empêcher de sourire devant tant d'enthousiasme, mais au fond de moi, la panique gagne du terrain : non seulement j'ai de nouveau raté Jonah, mais vu le nombre d'hôpitaux que compte Londres, la probabilité de le retrouver ce soir est presque nulle.

Il faut que je rentre chez moi et que j'établisse un nouveau plan. Peut-être arriverai-je à convaincre Merritt de me donner un indice ? Elle a bien dû s'apercevoir que malgré tous mes efforts, la chance n'est pas de mon côté. Nous marchons jusqu'à l'arrêt de bus le plus proche, où sont déjà amassées une trentaine de personnes, en raison de la grève de métro. Un bus bondé passe devant nous sans même prendre la peine de s'arrêter.

J'ouvre mon application de VTC et malgré la flambée des tarifs, j'appuie sur le bouton pour commander un véhicule. Ce genre de dépenses excessives ne me fait ni chaud ni froid désormais – après tout, je n'ai plus rien à perdre !

— Je suis désolée que tu n'aies pas trouvé Jonah, dit Frida quand nous sommes confortablement installées à l'arrière d'un taxi climatisé. Je vois bien qu'il t'attire. Tu en as fait des caisses au cours de dessin, tout à l'heure. Tu crois qu'ils accepteront qu'on revienne ?

— C'est bien, bien plus qu'une attirance, je marmonne. Je n'en ferais pas des caisses pour une simple attirance.

— Ah, je t'envie. J'aimerais bien connaître ça moi aussi, dit Frida, l'air songeur, en se reposant contre l'appuie-tête, les mains derrière la nuque. Mais tu sais, une simple attirance, ce n'est déjà pas si fréquent. Je pensais qu'à Londres, je rencontrerais plein de gens, mais tout le monde est pareil : les yeux baissés, à refuser le moindre échange ou contact visuel, même dans le métro ! J'espérais que Claude serait sympa. Raté. Je croyais que Gant était mon âme sœur. Il m'a quittée. Qu'est-ce que je suis censée faire, maintenant ?

— Il paraît qu'on a cinq âmes sœurs, dis-je en me souvenant des paroles prononcées par Merritt.

— Qui t'a dit ça ? s'enquiert Frida en se penchant vers moi. C'est Gwyneth Paltrow ? Parce que je ne lui fais pas confiance. Je ne lui ferai plus jamais confiance, ni à elle ni à son magazine.

— Il va falloir que tu me racontes ce qu'elle a fait pour te mettre dans une colère pareille, dis-je en riant.

— Jamais. C'est bien trop humiliant.

— En tout cas, non, ce n'était pas Gwyneth Paltrow. C'est une femme que j'ai rencontrée il y a peu. Elle… en fait, c'est elle qui m'a présenté Jonah. Elle a vu qu'il y avait quelque chose d'unique entre nous et elle m'a poussée à le retrouver.

— Quelle clairvoyance ! J'adorerais rencontrer cette femme.

— Oh non, crois-moi.

— Franchement, je ferais n'importe quoi pour trouver l'amour. Je me suis même mise à la sorcellerie. Ça m'aide sur pas mal d'aspects, mais pas celui-ci. Je suis convaincue que le grand amour, c'est une question de destin.

Je décide de ne pas m'insurger devant la désinvolture effarante avec laquelle Frida affirme s'être mise à la sorcellerie. Après tout, qui suis-je pour juger un quelconque penchant pour le surnaturel ? Au lieu de ça, je détourne la conversation et lui demande de m'en dire plus sur Gant. J'apprends qu'ils ont passé deux ans ensemble, durant lesquels il l'a quittée environ une fois par mois, prétextant ne pas parvenir à déterminer s'il était amoureux d'elle ou non.

— Moi, j'ai toujours été célibataire, dis-je au moment où la voiture tourne dans ma rue. Ce n'est pas si terrible. Tu sais, le fait que Gant soit parti, c'est peut-être un mal pour un bien.

— Oui, mon cerveau le sait, mais je crois que mon cœur a besoin d'un peu de temps pour l'accepter.

Quand nous arrivons devant mon immeuble, je m'aperçois qu'Alec est adossé à la porte, les yeux rivés sur son téléphone. Je suis soudain envahie par la culpabilité de ne pas avoir répondu à son message, et aussi un peu inquiète à l'idée qu'il se soit pointé chez moi sans prévenir.

— Alec ! Qu'est-ce que tu fais là ? dis-je en sortant de la voiture.

Il me fait un signe de la main.

— Tu n'as pas répondu à mon message ! Tu étais hyper chaleureuse et d'un coup, plus rien. Vu l'état dans lequel tu étais quand je t'ai laissée, je craignais le pire.

— Je suis désolée. Je suis là, bien vivante !

— Qui sait pour combien de temps encore ?

— C'est qui ? demande Frida d'une voix étrange.

— Voici Alec, il s'occupe de la bibliothèque Tyburnia. Alec, je te présente Frida, promeneuse de chiens professionnelle. Elle travaille dans le quartier.

— Je suis une amie de Delphie, déclare Frida en tendant la main.

— Moi aussi ! s'écrie Alec comme si un tel degré de coïncidence méritait de faire l'objet d'une enquête.

— Merci d'avoir été là, Frida, dis-je en ouvrant la porte et en entrant dans le hall. Pour la danse, et tout le reste.

— C'était un plaisir, dit-elle en m'emboîtant le pas, suivie d'Alec.

S'attendent-ils à ce que je les invite chez moi ? Je ne fais pas ça, moi. Je n'ai jamais invité personne.

— On s'arrache ! hurle-t-elle de nouveau, les poings sur les hanches. Alec part dans un grand éclat de rire, bien qu'il n'ait aucune idée de ce à quoi elle fait allusion.

Au bout de quelques secondes, Cooper passe une tête dans le hall pour savoir ce qui provoque un tel remue-ménage.

Il me regarde d'un air curieux, comme s'il ne me connaissait pas, puis hausse les sourcils et fixe mes cheveux détachés. Je m'attends à ce qu'il me lance une remarque désagréable, mais il se contente de dévisager tour à tour Alec et Frida, perplexe. Je comprends son étonnement : je n'ai jamais fait entrer qui que ce soit dans l'immeuble.

— Désolée pour le ramdam, glousse Frida. On a passé la soirée au *Shard* à la recherche d'un homme. C'était très chouette, mais on est un peu surexcités.

— Tu l'as trouvé ? s'enquiert Cooper.

Je secoue la tête en guise de réponse et m'apprête à le remercier pour son mot d'excuse, mais Alec me prend de court :

— Attends ! crie-t-il en plissant les yeux pour mieux observer Cooper. Je savais que je t'avais reconnu ! Tu es R. L. Cooper !

Les épaules de Cooper s'affaissent.

— Quoi ? dis-je en grimaçant. C'est qui, R. L. Cooper ?

— Hmm, c'est juste l'un des meilleurs auteurs de polars de notre génération ! s'écrie Alec d'une voix suraiguë. Tu sais que tes livres ont un succès fou, à la bibliothèque ? Mais ça fait longtemps que tu n'as rien publié de nouveau. Comment ça se fait ? Waouh. R. L. Cooper en personne. Oh, dis-moi R. L., où es-tu allé chercher cette idée de scénario de braquage de banque, dans *Money Maims, Money Kills* ? C'était très fort. Quel est ton processus d'écriture ? Et ton inspiration, d'où vient-elle ?

Cooper écrit ? Des polars ? Je croyais qu'il était programmeur informatique. Minute – est-ce pour cette raison qu'il avait accès à la base de données des services de police ? Je sais de source sûre – soit mon feuilleton télé préféré, *Murder in the Pretty Village* – que la plupart des auteurs de romans noirs sont en lien avec des policiers pour les aider dans leurs recherches. C'est sûrement grâce à ça qu'il a réussi à localiser Jonah en si peu de temps. Je jette un œil à Cooper qui se balance d'un pied sur l'autre, manifestement mal à l'aise face à l'interrogatoire en règle d'Alec.

Je me mets à bâiller si ostensiblement que ce dernier ne peut pas l'ignorer.

— Je tombe de sommeil, il faut que j'aille me coucher. Frida, ça ira pour rentrer chez toi ?

— Bien sûr ! Edgware Road n'est qu'à cinq minutes à pied d'ici.

— Edgware Road ? Mais c'est sur mon chemin ! s'exclame Alec.

— On fait le trajet ensemble ? demande Frida, ravie. Je veux tout savoir de la vie à la bibliothèque !

Je ne peux m'empêcher de sourire. Que Frida n'ait pas plus d'amis me paraît incompréhensible. Je n'ai jamais vu quelqu'un d'aussi à l'aise avec les autres.

— Je reviendrai ! lance Alec à Cooper, tout en suivant Frida. Il faut qu'on organise un événement à la bibliothèque. Et Delphie, je te rappellerai à propos de cette histoire de meilleur ami. Ne crois pas que j'aie oublié !

Lorsque je referme la porte de l'immeuble, Cooper se tient encore là.

— Merci de m'avoir sauvé, dit-il. Ça faisait longtemps qu'on ne m'avait pas reconnu.

— Pas de problème, dis-je en bâillant.

Il semble sur le point d'ajouter quelque chose quand la porte de Mme Ernestine s'ouvre en grinçant, laissant apparaître son visage anguleux.

— On se croirait dans un hall de gare ici, crache-t-elle. Rentrez chez vous, bon sang ! J'essaie de manger tranquillement mes lasagnes en regardant *Breaking Bad* mais c'est impossible avec tout ce raffut. Les va-et-vient, les portes qui claquent... C'est un vrai boulevard !

Mme Ernestine me terrifie. À chaque fois que je la vois, elle est en train de sermonner quelqu'un, que ce soit dans la rue ou dans le hall d'entrée. Parfois, quand je passe devant son appartement, je l'entends hurler à l'intérieur, Dieu sait contre qui. Sans parler du tatouage qui marque les jointures de ses doigts : « NEVER AGAIN » – plus jamais. Plus jamais quoi ?

Quelle que soit la conclusion à laquelle j'arrive, je finis toujours par penser qu'il vaut mieux garder mes distances.

— Désolée, madame Ernestine, dis-je poliment en baissant un peu la tête.

— Oui, vraiment désolé, ajoute Cooper en m'imitant.

Serait-il en train de se moquer de moi ?

Mme Ernestine lève les yeux au ciel et se retire lentement dans son appartement, le regard braqué sur nous jusqu'à ce que la porte se referme.

Cooper tend la main vers moi, comme s'il s'apprêtait à toucher ma joue. Cette seule idée me fait rougir, mais sa main se dirige vers mes cheveux, d'où il ôte délicatement un pétale jaune clair – sans doute un vestige de la couronne de fleurs de Frida. Je me tapote la tête un peu gênée.

« Merci », dis-je sèchement, avant de tourner les talons, de monter quatre à quatre dans mon appartement, et de claquer la porte derrière moi.

Une fois chez moi, j'ouvre immédiatement mon ordinateur portable et cherche « Jonah + danseur + Shard » sur Google.

Rien.

— Ah, Jonah ! Pourquoi es-tu aussi insaisissable ? Ma vie est entre tes mains, bon sang !

Je le revois me souriant et passant ses doigts dans ses cheveux cuivrés. *« Courage, ça en vaut la peine »*, me murmure-t-il dans mon imagination. J'aimerais tant caresser ses cheveux, moi aussi. Un petit frisson de plaisir vient adoucir mon anxiété pour un bref instant.

— Merritt, il faut que tu m'aides, je marmonne. Tu ne vois pas que je fais tout mon possible ? S'il te plaît !

J'attends un texto, une apparition, n'importe quoi. En vain. Je soupire, sors les croquis de mon sac pour les dérouler sur la table de la cuisine et les maintiens à plat à l'aide des moulins à sel et à poivre. Mon regard se pose sur le gros plan du visage de Kat, dessiné dans un style très libre, presque un peu fou. Mon cœur palpite malgré lui : c'est vrai que c'est réussi. Les tubes de peinture à l'huile que j'achète sans jamais oser m'en servir sont juste là, entassés dans un coin. L'espace d'un instant, je me demande à quoi aurait ressemblé ma vie si je n'avais jamais arrêté le dessin. Au moment où je décide de chasser cette pensée de mon esprit, on toque à la porte.

Mon cœur bondit dans ma poitrine. Merritt ? Impossible, elle ne s'abaisserait jamais à faire quelque chose d'aussi convenu.

J'ouvre et découvre Cooper, debout devant moi, les bras croisés. Je soupire.

— Si tu viens à moi avec une requête susceptible de provoquer le moindre stress, je t'en prie, retourne sur tes pas. La journée a été difficile.

— Que je retourne sur mes pas ? Qu'est-ce qui te prend de parler de cette manière ?

— Aucune idée. Ça doit être ton attitude guindée. Tu sais, cette espèce de... de raideur. Je réponds à l'identique.

— Ma raideur ?

— Oh, s'il te plaît, tu vois très bien à quoi je fais allusion, dis-je en reculant à l'intérieur. J'irais même jusqu'à dire que tu l'as cultivée.

Cooper franchit le seuil de mon appartement d'une grande enjambée et ferme la porte derrière lui.

— Un peu comme toi et ton grand numéro de « je suis un loup solitaire » ? Parce que je sais très bien que c'est du baratin.

— C'est sûr que tu dois en connaître un rayon côté

baratin ! Ce n'est pas ça, ton métier ? Inventer des trucs à longueur de journée ?

— J'ai arrêté.

Il se racle la gorge, traverse la pièce et s'assoit sur mon canapé sans y avoir été invité. Son jeans remonte sur ses chevilles, dévoilant des chaussettes jaune poussin. Je lève les mains, agacée :

— Qu'est-ce que tu veux ? J'essaie de me sortir d'un sacré pétrin, et le temps m'est compté.

— Je vois. Je peux t'aider ?

Je plisse les yeux. Il ne me proposerait jamais son aide si...

— Ne me dis pas que tu as encore besoin d'un service ?

Il se tortille un peu sur le canapé et passe sa main sur sa mâchoire.

— Si. Je voulais t'en parler en bas tout à l'heure, mais tu es partie en courant.

— Je te l'ai dit, le temps m'est compté. Et puis tu n'as pas entendu ce que je t'ai demandé ? De ne pas venir semer le chaos ici ?

— Un peu comme quand tu as déboulé dans mon appartement et m'as supplié de t'aider ? Écoute, je suis désolé d'avoir manqué de délicatesse l'autre soir. C'est juste que je ne parle pas de ma sœur. Jamais. À personne.

— Je comprends, dis-je, radoucie. Je n'aurais pas dû être aussi indiscrète. Bon, que puis-je faire pour toi ?

— Ma mère...

— Amy.

— Elle voudrait que tu viennes avec nous à l'aquarium. Pour rencontrer ma tante Beverley. Demain matin.

— Désolée, c'est impossible. Je dois retourner au parc pour essayer d'intercepter Jonah.

— Tu ne l'as toujours pas retrouvé ?

— C'est compliqué, je soupire.

Cooper penche la tête sur le côté et croise les jambes.

— Est-ce que tu as déjà envisagé la possibilité qu'il fasse tout pour t'éviter ?

— Il ne ferait jamais ça.

— Et pourtant…

— C'est bon, maintenant, Cooper ? J'ai à faire.

— D'accord, mais il ne te faudra que quelques minutes pour informer Jonah du… problème, non ? dit-il en se penchant vers moi. Après, tu seras libre ?

— Peut-être une autre fois.

Soudain, ma curiosité prend le dessus.

— Et puis pourquoi ta mère voudrait que je rencontre ta tante ?

Cooper regarde le bout de ses chaussures – des bottines, comme d'habitude, bien que cette fois, un des lacets soit défait.

— Eh bien, je ne sais pas pourquoi, mais elle… euh… elle t'a bien aimée. Beaucoup, même.

— Quelqu'un a apprécié ma compagnie ? C'est du jamais-vu.

— Ma tante s'envole pour un trek au Népal demain soir. Dès que ma mère lui a dit à quel point tu étais adorable, elle a insisté pour te rencontrer avant son départ et… elle sait être insistante. Maman a un peu peur d'elle – comme tout le monde, pour être honnête.

Mon cœur fond en apprenant qu'Amy m'a trouvée adorable. C'est réciproque. Je me souviens encore de la sensation de douceur qui m'a envahie lorsqu'elle m'a caressé la nuque. Je déglutis ; au fond de moi, je me sens étrangement tiraillée.

— Pourquoi l'aquarium ?

— Bev raffole des trucs touristiques, dit-il. Et puis c'est sympa les poissons tropicaux.

C'est vrai. Je dois aussi admettre que ça me plairait de revoir Amy. Beaucoup, même. Malheureusement, je ne peux pas, c'est une question de vie ou de mort. D'autant qu'on ne peut pas dire que la chance soit de mon côté. Je ne peux pas me permettre de perdre du temps à admirer des créatures marines.

— Je suis désolée, dis-je en haussant les épaules. C'est impossible.

— Bien sûr. Je comprends. Maman m'a demandé donc je transmets. Enfin... Sache qu'on se retrouve au *Laurent's* pour prendre un café avant... Si jamais tu changeais d'avis.

J'acquiesce et change volontairement de sujet.

— Il faut que tu t'occupes de ça, dis-je en désignant son lacet défait.

Cooper se baisse et réalise un double nœud si serré que je me demande comment il s'y prendra pour le défaire.

— Alors comme ça, j'habite juste au-dessus de l'un des meilleurs auteurs de polars de notre génération ?

— Oh, non. Ça n'a jamais été le cas, et de toute façon, je n'écris plus.

— Pourtant ça a l'air sympa. Ce n'est pas le genre de boulot qu'on imagine lâcher du jour au lendemain pour devenir programmeur informatique.

— Bon, il faut que j'y aille, dit Cooper.

Joignant le geste à la parole, il avance en direction de la porte, jetant un œil à mes dessins au passage.

— Hé ! C'est privé ! je lance en me précipitant pour les remballer.

— Ils sont magnifiques, murmure-t-il en se penchant

pour les observer de plus près, la tête inclinée sur le côté.

— Non, ils ne sont pas terribles, dis-je en le chassant de la main. Je ne dessine plus de toute façon. C'était une exception.

— Ils sont magnifiques, Delphie, répète-t-il d'une voix si douce qu'elle en est troublante.

— Merci, je marmonne, en baissant les yeux. Un léger sourire apparaît au coin de mes lèvres.

— Très bien, reprend Cooper, retrouvant sa confiance habituelle et ses accents snob. Passe une bonne soirée.

En le voyant sortir de l'appartement, un étrange sentiment de déception me serre le ventre. Mes yeux se posent de nouveau sur mes dessins ; j'essaie de les contempler à travers le regard de Cooper.

Peut-être sont-ils vraiment beaux, après tout.

Je sors mon téléphone et prends quelques clichés pour les envoyer à maman.

22

Au lieu de chercher Jonah à travers tout le parc, je me plante devant la sortie qui longe la rivière Serpentine dans l'espoir que son groupe emprunte le même itinéraire tous les matins. Je m'achète une bouteille d'eau au stand d'à côté et m'installe sur un banc qui m'offre une vue dégagée sur les allées de gauche comme de droite. De cette façon, je devrais le voir approcher suffisamment tôt pour réagir. Je patiente en contemplant les nageurs matinaux ; cela doit être si agréable de se baigner dans une eau si fraîche par cette chaleur infernale ! À l'autre bout du plan d'eau, un couple âgé s'éclabousse et glousse comme deux adolescents. Je me demande comment ils se sont rencontrés ; ont-ils tout de suite su qu'ils avaient trouvé leur âme sœur ?

Mon téléphone vibre.

Je t'écris uniquement parce que ma mère insiste, mais elle veut que tu saches qu'on se retrouve au Laurent's à 9 h, au cas où tu aurais le temps de nous rejoindre pour un café avant qu'on aille à l'aquarium. Bien à toi, Cooper.

Je tape ma réponse puis l'envoie :

J'attends de voir si Jonah fait son footing dans le parc. Pour l'instant, aucun signe de lui. Je crois que je préfère patienter encore un peu, mais remercie ta mère pour l'invitation.

Puis j'écris de nouveau :

Bien à toi ? Tu termines vraiment tes textos par « Bien à toi » ?

Qu'est-ce que tu proposes d'autre ?

Je me mords la lèvre et réfléchis un instant.

Peut-être qu'un émoji de circonstance suffirait ?

Quelques secondes plus tard, je reçois un nouveau message de Cooper :

🖕

J'éclate de rire, avant de me ressaisir. Je ferais mieux de lever les yeux de mon écran ; Jonah pourrait surgir devant moi d'une minute à l'autre. Je réponds avec un simple 👎 et range mon téléphone dans ma poche.

Au bout d'une heure d'attente sur ce banc, je songe à changer d'endroit, mais quelque chose me retient : et si c'était justement à ce moment-là qu'il apparaissait ?

Je patiente encore et au bout de deux longues heures, je me décide à appeler le centre sportif de Kensington. La standardiste m'apprend que les entraînements du club de running ont été suspendus jusqu'à la fin de la semaine en raison de la canicule. Quand je la supplie de me donner le numéro de téléphone de Jonah, elle réagit exactement de la même manière que Claude, du cours de dessin, et semble outrée.

Je rebrousse chemin, le pas lourd, en proie à une

effroyable panique intérieure, les aisselles trempées de sueur, le cœur serré. Je suis perdue.

« Merriiiiiiiiiiiiiiiiiitttt, aide-moiiiii », je chuchote tout en sachant déjà qu'elle ne me répondra pas. Je repense à Kat. Je suis certaine que j'aurais pu la convaincre de me parler si Claude ne s'en était pas mêlé. Devrais-je essayer de la retrouver ? Non. J'ai encore moins d'informations sur elle que sur Jonah.

Aaargh. Je gémis intérieurement en descendant Craven Road. Au désespoir, je sors mon téléphone portable et tape « Kat modèle nu Londres » dans la barre de recherche Google. Mauvaise idée. Waouh. Jamais je n'aurais cru qu'il y avait autant de « cougars disponibles dans ma région ».

Soudain, un cri m'arrache à mon téléphone :

— Delphie ! Tu es venue !

Je lève les yeux et découvre Cooper et Amy en compagnie d'une femme toute ronde, très bien mise, en train de siroter des cafés glacés sur la terrasse du *Laurent's*. Et merde. Il m'avait pourtant prévenu qu'ils se retrouvaient là. J'aurais dû emprunter la rue de derrière.

— Bonjour ! dis-je en les saluant poliment d'un signe de la main. Je ne fais que passer, je suis en route pour…

— Je suis contente que tu sois venue ! lance Amy en se levant d'un bond pour me serrer dans ses bras. J'étais tellement déçue quand Cooper nous a appris que tu ne pourrais pas te libérer. Je me suis dit que si on attendait ici un tout petit peu plus longtemps, il y avait une chance que tu arrives !

— En fait, je… Je m'apprête à leur avouer que j'avais oublié qu'ils étaient dans le quartier, mais la douce pression de la main d'Amy sur ma nuque me fait perdre mes mots.

Quand Amy relâche son étreinte, l'autre femme me serre aussitôt contre elle. Je sens son délicat parfum de cèdre. Ses bras nus collent aux miens. Ce doit être l'« insistante » tante Bev.

— Enchantée, dis-je d'une voix étouffée, la tête enfouie dans son cou.

— Ma chérie ! s'exclame Bev en se penchant en arrière pour m'examiner, comme si j'étais une amie chère qu'elle n'a pas vue depuis des années. C'est merveilleux ! Dès l'instant où Amy m'a raconté que tu avais réussi à faire rire notre éternel rabat-joie, je lui ai dit : « Bonté divine, il faut à tout prix que je voie ça de mes propres yeux ! » Ce pauvre bougre a été bien malheureux ces dernières années. On a tous insisté pour qu'il fasse une thérapie, mais bien entendu, il pense qu'il sait tout mieux que tout le monde, même nous, ses sages aînés. Au fond, peut-être qu'il avait seulement besoin d'amour.

— Ça ne fait que quelques semaines qu'on est ensemble, Bev, soupire Cooper en avalant d'une traite le reste de son café.

— Tss-tss, rétorque-t-elle. Avec ton oncle Jerry – paix à son âme –, une demi-seconde nous a suffi pour comprendre que nous étions amoureux. Le temps ne veut rien dire. Ce qui compte, c'est l'alchimie !

Cooper détourne le regard pour éviter mes grands yeux écarquillés, horrifié devant l'indiscrétion de sa tante. Ses joues se colorent un peu et je ne peux m'empêcher de pouffer en le voyant aussi mal à l'aise. Rien n'efface plus vite le flegme soigneusement entretenu d'une personne que le fait d'être entouré de sa famille.

— On attrape un taxi pour l'aquarium ? propose Bev.

Je grimace ; il vaudrait mieux que je rentre et que

j'élabore une nouvelle stratégie, mais Amy a l'air plus que ravie de me voir et Bev s'active déjà, tout en me parlant avec entrain de son espèce de poisson préférée. Cooper me regarde, presque implorant. Je sens bien qu'il veut tout faire pour que sa mère garde le sourire. Je suis bien placée pour le comprendre, moi qui ai tant essayé d'en faire de même avec la mienne, après le départ de mon père.

— On ne restera pas longtemps, me murmure-t-il à l'oreille. Et je te revaudrai ça. Encore une fois.

Ce n'est pas comme si j'allais beaucoup avancer dans l'heure qui vient de toute façon. Et puis à notre retour, l'aide de Cooper pourrait s'avérer utile. Peut-être que ses talents de geek me permettront de retrouver la trace de Kat qui finirait par céder et me donner le numéro de Jonah.

— Bon, d'accord, dis-je d'un ton enjoué. Mais d'abord, il faut que j'aille me doucher en vitesse chez moi. Je suis toute transpirante.

— Oh, tu te doucheras plus tard, répond Bev en balayant ma requête du revers de la main. On en est au même point.

— Mais oui, bienvenue au club ! lance Amy en passant son bras autour de mes épaules.

— Filles en sueur, haut les cœurs ! ajoute Bev en attrapant mon bras, hélant un taxi d'un tour de poignet expert.

— Parlez pour vous, dit Cooper en se pinçant le nez tandis que nous nous entassons dans le véhicule.

Je ne suis encore jamais allée à l'aquarium de Londres, mais je m'étais figuré qu'il s'agissait d'un endroit désert où régnait une certaine sérénité : lumière tamisée et chuchotements de férus de faune sous-marine. Je ne pouvais pas être plus loin de la réalité : le vacarme est épouvantable. Une foule de gens se bousculent, crient et collent leur visage ou leur téléphone contre la vitre des aquariums. Bev nous entraîne aussitôt à l'étage, dans la section consacrée aux Syngnathidés. À mon grand soulagement, l'atmosphère est bien plus calme qu'au rez-de-chaussée. Les bassins sont peuplés de minuscules créatures couvertes de piquants, peut-être pas aussi impressionnantes que les requins et les méduses, mais néanmoins magiques.

— Oh, ils sont beaucoup plus petits que je ne l'imaginais, dis-je en désignant les hippocampes et en baissant la tête pour les observer de plus près. Mais ils sont magnifiques. De vrais bijoux.

— Je n'arrive pas à croire qu'ils parviennent à respirer, dit Amy.

— Ah ah ! s'exclame Bev, plantée devant le panneau d'information. L'*Hippocampus hystrix*, plus connu sous le nom d'hippocampe épineux, passe toute sa vie avec le même partenaire ! Lorsque j'emmenais Em et Cooper à l'aquarium quand ils étaient enfants, ils filaient tout droit ici et s'assoyaient pour les regarder pendant des heures et entrelaçaient leurs petits doigts comme les hippocampes avec leurs queues.

Je jette un coup d'œil à Cooper, qui fixe le signe lumineux « SORTIE » accroché au mur.

— Vous avez vu, ces deux-là ! Ils sont tout juste en train de le faire ! s'écrie Amy en pointant du doigt le fond de l'aquarium, où nagent deux minuscules créatures, queues entrelacées.

— Il faut absolument qu'on fasse une photo, dit Bev d'un ton décidé. Cooper, mon chou. Delphie. Venez, mettez-vous là. Oh, je sais ! Embrassez-vous ! Juste devant les hippocampes. Comme c'est romantique…

Amy pousse Cooper vers la vitre tandis que Bev se

charge de me tirer avec une force telle que je manque de trébucher.

— Non, non, pas besoin de photos, proteste Cooper en secouant la tête. Contentons-nous de nous faire des souvenirs !

— Oui ! Je suis d'accord, dis-je. Et puis, on ne voudrait pas gêner les autres visiteurs.

— Ne soyez pas ridicules, insiste Bev en faisant la moue. Il n'y a pas un chat.

Elle recule et lève son téléphone.

— Allez, embrassez-vous. Vous me remercierez le jour de votre mariage.

Cooper affiche une mine sinistre, la bouche tordue, les épaules plus figées que jamais. Je regarde autour de moi, prise de panique. Et si c'était précisément le moment où Jonah arrivait ? Je refuse d'embrasser Cooper, même si c'est un subterfuge.

— Bev, laisse-les tranquilles, dit Amy en riant.

Mais je me suis réjouie trop tôt, car Amy semble se raviser :

— Vous n'êtes pas obligés de vous embrasser devant tout le monde, si ça vous gêne, mais peut-être que vous pourriez vous regarder droit dans les yeux, juste le temps de la photo ?

— Oh oui ! Et vous tenir la main, aussi ! Les yeux dans les yeux, la main dans la main !

Mon Dieu.

— Finissons-en, murmure Cooper entre ses dents.

Je soupire et me tourne vers lui.

— Tenez-vous la main ! crie Bev.

— Tu avais raison, pour être insistante, elle est insistante, je siffle au moment où Cooper saisit mes mains. Je les retire aussitôt. Cooper se pince l'arête du nez.

— Essaie donc de l'arrêter, une fois qu'elle a une

idée en tête. C'est impossible. J'ai essayé toute ma vie. La seule personne qui y parvenait, c'était Em.

Je jette un regard en coin à Bev, ouvre la bouche et m'apprête à lui dire que tout cela est ridicule et qu'elle ne peut pas nous forcer à prendre une photo romantique devant un couple d'hippocampes, mais mes yeux se posent soudain sur Amy, qui se tient juste à côté d'elle, un immense sourire aux lèvres, comme si elle ne s'était pas autant amusée depuis un siècle.

— Allez-y, dis-je aussi poliment que possible en affichant un sourire crispé et en levant le visage vers Cooper.

Il prend à nouveau mes mains dans les siennes puis, si lentement que je ne suis pas certaine que cela soit réel, il enroule son index et caresse ma paume. Je déglutis et le fixe en fronçant les sourcils. Il est impassible. Il ne se rend sans doute pas compte de ce qu'il fait. Mes narines se dilatent, effrayée par la vague de sensations que provoque cette caresse. Manifestement, je suis si peu habituée au contact humain que même une chatouille fortuite de la part de quelqu'un qui me déplaît me met dans tous mes états.

— Trois ! Deux ! Un ! lance Bev.

Cooper et moi nous regardons et je remarque alors qu'une petite étincelle danse dans ses yeux. Sans doute l'effet des néons de l'aquarium.

— Oh, zut… j'ai appuyé sur le mauvais bouton ! crie Bev. OK, encore une !

Cooper ne cille pas, imperturbable. Je sens la sueur perler le long de ma nuque.

— Bon sang, dis-je entre mes dents tout en continuant d'afficher mon faux sourire. Il fait tellement chaud ici. Ce serait bien qu'elle se dépêche.

— Oh, attendez un instant, les chéris. Je crois que j'ai appuyé sur le bouton de la calculatrice.

— Ce n'est pas plutôt là ? dit Amy en pressant son doigt sur l'écran du téléphone. Mince ! Qu'est-ce que j'ai fait ?

Les premières notes de *Killing Me Softly* de Roberta Flack s'élèvent dans la pièce.

— Amy ! Tu as allumé Spotify. Vous deux, ne bougez pas ! Continuez à poser. Ahah ! Le voilà le machin à photo !

— *Killing Me Softly* ? C'est moi qu'elle est en train de tuer là, je marmonne.

Cooper serre ses lèvres si fort qu'elles deviennent rose pâle. Étrange manière de sourire. Je plisse les yeux pour l'observer. Est-ce qu'il va bien ?

Ses épaules se mettent à trembler puis sa bouche s'ouvre, il s'accroupit, et laisse soudain échapper un immense éclat de rire.

Je sursaute, sous le choc, mais voir Cooper d'ordinaire si guindé rire à gorge déployée me prend de court et je me mets à pouffer. Cooper rit tellement qu'il postillonne, et en moins de temps qu'il n'en faut pour le dire, nous sommes pliés en deux, nous tordant au point de ne pas pouvoir reprendre notre souffle.

Du coin de l'œil, j'aperçois un flash.

— Je t'avais dit qu'elle le faisait rire ! s'exclame Amy.

— Je ne l'aurais jamais cru, glousse Bev. Mais tu avais raison ! J'en ai même la preuve en image maintenant !

Une fois la visite de l'aquarium terminée, je file aux toilettes. Arrivée devant la rangée de lavabos pour me laver les mains, je m'aperçois que l'un des miroirs est couvert d'inscriptions tracées au rouge à lèvres d'un orange si vif qu'il ne peut appartenir qu'à Merritt.

Alors, on s'amuse bien à l'aquarium ? Il va falloir que tu te donnes un peu plus de mal que ça, ma belle. Tu n'as plus que cinq jours pour retrouver Jonah, après quoi je n'aurai pas d'autre choix que de te ramener au royaume des morts ! Tu as signé un pacte, je te rappelle !

Je me tortille, mal à l'aise. Elle a raison. C'est vrai que je m'amuse bien, mais j'ai déjà passé trop de temps ici. Il me reste cinq jours. Autant dire, rien.

— Alors aide-moi ! je crie, frustrée, au grand dam d'une femme qui sort d'une des cabines juste à ce moment-là. Elle choisit le lavabo le plus éloigné et regarde fixement le miroir devant elle. J'ouvre le robinet à fond et passe mes poignets sous le jet d'eau froide.

— Je veux bien faire davantage d'efforts, crois-moi, dis-je à l'intention de Merritt, où qu'elle se trouve. Mais je suis perdue. Je n'ai aucune idée de quoi faire ! Je peux demander à Cooper de retrouver Kat quand on sera rentrés, mais en dehors de ça, je sèche. Et honnêtement, j'ai peur. Alors aide-moi.

J'attends une réponse.

Rien.

— Super. Merci, Merritt.

Je pousse un long soupir et tapote mes joues collantes avec un peu d'eau froide. J'ai épluché toutes les pages internet, je suis allée au *Broadway Club*, au parc, au cours de dessin, et même au *Shard* ! À chaque fois, j'ai joué de malchance. Je repense aux propos de Cooper, la veille ; et si Jonah faisait tout pour m'éviter ? Mais c'est impossible, il ne sait pas que j'existe. Pas vrai ?

Je ferme le robinet et aperçois alors un petit autocollant sur le bord du lavabo portant l'inscription « LONDON ALABASTER ». Une lumière se met à clignoter dans mon cerveau – d'abord, c'est un léger crépitement, puis soudain, un éclair : je revois la cerbère du *Shard* nous menacer de se plaindre auprès de Maurice

Alabaster. Puis je me souviens de la fille, à l'accent du Nord, dans sa robe à bijoux, qui a vu Jonah danser sur le podium juste avant moi. Hmm… Maurice Alabaster serait-il l'agent de Jonah ?

Je m'essuie rapidement les mains sur une serviette en papier et sors mon téléphone. Ahah, trouvé ! Agence artistique Maurice Alabaster ! Je fais défiler la liste de ses talents et… mon Dieu, il est là ! C'est Jonah. Je clique sur son portrait en noir et blanc et son nom s'affiche : Jonah Electric. Hmm… Un nom de scène, peut-être ? Cela expliquerait le fait qu'il n'apparaissait dans aucune de mes recherches internet !

Je parcours sa biographie, les yeux écarquillés en découvrant que Jonah est à la fois danseur et comédien et qu'il a tenu un rôle dans une production de *Cats* lors d'une croisière sur la Côte d'Azur l'année dernière. Je l'imagine en costume de fourrure, des moustaches peintes sur le visage, mais je chasse aussitôt cette image et remonte jusqu'en haut de la page pour admirer son regard doux et pétillant. C'est bien lui. Jonah, comédien, danseur, sauveur de ma vie. Mon âme sœur.

J'ouvre mon portable et écris un message à Cooper :

Je tiens une piste sérieuse pour Jonah. Il faut que j'y aille. Dis à Amy et Bev que je suis désolée.

Si je retrouve Jonah, je serai ravie de passer du temps avec elles deux. Mais si j'échoue, je n'aurai pas la possibilité de fréquenter quiconque si ce n'est Merritt et les autres morts avec lesquels elle essaiera de me caser grâce à son fichu programme de rencontres amoureuses.

Cooper répond en un clin d'œil avec un 👍, sans doute le pire et le plus efficace de tous. C'est toujours mieux que de signer « Bien à toi, Cooper ».

— Je n'ai pas besoin de ton aide ! je crie à l'intention de Merritt. Je peux très bien me débrouiller seule !

Je sors des toilettes, dévale les marches de l'aquarium, passe à toute vitesse devant la file de touristes et d'amateurs de poissons et me précipite dehors.

23

Toute ma série de tableaux « Abstract 23 » a été vendue ! Avant même le vernissage !

C'est génial ! Bravo maman. Tu as vu mes dessins ? Est-ce que tu as un problème de téléphone ? Je t'appelle, mais ça ne répond jamais.

J'essaie au maximum d'éviter de m'aventurer au-delà de mon petit coin de l'Ouest londonien, mais à mes yeux, rien n'est pire que Soho, le plus sordide et le plus mal famé des quartiers du centre de Londres, peuplé des individus les plus suffisants de la planète. Les trottoirs sont trop étroits, les gens qui les foulent sont odieux et il y a tant de bruits, d'odeurs et de couleurs étranges qu'après y être allé, il faut s'allonger dans le noir pendant une bonne heure pour décompresser.

À mon grand dépit, les bureaux de l'agence artistique Maurice Alabaster se situent juste au-dessus d'un bar, sur Old Compton Street, c'est-à-dire au milieu de la mêlée. Mais après les tentatives désastreuses de ces derniers jours pour retrouver Jonah et le manque d'aide manifeste de Merritt, je n'ai pas d'autre choix que de me rendre sur place.

Arrivée devant le bar, je repère une porte noir brillant et un petit interphone sur le mur en briques adjacent.

Je suis du doigt la liste de noms et les boutons correspondants. Ah ! Le voilà ! Maurice Alabaster – Agence artistique. J'appuie sur la sonnette. Une voix de femme répond.

— Votre nom.

— Delphie. Delphie Bookham.

— Je ne vous trouve pas sur ma liste. Vous aviez bien confirmé votre présence par e-mail pour le second tour d'audition ? Le système bug souvent en ce moment.

— Non, je dois seulement parler à Maurice Alabaster. Je cherche Jonah Truman – je veux dire, Jonah Electric, je crois que c'est comme ça que vous l'appelez – et j'espérais que Maurice pourrait m'aider.

— Aujourd'hui, Maurice se consacre à l'audition, dit la femme en soupirant. Il n'a pas le temps pour quoi que ce soit d'autre. N'hésitez pas à lui envoyer un e-mail. Au revoir.

J'entends un cliquetis, signe qu'elle a raccroché. Mince. C'est bien trop urgent pour que je me contente d'un e-mail.

Soudain, une jeune femme brune se penche pardessus moi pour sonner à l'interphone.

— Votre nom ? demande la voix de tout à l'heure.

— C'est pour l'audition. Ellie Damson. Convocation de 15 h 30.

Un signal retentit et la porte s'ouvre immédiatement pour la laisser entrer. Je me faufile derrière elle et la suis dans l'ombre, gravissant les marches jusqu'à la réception. Les bureaux sont miteux et les murs couverts de portraits en noir et blanc semblables à celui de Jonah, aperçu sur le site internet de l'agence.

— Par là.

La réceptionniste indique d'un signe de tête machinal le couloir tapissé de moquette marron, sans même prendre la peine de nous regarder ni moi ni Ellie-Damson-Convocation-de-15 h 30.

Nous pénétrons dans une minuscule salle d'attente remplie d'autres jeunes femmes brunes. Une porte s'ouvre en grinçant et un moustachu aux cheveux blancs passe la tête dans l'entrebâillement. Il a le visage buriné, le teint hâlé et des yeux gris un peu las. Je le reconnais immédiatement pour l'avoir vu sur le site internet de l'agence : il s'agit de Maurice Alabaster lui-même.

— Rachel Calloway ? lance-t-il en soupirant et en jetant un œil à la feuille qu'il tient dans sa main. Pour 15 h 20 ?

Pas de réponse.

— Rachel Calloway ? répète-t-il, un tantinet plus fort.

Ellie Damson secoue la tête, échangeant un regard entendu avec d'autres filles de la salle, l'air désapprobateur.

— Rachel Calloway, dernier appel ?

Je me lève d'un bond, avant même d'avoir eu le temps de réfléchir.

— C'est moi ! Rachel Calloway. C'est mon nom !

Maurice Alabaster me fait entrer dans un petit bureau triangulaire et s'assoit à sa table, où trône un vieil ordinateur portable gris, au-dessus d'une pile de papiers et de photos portraits, le tout couvert de post-it fluo. Sur le mur, juste derrière, des photos de lui ont été accrochées ici et là, le montrant en compagnie de gens que je reconnais vaguement pour les avoir aperçus dans de vieilles émissions de télévision. Toutes sont décorées d'un autographe.

— Je ne me souviens pas de vous avoir vue lors de la première audition, Rachel, dit Maurice en enfilant une grosse paire de lunettes à monture carrée et en plissant les yeux devant son écran. Vous vous êtes teint les cheveux depuis ? Les producteurs m'ont spécifiquement demandé des brunes.

Ah oui. Rachel Calloway. Il pense que je suis Rachel Calloway. Je m'apprête à lui dire que je suis en fait Delphie Bookham, que je suis désolée de m'être introduite ici par des moyens frauduleux, mais que je dois retrouver Jonah Truman-Electric. Soudain, la réaction de Claude me revient en mémoire. Hmm. Je n'ai aucune envie que ça se reproduise. Maurice n'aurait pas fait long feu dans ce milieu s'il donnait les coordonnées de ses clients à tort et à travers, surtout à quelqu'un qui s'est présenté sous une fausse identité.

J'étais obnubilée par le fait de m'introduire dans l'agence, mais je n'avais pas réfléchi jusqu'au bout.

— Oui, je me suis teint les cheveux, dis-je d'une voix aussi calme et assurée que possible. Mais je peux tout à fait les reteindre.

Maurice pousse un grognement et fouille dans ses papiers. Je parcours la pièce du regard et repère un meuble à tiroirs dans l'angle. Je suis certaine que c'est là qu'il range les dossiers de ses clients. OK. Il faut que je trouve le moyen de le faire sortir. Ensuite, je n'aurai qu'à fouiner dans les tiroirs et m'emparer du dossier de Jonah.

— Comme vous le savez, il s'agit du rôle pour le nouvel agent de police de *Murder in the Pretty Village* et…

Comment ? J'adore ce feuilleton ! C'est un pilier des programmes télé britanniques, à l'antenne depuis des années. Avant le départ de papa, maman et lui ne manquaient jamais le nouvel épisode du dimanche soir.

— Donc aujourd'hui, l'idée est d'en apprendre un peu plus sur vous, et celles qui seront sélectionnées pour le troisième tour reviendront pour rencontrer les producteurs. Ça vous va ?

J'acquiesce rapidement. Maurice avale une gorgée d'un jus vert et grimace, puis s'enfonce dans son fauteuil de bureau élimé, qui grince sous son poids. Il émet un soupir de satisfaction. Je n'ai pas l'impression qu'il ait prévu de bouger avant un bon moment, mais il faut absolument que je le déloge d'ici.

— Je vois que vous avez été formée à la Royal Academy of Dramatic Art... C'est très bien, la RADA, marmonne-t-il en lisant ce que je suppose être le CV de Rachel Calloway. Vous avez préparé votre monologue ?

Mes yeux balaient la pièce, de droite à gauche, comme si la réponse se trouvait quelque part, tout près.

Les traits de Maurice s'adoucissent.

— Nerveuse ? Je comprends, c'est un sacré rôle, dit-il avant de se pencher en avant et de baisser la voix. Eh bien, je vais vous donner un petit conseil. On cherche quelqu'un capable de lâcher prise et de se mettre réellement en colère. Le personnage de l'agent Buttersby a un caractère bien trempé, et les filles auditionnées jusqu'à présent... Comment dire ?

Il agite la main en l'air.

— Un peu trop subtiles. Je sais que c'est la tendance du moment sur HBO et les autres chaînes américaines à la mode, mais il s'agit d'un feuilleton britannique classique et je veux quelqu'un qui n'ait pas froid aux yeux.

Il sourit.

— Ça vous aide ?

Non, Maurice. Ça ne m'aide pas du tout. Ce qui me rendrait service, c'est que tu décampes pour que je puisse ouvrir tes dossiers, et retrouver la seule personne sur Terre qui puisse me sauver la vie. Il faut que je gagne du temps et que j'échafaude un plan, vite. *Sois maligne, Delphie !*

— Allez-y, me lance Maurice.

Je prends une profonde inspiration et me lance :

— Euh... Voyons. Hmm... *Na-na, na, na, na-na-na. Na-na, na, na, na-na. Getting jiggy wit' it.*

Je referme soudain la bouche.

Delphie, pourquoi ? Pourquoi, dans les moments où le stress et la pression sont à leur comble, faut-il que tu te tournes immédiatement vers Will Smith ? Maurice attend un monologue. Pas ça ! Il va te mettre dehors si tu continues.

Ressaisis-toi. La colère. C'est ça qu'il veut. Je sais faire, je suis tout le temps en colère ! Je fronce les sourcils, croise les bras et je pense aux gens qui disent : « Waouh. C'est juste... waouh. » Alors, sans que je parvienne à contrôler quoi que ce soit, je songe à la solitude de M. Yoon, à toutes les fois où j'ai dû laver la râpe à fromage, à l'horreur de mes années de lycée, à ma mère qui ne me rappelle jamais. Je pense à tout ce que je connais de pire, mais à mon grand désarroi, mes yeux se remplissent de larmes et je renifle. Je suis ridicule. Ça ne marchera jamais. Je devrais partir, rentrer chez moi et attendre Merritt. Accepter mon destin.

Maurice soupire, comme s'il avait l'habitude de ce genre de réaction.

— Nous reviendrons au monologue plus tard, dit-il en effleurant l'écran de son ordinateur. Je vois que vous avez suivi les cours de théâtre par la danse de Pauline LaRue Toussaint ! Merveilleux. Pauline et moi, on se connaît depuis des années. C'est une femme que j'aime beaucoup.

Je suis sur le point de m'excuser de lui faire perdre son temps quand soudain, je m'aperçois qu'il se passe quelque chose d'absolument délirant juste derrière sa tête : sur l'une des photos où Maurice s'affiche en compagnie de Judi Dench, alors très jeune, des mots apparaissent, dans la même écriture noire que celle de l'autographe. Je me fige. Merritt ?

Renverse son jus !

Enfin, elle essaie de m'aider ! Mes yeux se posent sur le verre devant moi. Évidemment !

— Oui ! je m'exclame, retrouvant toute ma concentration. Pauline de La Rou Croissant. C'est elle qui m'a appris à faire ça.

Je me mets à exécuter la première chorégraphie qui me passe par l'esprit : un hand jive, bien sûr, vu le succès de la veille. Maurice se redresse, bouche bée, pendant que je me trémousse tout en avançant vers lui. Je me lance alors dans un shimmy endiablé et à l'occasion d'un croisement de poignets, je tends la main et renverse le jus vert sur sa poitrine.

Il hurle et bondit hors de son fauteuil, regardant sa chemise à rayures, l'air horrifié.

— Je suis désolée ! dis-je, mais il ne m'entend pas et s'est déjà rué vers la porte, en maugréant quelque chose à propos de sa chemise qui aurait été un cadeau de Sir Anthony Hopkins.

Hourra ! Je me précipite sur le meuble d'angle et décide de commencer par le tiroir du haut, pour descendre au fur et à mesure. Sauf que… Mince, il est fermé. Non ! Il me faut les clés. Je plonge sur le bureau de Maurice et le fouille de fond en comble. Rien.

— Encore un coup de pouce, Merritt ? je marmonne en balayant les murs du regard à la recherche d'éventuels crochets porte-clés.

Je jette un œil aux piles de papiers, remarquant au passage que quelques gouttes de jus vert gluant ont atterri sur l'écran de son ordinateur.

— Bon sang. Allez, les clés !

Oh non. J'entends la voix de Maurice de l'autre côté de la porte. Il revient. Alors, sans que je ne bouge d'un millimètre, une pochette bleue cartonnée s'envole du bureau et tombe par terre.

— Merritt ? je chuchote. Je la ramasse et aperçois un post-it rose fluo collé dans l'angle. Je plisse les yeux : le nom de Jonah y est inscrit, et je n'ai pas le temps de déchiffrer le reste, car la porte s'ouvre en grand et Maurice entre dans la pièce en trombe, tamponnant sa chemise avec un énorme torchon roulé en boule. J'arrache le post-it et le glisse dans mon soutien-gorge.

— Je suis vraiment désolée, monsieur Alabaster, dis-je en passant devant lui à toute vitesse, tout en notant dans un coin de ma tête de lui envoyer de l'argent pour le nettoyage à sec.

Une fois dehors, je reprends mon souffle et m'adosse au mur de briques de l'immeuble, tête en arrière. Je sors le post-it rose, impatiente.

« Jonah Electric

Manoir de Derwent – Gala annuel »

En bas à droite figure la date d'après-demain. Bingo.

24

À peine arrivée chez moi, j'ouvre mon ordinateur et cherche des informations sur le gala annuel du manoir de Derwent. Je tombe sur un mystérieux site internet à l'esthétique léchée. Je clique sur « ENTREZ » et me retrouve sur une page où s'affiche une série de photos de la maison la plus glamour que j'aie jamais vue. La description de l'événement se trouve juste en dessous, dans une police de caractères élégante :

> Rejoignez-nous à l'occasion du gala annuel de collecte de fonds de Lady Derwent, dans la somptueuse salle de bal du manoir. Le thème de cette année sera « Les couples à travers l'histoire ». Nous espérons réussir à surpasser l'extravagance de l'édition précédente et à rassembler une somme record pour l'organisation caritative à l'honneur cette année, Stop Harcèlement.

Waouh. Jonah doit être un danseur hors pair pour qu'on l'invite à un événement aussi classe. Je ferme les yeux un moment et nous imagine au gala, flânant tous deux sur le parquet ciré de la salle de bal. Pas de hand jive en vue.

Je fais défiler la page et pousse un cri de surprise en voyant le prix des billets : 1 500 euros par personne.

— La vache.

Je pourrai peut-être puiser dans mes économies ? De toute façon, si je meurs, cet argent ne vaudra plus rien. Je clique sur « BILLETTERIE ».

L'événement est complet.

Nooooon. J'enfouis mon visage dans mes bras et étouffe un cri. Tous mes plans s'écroulent. À chaque fois. Il faut que je trouve un moyen de me rendre à ce gala ! Je clique sur la page Facebook de l'événement et tape un commentaire.

« Hello ! Je me demandais si quelqu'un avait des billets en rab pour le gala ? Je veux absolument y aller et je n'ai besoin que d'un billet. Je serai seule ! N'hésitez pas à m'écrire en commentaire ou en MP si vous pouvez m'aider. »

Je reçois immédiatement trois réponses. La première, d'une dénommée Gloria Montpellier m'avertissant : « Impossible de venir seule. L'événement est sur le thème des couples, donc il vous faut un partenaire. » Elle est suivie du commentaire d'un type dont la photo de profil représente une cascade, et qui s'est contenté de mettre une série de trois émojis qui pleurent de rire. La dernière réponse émane des organisateurs.

« Oh, nous sommes sincèrement désolés. Nous sommes complets et les billets sont nominatifs. N'hésitez pas à faire un don sur notre site internet et n'oubliez pas de vous inscrire à la liste de diffusion pour recevoir les informations sur le gala de l'année prochaine. »

Je ne serai pas là, l'année prochaine !

Je pleure de rage, referme mon ordinateur d'un

coup sec et me masse les tempes. La fatigue me submerge. Je crois qu'il ne s'est jamais passé autant de choses en même temps dans ma vie. C'est épuisant. Je grommelle et me résous à ouvrir de nouveau mon ordinateur pour taper le nom de Jonah – Truman et Electric – sur Google, en limitant la recherche aux dernières vingt-quatre heures, au cas où quelque chose de nouveau serait apparu. Rien ! Il est totalement absent du monde numérique. Étrange, pour quelqu'un que je dois poursuivre aux quatre coins de Londres.

— Merritt ? je crie. Tu es là ? Je me débats dans tous les sens ! Je crois que je ne vais pas y arriver.

Je patiente quelques minutes, en vain. Je réessaie.

— Merci beaucoup de m'avoir suggéré de renverser le jus, au fait ! C'était bien vu. Mais je suis encore une fois dans les limbes. Sans mauvais jeu de mots.

J'attends, le cœur plein d'espoir. Je passe une tête dans le salon, au cas où elle ferait une apparition, puis je me dirige vers la salle de bains, et me plante devant le miroir. Rien.

J'observe mon reflet, l'air boudeur. J'ai bronzé, ces derniers jours. Cela fait ressortir mes yeux clairs et accentue les petites taches de rousseur sur mon nez.

Au moins, quand je mourrai pour la seconde fois, je serai un peu mieux que la première, je songe. Je secoue la tête, dépitée. Réussir à m'infiltrer dans une soirée disco silencieuse sans billet était déjà un sacré coup de chance, mais un gala de charité dans un manoir, ça me paraît hors de portée.

Sans oublier ce léger détail : il faut être deux, pour entrer.

Je ne vois qu'une solution. Je sors mon téléphone et tape un texto :

J'ai besoin de ton aide.

Le lendemain matin, lorsque je fais irruption dans la pharmacie, la sonnette d'entrée tinte joyeusement. Jan se lève d'un bond, s'arrachant au visionnage de la dernière captation d'*Hamilton*. Son visage s'adoucit immédiatement quand elle s'aperçoit que c'est moi et non un client au désespoir qui a besoin d'un antidiarrhéique de toute urgence – ce qui est bien trop fréquent.

— Comment ça va, ma belle ? demande Jan, pleine de compassion. Leanne m'a parlé de… tu sais…

Ses yeux descendent vers mon entrejambe, puis elle s'interrompt, discrète, ce dont je lui suis très reconnaissante.

— De la mycose vaginale ! crie Leanne, en passant une tête depuis l'arrière-boutique.

Une vieille dame qui parcourait le rayon éponges végétales me toise de haut en bas.

— Le vinaigre de cidre, ça fait des merveilles. Après ça, tu seras tranquille.

— Je… ça va. Très bien, même, dis-je à Leanne en affichant un sourire crispé. Merci beaucoup pour ton aide.

Elle fait le tour du comptoir et se plante devant moi, les mains sur les hanches.

— Tu n'es pas comme d'habitude.

— Ah bon ? dis-je en haussant les épaules.

— Tu es… Qu'est-ce que c'est ? Comme si…

— Attends… intervient Jan. Je sais. Elle est gentille !

— Mon Dieu, c'est ça. Tu as raison. Elle est gentille, renchérit Leanne. Qu'est-ce qui ne va pas ?

Elle pose le dos de sa main sur mon front, comme pour vérifier ma température.

— Hé ! je proteste en la repoussant d'un geste sec.

— Sérieusement. Que t'arrive-t-il ?

Je me demande comment elles réagiraient si je leur disais la vérité : j'ai besoin de votre aide pour infiltrer une soirée de gala dans le but de trouver un homme qui doit m'embrasser dans les quatre jours sans quoi je mourrai une fois de plus et serai emportée à tout jamais dans l'au-delà où je passerai l'éternité à servir de cobaye à une folle furieuse et son projet Cupidon.

— Euh... je dois aller à une soirée déguisée et j'ai besoin de votre aide.

Ces mots me paraissent étrangers. C'est le genre de phrase que je n'aurais jamais pensé prononcer un jour. Que j'aurais *voulu* ne jamais prononcer.

— Le thème ? s'enquiert Leanne, en pressant ses ongles vert fluo contre sa poitrine.

— Les couples célèbres à travers l'histoire.

— Ah, oui, je vois. Un classique. Tu as des idées ?

— Je sais juste qu'il me faut une tenue qui a l'air chère, mais qui ne l'est pas. Les invités vont être très chics. Il faut que je me fonde dans la masse.

— Oh, Céline Dion et René Angélil peut-être ? propose Jan, enthousiaste. Très glamour.

Je secoue la tête.

— Je ne suis pas sûre que l'homme qui m'accompagne puisse passer pour René Angélil.

— Un homme ? dit Leanne en haussant un sourcil.

— C'est juste un ami. Enfin, et encore.

— Alors Barbra Streisand et James Brolin ? tente Jan. Tu pourrais porter un beau chignon haut, comme Barbra dans *Funny Girl* !

— C'est mieux... Mais ce n'est pas flagrant.

— Ah, tu veux plus flagrant ?

— Je veux me faire belle, sans être trop voyante non plus. Rien de trop excentrique – il faut que j'aie l'air d'être à ma place.

— OK, donc... du basique. Alors dans ce cas, ce qu'il te faut c'est Gatsby et Daisy. Tu as juste à enfiler une tenue qui brille et à demander à ton ami-et-encore de porter un smoking, et le tour est joué !

— Pourquoi pas ? dis-je en hochant la tête.

J'essaie de me souvenir de la dernière soirée à laquelle je suis allée, en vain. Ça ne m'émeut pas plus que ça, car les soirées que j'ai vues à la télé ressemblent à un cauchemar : les gens joyeux à l'excès, les petits fours couleur champagne, les échanges de banalités, les DJ... L'enfer.

Leanne sort son téléphone et ouvre son calendrier.

— Combien de temps ai-je pour fabriquer ta tenue ? Je peux tout faire à prix coûtant, mais il y a forcément mes heures, plus les essayages. Et puis j'imagine que tu voudras ajouter quelques fioritures.

— Ah non, je n'ai pas été claire... je l'interromps. Le gala a lieu jeudi soir.

— Ce jeudi soir ? Tu veux dire, demain ?

J'acquiesce. Leanne secoue vigoureusement la tête.

— C'est impossible. Bon sang, Delphie ! Il faut que tu apprennes à anticiper un peu ! Tu ne peux pas juste débarquer ici, exiger des congés pour le jour même, et des costumes extraordinaires pour le lendemain !

— Je suis désolée, je bredouille. Tu ne connais pas un magasin où je pourrais louer ma tenue ?

— Mince. Je ne peux quand même pas te laisser louer ton déguisement. Tout ce qui est potable sera déjà réservé, et les tissus qu'ils utilisent sont pourris. Une fois, j'ai loué un costume de sirène, et il y avait des puces dans la brassière. Non, non. Tu vas passer la soirée à te gratter et à tirer sur ta robe. C'est inconcevable.

— Oh, intervient soudain Jan, l'air songeur, tout en glissant une bouteille de sirop pour la toux dans un sac et en le tendant à un client manifestement mécontent du manque d'attention qu'il reçoit.

— Qu'est-ce qu'il y a maman ?

— Tu te souviens de la robe que tu portais pour les 70 ans de grand-mère Diane ? La grise, en soie, avec les machins, là, explique-t-elle en désignant ses épaules.

— Les mancherons ? l'interroge Leanne, un doigt sur le menton.

— Oui. Tu étais un peu plus ronde à l'époque donc ça devrait aller à Delphie, d'autant que vous faites à peu près la même taille.

Leanne ferme les yeux et se met à marmonner, comme pour elle-même :

— Il faudrait des franges, et un peu de paillettes. Je pourrais laisser les mancherons, ça fonctionne, et puis peut-être ajouter les plumes de... Et les cheveux pourraient...

Elle ouvre les yeux, me regarde de haut en bas trois fois de suite, me fait tourner d'un geste de la main et fait un dernier petit signe de tête approbateur.

— Tu pars à quelle heure, demain ?

— On doit partir à 17 heures, et le gala débute à 19 heures, je réponds en repensant au plan échafaudé avec Cooper.

— Dans ce cas, il faut que tu sois ici à 14 heures.

— À 14 heures ? Ah ah ! Tu plaisantes ? Je n'ai pas besoin de trois heures pour me préparer !

— J'imagine que tu as besoin d'aide pour la mise en beauté ?

— La mise en beauté ?

— Coiffure et maquillage, explique Jan, les lèvres en cul-de-poule, affichant un air de Miss Je-sais-tout. Tu n'es pas sur Instagram, Delphie ? Toutes les stars de cinéma en passent par là. Elles ont même des équipes dédiées.

— Non, je n'ai pas Instagram. Il y a trop de vidéos pour moi.

Ce que je ne leur avoue pas, c'est que j'ai déjà eu un compte Instagram sur lequel j'ai posté un selfie qui a récolté un seul like de la part d'un médecin de la marine américaine. Le type m'a écrit juste après pour me demander si je voulais bien noter son pénis. J'ai supprimé l'application *illico*.

Leanne et Jan échangent un regard.

— Bon… je m'en occuperai. Mais sois là à 14 heures.

— Oh, avant que tu partes, il y a ça qui est arrivé pour toi, ajoute Jan en me tendant un exemplaire de *Money Maims, Money Kills* de R. L. Cooper.

— Tu l'as ouvert ? dis-je, fâchée.

— Je pensais que c'était pour moi. Tu ne te fais jamais rien livrer ici. Je ne savais pas que tu aimais les romans policiers !

— Oh, je ne m'y connais pas tant que ça.

En vérité, je suis curieuse de savoir pourquoi Alec était aussi enthousiaste de rencontrer Cooper, et il n'était pas question que je prenne le risque de voir mon colis livré chez celui-ci par erreur.

Je fourre le bouquin au fond de mon sac et jette un coup d'œil à l'horloge accrochée au mur.

— Mince. Il faut vraiment que j'y aille. J'ai rendez-vous pour une manucure !

— Une manucure ? Mais qu'est-ce qui te prend, en ce moment ? me lance Leanne tandis que je sors de la pharmacie en courant.

C'est exactement la question que je me pose.

25

Je suis au septième jour sur les dix que m'a accordés Merritt. Aujourd'hui, je vais enfin rencontrer mon âme sœur, préserver l'avenir de Merritt à Evermore, et me sauver la vie. En dépit du vent de panique qui me gagne, une petite voix me dit que c'était peut-être exactement ainsi que cela devait se passer, que le destin refusait de me voir retrouver Jonah dans un parc, un cours de dessin ou une soirée disco silencieuse, mais qu'il voulait faire les choses en grand et nous réunir dans un lieu merveilleux et indéniablement romantique. Or qu'y a-t-il de plus romantique qu'une somptueuse salle de bal ? Certes, nous ne serons pas seuls, ce qui n'est pas idéal. Mais il y aura aussi du champagne, des lumières incroyables et sans doute de la musique classique.

Hier soir, avant de souhaiter bonne nuit à M. Yoon, je lui ai dit que j'avais tout prévu. Un repas lui serait livré ce soir ; il n'aurait qu'à répondre à la porte. Je l'ai averti que je rentrerais tard, qu'il serait déjà endormi, et que nous nous verrions au petit-déjeuner le lendemain matin. Il a griffonné quelques mots sur un bout de papier :

Profitez de votre jeunesse et amusez-vous !

Cela m'a fait un petit pincement au cœur, sans que je puisse dire pourquoi.

Au moment où je pars pour la pharmacie, Cooper passe la tête par la porte de son appartement.

— Comment as-tu fait pour savoir exactement quand je serais dans le hall d'entrée ? Tu as ouvert la porte toutes les deux minutes au cas où ? Tu as installé une caméra ? dis-je en scrutant immédiatement les angles du plafond.

— Tu n'as pas ce qu'on appelle un pas léger, Delphie, lâche Cooper. Tout le rez-de-chaussée est au courant.

— Ah bon ?

— Mme Ernestine dit qu'en général, elle sait quand tu t'apprêtes à sortir, car ça fait le même bruit qu'un troupeau d'éléphants qui traverserait la plaine du Serengeti.

— OK. Tu cherches quoi là exactement ?

Cooper fronce les sourcils et soudain, je m'en veux de répondre toujours aussi sèchement. Si je reste en vie, il faudra que j'essaie de m'améliorer sur ce point-là. À ma grande surprise, Cooper était ravi de m'aider quand je lui ai parlé de mon plan, l'autre soir. Même lorsque je lui ai demandé de m'accompagner au gala – ce n'est pourtant pas rien, surtout au dernier moment. *Allez, Delphie, sois gentille.*

— Bon. Tout va bien ? je demande, d'une voix plus douce.

— Je voulais juste te prêter ça, dit Cooper. Je ne savais plus où elles étaient, mais j'ai fini par les retrouver au fond d'un placard.

Il me tend une grande boîte à bijoux rouge dont le couvercle porte l'inscription *Cartier*, en lettres argentées. De près, l'écrin semble usé, patiné, et quelques taches çà et là témoignent des mains qui l'ont manipulé.

Quand j'ouvre la boîte, mon cœur s'arrête. À l'intérieur se trouve une paire d'immenses boucles d'oreilles triangulaires chargées de perles et de diamants.

— Elles étaient à Em, dit Cooper. Elle les avait achetées à l'une de ces ventes portes ouvertes auxquelles elle adorait aller. Je le sais parce qu'elle répétait à qui voulait l'entendre qu'elle avait eu du flair de les dénicher à ce prix-là ! Elles datent de 1922, tu sais, c'est l'année où se déroule *Gatsby le Magnifique*.

Non, je ne le savais absolument pas. Quoi qu'il en soit, ces boucles sont incroyables ; je n'ai jamais rien vu de tel.

— Tu... tu es sûr ?

Ça me paraît démesuré. Ces boucles doivent avoir une immense valeur affective pour Cooper, et il ne me connaît pas assez pour être certain que je n'en perdrai pas une – ce qui, soyons honnêtes, est loin d'être improbable.

Il balaie ma question d'un geste de la main.

— Ce n'est qu'une ruse pour jeter de la poudre aux yeux des autres convives. Personne ne pourra te suspecter d'être une intruse si tu portes des boucles en diamant vintage de cette taille-là.

— Ce sont de vrais diamants ? je m'exclame.

— Évidemment. Cartier ne fait pas de bijoux en zircone !

— Mince alors. Elles doivent valoir...

— Suffisamment cher pour que je te demande d'en prendre particulièrement soin, oui.

Je me vois déjà déambuler dans la salle de bal, une main à mes oreilles, de peur que les boucles ne tombent.

— Elles sont tellement lourdes, dis-je en les soupesant,

fascinée de les voir étinceler sous la lumière du hall d'entrée.

— Oh, tes lobes d'oreilles m'ont l'air solides, répond-il. Je suis sûr qu'elles t'iront très bien.

— Je vais le prendre comme un compliment.

— C'était mon intention.

— Tu sais quoi, Cooper, c'est la première chose agréable que tu me dis.

Il secoue vivement la tête.

— Je t'ai dit que j'aimais bien ton cactus, la première fois que je suis venu déposer un colis chez toi.

— Tu te souviens de ça ?

— Je me souviens de tout, Delphie.

Une lueur brille au fond de ses yeux tandis qu'il me fixe d'un air troublant, une seconde de plus que ce qu'exigerait la bienséance. Soudain, je repense à son doigt contre ma paume, à l'aquarium.

— Bon ! Il faut que je file ! dis-je en brandissant la boîte à bijoux. Si je veux arriver à porter ces raretés, je vais devoir faire un peu de muscu. Tu crois que ça existe, des *kettlebells* miniatures spécial lobes d'oreilles ? Ah ah.

Cooper hausse un sourcil.

Je lui fais un petit signe de la main, tourne les talons et me sauve à toute vitesse.

Quand j'arrive à la pharmacie, je trouve Leanne en train de tenir en l'air deux ailes d'ange peintes en doré, un sourire radieux illuminant son visage.

— Je croyais qu'on avait dit Daisy et Gatsby !

— Tu ne me fais pas confiance ? Après toutes ces années ?

— Non ! je réplique en jetant un coup d'œil à Jan

qui s'affaire à brancher trois appareils de coiffure chauffants.

— Tiens, tiens... Elle a eu ce qu'elle voulait, et la douceur et la gentillesse se sont envolées. C'était trop beau pour que ça dure.

— C'est juste que je ne suis pas certaine pour les ailes d'ange. Je t'ai dit que je voulais me fondre dans la masse !

— Tu ne vas pas porter les ailes, banane ! Je prélève des plumes pour embellir ta robe, mais tant que tu ne l'as pas enfilée, je ne peux pas savoir où je dois les placer.

— Oh.

— Oui, répète Leanne. « Oh. » Bon, allez, maman, lance-t-elle en tapant dans ses mains et me regardant de haut en bas. On a du pain sur la planche.

Cela fait trois heures que je suis là et le moins qu'on puisse dire, c'est que je les ai senties passer. D'abord, la gaine, que Leanne m'a aidée à enfiler (soi-disant jamais portée, même si elle jetait des petits coups d'œil inquiets à Jan en me le promettant), puis la vitesse d'escargot à laquelle Jan a bouclé mes cheveux à l'aide d'un fer à friser qui s'est dangereusement approché de mes yeux à au moins quatre reprises. J'ai ensuite dû endurer quinze longues minutes durant lesquelles Leanne a pété les plombs parce que je ne gardais pas mes cils assez immobiles pour qu'elle puisse coller les faux cils un par un et créer un effet « œil de chat ». Lorsque j'ai suggéré que ce n'était peut-être pas si important, j'ai bien cru qu'elle allait s'évanouir.

Nous y voilà enfin. Leanne et Jan reculent d'un pas pour admirer le résultat, se donnant de petits coups de coude, le sourire aux lèvres. Jan me propose d'aller me regarder dans le miroir de la cabine destinée à la prise de tension artérielle de nos patients.

J'ouvre la porte de l'armoire, à l'intérieur de laquelle est collé l'un de ces miroirs IKEA un peu ondulés. Il me faut un moment pour réaliser que le reflet que je vois est le mien. Delphie Bookham. Je suis... stupéfiante. La robe épouse mon corps comme si elle avait été faite sur mesure. Les franges argentées émettent un doux frou-frou au gré de mes mouvements et les plumes dorées des ailes d'ange, que Leanne a fixées sur les mancherons, donnent à la robe une allure glamour. Mes cheveux, parfaitement ondulés sur toute leur longueur, sont plaqués derrière mes oreilles et retombent en cascade sur une épaule, faisant ressortir les superbes diamants d'Em.

— Je n'ai pas eu le temps de faire de vraies ondulations au doigt, mais j'ai regardé un tutoriel sur YouTube pour savoir comment obtenir le même résultat avec un fer à friser, précise Jan, téléphone à la main, en prenant des photos de ma coiffure. C'est génial ! Je vais peut-être essayer sur moi. Je parie que Dan, le type de *Baba's Deli*, me remarquerait, coiffée comme ça.

Je me penche pour observer mon visage de plus près. Ma peau est impeccable, lumineuse, et les taches de rousseur qui constellent mon nez contrastent avec l'intensité du maquillage de mes yeux. Mes lèvres ont une teinte bordeaux brillant, rappelant le léger blush prune sur mes pommettes.

— Comment as-tu fait pour que mes yeux aient l'air aussi grands ? Je ressemble à ma mère !

— Oh, je connais deux ou trois petites astuces, dit Leanne, modeste. D'ailleurs, ils sont déjà très grands sans maquillage.

Je suis au bord des larmes, mais elle intervient tout de suite.

— Ne t'avise pas de pleurer ! s'écrie-t-elle en se précipitant vers moi et en me tapotant le visage de la main.

— Je... Je... Merci, dis-je, une boule dans la gorge, en les regardant tour à tour. Vous n'étiez pas obligées de m'aider et... vous l'avez fait quand même. Sans rien demander.

— Eh bien, disons que tu paieras la première et la deuxième tournée.

Si mon plan fonctionne et que j'arrive à rester en vie, je suis prête à leur payer toutes les tournées qu'elles veulent, à tout jamais – et même à aller au pub avec elles toutes les semaines !

Quand je le leur dis, Jan fait mine de s'évanouir.

— Allez, file, sinon tu vas être en retard, lance Leanne en me poussant vers la sortie. Je les remercie encore une fois avant de fermer la porte derrière moi.

En traversant la rue, je sens un immense sourire se dessiner sur mon visage. Quand Jonah me verra ainsi, il aura forcément envie de m'embrasser. C'est impossible autrement.

J'essaie d'imaginer la sensation de son baiser. Doux, sans doute. Un peu sucré. Comme une mousse au chocolat. Soudain, je réalise que je n'ai embrassé qu'une seule personne dans ma vie et que c'était horrible. Mince, et si c'était de ma faute ? Et si c'était moi, et non Jonny Terry, qui avais tout fait rater ? Mon estomac se noue. Et si, après avoir traversé tout ça, le moment venu, Jonah se rendait compte que je ne sais pas du tout m'y prendre ? Cela risquerait de le faire fuir.

Je décide de chasser ces pensées et de me concentrer

sur le regard de Jonah à Evermore. Sur la certitude que j'ai ressentie en sa présence.

Je peux le faire. Merritt n'a jamais dit que ça devait être le baiser le plus parfait du monde, mais juste qu'il devait m'embrasser.

Ça va aller.

Il le faut !

26

Tandis que j'attends Cooper devant sa voiture, je sors mon téléphone et cherche « règles de bienséance + gala » sur Google, dans l'espoir de glaner quelques conseils.

— Delphie.

Je lève les yeux sur Cooper, dans un smoking noir à la coupe parfaite. Ses cheveux, d'ordinaire en bataille, sont brillants et impeccablement coiffés. Un peu comme si Timothée Chalamet avait un frère très grand, très sombre et très agréable à regarder. Il me dévisage, contemple ma robe, puis se pince légèrement les lèvres. Je m'attends à un compliment, mais c'est raté :

— Je croyais que dans les années 1920, on portait les plumes sur la tête, pas sur les épaules ? lance-t-il.

— D'accord, d'accord, Miranda Priestly.

— Miranda qui ?

Je lève les yeux au ciel. S'il ne connaît même pas *Le Diable s'habille en Prada*...

— Joli smoking, dis-je en ignorant sa remarque. Je suis étonnée que tu aies réussi à en louer un qui t'aille aussi bien dans un délai si court.

Nous montons dans sa voiture et je m'aperçois que les stylos et bouteilles qui jonchaient le sol l'autre soir ont disparu. Un tout nouveau désodorisant est accroché au rétroviseur intérieur, parfum *Tuscan Leather*. Cuir de

Toscane ? Voyons voir. Je me penche pour le renifler : pas mal. Plutôt agréable, même.

— J'avais déjà un smoking, rétorque Cooper avec une petite moue dédaigneuse, comme si tout homme qui se respecte était censé en posséder un, au cas où l'occasion se présenterait.

— Oh, désolée, j'avais oublié que tu étais un auteur très en vue, invité à un tas de remises de prix et d'événements littéraires chics où on te lèche les bottes.

— Ta vision de la vie d'écrivain ne pourrait pas être plus fausse. Figure-toi que je passais le plus clair de mon temps assis seul devant mon ordinateur à tenter de surmonter mon angoisse de la page blanche et que je m'interrompais uniquement pour répondre à la porte ou me préparer un thé dont je n'avais même pas envie.

— Attends… ça, c'est la vie que tu as maintenant, non ? Mais sans publication à la clé.

— Tu as vraiment l'art de dégainer la remarque la plus méchante possible, quelle que soit la situation.

Je hausse les épaules et ajuste mes mancherons ; l'une des plumes me pique un peu la peau.

— Tu vois, quand on te dit quelque chose d'horrible auquel tu ne sais pas comment réagir et qu'ensuite, en pleine nuit, la réplique parfaite te vient à l'esprit, t'empêche de dormir et t'obsède, à tel point que tu finis par t'en vouloir de ne pas avoir eu cette repartie sur le moment ?

— Très bien.

— Eh bien, c'est un bon résumé de mes années de lycée. Alors à force, j'ai développé une faculté à répondre du tac au tac à quiconque me cherche. Et c'est ton cas. Ça m'a fait beaucoup de bien de pouvoir m'entraîner sur le terrain.

— Sacrée compétence, dit Cooper en changeant de vitesse tandis que nous nous éloignons de Londres.

— Je devrais le mettre sur mon CV.

— Brevet des collèges, baccalauréat et diplôme de repartie cinglante instantanée ?

— Master « teigne » obtenu avec les félicitations du jury. Ah ah. Non, mais sérieusement, Alec était surexcité à l'idée de t'avoir rencontré. Je crois que si ce que je faisais pouvait susciter cet enthousiasme chez les autres, je ne changerais de métier pour rien au monde. Ça ne te manque pas ?

— Si, beaucoup.

— Alors pourquoi tu…

— Pourquoi tu n'ouvres pas les tubes de peinture que tu entasses chez toi ? riposte-t-il.

C'est bon, j'ai compris. Je la boucle.

Je regarde le paysage défiler tandis que nous roulons et m'extasie en apercevant soudain un champ peuplé de vaches et de moutons, sur ma gauche :

— Oh, tu as vu !

— Tu n'es jamais sortie de Londres ?

— Je suis allée à Barnet, une fois.

— Tu veux dire chez mes parents l'autre soir ? Tu es sérieuse ?

— J'ai fait un voyage en Grèce en solo, mais en dehors de ça, je ne me suis jamais trop aventurée au-delà du quartier. J'ai tout ce qu'il me faut à Bayswater.

— Mais… tu n'es jamais partie en vacances à l'étranger avec ta famille ? Ou tes amis ?

— Ma mère vit à Marfa.

— Marfa ? C'est où ?

— Une ville en plein milieu du désert, au Texas. Elle s'y est installée avec son petit ami, Gerard.

— Qu'est-ce qu'elle fait là-bas ?

— C'est une artiste.

— Cool. Tu y vas souvent ?

Je secoue la tête en guise de réponse. Quand maman est partie, elle m'avait promis qu'elle m'offrirait le billet d'avion une fois que j'aurais fini mes études pour voir si l'endroit me plaisait et si j'avais envie de la rejoindre. Mais elle a changé d'avis entre-temps et jugé qu'il serait plus utile que je continue de m'occuper de l'appartement de Londres, arguant que de toute façon, il faisait bien trop chaud pour moi à Marfa et qu'étant donné la moyenne d'âge des résidents, bien en deçà de la quarantaine, je ne me sentirais sans doute pas à ma place.

— Non, je n'y suis jamais allée. Il fait bien trop chaud pour moi.

Quelque chose dans ma voix a dû me trahir, car Cooper me jette un coup d'œil plein de sympathie.

— Ce n'est pas grave du tout ! dis-je avec un enthousiasme forcé. Elle est heureuse, c'est ce qui compte. Bref, parlons d'autre chose. Ça n'a aucun intérêt.

— OK. Mais par exemple, tu n'as pas profité de ton année de césure après le lycée pour vadrouiller un peu ? Ou des enterrements de vie de jeune fille avec tes amies ? Ou… des mariages en Italie ?

— Pff, ce n'est pas le genre de truc qui m'intéresse. Les mariages m'ennuient à mourir, et je trouve que voyager, c'est jeter l'argent par les fenêtres.

Je réponds avec autant de conviction que possible, sans mentionner le fait que je n'aie jamais été invitée à un mariage, encore moins en Italie, mais cela sonne faux, même à mes propres oreilles. C'est étrange, car la vie que je mène est pourtant exactement celle que j'ai choisie, bien au chaud dans mon appartement-cocon, sans personne pour m'embêter. Alors pourquoi est-ce que je ressens soudain comme une pointe de déception dans la poitrine ?

— Il y a tant à voir, dehors, murmure Cooper. Tant à vivre.

— Hmm, merci pour cette réflexion profondément philosophique, Michael Palin. Tu me préviendras quand tu partiras faire ton prochain reportage autour du monde. Bon, on met un peu de musique ?

Je n'attends pas sa réponse, allume la radio, sélectionne la station Pop FM et monte le son à fond.

Duckett's Edge a tout des villages pittoresques où se déroule *Murder in the Pretty Village*, avec ses grandes maisons aux toits de chaume et aux portes peintes de couleurs authentiques. Des jardinières débordant de fleurs colorées ornent les bas-côtés des routes sinueuses. Cooper se gare sur le parking du pub *Bee & Bonnet* et coupe le moteur.

— Tu es déjà venu ici ? je demande en descendant du véhicule et en m'étirant.

Le soleil bas nous éclaire d'une douce lumière dorée. Je m'agite un peu pour que ma robe n'ait pas l'air trop chiffonnée, recoiffe mes plumes et fouille dans la petite pochette en soie que Leanne m'a prêtée. J'en sors un boîtier contenant une poudre matifiante dont je tamponne délicatement mon front et les ailes de mon nez.

— Non, répond Cooper en fermant la voiture à clé et en lissant son pantalon d'une main. Mais j'ai fait quelques recherches sur internet et il s'avère que la situation géographique de ce pub est parfaite. C'est à tout juste quinze minutes de marche du manoir de Derwent.

— Quinze minutes ? je répète, en esquissant une grimace et en baissant les yeux sur les escarpins un poil trop petits dont mes pieds sont prisonniers. Je ne sais pas si tu as remarqué, mais je ne porte jamais de talons. Jamais. Sans compter qu'il fait une chaleur d'enfer. Et que je n'ai jamais été aussi physiquement proche de la perfection que maintenant. Si je transpire, ça ne sera plus le cas.

— C'est quinze minutes, pas quinze kilomètres ! Et puis tu as ta poudre, si besoin, contre la transpiration.

Parfaite ou non, il ne dit pas un mot quant à mon apparence. D'ailleurs, quand nous nous sommes retrouvés, il n'a rien dit non plus, même si je sais que je n'ai jamais été aussi belle.

Je sors mon téléphone. Un texto du restaurant italien à l'angle de Kensington Gardens m'indique que le repas de M. Yoon a bien été livré. Super. Soudain, je regarde l'heure affichée sur l'écran.

— Attends, mais... Dans quinze minutes, on sera en retard ! Je croyais que tu voulais qu'on passe inaperçus ? Si on débarque en plein milieu de la soirée, les gens vont forcément se rendre compte qu'on n'était pas invités !

— Mon plan requiert que nous ayons quinze minutes de retard.

— Ah oui ?

— Tout à l'heure, j'ai certes affirmé que tu avais une vision fausse de la vie d'écrivain, mais tu n'étais pas si loin de la vérité concernant une chose : les prix. J'ai gagné deux Gold Dagger.

— Je n'ai aucune idée de ce que c'est.

— C'est un prestigieux prix qui récompense le meilleur roman policier de l'année. Cela signifie que j'ai écrit des histoires de braquages et de casses qui m'ont valu le respect et l'admiration de mes pairs à au moins deux reprises. Donc infiltrer un gala de charité sans invitation n'est pas ce que j'appelle un problème.

Hmm. Je ne sais pas si je dois le croire.

— Quoi qu'il en soit, nous y serons en un rien de temps, dit-il avec assurance tandis que nous traversons le parking.

Mon talon saigne. Nous sommes au beau milieu de ce qui ressemble à une route de campagne interminable, suivis de près par un mouton solitaire qui bêle dans notre direction de temps à autre, comme s'il essayait de nous avertir que nous nous trompons de chemin.

— Tu es sûr qu'il s'agit de la bonne route ? je demande une fois de plus.

Cooper arrête de marcher et passe une main sur sa mâchoire.

— Je t'en supplie, arrête de me poser cette question. J'ai vérifié, et revérifié. Bon sang, j'ai passé quasiment toute la journée d'hier à m'assurer que mon plan fonctionnerait !

— C'est vrai ? Toute la journée ?

— Oui, coupe-t-il, exaspéré. Je te l'avais promis. Nous sommes sur le seul et unique chemin qui permette d'accéder au manoir sans nous faire remarquer. Quand nous y serons, je te donnerai la suite du plan.

— Pourquoi pas maintenant ? Et s'il n'était pas parfait et que je voulais y apporter une ou deux petites améliorations ? Je ne suis pas sûre que tu comprennes ce que ça représente pour moi : il FAUT que ça marche !

Il s'avance vers moi et s'arrête à un centimètre à peine de mon visage. Ses yeux vert foncé sont mouchetés de taches olive et brillent comme deux émeraudes.

— Delphie, réplique-t-il d'une voix grave, je ne te le dis pas parce que tu passes ton temps à faire des remarques cyniques et à poser beaucoup, beaucoup trop de questions. Tu as déjà organisé un braquage ?

— Euh... non, dis-je en relevant au passage que sa barbe de trois jours est parfaitement taillée.

— Moi, plein, rétorque-t-il en ajustant son nœud papillon.

— Pour de faux, cela dit.

— Bon sang ! Tu ne peux pas me faire confiance, juste une fois ?

Je cligne des yeux. Confiance ?

Faute de réponse suffisamment cynique, je hoche la tête.

— Très bien.

— Très bien.

— Très bien ! conclut-il.

Son regard s'attarde un instant sur mon visage, puis il tourne les talons et se remet à avancer à grands pas sur notre fameuse route de campagne, moi clopinant derrière lui, et le mouton errant trottinant derrière moi.

Bientôt, la route bifurque, dévoilant l'arrière du manoir de Derwent, encore plus grandiose que les photos du site internet ne le laissaient imaginer.

— Waouh ! dis-je dans un souffle. C'est sacrément beau. Et tellement ancien ! Si c'était hanté ? Peut-être que Lady Derwent dort dans un lit à baldaquin ? Oh, et tu crois qu'il y a une arrière-cuisine ?

Cooper m'ignore et avance tout droit vers la haute grille noire en fonte ceignant tout l'arrière du bâtiment. Je m'apprête à lui demander comment il pense pouvoir la franchir, mais avant que je ne puisse dire un mot, il se met à compter les barreaux.

— Il devrait y avoir un petit cadenas à environ cent cinquante barreaux sur la gauche, murmure-t-il pour lui-même.

Nous comptons ensemble. Arrivés au n° 150, les

barreaux sont plus épais et l'un d'eux comporte un interstice rouillé, destiné à accueillir une clé. Comme il l'avait prédit.

— Une porte secrète ! je m'exclame, ravie.

L'enthousiasme me gagne. C'est peut-être ça que l'on entend par « s'amuser » ?

Cooper glisse sa main dans la poche intérieure de sa veste et en sort un couteau suisse. Habilement, il insère l'un des embouts dans la serrure et le secoue un peu, tout en pinçant sa langue entre ses dents.

— On crochète une serrure ! je m'extasie, impressionnée malgré moi.

— Tu ne vas quand même pas commenter tout ce que je fais ? dit-il en me fusillant du regard avant de donner un dernier coup sec dans la serrure. Les gonds s'ouvrent avec un grincement tel qu'ils semblent ne pas avoir été utilisés depuis un siècle.

— On va devoir te laisser, dis-je en me tournant vers le mouton qui attend derrière nous. On aimerait bien t'emmener, mais ce serait trop dangereux.

— Merci de nous avoir aidés à arriver jusqu'ici, lance Cooper en s'adressant au mouton, l'air grave. Mais si tu continuais avec nous, ton odeur finirait par éveiller les soupçons.

— On ne t'oubliera jamais.

Je m'apprête à le caresser, mais vu ce que vient de dire Cooper, je me ravise. La fragrance « Mouton des prés » n'est peut-être pas conseillée quand on veut séduire l'homme de ses rêves.

— Au revoir, agent spécial Balthazar, ajoute Cooper en inclinant solennellement la tête.

Agent spécial Balthazar ? Je laisse échapper un hurlement de rire si puissant qu'il me surprend moi-même.

Le mouton, tétanisé, se met littéralement à déféquer dans l'herbe.

— Allez, Delphie, dépêche-toi, peste Cooper comme s'il ne venait pas de faire l'idiot une seconde plus tôt. On est loin d'être au bout de notre plan !

Ses yeux brillent d'excitation, ses joues sont légèrement rosées. Est-ce que… est-ce qu'il serait en train de s'amuser, lui aussi ?

Nous remontons une petite bande de pelouse jusqu'à ce que nous atteignions une dépendance communiquant avec le bâtiment principal.

Cooper glisse de nouveau la main dans la poche intérieure de sa veste, en sort une feuille de papier pliée en quatre et l'ouvre.

— C'est le manoir ? Tu as imprimé des plans ?

— Évidemment. Comment aurais-je pu savoir qu'il y avait une dépendance, sinon ?

Il me tend la feuille et se hisse sur une marche pour jeter un coup d'œil par la fenêtre.

— Il me faut un caillou.

Enfin, une tâche pour moi ! Je me mets en quête du meilleur caillou que je puisse trouver. J'en ramasse deux avant de les lâcher et d'opter pour un gros caillou, plus rond et plus lourd que les précédents.

— Parfait, dit Cooper en faisant un petit signe de tête. Selon le dernier rapport de sécurité incendie du manoir, l'alarme se situe juste à gauche de la fenêtre, poursuit-il. En brisant la vitre, je pourrai glisser une main à l'intérieur et la déclencher. Les invités seront sommés de se rassembler à l'extérieur et c'est à ce moment-là que nous nous immiscerons dans la foule. Certains convives seront tellement agacés par ce contretemps que personne n'osera contrôler les billets une seconde fois. Quant à nous, nous pourrons déambuler dans le manoir, ni vu ni connu.

— Franchement, bravo, Cooper. Je suis impressionnée, dis-je avec un sourire.

— Allez, pas de répit tant que nous ne sommes pas en train de siroter une coupe de champagne. Ce sera la confirmation de notre réussite.

— Et je pourrai enfin, enfin retrouver Jonah !

Il semble soudain se rembrunir. Sans un mot, il recule et lance le caillou avec bien plus de force que nécessaire.

27

La fenêtre vole en éclats dans un vacarme tel que je crains qu'on nous ait entendus.

— Merde, Cooper ! C'était beaucoup trop fort ! Et si…

— Il y a un groupe de dix musiciens dans la salle, m'assure Cooper en se hissant à nouveau sur la marche et en passant son bras par la fenêtre brisée. Personne n'a rien entendu.

Il tâtonne le mur pendant quelques instants, les yeux plissés. Soudain, son regard s'illumine.

— Je l'ai ! OK. Dès que l'alarme retentit, on fonce vers l'avant du bâtiment et on se mêle à la foule. Tu es prête ?

— Je suis prête ! dis-je en hochant vigoureusement la tête, mon cœur battant à tout rompre.

Cooper actionne l'alarme et une sirène suraiguë se met à sonner si fort que j'en tremble.

Il saute à terre et nous contournons le manoir en essayant de marcher d'un bon pas, sans courir pour autant. Garder mon calme est plus difficile que je le pensais. Au fond de moi, c'est la panique, mais je m'efforce d'afficher un air serein et digne : voyez, comme je suis à ma place, comme je me fonds dans le paysage comme si cette soirée n'était qu'un divertissement parmi tant d'autres ! Je jette un coup d'œil à Cooper et sursaute en apercevant du sang couler sur sa main.

— Mince. Cooper !

— Quoi ? Tu as repéré quelqu'un ?

— Non ! Tu saignes !

— En effet, constate-t-il en baissant les yeux sur sa main.

— Tu saignes beaucoup. Ce n'est pas rien. Tu as dû te couper avec le carreau.

— Attrape le mouchoir dans la poche de ma veste, dit-il. Je ne veux pas tacher mon smoking.

Je m'empresse d'ouvrir sa veste ; je sens tout un tas d'accessoires divers et variés, mais rien qui ressemble à un mouchoir.

— Je ne le trouve pas, dis-je en continuant à fouiller.

— De l'autre côté. Essaie de l'autre côté !

Je m'exécute et me retrouve si près de lui que je devine les contours de son torse derrière le coton blanc de sa chemise. Je respire son parfum. Mon cœur s'accélère. Ce doit être la vue du sang. Je n'y ai pourtant jamais été particulièrement sensible, mais la situation est assez stressante pour quelqu'un qui, jusqu'à la semaine dernière, n'avait parlé qu'à quatre personnes de toute l'année.

— Il n'y est pas non plus !

— J'ai dû l'oublier.

Cooper chancelle légèrement. Est-ce à cause de la douleur, ou est-il surpris de cet oubli ?

Le sang est de plus en plus abondant. Il nous faut une solution au plus vite, sans quoi nous serons dans de beaux draps. Soudain, l'alarme se tait et nous entendons les invités sortir par l'avant du bâtiment.

— Allons-y. Il faut qu'on s'occupe de ta blessure.

Tant pis s'ils nous démasquent, mais on ne peut pas risquer la mort pour un gala !

— La mort ? Mais non. Ça va s'arrêter, c'est une histoire de quelques minutes.

— Alors, utilisons ta veste pour freiner l'hémorragie.

— Hors de question. Je refuse de tacher mon smoking !

— On s'en fiche, là, Cooper ! Pour quelqu'un qui est allé à Oxford, je te trouve un peu bête parfois.

J'insiste pour qu'il s'allonge dans l'herbe. Il n'a pas l'air du genre à s'évanouir, mais mieux vaut prévenir que risquer de finir écrasée sous son torse musclé. Soudain, j'ai un éclair de génie : je glisse de nouveau la main dans sa poche et en sors son couteau suisse. Je relève ma robe et entaille le tissu de ma gaine, puis le déchire, tout autour de ma cuisse, jusqu'à ce qu'il se détache complètement. Je m'agenouille et l'enroule autour de la main de Cooper en le serrant aussi fort que possible.

— Ça fonctionne, je murmure, tremblante. Tu as mal ?

— Non, mais on va être en retard. Mon plan va tomber à l'eau.

— Ce n'est pas ça qui compte, pour l'instant.

Je maintiens le garrot en place jusqu'à ce que l'hémorragie s'atténue. Alors je répète mon geste et déchire le tissu au niveau de mon autre cuisse. Tandis que je m'affaire, je m'aperçois que Cooper fixe mes jambes avec un regard étrange.

— Eh oui, certaines personnes ont plus que la peau sur les os, je rétorque.

Mon cœur palpite de nouveau. Je décide d'en faire abstraction et enroule la seconde bande de tissu noir autour de sa main, la nouant au niveau du poignet.

— Et voilà ! Un vrai bandage de luxe.

Cooper se relève, inspecte sa main avant de baisser les yeux sur mes cuisses où deux malheureux bourrelets dépassent de ma gaine déchirée.

— Jonah aime beaucoup leur côté grassouillet, je proteste en tirant sur ma robe pour la remettre en place.

Nous réalisons soudain que le bruit des voix s'estompe, à l'avant du bâtiment.

— Ils sont en train de rentrer, dit-il. Vite !

Au moment où nous arrivons devant le manoir, le dernier couple disparaît sous le grand portique de l'entrée.

— Mince. Nooooon, je marmonne en voyant le vigile muni d'un talkie-walkie qui nous regarde approcher, l'air méfiant.

— Garde ton calme, chuchote Cooper en se dirigeant vers lui d'un pas assuré.

— Vous avez vos billets ?

— Bien sûr que non, rétorque immédiatement Cooper avec cet air impérieux que je lui connais si bien. Nos téléphones sont dans nos manteaux, et dans le mouvement de panique général, nous les avons oubliés à l'intérieur. Quel dommage, cette histoire d'alarme incendie qui interrompt d'entrée les festivités !

— Des manteaux ? s'étonne le vigile. En pleine canicule ?

Cooper se rend compte de son impair et écarquille les yeux. Il n'a clairement pas l'habitude de l'échec. Il faut que je détourne l'attention du vigile sinon, je sens que ça pourrait très mal se terminer. Heureusement, je sais quoi faire. J'ai vu des tas de vieux films où les femmes usent de leurs attraits pour désarmer l'ennemi. Je vais tenter le coup.

Je m'avance, passe devant Cooper et adresse un large sourire au vigile, en essayant de me rappeler que je n'ai jamais été aussi séduisante de toute ma vie. Je bats des faux cils, entrouvre ma bouche fardée et... En fait, je n'ai jamais flirté avec quiconque. Pas une seule fois. Je n'ai aucune idée de ce que je suis en train de faire.

— Vous êtes... très beau de visage... dis-je, m'enlisant immédiatement.

— Pardon ?

— Et j'aime particulièrement vos... boutons, dis-je en faisant glisser mon doigt le long des boutons de sa chemise noire.

Waouh. Quelque part au fond de moi, j'ai conscience que ce petit numéro est un désastre, mais je suis incapable de m'arrêter.

— Qu'ils sont brillants, ces boutons ! J'adore, quand ça brille !

Je conclus ma tirade par un clin d'œil. *Un clin d'œil !*

Cooper se précipite devant moi.

— Ah ah. Excusez-la, l'ami. Il se peut que nous ayons déjà bu un peu trop de champagne à volonté. Vous savez ce que c'est...

— Trop de champagne ? Non, je ne vois pas, non.

Le vigile nous scrute à travers ses yeux plissés. Soudain, son regard se pose sur mes genoux, puis glisse jusqu'à Cooper, qui essaie tant bien que mal de lisser ses boucles en désordre après l'épisode de la fenêtre brisée.

L'homme hoche lentement la tête et émet un petit rire.

— Ahah, c'est pour ça que vous étiez là-bas derrière, hein ? Une petite partie de jambes en l'air ? Ma femme aussi adore faire ça en plein air.

Quoi ? Je remarque alors les traces d'herbe sur mes genoux, datant sans doute du moment où je me suis baissée pour bander la main de Cooper. Il pense vraiment qu'on était en train de… ?

Je me penche vers lui.

— Votre femme et moi, nous avons beaucoup de points communs, dis-je en gloussant. Le problème, c'est que je suis complètement déshydratée maintenant. Vous savez ce que c'est…

— Bien sûr, s'exclame le vigile en nous faisant signe d'entrer. Allez prendre un verre, vous l'avez bien mérité.

Beurk. Beeeeeeeurk.

J'attrape le bras de Cooper et l'entraîne avec moi dans le hall du manoir où un serveur s'avance, tenant un plateau rempli de flûtes à champagne en cristal. Cooper en prend deux et m'en tend une, faisant tinter sa flûte contre la mienne.

— Alors comme ça, tu adores quand ça brille ? dit-il, amusé. C'est nouveau !

Je descends mon champagne et me ressers aussitôt.

— Nous n'en reparlerons plus jamais.

28

Le manoir de Derwent est un lieu à la fois étonnant et intimidant. Au moment où Cooper et moi franchissons le seuil de la salle de bal, je ne peux m'empêcher de rester bouche bée devant tant d'opulence. Des lustres plus grands que ma salle de bains éclairent de hauts murs d'un bleu foncé si profond qu'il tire sur le noir. Des centaines de peintures à l'huile sont exposées ici et là dans des cadres en bois doré. Bonté divine, ça ne serait pas un Titien, juste là ?

Sur la large estrade, un petit orchestre swing et son pianiste jouent le *Mambo italiano* de Rosemary Clooney tandis que les invités virevoltent et se déhanchent dans la pièce en sirotant du champagne et en bavardant, comme s'il s'agissait d'une soirée comme une autre. Je balaie la salle du regard ; aucun danseur professionnel à l'horizon. Peut-être s'échauffent-ils quelque part ? Je suis prise d'un doute : si les invités dansent, pourquoi les organisateurs auraient-ils fait venir des professionnels ?

Cooper me donne un léger coup de coude et me montre un couple déguisé en Daisy et Gatsby. J'en aperçois deux autres un peu plus loin en train de discuter près d'une table sur laquelle trône une sculpture de glace représentant un chérubin potelé, le regard perdu dans un épais livre de contes. Je repère également

Adam et Ève, Justin et Britney, Elton John et David Furnish, ainsi que Julia Child et Paul Cushing Child.

— Où est-il ? je marmonne tout en me hissant sur la pointe des pieds pour chercher Jonah. Je vais essayer de le trouver, dis-je à Cooper. Plus nous passons de temps ici, plus nous risquons de nous faire jeter dehors. Et puis il est peut-être dans une pièce à l'arrière, ou quelque chose comme ça.

Cooper sirote son champagne, parfaitement à l'aise dans cet environnement. Une femme déguisée en Elizabeth Taylor passe devant lui et le détaille de haut en bas. Elle lui adresse un petit sourire enjôleur, auquel Cooper répond en levant son verre dans sa direction, le regard brillant.

— J'ai dit que j'y allais, je répète. Trouver Jonah.

— Bonne chasse, répond-il distraitement, les yeux rivés sur Elizabeth Taylor.

— Je ne chasse pas, je réplique, agacée. J'essaie juste de faire mon devoir envers un pauvre homme atteint d'une maladie vénérienne ! Ça ne t'a jamais traversé l'esprit que certains d'entre nous cherchent autre chose que s'envoyer en l'air avec une ribambelle de partenaires sans jamais connaître leurs noms ?

Cooper me foudroie du regard, le bout des oreilles légèrement rougi.

— Eh bien, tant mieux pour toi, Delphie. Je suis certain que Jonah sera ravi de te voir aussi... bien.

— Bien ! je m'exclame en pressant mes mains sur ma poitrine, feignant de m'évanouir. Bien ? Quelle flatterie ! Merci, Cooper, merci de me donner autant confiance en moi. Pas étonnant que toutes ces femmes te trouvent irrésistible, avec un tel sens du compliment.

Bon sang. Je me fiche de son avis, après tout. Son jeu est clair : il a accepté de m'aider dans le seul but de dégoter une fille costumée, pleine aux as, et un peu olé olé, pour la ramener chez lui ce soir.

Je descends le reste de mon champagne, puis arrache la flûte des mains de Cooper et la vide d'une traite, avant de la lui rendre et de m'enfoncer dans la foule à la recherche de Jonah.

Je tourne autour de quelques groupes de convives qui se forment ici et là, mais force est de constater que la chance n'est pas avec moi. Les déguisements et les perruques des invités ne m'aident pas. Et si Jonah était costumé, lui aussi ? Je ne le retrouverai jamais !

Ça suffit, Delphie. Reste positive. Tu es arrivée jusque-là, ce n'est pas pour rien. Jonah est forcément ici. Une fois que tu l'auras trouvé, tout rentrera dans l'ordre.

J'attrape deux flûtes de champagne, une pour moi et une pour lui. Je m'apprête à quitter la salle, en quête d'une quelconque loge adjacente au hall d'entrée, mais l'orchestre s'arrête de jouer à ce moment précis. L'écho d'un petit coup sur le micro résonne, suivi par le tintement d'une voix qui me noue aussitôt l'estomac. La seule voix que j'aurais voulu ne plus jamais entendre.

Je me retourne ; la salle semble vaciller autour de moi.

Debout sur la scène, vêtue de la robe rose culte de Marilyn Monroe dans *Les hommes préfèrent les blondes*, se tient Gen Hartley. À ses côtés, Ryan Sweeting, un peu plus costaud qu'avant, mais encore très beau, déguisé pour l'occasion en Joe DiMaggio, paré d'une tenue de baseball vintage. Autant dire qu'il n'a pas changé : c'est toujours un sportif sans cervelle.

Je prends une profonde inspiration et essaie de calmer les battements de mon cœur, mais le timbre de sa voix, si joli et si mélodieux, me donne l'impression que l'on me vide les entrailles à la louche.

— Comme vous le savez, commence Gen, c'est un honneur pour nous d'organiser le gala de Lady Derwent, qui est là parmi nous ce soir !

Elle protège ses yeux des lumières éblouissantes, parcourt la foule du regard, puis agite la main tandis que l'auditoire applaudit Lady Derwent.

— Comme toujours, nous avons choisi une cause qui, selon nous, méritait tout notre soutien. « Stop Harcèlement » contribue à former les enseignants afin qu'ils soient plus à même de protéger nos enfants. Cette aide est essentielle, car ces violences n'ont jamais été aussi répandues qu'aujourd'hui, à l'heure des réseaux sociaux.

Une association caritative pour lutter contre le harcèlement ? Mes épaules se relâchent un peu. Gen essaierait-elle de se racheter ? Peut-être se sent-elle coupable de ce qu'elle m'a fait vivre ?

— J'ai moi-même été profondément affectée par les violences dont j'ai été victime, poursuit Gen. Mauvaises blagues, insultes, volonté de m'exclure et de m'isoler... mes camarades de lycée m'ont fait subir une véritable guerre psychologique. À tel point que j'ai fini par déménager. Ce n'est que récemment, grâce à mon mari et à mes deux enfants adorés, que j'ai eu le courage de revenir, lorsque l'opportunité d'acheter la maison de mon enfance s'est présentée. Ce retour constituait un vrai défi. Mais je savais que je serais ici chez moi.

Ryan tapote l'épaule de sa femme, l'air compatissant, en hochant la tête.

Elle se fiche de moi ? Elle utilise mon histoire pour se faire une place parmi tout ce petit monde ? Pour les attendrir, et passer pour la victime ? C'était elle, le tyran !

J'ai l'impression que la salle entière bascule. Je ne peux pas revivre ça. Je regarde mes mains, essaie de me concentrer sur mes jolis ongles vernis, mais le son de sa voix me parvient encore, avec le ton altruiste et innocent de celle qui n'a jamais fait un seul faux pas.

— Les réjouissances vont se poursuivre tout au long de la soirée avec notamment John le Magicien et Elbow, le chien chanteur. Et bien sûr, n'oubliez pas de cliquer sur le lien qui figure sur votre billet électronique pour faire un don ! Nous reviendrons vers vous d'ici une heure pour vous révéler la somme collectée. Chers convives, nous souhaitons de tout cœur que ce gala soit un immense succès. Pour les enfants. Alors si vous voulez nous aider à combattre le harcèlement, c'est le moment ou jamais de le prouver !

Le public applaudit chaleureusement. Soudain, un flux d'énergie me traverse. Je ne sais pas si c'est uniquement de l'adrénaline ou si le chaos des derniers jours y est pour quelque chose, mais je n'avais encore jamais ressenti ça. Les poils de mes bras se hérissent et mon cœur bat dans mes oreilles, pareil à un tambour tribal dont le roulement annonce la bataille. Comment ose-t-elle ? Je m'élance vers la scène. Je veux qu'elle me voie. Qu'elle sache que j'ai découvert sa supercherie et que tout le monde ici n'est pas dupe de sa douceur affectée et de sa voix sirupeuse.

Gen me voit arriver, écarquille les yeux et donne un petit coup de coude à Ryan. Quand il m'aperçoit, il fronce les sourcils, comme s'il essayait de me resituer.

Comment osent-ils se tenir là, à parler de bienveillance, quand ils m'ont fait vivre un enfer ? Comment peuvent-ils faire semblant aussi aisément ?

La fureur s'empare de mon corps, je bous à tel point que j'ai la sensation que mes yeux crépitent, comme dans un film de science-fiction. Je m'approche de l'estrade et me plante devant Gen.

— Delphie Bookham ? balbutie-t-elle. Sa mâchoire se décroche et elle me regarde de haut en bas. Je n'arrive pas à croire...

— Oh, va te faire foutre, Gen.

Mon cœur bondit. L'énergie coule dans mes veines. Je pourrais soulever des montagnes. Dans ma tête, les souvenirs du lycée affluent, pareils au sinistre montage vidéo de Merritt.

— Delphie ! siffle Gen. Qu'est-ce que tu...

— Je croyais que je t'avais dit d'aller te faire foutre ?

Le micro, tout proche, fait résonner mes mots à travers la salle, avec un effroyable effet Larsen. Dans l'assemblée, les bavardages cessent immédiatement, et un silence gênant s'installe. Mes yeux s'embuent de larmes, mais je les ravale. Hors de question de pleurer devant eux.

— Tu disais que le harcèlement détruisait des vies ? dis-je d'une voix tremblante. Pourtant, tu m'as harcelée, Gen. Tu as détruit ma vie. Pourquoi ? Je ne le sais toujours pas.

Je fais un pas de plus vers Gen et baisse la voix.

— Qu'est-ce que je t'avais fait ? J'étais ta meilleure amie, et tu m'as traitée comme si tu me haïssais. Pourquoi ?

Gen avance vers moi pour écarter le micro, témoin de notre conversation, mais pendant une fraction de seconde, je suis convaincue qu'elle va me bousculer ou me coller quelque chose dans les cheveux. D'instinct, je lève ma coupe de champagne et lui jette à la figure – un acte d'autodéfense préventif dont je réalise immédiatement l'inutilité. Gen reste là à cligner des yeux, le visage dégoulinant, la robe imbibée d'alcool. Elle retrousse les lèvres, furieuse. Je pose la coupe par terre, ouvre la bouche pour ajouter quelque chose, mais l'adrénaline qui me galvanisait un instant plus tôt s'est évanouie. Je n'ai plus rien à dire.

Lorsque je me retourne, je réalise que tous les regards sont braqués sur nous. J'aperçois Cooper, debout au milieu de la salle, les lèvres pincées, la mine sombre, aux côtés de la fameuse Elizabeth Taylor.

Soudain, derrière lui, mon regard croise des yeux d'un bleu éblouissant ; ces yeux auxquels je ne cesse de penser depuis notre première rencontre. Il est vêtu d'une chemise en flanelle à carreaux noirs et blancs et d'un léger pantalon kaki. C'est un déguisement, mais je n'ai aucune idée de ce dont il s'agit. Même dans une tenue aussi laide, il est sublime ; ses cheveux sont parfaitement coiffés, ses épaules larges sont divines. Il m'observe, l'air intrigué, la tête sur le côté. Merritt m'a prévenue ; tous ses souvenirs d'Evermore ont été effacés. Il faut que je lui dise qui je suis.

Je m'avance vers lui.

29

Je suis avec lui. Nous sommes dans une petite pièce faisant office de débarras, à l'écart de la salle de bal. S'il a semblé surpris quand je lui ai demandé de me suivre, il n'a pas hésité à m'emboîter le pas. Pour lui, je suis une parfaite inconnue. Mon ventre se serre.

Pendant quelques instants, nous parcourons l'endroit du regard. Les murs sont couverts d'étagères remplies de bougies et de chandeliers, d'ampoules de toutes tailles et de toutes formes, et de quelques branches de lustres en attente de réparation.

— Une pièce entière, rien que pour les accessoires luminaires, dis-je d'une voix un peu tremblante.

— C'est ainsi que vit l'autre moitié du monde... ajoute-t-il avant de porter son attention sur moi.

— Je m'appelle Delphie.

— Jonah, répond-il en me serrant la main.

Une bouffée de chaleur m'envahit ; je me souviens de la première fois où il m'a touchée, la façon dont nous sommes restés là, à nous tenir la main, comme s'il n'y avait rien de plus naturel. Il me sourit. Le fait que je l'aie entraîné loin de la fête ne semble pas le préoccuper. Je lui dois sans doute quelques explications, mais au lieu de ça, je m'entends lui demander s'il est venu en tant que danseur, repoussant à plus tard le plus important.

— Comment sais-tu que je suis danseur ? dit-il, en fronçant légèrement les sourcils.

— Oh, euh... Un type m'a parlé de toi dans la salle, tout à l'heure. Je crois que vous avez le même agent...

— Je vois... Alabaster a encore fait un malheur. Ah ah. Désolé. C'était une blague ; disons que mon agent n'est pas très efficace ces temps-ci. Mais ce soir, je ne travaille pas, je suis venu pour accompagner quelqu'un.

Tout s'éclaire : Maurice a dû noter la présence de Jonah au gala pour se rappeler qu'il n'était pas disponible à cette date.

— Tu es déguisé en qui ?

— C'est un peu une référence de niche, dit-il en riant. Tu as vu *Beetlejuice* ?

Je secoue la tête.

— C'est un film de Tim Burton, des années 1980. Je suis fan. Quand la fille avec qui je sors m'a demandé de l'accompagner, j'ai tenu à ce qu'on se déguise en Adam et Barbara, le couple phare du film.

— La... la fille avec qui tu sors ?

— Oui, c'est récent, mais ça se passe plutôt bien, je crois ! Je... Pourquoi voulais-tu me parler au fait ? Ça m'intrigue. Ce n'est pas tous les jours qu'une mystérieuse Daisy Gatsby m'entraîne dans une pièce truffée d'accessoires luminaires.

— Je suis désolée de t'avoir emmené ici comme ça, tu as dû me prendre pour une folle. C'est juste qu'il y a tellement de monde, là-bas.

— Tu avais l'air sacrément remontée, je n'aurais jamais osé refuser, dit-il avec un petit rire. Bon, en vérité, je suis curieux... Alors, pourquoi voulais-tu me parler ?

Parce que tu es parfait. Et que tu es mon âme sœur. Je prends une profonde inspiration et m'apprête à tout lui expliquer, mais je me ravise. Bien que j'y pense jour et nuit depuis une semaine, je ne sais absolument pas par où commencer. Comment suis-je censée entamer une conversation aussi fondamentale, bouleversante ? Je ne me vois pas lui raconter que nous nous sommes déjà rencontrés, mais qu'il ne s'en souvient pas parce que nous étions tous les deux morts à ce moment-là. Et en même temps, je ne peux pas démarrer trop doucement non plus ; ça m'a pris un temps fou de le retrouver, et je n'ai plus de marge maintenant. Il faut juste qu'il m'embrasse. Le plus vite possible. Plus tard, je pourrai lui donner les détails, à un rythme qui permettra à son cerveau de tout assimiler – peut-être aurons-nous un premier rendez-vous officiel…

Je lève le menton et le regarde droit dans les yeux. Je sais que je suis plus que « bien » ce soir. Je suis jolie. Peut-être même belle. Si je lui ai plu tout juste morte en chemise de nuit et chaussettes vert cornichon, alors je suis certaine qu'il ne m'en voudra pas de faire le premier pas. Et si mon baiser est réussi – ce qui sera forcément le cas puisque c'est mon âme sœur –, il m'embrassera en retour et… inutile de réfléchir à la suite. Tout ce qui compte, c'est qu'il m'embrasse. C'est ce que souhaitait Merritt.

OK. Ma décision est prise. Rien ne sert d'attendre plus longtemps. Je prends ses mains, comme à Evermore, mais je m'arrête soudain, perplexe : la petite étincelle qui avait alors enflammé mon corps ne se manifeste pas. Je lève le regard vers lui et ne décèle pas le moindre signe d'intérêt ou de désir dans ses yeux ; au contraire, ils vont de droite à gauche, comme s'ils cherchaient de l'aide. Ses mains pendent mollement dans les miennes. Je les lâche d'un coup.

— Euh… désolée. Je croyais… Je croyais qu'on avait… Et je voulais juste…

Je perds mes mots.

— Tu es très jolie, déclare Jonah en triturant le col de sa chemise. Incroyablement jolie, même. Mais comme je te l'ai dit, je suis avec quelqu'un. Elle est juste là, dans la salle d'à côté et…

Il s'arrête et regarde la porte, mal à l'aise. Mon cœur cogne, pris de panique. Il ne peut pas partir ! S'il part, tout est fini !

— Non ! Reste ! Elle attendra ; c'est important !

— Pardon ? réplique-t-il d'une voix tranchante.

Pourquoi ai-je dit ça ? Et pourquoi ma voix se met-elle à couiner ? Je dois passer pour une cinglée. Jonah m'observe, les yeux écarquillés. Est-ce qu'il a… peur ? Oh non, ce n'était pas du tout l'effet recherché ! Il faut que je recommence à zéro. Que je tente une nouvelle approche, plus douce, moins délirante, moins… éméchée. Trop tard. Déjà, il recule devant moi.

Il me faut du temps, plus de temps avec lui, pour qu'il apprenne à me connaître. Mais je n'aurai jamais ce temps, sauf si…

— Embrasse-moi ! je hurle en me jetant sur lui. Il s'écarte brusquement, si bien que mes lèvres effleurent le vide.

Jonah regarde tout autour de lui avec effroi et tend la main pour attraper la poignée. Il ouvre grand la porte et s'enfuit en courant vers la salle de bal.

— Jonah, non ! je crie. Tu ne comprends pas ! Laisse-moi t'expliquer !

Je sors de la pièce pour le suivre, mais mes fichus escarpins me font trébucher. Je les envoie valser d'un coup de pied et reprends ma course. Je ne peux pas le perdre. Pas après tout ça. Je n'ai plus le temps !

Quand j'entre dans la salle, les musiciens jouent un air endiablé signé Harry Connick Jr sur lequel les invités virevoltent élégamment. J'aperçois Jonah disparaître dans la foule. Non, non, non. Je refuse de le perdre. C'est ma dernière chance.

Je pousse un cri strident : « Jonah ! » Le son qui s'échappe de ma gorge est si terrifiant que l'orchestre se tait immédiatement.

« C'est encore cette pauvre fille », murmure quelqu'un à côté de moi. La foule s'écarte et laisse apparaître Jonah. Je me précipite vers lui. Tout le monde nous observe.

— Je... Je ne sais pas ce que tu veux, mais ça ne m'intéresse pas, dit-il en levant les mains comme s'il essayait de me calmer.

— Mais si, ça t'intéresse ! Laisse-moi juste t'expliquer...

— Peut-être un autre jour, dit-il en reculant à nouveau.

— Mais il n'y aura pas d'autre jour ! je m'exclame en levant les bras au ciel, frustrée. Tu n'es jamais là où tu es censé être ! Tu n'es pas venu au cours de dessin, et quand je suis arrivée au *Shard*...

Je m'interromps en le voyant ouvrir la bouche, l'air terrifié. La femme à côté de lui, une jolie brune vêtue d'une robe à fleurs, lui prend la main et me regarde curieusement.

Je gémis. Merde. Je ne fais qu'aggraver la situation.

Soudain, je sursaute en entendant la voix de Gen :

— Que se passe-t-il ici ? Tout va bien, Jonah ?

Quoi ? Elle le connaît ?

— Comment vous vous connaissez tous les deux ? j'interviens, furieuse.

— Jonah est un très bon ami, répond-elle en me

fusillant du regard. Il a dansé lors de nombreux événements que j'ai organisés.

J'aperçois alors Ryan arriver d'un pas lourd, iPad à la main.

— Je viens de vérifier, elle n'est pas sur la liste, intervient-il. C'est un imposteur ! C'est comme ça qu'on dit, chérie ? Imposteur ? Ou... une impostière ?

Gen l'ignore. Elle demande à l'orchestre de reprendre et fait signe à la foule amassée autour de nous de se disperser. Jonah me fixe toujours. Sa petite amie serre sa main de plus en plus fort.

Mes yeux s'embuent de larmes, que j'essuie rageusement. Du coin de l'œil, j'aperçois Cooper s'approcher.

— Tu es venue ici pour te venger ? Passe à autre chose, Delphie ! C'est si difficile de me pardonner ? J'étais idiote, à l'époque. Ryan aussi. On était paumés, et on essayait juste de trouver notre place. Le lycée, c'est la jungle, tu le sais très bien.

— Tu as utilisé tout ce que tu m'as fait subir pour servir ton discours, et te faire passer pour une victime ! Prends tes responsabilités, Gen !

— Je soutiens « Stop Harcèlement » ! Ce n'est pas prendre ses responsabilités, ça, peut-être ?

— Durant toutes ces années, tu n'as pas essayé de me contacter une seule fois. Tu ne t'es jamais excusée, dis-je, des sanglots dans la voix. Pourquoi ?

Elle semble lasse. L'espace d'un instant, je baisse la garde et je revois la petite fille avec laquelle je jouais. Celle qui me prêtait ses rollers quand les miens étaient cassés, celle avec qui je riais sous la couette jusqu'à 2 heures du matin lorsqu'elle venait passer la nuit chez moi. Je me souviens alors de l'enfant que j'étais, intrépide, épanouie.

Gen lâche un profond soupir, m'arrachant à mes pensées.

— Pour être franche, j'avais complètement oublié ton existence, Delphie. Et puis je me suis mal comportée avec tout le monde à l'époque ; tu n'étais pas la seule.

— On n'était pas si méchants, bébé, intervient Ryan en réajustant son pantalon de baseball, un poil trop serré. Enfin, pas que je me souvienne. Toi, c'est Delphie, c'est ça ? Ah oui, la rouquine qui avait dessiné le prof ! dit-il en ricanant.

Gen lui envoie un coup de coude dans les côtes.

— Tu avais oublié ? je bredouille. Tu avais oublié que j'existais ?

Sa phrase me fait l'effet d'un coup de poing dans le ventre. Depuis que j'ai quitté le lycée, pas un jour ne s'est écoulé sans que je pense à Gen et Ryan.

Je les regarde tour à tour. Le téléphone de Gen vibre ; elle glisse la main dans sa petite pochette argentée et jette un œil sur l'écran, avant de revenir à moi.

— Il faut que j'annonce le prochain numéro. Bon, tu nous pardonnes ? C'est réglé ?

J'ouvre la bouche, mais aucun son n'en sort. Je me sens vide. Perdue. Je me retourne pour présenter mes excuses à Jonah et essayer d'arranger la situation, mais il a disparu. Il a dû fuir le plus loin possible de moi. Ou peut-être est-il simplement parti pour embrasser cette autre femme à ma place.

— On y va, Delphie ? lance Cooper juste derrière moi, l'air dégagé. Je m'ennuie, dit-il en me prenant le bras.

Gen le regarde bouche bée.

— R. L. Cooper ? s'écrie-t-elle en affichant un immense sourire, comme si notre échange n'était plus qu'un lointain souvenir. Je suis Gen – Gen Hartley.

Nous nous sommes rencontrés au Festival de Harrogate il y a deux ans : j'organisais un gala de charité aux côtés de l'écrivain Peter Johnson, pour le Royal Literary Fund.

— Je n'en ai absolument aucun souvenir, réplique Cooper en lui adressant ce fameux sourire qui fait succomber toutes les femmes.

Gen ne semble pas faire exception et devient cramoisie.

— Bien sûr, je comprends. Il y a dû avoir tellement de gens qui sont venus te féliciter ce jour-là, dit-elle en se mordant la lèvre. Oh, est-ce qu'on pourrait prendre une photo pour que je la poste sur mon Instagram ? demande-t-elle en tendant son téléphone à Ryan, prêt à s'exécuter, comme d'habitude.

Cooper secoue la tête et son sourire s'élargit encore tandis qu'il baisse la voix et se penche vers Gen.

— Je suis flatté, mais je crois que je préférerais m'arracher les yeux plutôt que de perdre une minute de plus à te parler. Passez une très belle soirée, tous les deux, dit-il en faisant un signe de tête à Ryan, qui lève les pouces en retour. Viens, Delphie, on y va.

30

J'ai oublié mes chaussures dans le manoir. Heureusement, avec la canicule, les sentiers herbeux sont secs, mais cela n'en reste pas moins perturbant de marcher pieds nus dans le noir.

Cooper allume la lampe torche de son téléphone pour éclairer nos pas.

— Ça va ? s'enquiert-il quand nous arrivons au niveau du pré où se trouvait notre fameux mouton, tout à l'heure.

Pas vraiment, non.

Revoir Gen et Ryan était déjà assez pénible en soi, mais le pire, c'est que j'ai lamentablement échoué et gâché la chance que Merritt m'avait accordée. J'ai perdu Jonah. Il m'a regardée comme si je lui faisais peur. Il ne m'a pas embrassée, il ne m'embrassera jamais. En perdant celui qui aurait pu être mon grand amour, j'ai signé mon arrêt de mort. Moi qui avais toujours trouvé que ma vie n'avait rien d'extraordinaire, ces derniers jours ont tout chamboulé. J'ai traversé toutes sortes d'épreuves, stressantes, bizarres, bouleversantes et effrayantes même, mais je ne me suis jamais sentie aussi vivante.

— Ça va, je réponds, même si les larmes roulent sur mes joues.

— Je commence à penser que retrouver Jonah n'était pas uniquement une histoire de MST ?

— Il n'y a jamais eu de MST ! je rétorque. Je n'ai jamais... J'ai juste... J'ai dit ça sur le moment parce que je ne te connaissais pas. Je croyais qu'il se passait quelque chose entre Jonah et moi... et je voulais qu'il y ait... Il fallait qu'il...

Ma voix s'éteint, je n'y arrive pas. C'est trop difficile à expliquer, surtout à quelqu'un comme Cooper. Je pousse un profond soupir.

— J'ai tout gâché. Comme toujours.

— Je ne pense pas que ça soit si terrible.

— Cooper, je viens de le poursuivre et de nous humilier devant une salle comble.

— Ta détermination l'a peut-être flatté ?

— Arrête, s'il te plaît.

— Tu sais, quand quelqu'un veut partir, il est parfois plus simple de le laisser faire, dit Cooper d'une voix douce.

— Je n'ai pas envie d'en parler, dis-je en essuyant une larme. Surtout pas avec toi. Je veux juste rentrer à la maison.

— Je comprends.

Nous continuons à avancer d'un pas lent dans un silence de plomb quand soudain, un étrange bruissement attire notre attention. Nous nous arrêtons net et regardons tous deux vers le ciel, intrigués. En guise de réponse, une pluie torrentielle s'abat sur nous. Un éclair illumine nos visages stupéfaits, suivi par un coup de tonnerre assourdissant. Sérieusement ? C'est l'été le plus chaud jamais enregistré, il n'a pas plu une goutte depuis un mois, et c'est maintenant ? Il a fallu attendre que je sois en pleine campagne, pieds nus, désespérée, marquée du sceau de la mort pour que le déluge s'abatte ?

Je me mets à rire et à pleurer en même temps.

— Parfait ! je hurle en direction du ciel. Sincèrement, bravo. Magnifique timing !

— Delphie, viens, dépêche-toi ! crie Cooper. Ne reste pas plantée là !

Je fixe mes pieds qui semblent coller à la terre déjà humide de pluie. Lorsque je les soulève, un bruit de succion se fait entendre.

— Viens, on va se faire tremper.

Je ne parviens pas à détacher mon regard de mes pieds. Je vais mourir dans trois jours de toute façon, qu'est-ce que ça peut faire si je suis mouillée, ou si je me noie sous cette pluie diluvienne ? Plus rien n'a d'importance maintenant.

Cooper s'approche de moi.

— Je vais te porter jusqu'à la voiture, d'accord ?

Je hausse les épaules, indifférente. Je m'attends à ce qu'il me porte dans ses bras, telle une plume. Raté. S'il me soulève sans peine, il me jette par-dessus son épaule comme si j'étais un sac de patates – ce qui n'est pas loin d'être vrai, après le fiasco de ce soir. Ma tête bringuebale dans son dos et rebondit contre ses fesses dès qu'il se met à courir. C'est trop d'humiliation pour moi.

— Cooper ! Repose-moi par terre ! je crie. La pluie et le tonnerre couvrent mes hurlements. Les fesses de Cooper sont tellement musclées qu'elles sont aussi dures qu'un ballon de basket. Je vais finir par avoir des bleus.

Résignée, je me laisse balancer ainsi jusqu'à ce que nous arrivions au parking. Cooper me repose, debout. Il cherche ses clés dans la poche intérieure de sa veste, puis dans l'autre, d'où il sort son couteau suisse, les plans du manoir et son portefeuille. Il ôte alors sa veste et se met à fouiller les poches de son pantalon.

— Et merde ! aboie-t-il. Je ne trouve pas les clés.

Elles ont dû tomber quand tu cherchais mon mouchoir. Tu ne les as pas entendues ?

— Évidemment, c'est de ma faute ! je crie, la vue troublée par le mascara qui dégouline dans mes yeux.

Je lève les mains et tente de protéger mon visage de la pluie battante.

— Tu aurais pu les perdre à n'importe quel moment. Tu n'as qu'à crocheter la serrure de la portière avec ton couteau suisse, ça a bien marché pour la grille tout à l'heure !

Cooper me fusille du regard, une mèche de cheveux ruisselante lui tombant dans l'œil.

— Impossible. C'est une serrure spéciale, conçue de façon à ce qu'on ne puisse pas la crocheter.

Je ne parviens pas à détacher mes yeux de sa chemise mouillée, qui laisse transparaître les muscles de son torse. Des gouttes de pluie coulent sur mes lèvres sèches ; j'en attrape quelques-unes avec ma langue. Cooper me dévisage un instant, haletant ; la pluie perle à ses cils.

— Le pub ! s'exclame-t-il soudain, en désignant la lumière jaune et chaleureuse des fenêtres.

Sans me demander mon avis, il me jette de nouveau par-dessus son épaule et se met à courir en direction du pub, ma tête rebondissant de plus belle contre ses fesses trempées.

Cooper ouvre grand la porte et me balance à l'intérieur. Je parviens à atterrir sur mes pieds.

— Bon sang ! je m'écrie, aussitôt à terre. Sauf que nous ne sommes plus dehors sous la pluie battante et que l'atmosphère du pub est très, très calme. On entend le doux son d'une radio diffusant une chanson d'Adele, et en parcourant la salle du regard, je m'aperçois qu'il n'y a que trois clients : un couple aux cheveux gris légèrement mouillés accompagné de leur carlin de la même couleur.

Le serveur soupire en voyant la flaque d'eau qui se forme à nos pieds. Il disparaît brièvement dans l'arrière-salle et revient avec une serviette encore humide – sans doute celle qu'ont utilisée le couple et leur chien. Cooper s'en saisit, frotte ses cheveux et son visage puis me la passe pour que j'en fasse de même. Je la pose ensuite sur le sol en pierre pour m'essuyer les pieds et éponger la flaque, puis je la tends au serveur, qui la suspend à un crochet, prête pour les prochains clients mouillés.

— Il vous reste des chambres libres ? s'enquiert Cooper.

— Des chambres ? je répète en faisant la grimace. Je n'ai pas l'intention de dormir ici. Tu ne peux pas appeler ton assurance ? Ils devraient pouvoir t'aider. Sinon, on n'a qu'à prendre un taxi ? Je veux rentrer chez moi.

— Je ne me vois pas demander à quiconque de conduire par ce temps-là, soupire Cooper, visiblement agacé. Toi oui ?

Il me regarde comme si je venais de lui proposer de chier dans une enveloppe à bulles et de l'envoyer à sa mère. Cela dit, il a raison. Dehors, c'est l'apocalypse. Je ne demanderais à personne de conduire dans ces conditions. Je secoue la tête en signe d'approbation.

— Écoute, dit Cooper, soudain radouci. On va attendre que ça se calme et demain matin, je passerai un coup de fil à mon ami qui a le double des clés. OK ?

Est-ce qu'on a le choix ?

Je regarde le serveur.

— On va avoir besoin de deux chambres.

— Aucun problème, répond-il en désignant le pub vide. Qu'est-ce que vous buvez ?

— De l'alcool, lâche Cooper.

— Beaucoup d'alcool, j'ajoute, en enfouissant ma tête entre mes mains.

Bon, tout bien réfléchi, il y a pire comme endroit pour passer la nuit : l'ambiance est chaleureuse, les chaises confortables et l'alcool est moitié moins cher qu'à Londres. Nous nous sommes installés dans un coin près d'un mur couvert de tableaux représentant des femmes, chacun dans un style différent : un nu abstrait, une silhouette dans un jardin impressionniste, un portrait en pied classique typique de la Renaissance. Cooper boit son whisky pur – le contraire aurait été surprenant – et j'enchaîne les vodkas martinis sans olives, à base de vermouth très vieux, très sucré et peut-être même périmé ; le serveur nous avait prévenus : « On n'est pas au *Hilton* ici. »

Je fouille mon sac à la recherche d'épingles, tresse mes cheveux et les attache comme d'habitude, jusqu'à ce que je me sente de nouveau en sécurité.

Une très jolie serveuse vêtue d'un short en jeans moulant passe devant notre table. Je m'attends à ce que Cooper croise son regard et arbore son habituel sourire séducteur, mais il n'en fait rien. Il se contente de jouer avec son dessous-de-verre, les yeux scotchés à la table, les sourcils froncés.

— Tout va bien ? je l'interroge. Parce qu'il y a une fille canon qui vient de passer devant nous et tu ne l'as même pas remarquée.

— Je suis loin d'être un don Juan, tu sais.

— Je te laisse raconter ça à celles qui font la queue devant chez toi.

— C'est humain d'avoir besoin d'un peu de compagnie de temps en temps, proteste-t-il en secouant la tête.

— Bien sûr, dis-je en levant les yeux au ciel. De la compagnie.

— J'imagine que tu ne t'es jamais sentie seule, alors, répond-il, l'air soudain sérieux. Si c'était le cas, je crois que tu ne me jugerais pas ainsi. Je fais tout ce que je peux pour éviter ce sentiment. Même si ça ne marche pas, soupire-t-il.

— Je suis désolée. Je ne savais pas.

Nos regards se croisent. Il arrache un petit morceau de carton sur le bord du dessous-de-verre. Tout à coup, je me sens bête d'avoir fait de telles suppositions à son sujet. Je le connais pourtant mieux que ça, maintenant.

— Mais, dans ce cas...

Je me ravise aussitôt.

— Quoi ? Dis-moi.

— Pourquoi une seule femme ne te suffit pas ? Peut-être que passer du temps avec la même personne serait un meilleur remède à la solitude, non ?

— Je sais, mais je n'ai jamais rencontré...

Soudain, mon cœur fait un bond dans ma poitrine :

— Oh, mince ! Je ne pourrai pas passer voir M. Yoon !

— Pourquoi est-ce que tu devrais passer voir M. Yoon ?

— Je veille toujours à ce qu'il ait éteint ses cigarettes et coupé le gaz, le soir, avant de me coucher.

— Ça lui est déjà arrivé d'oublier ?

— Non, non. Mais il a la mémoire qui flanche, ces derniers temps.

— M. Yoon s'en sortira très bien, dit Cooper en prenant une gorgée de whisky. Il vieillit, mais crois-moi, cet homme est plus vif d'esprit que nous deux réunis.

— Comment le sais-tu ?

— Parce que je n'ai toujours pas réussi à le battre au poker.

Je fronce les sourcils.

— Tu joues aux cartes avec M. Yoon ?

— Oui, dit Cooper. Trois après-midi par semaine. On déjeune ensemble et on joue.

— Tu lui prépares le déjeuner ?

— Je commande ! Il déteste ce que je cuisine.

— Attends, c'est toi qui l'as rendu accro à ces fichus bonbons Coca ?

Cooper se met à rire.

— Un jour, j'en ai apporté et il les a engloutis, alors je lui en ai racheté.

— Tu ne peux pas continuer à faire ça, je soupire, agacée. Ce n'est pas bon pour lui.

— Delphie, il a 80 ans et quelques. Laisse-lui ses petits plaisirs.

— Je veux juste qu'il aille bien.

Je me mords la lèvre en pensant à ce qu'il deviendra quand je serai partie.

— Écoute, dis-je en me penchant vers Cooper. M. Yoon a fait une demande auprès du conseil municipal pour obtenir une aide à domicile. Il en a réellement besoin, mais la liste d'attente est longue.

— Oh, je n'étais pas au courant.

— Eh oui. Je comptais m'occuper de lui jusqu'à ce que ce soit réglé, mais… Si jamais j'étais…

— Quoi ?

— Si jamais j'étais dans l'incapacité de le faire, est-ce que…

— Qu'est-ce qui peut bien te faire penser ça, Delphie ? dit Cooper en s'adossant à sa chaise, l'air amusé.

— C'est hypothétique. S'il m'arrive quoi que ce soit, je veux juste que quelqu'un prenne le relais et veille sur M. Yoon.

Cooper me fixe, comme s'il essayait de lire dans mes pensées.

— Tu tiens vraiment à lui, n'est-ce pas ?

Je détourne le regard et avale une longue gorgée de martini.

— Je veux juste m'assurer qu'on s'occupera de lui.

— Bon. Alors dans le cas très improbable où il t'arriverait quelque chose, je jure solennellement de veiller à ce que M. Yoon reçoive tous les soins dont il aura besoin.

Nos regards se croisent de nouveau, et le soulagement que je ressens, mêlé à l'effet de la vodka, me réchauffe un peu.

— C'est vrai ? Tu feras ça ? Je veux dire... tu ferais ça ? Dans le cas où je...

— M. Yoon s'en sortira très bien, coupe-t-il. Il a de la chance de pouvoir compter sur toi.

Rassurée par la promesse de Cooper, mes épaules se détendent un peu, mais pas autant que je l'aurais espéré. Il ne me reste plus que trois jours à vivre et au lieu d'embrasser mon âme sœur, je suis coincée dans un pub perdu au milieu de nulle part avec mon voisin – heureusement pas aussi détestable que je le pensais.

Si je vivais mes trois derniers jours sur Terre et que je n'étais pas dans ce pétrin, si Merritt ne m'avait pas envoyée accomplir cette mission ridicule, que serais-je en train de faire ? Je serais sans doute cloîtrée chez moi, dans l'appartement où je suis née, à contempler mes carnets de dessin vierges et mes stylos flambant neufs et à inventer toutes les raisons possibles de ne pas les utiliser. Je regarderais des tas de documentaires sur des affaires criminelles où des femmes innocentes se font avoir par les hommes qu'elles aiment – un genre qui semble ne jamais s'épuiser. Je passerais du temps avec M. Yoon, bien sûr. J'irais travailler à la pharmacie et essaierais au mieux d'éviter toute conversation autre que professionnelle avec Leanne et Jan. Mais surtout, je serais seule. Je continuerais à me cacher. Ma vie se résumerait à ces « journées typiques », comme celles de la vidéo de Merritt. Je ne traverserais rien d'affreux, mais rien de fabuleux non plus.

Cette pensée me fait l'effet d'un coup de pied dans le ventre.

J'ai gâché ma vie.

Je prétexte le besoin d'aller aux toilettes, me lève, et décroche mon téléphone pour appeler ma mère.

Pas de réponse.

31

— Non, non. Pas du tout.

Le serveur jette des regards désemparés autour de lui : le pub s'est étonnamment rempli depuis que Cooper et moi nous sommes installés pour boire un verre.

— Je ne pensais pas que ce serait plein, mais les gens se sont fait surprendre par l'orage, explique-t-il. Tout le monde veut une chambre. Vous n'êtes pas ensemble ?

— Non, dit Cooper.

— Pas du tout, dis-je en même temps. C'est bien pour ça qu'on vous avait demandé deux chambres.

— Eh bien, vous allez devoir partager, lâche le serveur en haussant les épaules. Les autres ont déjà payé.

— Merde.

Cooper se met à pouffer.

— Tu trouves ça drôle ?

— C'est juste que ça me rappelle...

Il s'interrompt soudain, voyant que je suis en colère.

— Rien. Ne t'inquiète pas. C'est un double, non ? On dormira tête-bêche.

— Euh, oui... un petit double, avoue le serveur avec un sourire gêné.

— Je ne vais pas aller jusqu'à te demander de coucher par terre, mais tu n'as pas intérêt à me toucher ! dis-je en lançant un regard furieux à Cooper.

Il fait un pas vers moi, son torse à un centimètre

à peine de ma poitrine. Son regard détaille mes cheveux, mes yeux, mon nez, et s'arrête un instant sur mes lèvres. Un léger sourire éclaire brièvement son visage.

— Pas même si tu me suppliais de le faire, Delphie.

Le serveur semble amusé, mais il ravale son sourire au moment où je lui décoche le plus glacial des regards. Je tends la main, et il dépose la clé dans ma paume.

Une fois à l'intérieur de la chambre, force est de constater que « petit double » était la description optimiste. Le lit est à peine plus grand qu'un lit simple. Au moins, la décoration est réussie – draps de coton blanc et papier peint damassé aux reflets argentés. Si j'étais seule, je serais plutôt contente de dormir ici.

— Je passe en premier sous la douche, ou tu veux y aller ? je demande en regardant mes pieds sales. Soudain, l'idée de devoir me coucher dans ma robe tout sauf confortable et encore humide me fait grimacer. J'ouvre l'armoire. À mon grand soulagement, elle contient quelques draps propres supplémentaires. Je n'aurai qu'à m'en envelopper en guise de chemise de nuit, au moins je ne risquerai pas de m'arracher un œil avec une plume mal placée.

— En fait, vas-y, dis-je. Je dois d'abord défaire mes tresses.

Cooper disparaît dans la salle de bains sans un mot. J'entends le sifflement de la douche et des nuages de vapeur parfumée s'échappent de sous la porte. Une image de lui que j'aurais préféré éviter s'impose soudain dans mon esprit. Beurk. La vapeur rend la pièce étouffante. Après trois tentatives, je tire un grand coup sur la poignée et parviens à ouvrir la fenêtre.

Je dispose les oreillers, de façon à ce qu'il y en ait un à chaque extrémité, puis je m'assois sur le bord du lit en attendant mon tour, impatiente de pouvoir me laver et oublier cette journée. Quand Cooper émerge de la salle de bains dans un nuage de vapeur, une serviette nouée à la taille, je déglutis comme un personnage de cartoon un peu nerveux. Ses bras puissants me paraissent énormes, son torse est aussi musclé que je le soupçonnais et des gouttelettes d'eau brillent sur sa peau. Moi qui n'avais encore jamais vu d'homme nu de si près, j'en suis toute retournée. Comment peut-on avoir un visage de prof d'anglais revêche et un corps de Dothraki ? Qu'est-ce que ça fait, de savoir qu'on a ça sous ses vêtements ? Voilà sans doute pourquoi autant de femmes lui tournent autour. Je secoue la tête.

Cooper reste immobile devant moi, le sourire aux lèvres. Voyant que je n'en perds pas une miette, il hausse un sourcil.

— C'est purement scientifique, je me défends. Je n'ai jamais vu d'homme nu de si près ; je suis curieuse, c'est tout.

— Et Jonah ? Il a gardé ses habits pendant que vous vous êtes envoyés en l'air dans tout Londres ?

Zut. Je ne sais plus ce que je dis. Mon cerveau déraille.

— À moi l'eau chaude ! dis-je en bondissant avant de disparaître dans la salle de bains. Je m'adosse à la porte pour reprendre mon souffle.

En sortant, le drap enroulé et solidement noué autour de moi en guise de chemise de nuit, je tends les boucles d'oreilles à Cooper, déjà allongé sous la couette, les pieds du côté de la tête de lit.

— Tiens, dis-je en les posant dans sa main. Merci de me les avoir prêtées.

Je masse les lobes de mes oreilles – les boucles les ont étirés d'au moins deux ou trois millimètres.

Cooper les glisse dans la poche intérieure de sa veste, suspendue au montant du lit, à côté de lui.

— Je suis désolé, pour Jonah, dit-il en me regardant, les mains derrière la nuque.

Son bandage de fortune en lycra a disparu, remplacé par un pansement qu'il a dû trouver dans la trousse de premiers secours de la salle de bains.

Je me dirige vers la fenêtre pour fermer le store, mais il reste coincé. Je tire de toutes mes forces et ne réussissant qu'à faire s'envoler un peu de poussière, je décide de laisser la fenêtre ainsi entrouverte. La pluie a rafraîchi l'air, mais il fait encore très chaud et la chambre donne sur de grands arbres.

— Son déguisement n'était pas très clair.

— Moi je l'aimais bien, dis-je, d'une petite voix.

J'aimais tout chez Jonah. Ou du moins, c'est ce que je croyais. Mais au gala, l'étincelle magique que j'avais ressentie à Evermore s'était envolée.

J'éteins la lampe de chevet, laissant la pleine lune éclairer la chambre de sa lueur argentée. Le corps de Cooper semble sculpté dans du platine.

Je détourne les yeux et me glisse dans le lit, me rapprochant le plus possible du bord, sans toutefois tomber.

Dehors, une légère brise amène avec elle une odeur de feuilles mouillées et de cet air propre et frais d'après la pluie. Ces parfums me troublent ; ils m'évoquent les grands espaces, le chèvrefeuille, la terre. Je n'ai jamais rien senti de tel à Londres. Il a beau y avoir un magasin *Diptyque* à Evermore, je suis certaine que ces odeurs n'existent que sur Terre. Je prends une profonde bouffée d'air et essaie de l'inscrire dans ma mémoire.

— Tu pleures ? s'enquiert Cooper, rompant le silence.

— Non, pas du tout.

Il change de position et soudain, de l'autre côté du

lit, sa main saisit la mienne. Mon cœur s'arrête, sous le choc, mais je ne la retire pas. C'est comme si j'en étais incapable.

Mes larmes cessent instantanément.

Nous restons ainsi pendant cinq longues minutes, sans échanger un mot. Je me demande s'il s'est endormi, mais il se met à passer lentement son pouce sur la paume de ma main, dessinant un cercle. Il ne lui faut pas plus de quinze secondes pour faire un cercle complet. L'élan de désir qui traverse mon corps me surprend tellement que je sursaute et tape le visage de Cooper avec mon pied.

— Hé ! grogne Cooper, en s'assoyant d'un coup.

Je me redresse d'un coup et le vois mettre ses mains à son nez.

— Tu l'as fait exprès.

— Non !

— Bien sûr que si ! lance-t-il en me regardant droit dans les yeux.

Son air outré me donne envie de rire.

— C'était un accident, dis-je en réprimant un gloussement. Tu ne saignes même pas ! dis-je en m'approchant.

— Hmm. Tu m'avais prévenu de ne pas te toucher, j'aurais dû me méfier, marmonne-t-il.

— Pas même si je te suppliais de le faire, je réponds en imitant sa voix rauque.

Je remarque alors que son regard a changé et est devenu complètement noir, comme si ses pupilles avaient recouvert ses iris. Ma respiration s'accélère.

— On s'amuse bien, tous les deux, non ? murmure-t-il.

Je me dis que je le trouve insupportable. Que sa seule présence suffit à m'agacer. Puis je pense aux répliques que depuis quelque temps je me suis mise à imaginer le soir, avant de m'endormir ; celles qui pourraient faire tressaillir ses lèvres, le faire sourire.

— Oui, je chuchote. Mon cœur bat la chamade.

Cooper penche la tête vers moi, tend la main et enroule délicatement une mèche de cheveux autour de ses doigts.

— Jonah est un idiot, dit-il à voix basse.

J'expire profondément, brûlante.

— J'y suis peut-être allée un peu fort avec Jonah. Je l'ai quand même enfermé avec moi dans une pièce. C'était bête, très bête même. J'aurais dû être plus subtile. Mais le temps m'a manqué, hélas.

Hélas ? J'ai vraiment dit « hélas » ? Et pourquoi est-ce que je parle si vite ?

Le regard de Cooper s'adoucit. Il ôte sa main de mes cheveux et relève un peu mon visage, à demi éclairé par la lune, tenant mon menton entre ses doigts. Alors, au moment même où je me prenais à espérer qu'il le fasse, il presse tendrement ses lèvres contre les miennes.

C'est… Oh non. Ce n'était pas censé me faire ça !

Ses lèvres se détachent, sa respiration s'accélère. Il s'agenouille sur le lit et, d'un geste, me serre contre lui.

J'en ai le souffle coupé.

— Est-ce que… C'est parce que tu te sens seul ? Parce que je…

— Non, Delphie. C'est tout le contraire. Aujourd'hui, pour la première fois depuis cinq ans, je ne me suis pas senti seul. Pas le moins du monde.

Il prend mon visage entre ses mains et m'embrasse de nouveau, sa langue cherchant la mienne. Je fonds littéralement. Mon cœur palpite et mon corps tout entier se met à battre à son rythme. Je lui rends ses baisers, mes bras autour de son cou, une main dans ses boucles brunes et l'autre caressant ses épaules. Soudain, un bruit inconnu s'échappe de ma bouche, à mi-chemin entre le souffle et le gémissement. Ce qu'il me fait est de la magie pure.

— Je croyais que tu me détestais, murmure Cooper, en faisant glisser ses lèvres de velours le long de mon cou.

— Oui, dis-je dans un soupir, la tête en arrière. Mais toi aussi, tu me détestes pourtant...

— Je te méprise, Delphie, grogne Cooper.

Mon corps prend alors le contrôle et je l'embrasse, de plus en plus fort, ma langue caressant la sienne. Je sens son désir et l'excitation s'empare de moi à tel point que j'en ai le vertige.

Je recule un peu, haletante.

— Je...

— Qu'y a-t-il ? susurre Cooper sans cesser de m'embrasser, d'abord mon épaule, mon oreille, puis de nouveau mes lèvres.

— Jelaijamaisfait, je lâche d'un seul coup.

— Jamais fait quoi ?

— Je suis vierge.

Cette situation est invraisemblable. Je me mets à rire, gênée de mon aveu, même si je sais que je ne devrais pas, car l'ancienne Delphie était droite dans ses bottes. À présent, tout a changé. Dans deux jours, je serai morte. Alors si embrasser fougueusement un homme sexy et odieux au clair de lune peut procurer ces sensations-là, j'ai été bien bête de m'en être passée pendant tout ce temps. Certes, coucher avec son voisin est sûrement une très mauvaise idée, mais quelle importance ? Je ne le reverrai plus jamais. Et puis ce n'est pas comme si ça allait le toucher. C'est un habitué des coups d'un soir ; peut-être même un expert.

Cooper ne me pose aucune question. Il n'en profite

pas pour évoquer Jonah et nos supposés ébats dans toute la ville. Au lieu de cela, il me regarde droit dans les yeux.

— Tu veux que j'arrête ? Tu n'as qu'un mot à dire.

— Tu… Est-ce que toi, c'est ce que tu veux ? je demande en triturant le bord du drap dans lequel je suis enveloppée. Parce que je… pour être honnête, je ne sais pas ce que je fais. Comment on fait. Enfin, techniquement, je sais, bien sûr. Mais il y a une sorte d'absence de recherche sur le terrain. Donc on peut en rester là, si c'est ce que tu souhaites.

— Je préférerais m'arracher les yeux plutôt que d'arrêter, dit-il avec un petit rire. Mais c'est toi qui décides. On fait exactement comme tu veux, Delphie. Je suis sérieux.

J'observe son visage à la lueur de la lune. Je repense à la façon dont il a enroulé mes cheveux autour de ses doigts ; je crois que c'était la chose la plus érotique qui me soit jamais arrivée.

Je n'ai littéralement rien à perdre. Pour la première et unique fois de ma vie, mon comportement n'aura aucune conséquence désastreuse.

Mes épaules se relâchent ; j'ai confiance en Cooper, je ne crains rien avec lui. D'ailleurs, à ma grande surprise, je ne me sens ni gênée ni embarrassée. Au contraire.

— J'en ai envie, dis-je d'une voix décidée. Je… Je veux savoir ce que ça fait.

— Alors, laisse-moi te montrer, chuchote Cooper à mon oreille en m'attirant vers lui.

32

La première fois n'est pas aussi douloureuse que je le pensais. La sensation est à la fois étrange, enveloppante, divine. Cooper parcourt mon corps ; sous ses caresses, la peur et l'anxiété qui me hantaient s'évanouissent. Je ne suis plus qu'électricité. Je sens Cooper en moi et soulève mes hanches, gagnant en confiance à chaque nouvelle impulsion, jusqu'à ce que ce soit moi qui accélère le rythme.

Au moment où il jouit, il me serre si fort contre lui que j'entends les battements de son cœur résonner dans ma poitrine.

Nous restons allongés tous deux sur le lit, à bout de souffle, encore sonnés.

Cooper se relève un peu, s'appuie sur son coude et me sourit.

— Waouh.

J'acquiesce, des étoiles dans les yeux. « Waouh. » Soudain, j'éclate de rire.

— Pourquoi tu ris ?

— Je n'aurais jamais imaginé que ma première fois serait avec le voisin du dessous qui m'a dit d'aller me faire voir le jour où je lui ai demandé de baisser sa musique à 6 heures du matin.

— Hein ? Je t'ai dit ça ? s'étonne Cooper en fronçant les sourcils.

— Eh oui, je soupire en lui donnant un petit coup d'épaule. C'était il y a cinq ans. Le lendemain d'Halloween. Je m'en souviens parce que tu avais mis des citrouilles éclairées devant ta fenêtre. Tu avais organisé une fête, je crois.

— Je ne me rappelle pas.

— Tu étais peut-être encore saoul ?

— Non, répond-il en secouant la tête. C'est le matin où Em est décédée. J'avais l'esprit… J'étais ailleurs.

Il caresse mon épaule, et je frissonne.

— Ta peau ressemble à de la porcelaine.

— Tu veux dire à une assiette ?

— Non, plutôt comme une figurine. Mais une figurine sexy !

— Je ne prends pas beaucoup le soleil, je suis un animal d'intérieur, dis-je en haussant les épaules.

— Moi non plus je ne pensais pas que ça arriverait. Même si je savais que tu me trouvais beau.

— Ah oui ? Et comment le savais-tu ?

— C'était la veille de Noël, l'année de mon emménagement. J'avais déballé un colis qui t'était destiné, par erreur – de la peinture, je crois. Je te l'ai apporté et quand tu as ouvert la porte, j'ai tout de suite vu que tu étais saoule ; la bouteille de sherry à moitié vide trônait sur la table.

Je l'avais trouvée dans le placard. Je me souviens de cette soirée-là. Je me sentais triste. Seule.

— Mince. Qu'est-ce que j'ai dit ?

— Que j'étais beau de visage. Je ne me rappelais pas l'expression exacte jusqu'à ce que tu l'utilises avec le vigile, tout à l'heure.

— Aïe, dis-je en enfonçant ma tête dans mes mains.

— Ça ne m'a pas déplu ! Quand j'ai répondu que je te trouvais jolie de visage, toi aussi, tu as commencé à marmonner que tu étais un loup solitaire, incapable d'aimer ou d'être aimé. Enfin, quelque chose comme ça. Et puis tu m'as demandé de partir, alors je suis rentré chez moi.

— La honte.

— Je croyais que tu t'en fichais, de ce que les gens pensent de toi.

— La plupart des gens, oui. Pas tous.

Il sourit.

— Je ne vais pas arriver à dormir, je crois, dis-je en me relevant pour m'asseoir.

— Moi non plus. Tu veux boire quelque chose ? propose Cooper en se redressant et s'étirant tel un suricate, les yeux sur la bouilloire. Il n'y a pas beaucoup de choix... Thé, ou thé ?

— Du thé, ce sera parfait.

Il se lève, enroule un drap autour de sa taille, tandis que j'arrange les oreillers contre la tête de lit pour me faire un dossier confortable. Je l'observe disposer les sachets de thé dans de grandes tasses jaunes.

— Du sucre ?

— Qu'est-ce que tu crois ? Que j'ai 12 ans ? je rétorque en l'imitant. Oui, deux s'il te plaît.

De toute façon, je n'ai plus besoin de faire attention à ma dentition désormais. Cooper me tend la tasse.

— C'est bon, dis-je en avalant une gorgée et en poussant un soupir de satisfaction.

— J'ai de l'entraînement, qu'est-ce que tu crois ! Tu sais, être écrivain, c'est avant tout se préparer des boissons chaudes à longueur de journée pour oublier la peur de la page blanche.

Cooper entasse ses oreillers de l'autre côté du lit, si bien que nous nous faisons face. J'allume la lampe de chevet, éclairant soudain son visage. Ses joues sont roses, ses lèvres plus colorées que d'habitude, comme si le sang y affluait.

— Pourquoi tu n'écris plus ? Tu t'en es lassé ?

— Non, répond-il en baissant les yeux sur sa tasse et en retroussant le nez. J'ai arrêté d'écrire après la mort d'Em. C'est comme si mon cerveau ne savait plus comment faire.

Il émet un petit rire.

— J'ai eu beau essayer des tas de boissons chaudes différents, rien n'y a fait. À chaque fois que je m'assoyais devant mon ordinateur, je me sentais vide. Comme si sans Em, plus rien n'avait d'importance.

— Elle lisait tes livres ?

— Tous mes premiers jets. Les polars, ce n'était pas son truc, mais c'est la première à m'avoir pris au sérieux, avant que j'aie un agent, ou un quelconque contrat. Elle lisait tout, et m'envoyait ses notes. C'était parfois un peu dur, mais toujours précieux. Elle était bien plus perspicace qu'on pouvait le penser de prime abord. C'est grâce à elle qu'il y a une histoire d'amour dans mon premier livre : elle m'a fait remarquer que personne n'en aurait rien à faire, de mon braqueur de banque, à moins qu'il n'ait quelque chose à perdre – l'amour.

— C'est intelligent, c'est vrai.

— Elle était incroyable, dit-il avec un sourire triste. Je suis sûr que tu l'aurais adorée.

— Comment est-ce qu'elle... ?

— Un caillot sanguin dans l'un de ses poumons. Elle venait de prendre l'avion pour rentrer de Los Angeles, où elle avait participé à un congrès. Apparemment, elle a fait une thrombose veineuse profonde. Les médecins nous ont assuré que ça a été rapide et indolore. C'est déjà ça.

— Je ne sais pas comment on peut s'en remettre, dis-je en secouant la tête.

— On ne s'en remet pas. En tout cas, moi, je n'ai pas réussi. Je n'y arriverai jamais. Em et moi, nous étions liés depuis le jour de notre naissance. Même quand nous n'étions pas ensemble, je sentais sa joie, sa tristesse, sa colère. Et c'était exactement pareil pour elle.

— Est-ce que tu... tu as senti quelque chose, quand elle est morte ?

Cooper acquiesce.

— J'avais organisé une fête, la veille, pour Halloween. Vers 6 heures du matin, j'ai ressenti quelque chose d'étrange : mon cœur s'est mis à palpiter et une immense vague de chagrin m'a submergé. C'était tellement fort que ça m'a réveillé. J'ai aussitôt essayé d'appeler Em, mais elle ne répondait pas. C'était insensé, mais j'étais persuadé qu'il lui était arrivé quelque chose. J'étais incapable de me rendormir. Alors j'ai allumé ma platine et mis la musique à fond, pour chasser les terribles pensées qui m'assaillaient. Je crois que c'est à ce moment-là que tu as toqué à la porte. Je ne me souviens pas de tout. Mais au fond de moi, je savais. Je savais que quelque chose manquait.

Je repose ma tasse et prends sa main dans les miennes.

— Où qu'elle soit, je suis sûre qu'elle va bien.

— Pendant l'année qui a suivi, je la voyais partout : dans la rue, à l'arrière-plan d'un film, dans mes rêves. Dès que je réalisais que mon esprit me jouait des tours, le choc de sa disparition me frappait de plus belle. Maman a même voulu qu'on aille consulter une voyante, tu imagines ? On perd un peu la tête quand on a le cœur brisé.

— Donc tu ne crois pas en une vie après la mort ?

— Non. Non, je n'y crois pas.

— Moi non plus, je n'y croyais pas, je murmure.

— Qu'est-ce qui t'a fait changer d'avis ?

J'ouvre la bouche pour parler. Il va me prendre pour une folle. Et objectivement, il aurait raison.

— J'ai... euh... j'ai regardé *Ghost Whisperer*, tu sais, cette série géniale où la fille arrive à communiquer avec les esprits ? dis-je d'un ton impassible. Ça m'a convaincue.

Cooper éclate de rire et secoue la tête.

— N'importe quoi, Delphie.

— Je peux avoir encore un peu de thé ? je demande en lui tendant ma tasse. Avec trois sucres ?

Nous passons une heure étendus chacun à un bout de notre petit lit double, à bavarder.

Cooper me parle du jour où il a fait une lecture à la librairie Waterstones avec pour tout public une femme, entrée là par hasard, pour se reposer, car elle souffrait d'oignons aux pieds. Je lui décris le cours de modèle vivant et les poses improbables de Kat. Je lui raconte aussi la fois où, à 10 ans, tenant absolument à avoir un surnom, j'avais demandé à tous mes professeurs de m'appeler Lil D., sans comprendre la raison de leur refus catégorique.

Je lui confie que ma mère me manque et lui m'avoue qu'il a l'impression d'avoir le cœur brisé ; c'est comme s'il essayait de le panser grâce à ses amis, à sa famille et grâce aux livres et aux petites joies de la vie, mais qu'au fond, maintenant qu'Em n'était plus là, son cœur ne serait jamais vraiment guéri.

Lorsqu'il m'interroge à propos de Gen et Ryan, je

change de sujet. Je ne veux plus les laisser encombrer mon esprit. Je préfère lui donner le top 5 de mes émissions de télé favorites et je lui parle de la lumière incroyable que j'observe par la fenêtre le matin, fin août – cette couleur lilas si parfaite que j'en ai encore le souffle coupé année après année. Je lui demande quelle est la plus belle chose qui lui soit arrivée, et il me répond sans hésiter que c'est la fois où il a appris à Em à faire du vélo à deux roues, l'été de leurs 10 ans. Ils ont passé des semaines à tourner dans Hyde Park, pédalant aux côtés de leurs grands-parents, s'arrêtant pour plonger dans la Serpentine, manger une glace ou lire des romans – *Chair de poule* pour lui, les livres de Judy Blume pour elle.

Au milieu de nos confidences, nous échangeons des sourires, et lorsque le soleil se lève, nous rions comme des enfants qui savent qu'ils ne devraient pas être éveillés. Mais aucun de nous n'a envie de dormir.

— Viens là, me dit Cooper.

Je rampe de l'autre côté du lit, poussant un petit cri lorsqu'il me tire sur ses genoux et ôte le drap, dévoilant ma poitrine éclairée par la lumière dorée de l'aube.

— Tu es magnifique.

— Arrête.

— Non.

— N'essaie pas d'utiliser tes vieilles répliques avec moi.

Il bouge et je le sens soudain, tendu, sous moi. Redoublant d'audace, je passe la main sous le drap et le caresse, me mordant la lèvre sous l'effet de tant de douceur. Il me répond et palpite au creux de ma paume.

Cooper penche la tête en arrière.

— Mon Dieu, dit-il d'une voix rauque, si profonde qu'elle vibre jusque dans mon ventre.

Il attrape un préservatif dans son portefeuille et l'enfile. Aussitôt, je me mets à califourchon et glisse sur lui, le souffle court, sentant qu'il me remplit.

Je commence à me balancer timidement, adoptant d'abord un rythme lent puis de plus en plus rapide. Cooper m'observe, les yeux noirs comme de l'onyx. En le voyant me regarder ainsi, avec une telle intensité, le soleil illuminant nos visages et nos corps, mon cœur se met à battre un peu plus fort et l'adrénaline m'envahit.

Ses doigts dansent sur ma poitrine, légers, puis il presse sa paume contre mon sein, effleure mon téton et relève la tête pour l'attraper délicatement entre ses dents.

Une étincelle de plaisir naît au creux de mon ventre et je gémis.

Cooper y répond en me retournant et en tenant mes bras au-dessus de ma tête avec fermeté. Il s'enfonce si profondément en moi que j'en ai le souffle coupé. Petit à petit, nous trouvons notre rythme, Cooper émettant un grognement à chaque va-et-vient.

Soudain, je crie de nouveau, l'étincelle au creux de mon ventre s'enflamme et l'onde se propage dans tout mon corps, me submergeant de plaisir. Je ne suis plus que chair, moiteur et électricité.

Cooper gémit, presse son front contre le mien et me regarde droit dans les yeux. Il voit en moi.

Doucement, nous reprenons notre souffle. Cooper lèche sa lèvre inférieure, gonflée. Je crois que c'est la bouche la plus sexy que j'aie jamais vue. Comment ai-je pu ne pas le remarquer plus tôt ?

Cooper me regarde comme si j'étais la première

femme avec laquelle il ait jamais fait l'amour ; une lueur de surprise brille au fond de ses yeux. Je sais que je ne suis qu'une parmi tant d'autres, bien sûr, mais je ne peux m'empêcher de savourer cette sensation.

Mince.

Je crois que la situation a totalement dérapé.

33

Aurais-je passé toutes ces années à laisser sommeiller l'obsédée en moi, qui attendait la première occasion pour se révéler ? À peine dans la voiture de retour pour Londres – l'ami de Cooper lui a déposé le double des clés un peu plus tôt – je suis incapable de penser à autre chose qu'à recommencer. Avec lui. Rien de mieux pour oublier ma mort imminente et le regret qui me ronge de ne pas avoir testé ça avant.

Cooper gare la voiture juste derrière la haie d'un chemin de campagne, recule le siège et utilise sa langue pour me faire jouir de nouveau. Mais ça ne me suffit pas, et tandis que nous approchons de l'immeuble, je me lance et lui propose d'essayer la levrette. Il acquiesce, suggérant toutefois que nous commencions par prendre une douche. Je demande s'il veut la prendre avec moi. Tout lui va, et moi j'ose tout, insouciante. C'est sans doute l'effet de ma condamnation à mort.

Nous tournons sur Westbourne Hyde Road et nos rires se brisent lorsque nous apercevons une ambulance garée devant l'immeuble. Deux secouristes sont en train de faire sortir quelqu'un, sur un brancard : c'est M. Yoon, un masque à oxygène sur le visage. Y a-t-il eu un incendie ? Aurait-il laissé sa cigarette allumée ? J'ouvre la portière en grand avant même que la voiture ne soit à l'arrêt et me rue vers lui.

— M. Yoon ! Que s'est-il passé ? Ça va ?

— Vous êtes un membre de sa famille ? m'interroge l'ambulancier, sans même me regarder.

— Non... Je suis sa voisine. Son amie.

Je m'apprête à monter dans le véhicule, mais il m'interrompt.

— Seuls les membres de la famille sont autorisés à bord. Si vous voulez le voir, il faudra vous rendre à l'hôpital. Nous l'emmenons à l'University College Hospital, d'accord ?

M. Yoon lève sa main et la tend vers moi.

— J'arrive tout de suite ! je lui crie tandis qu'un autre secouriste pose des espèces d'autocollants sur sa poitrine.

Le visage de M. Yoon est baigné de larmes.

— Cooper ! dis-je en faisant volte-face.

Ses yeux sont rivés sur l'ambulance, son visage est livide.

— Viens, dit-il. Monte.

Arrivés à l'hôpital, nous nous précipitons à l'accueil pour obtenir des informations sur l'état de M. Yoon. La réceptionniste tape sur le clavier de son ordinateur et nous demande son prénom.

— Je ne sais pas, dis-je. Bon sang, comment est-ce possible ? Tu connais son prénom, toi ?

— Non, dit Cooper en secouant la tête. Ça a toujours été M. Yoon.

— Y – O – O – N, j'épelle, précisant qu'il est né en Corée et vit désormais dans le quartier de Bayswater, au cas où cela aiderait.

— Yoon. Ça y est, je l'ai. Quelqu'un viendra vous donner des informations d'ici peu.

— Mon Dieu, je gémis en me tournant vers Cooper. Je ne vais pas y arriver.

— Ça va aller, dit-il d'une voix rassurante.

Il donne mon nom à la réceptionniste puis m'attrape par le bras et me conduit dans la zone d'attente la plus proche. Nous nous assoyons sur deux sièges libres, entre un type au front ensanglanté et une mère avec son enfant un peu trop calme.

Nous restons là en silence jusqu'à ce qu'une grande femme en blouse verte, stéthoscope au cou, crie mon nom. Cooper me prend la main alors que nous nous dirigeons vers elle, mais je ne me sens pas à l'aise et préfère la lâcher. La femme nous emmène vers une petite alcôve, sur le côté.

— Vous êtes la voisine de M. Yoon, c'est ça ?

— Oui, dis-je d'une voix tremblante.

— Je suis le Dr Chizimu. Nous sommes en train de faire des analyses. De prime abord, les symptômes laissaient penser qu'il s'agissait d'une crise cardiaque.

— Oh mon Dieu. Oh non. Est-ce que je peux le voir ?

La femme lève la main pour m'interrompre.

— Il semblerait qu'il ait en fait eu un épisode de gastrite très douloureux, ce qui a provoqué une crise d'angoisse extrêmement sévère.

Une crise d'angoisse ? Et il était tout seul. Le pauvre.

— S'il vous plaît, laissez-moi le voir.

— Normalement, seuls les membres de la famille sont autorisés à rendre visite aux patients.

— Delphie, c'est comme sa famille, intervient Cooper. Elle passe le voir tous les matins, lui prépare le petit-déjeuner, s'assure qu'il a tout ce dont il a besoin.

Je hoche la tête. Il a raison, c'est ça que je fais.

— OK, accepte la médecin. Mais pas d'agitation/

effusion. Il lui faut du calme. Donc ce sera juste vous, indique-t-elle en me pointant du doigt.

— Je t'attends ici, dit Cooper.

Je suis le Dr Chizimu dans une pièce aux parois de verre où se trouve M. Yoon, mi-assis, mi-allongé, et couvert de fils électriques. Excepté la fatigue qui marque ses traits, il est fidèle à lui-même.

— M. Yoon ! je crie avant de baisser la voix pour paraître moins fébrile et plus calme, comme demandé. Je m'assois à côté du lit et attrape son pouce, le reste de sa main étant pris par un cathéter. M. Yoon me sourit et lève les yeux au ciel, l'air navré.

— Je suis désolée de ne pas avoir été là hier soir. Je me suis retrouvée coincée à Duckett's Edge avec Cooper et…

M. Yoon rit en silence, ses épaules agitées de petites secousses.

— Vous riez ? dis-je avec les yeux ronds. Eh bien… C'est bon signe. Très bon signe même. Allez-y, riez tout votre saoul. Mais calmement ! La médecin a dit qu'il vous fallait du calme. Arrêtez de secouer vos épaules comme ça !

M. Yoon lève son autre main et serre son poing – c'est le geste qu'il faisait lorsqu'il cherchait un crayon, avant que je ne lui en achète une boîte de cent.

— Vous voulez écrire quelque chose ? Maintenant ?

Il acquiesce. Je me dirige vers la salle des infirmières et demande un papier et un stylo. Je m'attends à ce que l'infirmière râle et me réponde qu'elle a plus important à faire, mais elle me sourit, se penche par-dessus l'un des bureaux et me tend un Bic et un carnet à spirale, comme si elle avait l'habitude de ce genre de requête.

M. Yoon essaie tant bien que mal de se redresser dans son lit. Je l'aide à disposer les oreillers pour soutenir sa colonne vertébrale. Il cligne lentement des yeux, hébété – sans doute l'effet des calmants.

Il saisit le stylo et se met à griffonner, formant des lettres égales et soignées, quoiqu'un peu tremblantes.

Vous avez l'air vivante.

Je sens le rouge me monter aux joues. Je dois surtout avoir l'air d'avoir fait l'amour un nombre incalculable de fois en très peu de temps.

— Je vais prendre ça comme un compliment ! dis-je. Je ne m'étais pas rendu compte que je n'avais pas l'air vivante jusque-là, mais bon... Merci quand même.

M. Yoon sourit et se met à écrire de nouveau.

Ça fait du bien de vous voir heureuse.

Mon cœur se serre, car je sais que ce bonheur ne pourra être qu'éphémère. Jonah ne m'embrassera jamais de lui-même et Merritt a pratiquement disparu. Mon destin est scellé.

M. Yoon finit par s'endormir, tranquille, aux sons réguliers de ses appareils de contrôle. Je peine à déglutir, la gorge nouée à l'idée qu'il n'a ni famille ni amis. Seulement moi. Lorsque je serai partie, qui sera là pour lui, en dehors de Cooper ? Qui pourra témoigner de la vie qu'il a menée et s'assurer qu'on se souviendra de lui encore longtemps après sa mort ?

Délicatement, je retire le stylo et le papier de sa main et jette un œil dehors, pensant apercevoir la médecin. Personne ne me demande de m'en aller. Alors je me penche un peu vers lui et, sans que quiconque m'y oblige, uniquement parce que j'en ai envie, je me mets à dessiner les contours du visage de M. Yoon. Mes épaules se relâchent petit à petit et bientôt, je me perds dans les lignes et les crevasses, ses lobes d'oreilles si longs, ses lèvres minces et souriantes et la petite coupure de rasoir sur sa joue ronde.

Au moment où le Dr Chizimu reparaît, je m'aperçois que quarante minutes se sont écoulées.

— Madame Bookham, nous allons devoir faire de nouvelles analyses, afin de ne rien laisser au hasard. Vous pouvez repasser demain matin, si vous voulez. Tout dépendra des résultats, mais il est fort probable qu'il puisse sortir demain, après avoir vu le cardiologue.

Demain. J'acquiesce, pousse un long soupir et glisse le carnet sur la table de chevet de M. Yoon.

— Si vous avez besoin de réponses à vos questions, il pourra les écrire là-dessus, dis-je en désignant le carnet. Il m'a fallu trois ans pour comprendre ça.

Le Dr Chizimu sourit, et ses yeux se posent sur mon dessin.

— C'est magnifique ! Vous êtes une artiste ?

— Mon Dieu, non, je rétorque en rougissant sur-le-champ.

Je tourne la page et tombe sur celle où M. Yoon a écrit que j'avais l'air vivante. La médecin lit l'inscription et me regarde, intriguée. Mon estomac se noue soudain à l'idée que je vais mourir dans moins de deux jours, sans avoir aucun indice sur la manière dont ça pourrait se passer. Je veux dire, il n'est évidemment pas question que je m'étouffe de nouveau avec un hamburger. Alors comment ? Est-ce que ce sera douloureux ? Finirai-je ici même, là où se tient M. Yoon, entourée par une équipe de spécialistes s'évertuant à sauver une vie déjà promise à Evermore ?

Je chasse ces pensées sinistres.

— Je serai là demain ! dis-je en sortant de la pièce. Vous avez mon numéro. Appelez-moi si la situation évolue.

Je file vers la salle d'attente des urgences et j'aperçois Cooper, les épaules voûtées, tapotant des pieds dans ses chaussures de smoking cirées et faisant tourner son téléphone dans ses mains. Je me précipite vers lui. Il bondit dès qu'il me voit, le visage encore paniqué.

— Tu n'as pas eu mon message ? je demande.

Il secoue la tête.

— Je t'en ai envoyé un. Le réseau doit être mauvais ici. Écoute, M. Yoon va bien. Il a fait une crise d'angoisse à cause d'une gastrite aiguë. Mais ça va aller. Il va s'en sortir.

Cooper pousse un long soupir de soulagement et il me tire vers lui pour me serrer dans ses bras. Il pose sa main à l'arrière de ma tête, je ferme les yeux et une sensation de douceur m'envahit. Toutes ces fois où mes muscles étaient tendus et endoloris, où ma mâchoire se crispait, la solution était-elle juste là ? Sentir le corps d'un autre être humain contre le mien aurait-il suffi à m'aider ?

J'expire longuement. Tout serait plus facile si Cooper était mon âme sœur plutôt qu'une simple amourette. On s'est déjà tellement embrassés que j'aurais eu la vie sauve au moins trente-six mille fois !

Cooper passe son doigt dans mes cheveux puis descend sur ma nuque. Je frissonne.

Je me dégage de son étreinte et me secoue mentalement histoire de me remettre les idées en place.

— Allons-y.

Une fois dans le hall d'entrée, nous restons debout l'un en face de l'autre à nous dévisager.

— Je… murmure Cooper en jetant un œil derrière lui, en direction de la porte de son appartement.

— Merci pour… Je suis désolée de…

Soudain, la porte de Mme Ernestine s'ouvre en grinçant et elle passe la tête dans l'entrebâillement. Elle croque dans une pomme rouge et mastique bruyamment tout en nous toisant.

— Si aucun de vous ne compte finir sa phrase, fichez le camp et laissez-moi regarder *Better Call Saul* ! Bon Dieu !

Cooper s'excuse et lui adresse son habituel sourire charmeur, mais cela n'a absolument aucun effet sur elle. Mes yeux se posent sur son tatouage « NEVER AGAIN ». Peut-être est-ce un mémo, pour se rappeler de ne plus jamais assassiner personne ?

Comme je n'ai aucune envie de le découvrir, je dis au revoir à Cooper d'un petit signe de la main et nous fichons le camp dans nos appartements respectifs, laissant une multitude de phrases en suspens dans les airs.

34

Hello ma chérie ! Désolée d'avoir raté ton appel. C'est la folie ici. J'espère que tu vas bien.

Ma mère, égale à elle-même...

Je suspends la robe de Leanne à un cintre avant de filer sous la douche. Mon obsession de tout à l'heure me poursuit : je sais que je vais mourir dans deux jours, à 18 heures, mais comment ?

Ça pourrait être n'importe quoi. Une seule certitude : je ne mourrai pas étouffée, car depuis l'incident de l'autre soir, je mâche et avale ma nourriture avec une lenteur et une conscience telles qu'il me faut un temps fou pour terminer un repas. Le point positif, c'est que ma digestion s'est nettement améliorée. Je pourrais tomber dans les escaliers. Glisser sur le carrelage mouillé de la salle de bains. Être victime d'une explosion de gaz. Ou alors, maman pourrait me rappeler et le choc serait tel qu'il provoquerait une sorte de crise cardiaque. Je me croirais dans un des volets de *Destination finale*.

Je sors de la douche avec prudence et avance pas à pas en direction de ma chambre. Et si je marchais dans la rue et qu'un climatiseur tombé du ciel atterrissait sur ma tête ? Ou que je dégringolais dans une bouche d'égout, trop absorbée par mes pensées sinistres pour m'apercevoir qu'il y a un trou béant sur mon chemin ? Et si j'étais assassinée ? Par Mme Ernestine ! Chez moi ! Elle y trouverait tous les livres que j'ai empruntés à la bibliothèque et saurait tout de la meilleure façon de cacher un cadavre. Personne ne me retrouverait jamais.

— Merritt ! je crie en m'enveloppant dans mon peignoir. Merritt ! J'ai besoin d'être rassurée. Dis-moi comment ça va se passer. Quel sort la mort me réserve-t-elle ?

Une bourrasque fait soudain claquer mes rideaux et je vois apparaître devant moi sa silhouette, d'abord floue et iridescente puis pleine et nette. Elle se tient debout au pied de mon lit, vêtue d'une robe blanche à volants à imprimé cerises.

— Tu m'as répondu ! je m'exclame.

— Qu'est-ce que je t'avais dit ? bougonne-t-elle, furieuse.

— Je suis désolée, je sais que je ne suis pas censée te contacter, mais j'ai peur, dis-je en affichant un sourire crispé. Est-ce que je vais mourir assassinée par Mme Ernestine ? Je suis sûre qu'elle a ça dans le sang.

Merritt lance des regards inquiets tout autour d'elle.

— À chaque fois que tu m'appelles, mon téléphone bipe. Un bip par phrase ! Le mode silencieux n'existe pas à Evermore, donc je te laisse imaginer. Tu ne peux pas faire ça, fulmine-t-elle. Bon. Ils pensent que je suis aux toilettes. Je suis presque sûre qu'Eric m'attend devant la porte pour me prendre la main dans le sac. S'il réussit, je ne peux plus rien pour toi, Delphie.

— On a encore besoin d'aller aux toilettes quand on est à Evermore ? Ce n'est pas juste.

— Alors comme ça, tu baisses les bras ? dit-elle, éludant ma question. Tu renonces à Jonah ? C'est pas fantastique !

— Que puis-je faire d'autre, Merritt ? Il a été clair : il a une petite amie. Et puis je lui ai fait peur. Je l'ai poursuivi !

— Dans *Twilight*, Bella a pris le risque de se faire sucer le sang non seulement par Edward, mais par toute sa famille et tous ses – nombreux – ennemis. Mais elle a quand même persévéré, parce qu'il était son âme sœur. Et toi, tu arrêtes à la première rencontre, sous prétexte qu'elle ne s'est pas déroulée comme tu l'attendais ? Tout ça pour ça ? Peut-être que Jonah et toi n'êtes pas supposés tomber amoureux au premier regard, peut-être s'agit-il d'une passion qui demande du temps pour pouvoir s'exprimer, une combustion lente, comme Josh et Lucy dans *Meilleurs Ennemis* ? Mais si tu n'allumes pas la première flamme, il n'y aura bientôt plus rien à brûler.

— Ce n'est pas un roman d'amour, Merritt, c'est ma vie. Jonah m'a tout de suite détestée. Je sais que tu as dit que c'était mon âme sœur, mais...

L'image de Jonah me revient en mémoire. Le dégoût dans son regard ; la terreur, même.

— Cette fichue peur d'être rejetée te poursuit encore... Tu préférerais mourir plutôt que te montrer vulnérable, ne serait-ce qu'une fois ? Si c'est le cas, tu es vraiment une imbécile, laisse-moi te le dire. Tu imagines un instant si Bridget Jones avait raisonné comme toi ? Elle aurait sans doute fini mariée à ce toxique de Daniel Cleaver ! Mon Dieu.

— Je me suis déjà montrée vulnérable, et plus d'une fois ! je réplique en fronçant les sourcils. J'ai grimpé sur un podium pour danser devant une salle comble, j'ai exposé mon *camel toe* à tous les regards dans les jardins de Kensington, j'ai auditionné pour un rôle de flic dans *Murder in the Pretty Village*. J'ai même dû revoir les deux personnes qui ont fait de ma scolarité un enfer et je suis passée pour une idiote à leurs yeux, une fois de plus. Tout s'est soldé par un échec, Merritt ! Il me reste deux jours sur Terre et je n'ai pas envie de les gâcher en pariant sur quelque chose qui n'a presque aucune chance de réussir. Retourner voir Jonah ne serait qu'ajouter une ligne supplémentaire à la longue liste de mes humiliations. Cette semaine a été un cauchemar absolu.

— Un cauchemar absolu ? répète Merritt en secouant la tête. Tu es sûre de toi ? Réfléchis-y à deux fois, ma belle.

— Je... Je...

Je m'interromps, réalisant soudain que malgré la colère et la frustration, j'ai aussi ressenti de la nervosité, de l'excitation, de l'amusement, de la joie. Peut-être ai-je même été proche du bonheur, à certains moments.

— Peut-être pas toute la semaine, je marmonne.

— Si tu renonces à Jonah, pourquoi ne viens-tu pas avec moi dès maintenant ? rétorque-t-elle en croisant les bras. Avant qu'Eric ne découvre ce que je complote et ne me dénonce. Au moins, tu seras assurée d'avoir une place à Evermore.

Je repense à M. Yoon, qui aura besoin d'aide pour se réinstaller chez lui demain. Il faut que je dresse une liste de préconisations à l'intention de Cooper, et que je relance le conseil municipal.

— Je ne peux pas. J'ai des choses à faire. Je dois mettre un peu d'ordre dans mes affaires. S'il te plaît. Retiens-les encore deux jours. Je jure de ne pas t'appeler. Et quand je reviendrai, je serai ton cobaye, promis.

— Parfait. C'est parfait, Delphie ! Parce que figure-toi que ce type est arrivé hier, dit-elle en claquant des doigts, laissant apparaître l'hologramme d'un homme, la cinquantaine, l'air doux, vêtu d'un pull en laine. Son petit nom, c'est Roger Kiki, et il cherche l'amour. Il était agriculteur et adorait son boulot. C'en était presque une obsession. Il peut parler pendant des heures des avantages de la sous-soleuse en comparaison de la charrue à versoir. On pourrait croire qu'avec le temps, il a épuisé le sujet, mais c'est faux. Il est intarissable. Et vu qu'il est célibataire depuis bientôt vingt ans, je suis sûre qu'il sera ravi de te parler de lui. Comme ça, tu es prévenue ! Voilà ce qui t'attend si tu n'embrasses pas Jonah et n'essaies pas de sauver ta fichue vie !

— Tu es en colère ? Je croyais que tu voulais un cobaye ?

— Je voulais une fin heureuse, murmure-t-elle en baissant les yeux. Je voulais...

— « Ils vécurent heureux et eurent beaucoup d'enfants », ça n'existe pas dans la vraie vie, Merritt. Tu passes ton temps avec des morts, tu devrais le savoir.

Sa bouche se fige et elle triture l'une de ses innombrables bagues, tout en se mordant la lèvre.

Soudain, on toque à ma porte. Merritt bondit. Waouh, elle est vraiment à cran.

— Deux jours, dis-je en joignant mes mains en prière. Tu n'avais pas prétendu ne faire qu'une bouchée de ces types-là ? Surtout d'Eric ? Je suis sûre que tu arriveras à le tenir à distance. Je me suis faite à mon sort. J'accepterai même un rendez-vous avec Roger Kiki sans me plaindre, s'il le faut.

Merritt semble sur le point d'ajouter quelque chose, mais elle se ravise et lève les mains, excédée.

— Essaie, Delphie, s'il te plaît. Ah d'ailleurs... Je ne peux pas te promettre que Mme Ernestine ne t'assassinera pas, alors reste sur tes gardes !

Elle me taquine, n'est-ce pas ?

Avant que je ne puisse lui demander confirmation, elle se volatilise.

J'ouvre la porte sur Cooper, debout, les cheveux mouillés, vêtu d'un tee-shirt noir avec une photo de Jack Nicholson embrassant Helen Hunt dans *Pour le pire et pour le meilleur*.

— Pas mal, dis-je en désignant son tee-shirt.

— C'était un cadeau.

— J'aime bien. Tu… ?

— Euh, je me disais que…

On éclate de rire en même temps, puis je prends une grande inspiration.

— Comment puis-je t'aider, Cooper ?

— M'autoriserais-tu à t'emmener dîner ce soir ?

— Pardon ?

— Ce soir. Un dîner. Avec moi.

Je glisse mes cheveux derrière mes oreilles, l'air perplexe.

— Un rendez-vous, tu veux dire ?

— Oui.

— Je croyais que tu ne faisais jamais ça.

— En effet.

Je souris. Je n'ai jamais eu de rendez-vous, et la dernière fois que je suis allée au restaurant à Londres, c'était en 2015. Je précise que le restaurant en question était un fast-food de Paddington. Je repense à ce que M. Yoon m'a écrit : « Ça fait du bien de vous voir heureuse. » Je n'ai peut-être pas mon mot à dire quant au temps qu'il me reste sur Terre, mais je peux décider de l'intensité avec laquelle je vais vivre ces deux prochains jours et du bonheur que je m'autorise à ressentir. Je n'ai plus rien à perdre à présent.

— C'est d'accord.

Il sourit, dévoilant l'infime espace entre ses dents de

devant. C'est un vrai sourire, sincère, et tout sauf méprisant. Je repense à la première fois que je l'ai aperçu, en bas des marches, le jour de son emménagement. À la façon dont il m'a saluée dans le hall d'entrée, le regard brillant. À mon ventre qui s'est immédiatement noué à l'idée de cette impossible et lointaine possibilité. Et puis je songe à ce matin de novembre où il m'a envoyé balader. Je me suis sentie tellement bête, à l'époque. Aujourd'hui, je sais pourquoi il s'est comporté ainsi. Qu'aurait-il pu dire d'autre à une fille ronchonne sur le pas de sa porte qui se plaint de la musique trop forte, quand lui venait de perdre sa sœur adorée ? Sur le moment, je l'ignorais et à mes yeux, cet homme ne faisait que confirmer ce que je savais déjà : les gens sont détestables.

Je me demande ce qui se serait passé si j'avais essayé de relancer la conversation un jour, ou si nous nous étions retrouvés dans le même scénario qu'aujourd'hui, mais avec plus de temps pour voir ce que cela donnerait.

— Rendez-vous à 19 heures, dit Cooper avant de tourner les talons et de dévaler l'escalier.

Nous ne le saurons sans doute jamais.

35

Il y a quelques années, prise d'un élan d'espoir et de confiance en moi, j'ai acheté une robe vert pâle, la plus belle et la plus sexy que j'avais jamais vue, dans une boutique de Westbourne Grove. En rentrant chez moi, j'ai réalisé que je n'aurais jamais l'occasion de la porter. Et quand bien même, cette robe était de toute façon bien trop moulante et glamour pour quelqu'un comme moi. Elle est restée suspendue à un cintre dans mon armoire depuis. Mais ce soir, je n'ai plus rien à perdre. Si je décide de vivre les deux prochains jours à fond, autant y aller franchement.

La canicule a enfin faibli, mais comme les températures sont encore hautes, je relève mes cheveux et les noue avec un ruban noir. Je les brosse pour les faire gonfler et donner du volume à ma queue de cheval, puis jette un œil dans le miroir. Pas mal. Vu mes ampoules aux talons, les seules chaussures que je peux envisager de porter sans réduire mes pieds en charpie sont les claquettes argentées que j'ai achetées l'été dernier. Elles ne se marient peut-être pas parfaitement avec ma robe, mais au moins je pourrai marcher.

J'applique une crème hydratante teintée et un peu de baume à lèvres scintillant que Leanne m'avait prêté pour le gala.

Cooper ayant un rendez-vous en fin de journée,

nous sommes convenus de nous retrouver devant le restaurant. Pour moi, c'est une première. Je ne sais pas à quoi m'attendre. Cependant, alors que je descends la rue et rejoins le flot de passants qui s'apprêtent à sortir, la nervosité qui me gagne est bien différente de celle que j'éprouve d'habitude. Elle se manifeste par petites secousses, douces et scintillantes – je suis bien loin des décharges d'angoisse que j'ai pu ressentir par le passé.

Comme je ne suis jamais allée à Chelsea, je suis les indications GPS de mon téléphone pour trouver le chemin du restaurant, *Concept & Caramel*. Une fois arrivée devant le bâtiment d'allure discrète, aux fenêtres en verre fumé, j'aperçois un groupe d'adolescents assis sur un muret, de l'autre côté de la rue. Deux d'entre eux – un garçon et une fille – sont en train de se moquer d'une jeune fille avec de l'acné et les dents en avant.

Le plus âgé donne un petit coup de coude à son ami avant de sortir une boulette de chewing-gum rose de sa bouche et de l'écraser sur la tête de la jeune fille, avec une telle force que le bruit me parvient. L'espace d'un instant, je revois Gen et Ryan. J'aurais pensé que les ados d'aujourd'hui avaient inventé de nouvelles façons de se moquer les uns des autres, un brin plus intelligentes, mais malheureusement, rien n'a changé.

Sans réfléchir, je traverse la rue pour les interpeller. La fille rit tandis que le garçon prend des photos avec son téléphone. Leur victime a les larmes aux yeux. Ce n'est sans doute pas la première fois qu'ils s'en prennent à elle.

— Hé, bande de crétins ! Ça va pas, non ?

Leurs bouches s'ouvrent comme s'ils venaient de voir Beyoncé. Il faut dire que je suis plutôt pas mal ce soir.

— Waouh, s'exclame l'un des garçons.

— Ça va ? je demande à la jeune fille.

Elle acquiesce, mais semble bouleversée.

— Toi, dis-je en pointant la fille du doigt, tu es une minable. Et toi aussi ! je lance au garçon. Vous savez quoi ? Si vous continuez comme ça, vous serez des minables toute votre vie. Ça vous fait peut-être du bien maintenant, de rabaisser les autres, mais ça ne pourra pas compenser longtemps votre absence de talent, de personnalité ou de charisme.

— Hé ! Ce sont mes amis, proteste la jeune fille, d'une voix tremblante. Ils s'amusaient, c'est tout.

— Ce ne sont pas tes amis, je rétorque.

La voir tenter de minimiser la gravité de leur geste me serre le cœur ; cette attitude qui m'est bien trop familière.

— Ce sont deux raclures qui s'en prennent à toi juste pour rire. Défends-toi, bon sang !

— Ne me criez pas dessus, dit-elle, le menton tremblant.

— Hé, Delphie ! Tout va bien ?

Je me retourne et aperçois Cooper me faire signe de l'autre côté de la rue.

— Une seconde, j'arrive ! dis-je en ravalant ma colère. Je suis désolée d'avoir crié, je marmonne. Avec un peu d'huile d'olive, ça partira tout seul, dis-je en désignant le chewing-gum coincé dans ses cheveux. Pas besoin de les couper.

Je tremble un peu moi-même. La jeune fille me fixe, l'air terrorisé. Les deux autres gloussent encore, mais leurs rires sont nerveux. Je les toise et pousse un long soupir :

— Essayez d'être gentils. S'en prendre à plus faible que soi… c'est tellement pathétique.

Je les foudroie du regard, tourne les talons, et rejoins Cooper.

Nous sommes accueillis dans le restaurant par un homme à la moustache relevée vêtu d'une combinaison en velours vert fluo qui lui va à ravir.

— Bonsoir, je suis Sullivan, votre maître d'hôtel. Bienvenue chez *Concept & Caramel : L'expérience.*

Je jette un regard en coin à Cooper qui émet un petit rire nerveux, tandis que le maître d'hôtel nous conduit à travers un long corridor menant à une vaste pièce toute blanche où les convives au look branché sont assis à de grandes tables. Certains lèchent leurs assiettes et d'autres mangent avec les doigts, en s'esclaffant et en poussant des cris. Tous les serveurs portent des combinaisons en velours de différentes couleurs. C'est à ça que ressemblent les restaurants aujourd'hui ? Ce n'est pourtant pas ce que j'ai cru voir dans les films ou les émissions de télé récemment.

Une fois à table, dans un coin de la salle, le maître d'hôtel s'éclipse en nous souhaitant de passer une soirée magique. Il est aussitôt remplacé par une serveuse toute vêtue de rose, qui nous demande ce que nous voulons boire. Je la dévisage sans m'en rendre compte, fascinée par ses lentilles de contact assorties au rose de sa combinaison. Cooper s'éclaircit la gorge :

— Delphie ? Qu'est-ce que tu veux boire ?

— Hmm… Vous faites le Liza ?

La serveuse me regarde d'un air interrogateur.

L'image du barman à sequins du *Broadway Club* me revient en tête.

— Je crois que c'est de la vodka avec de la liqueur de pomme et un autre ingrédient dont je ne me souviens plus.

— Nous n'avons pas ce cocktail à la carte, mais nous avons quelque chose de similaire, à base de pomme et de vodka.

— Ce sera parfait, merci.

— Et vous, l'artiste ? demande-t-elle en se tournant vers Cooper que personne n'a jamais dû appeler ainsi de toute sa vie.

— Bourbon. *On the rocks.*

— Bien sûr, nous avons un *hard seltzer* agrémenté de bourbon et servi avec une mousse chocolat et truffe.

— Juste un bourbon, merci, dit-il en secouant la tête.

Elle acquiesce, visiblement déçue, avant de nous tendre deux menus et de disparaître derrière le bar. Je regarde autour de nous, perplexe ; le couple de la table d'à côté se lèche mutuellement les doigts recouverts d'une sorte de pâte mielleuse.

— Je suis désolé, dit Cooper d'une voix étranglée. J'ai cherché des idées de restaurants avec une ambiance un peu arty sur Google et c'était le premier résultat. Quand j'ai vu que ça s'appelait caramel quelque chose, j'ai réservé sans hésiter, comme je sais que tu adores tout ce qui est sucré, poursuit-il en scrutant le couple, les yeux écarquillés.

— Ça va, ne t'inquiète pas, dis-je en haussant une épaule, l'air nonchalant.

— Ça fait un peu peur, tout de même...

— Oui. C'est atroce.

Je ris, entraînant Cooper avec moi. Nous regardons alors tout autour de nous et rions de plus belle devant l'étrangeté de la situation.

La serveuse apporte nos boissons – mon cocktail est divin – et nous commandons nos entrées : cabillaud sauce miso pour Cooper, terrine de champignons pour moi.

— Bon, lance Cooper quand la serveuse s'est éloignée. Que s'est-il passé dehors, tout à l'heure ?

Je rougis immédiatement.

— Je… J'ai vu cette gamine qui se faisait embêter et… Ça m'a mise hors de moi. Quand j'étais au lycée, je…

— Je sais, m'interrompt-il. La fille du gala.

— Elle m'a fait vivre un calvaire. Elle et son petit ami. Enfin, son mari, maintenant…

— L'imbécile en tenue de baseball ?

J'acquiesce.

— Je suis désolé, Delphie. J'ai essuyé quelques moqueries à l'école, mais rien de traumatisant. Je n'ose pas imaginer…

J'avale mon cocktail d'une traite et fais signe à un serveur d'en apporter un autre.

— Cela a pris beaucoup de place dans ma vie. Trop, pour être honnête.

Cooper avale une gorgée de whisky et je remarque soudain qu'il semble plus lumineux que d'habitude ; pour commencer, il ne porte pas de noir, mais une chemise en lin bleu ciel. Dire que tout ce temps, il était aussi près de moi. Et à présent… Stop. Je veux passer une belle soirée.

— Tu as songé à consulter un psy ? demande-t-il. Ce n'est pas pour faire la leçon, c'est juste qu'Em ne jurait que par ça et…

Je me hérisse en entendant ces mots et les paroles de mon généraliste me reviennent en tête ; selon lui, une thérapie aurait pu me faire du bien. L'idée même de devoir me livrer à un parfait inconnu me donne envie de vomir.

— Et toi, tu y as songé peut-être ? je rétorque.

Sa réaction me surprend : il acquiesce doucement, laissant échapper un petit rire serré.

— Je… C'était ça, mon rendez-vous de tout à l'heure. C'était la première séance. Je me suis dit qu'il était temps d'essayer de faire le deuil d'Em et de me remettre à l'écriture. Elle aurait détesté que j'arrête.

— Oh waouh. C'est super, Cooper. Tu avais prévu ça depuis longtemps ?

— Non, confie-t-il en secouant la tête. J'ai pris rendez-vous juste après que tu as rencontré mes parents.

— Pourquoi ?

— Je crois que c'est la première fois que je riais depuis la mort d'Em. J'ai ressenti comme un immense soulagement. Et j'ai eu envie que ça dure.

J'inspire un grand coup, réalisant soudain qu'entamer une relation avec un homme qui n'a pas encore fait le deuil de sa sœur n'est peut-être pas la meilleure idée que j'aie eue, étant donné que je vais moi-même rendre l'âme d'ici deux jours. Mais après tout, on se connaît à peine. Il sera un peu triste sans doute, mais il a déjà vécu bien pire. Et puis entre nous, ce n'est pas du sérieux, c'est plus physique qu'autre chose. Il s'en remettra. N'est-ce pas ?

— Je t'ai fait rire ce soir-là ! dis-je non sans fierté, essayant tant bien que mal de chasser ces pensées sombres.

— Oui, et je t'en suis très reconnaissant.

— Oh, ce n'est rien. Je suis comme ça, c'est inné chez moi.

— C'est l'un de tes nombreux talents, murmure-t-il d'une voix si grave que j'en frissonne.

C'est certain. Entre nous, c'est uniquement physique.

La serveuse arrive avec mon entrée, ainsi qu'un pot de peinture et un pinceau.

— Contrairement aux apparences, ceci n'est pas de la peinture, mais un coulis pour accompagner votre entrée, explique-t-elle en posant une assiette carrée sur la table. Il suffit d'appliquer la sauce sur votre assiette, comme bon vous semble. Personnellement, j'aime beaucoup les éclaboussures abstraites, un peu épaisses, mais certains préfèrent les couches uniformes. D'autres vont plutôt du côté du pointillisme.

Mon regard passe de l'assiette au pot de peinture, puis au plat contenant ma terrine. Je lève alors les yeux vers Cooper qui a devant lui le même genre de dispositif, avec un morceau de poisson et une sauce couleur verdâtre, soi-disant à base de brocolis.

— Mais… pourquoi ? dis-je en me tournant vers la serveuse, avec une curiosité sincère.

— Pardon ? demande-t-elle en clignant des yeux.

— Pourquoi n'avez-vous pas versé vous-même le coulis dessus ?

— Parce que l'idée est de… peindre ? répond-elle, perplexe.

— D'accord, mais pourquoi ? renchérit Cooper.

— Eh bien, l'assiette est en quelque sorte une toile, précise-t-elle lentement, comme si nous étions demeurés.

— Personne ne vous a jamais demandé pourquoi ? je m'enquiers.

La serveuse secoue la tête avant de s'éloigner en nous lançant des regards étranges.

— Encore une fois, désolé, s'excuse Cooper en riant. C'était bien noté sur internet, donc il ne nous reste plus qu'à espérer que ce sera délicieux. Peut-être sommes-nous deux crétins qui ne comprennent rien au concept de *Concept & Caramel* !

— Ce doit être ça. En tout cas, une chose est sûre, tu es un crétin – je le savais déjà !

Je saisis le pot de peinture et verse le contenu sur ma nourriture, éclaboussant les bords de l'assiette.

— Tss, fait Cooper, et tu prétends être une artiste !

— Je n'ai jamais prétendu rien de tel.

— Tu devrais. Les dessins que j'ai vus l'autre jour...

— Je ne dessine plus, dis-je pour couper court.

— Tu n'aimes pas ça ?

— J'adore ça. C'est juste... je m'interromps, gênée.

C'est juste que quoi ? Que je me suis brûlé les ailes au lycée et que j'ai abandonné ce que j'aimais le plus au monde ?

Je prends un grand verre d'eau.

Cooper sourit.

— En tout cas, si un jour tu fais une exposition, je serai le premier à acheter un tableau.

Il prend une bouchée de cabillaud, l'avale, et attend sans un mot que je mange ma terrine. La consistance est gluante, et il s'avère que la sauce a vraiment un goût de peinture.

— *McDo* ? chuchote-t-il, en me regardant avec des yeux rieurs.

— Oh oui !

36

Nous sortons du taxi à Paddington et passons devant la terrasse d'un pub où un groupe d'amis chante *Joyeux Anniversaire* en cercle autour d'un homme aux joues rougies. Un *sponge cake* couvert de bougies éclaire son visage.

L'homme semble à la fois gêné et fou de joie. Comme ce doit être agréable d'être aimé et entouré ainsi.

Cooper et moi descendons Craven Road, burgers à la main, en direction de notre immeuble.

— Je sais y faire avec les femmes, n'est-ce pas ? dit-il en remuant les sourcils tout en mordant dans son sandwich, qu'il dévore en une seule bouchée.

— Impossible à dire, c'est mon premier rendez-vous, je confie en sirotant mon milkshake.

Cooper s'arrête net.

— Tu es sérieuse ?

— Eh oui, dis-je en grimaçant. Le premier, le seul, l'unique.

Le dernier, aussi...

— Eh bien, crois-moi, on ne peut pas faire plus romantique ! lance-t-il dans un éclat de rire, avant de fouiller dans son sac en papier. Il sort deux frites et m'en tend une.

— Je n'ai pas d'autre choix que de te croire.

Il s'arrête devant notre immeuble et me regarde, l'air soudain sérieux.

— C'est un honneur d'avoir été le premier, Delphie. Et je...

Il s'interrompt soudain : une femme est assise sur la première marche, devant la porte d'entrée, et nous observe. Je la reconnais aussitôt pour l'avoir vue quitter son appartement en douce ; une brunette incroyablement jolie, tout en jambes, portant un petit chapeau aux allures d'araignée. « Mercredi Addams pour Chanel », comme l'aurait si bien dit la sœur de Cooper.

— Lara ! s'exclame Cooper. Que fais-tu ici ?

Elle se relève et défroisse sa longue jupe bordeaux d'une main, puis se mord la lèvre en décochant un sourire complice à Cooper.

— Je passais dans le quartier et je me suis souvenue que tu habitais là. J'ai pensé que tu aurais peut-être envie de sortir t'amuser un peu ?

Son regard ne se pose pas même une seconde sur moi. Je m'en veux de le prendre aussi mal. Évidemment, comment aurait-elle pu croire un instant que Cooper et moi étions en plein tête à tête ?

— Pour être franc, on passe la soirée en amoureux, déclare Cooper d'une voix douce.

Je le regarde, surprise, et Lara en fait de même.

— Toi, amoureux ? Ça alors !

— Eh oui, dit-il en riant. Mais ça m'a fait plaisir de te croiser.

Je repense à la dernière fois que je les ai vus ensemble enlacés dans le hall d'entrée, quelques mois plus tôt ; Cooper, les cheveux mouillés, encore endormi, un air de chien battu... Bref, pas le genre à refuser les avances d'une femme comme Lara.

Cooper me prend la main et me conduit à l'intérieur de l'immeuble, la laissant derrière nous bouche bée.

Dès que nous sommes chez lui, il pose son sac McDonald's sur la table, me plaque contre le mur et m'embrasse langoureusement, son corps serré contre le mien.

Il s'arrête, et me fixe en se mordant la lèvre : « J'ai eu envie de faire ça dès l'instant où je t'ai vue t'en prendre à ces pauvres ados devant le restaurant. »

Je lui rends ses baisers, ma langue caressant la sienne, et je sens mon corps fondre de plaisir, comme si j'étais une sorte de mousse au chocolat faite femme. Je m'interromps et lui chuchote : « J'ai eu envie de faire ça dès l'instant où tu m'as dit que tu avais cherché un restaurant ambiance arty sur Google. »

Il passe sa main sur mon épaule, le souffle court, et suit du regard la fine bretelle de ma robe en soie qui glisse, dévoilant ma poitrine. Il se baisse, l'embrasse puis remonte le long de mon cou et me mordille. Je déboutonne son jeans, avide, et glisse ma main à l'intérieur pour sentir sa chaleur.

— Mon Dieu, Delphie, murmure-t-il dans un soupir.

Ses doigts remontent le long de ma cuisse et relèvent ma robe. Son pouce effleure mes sous-vêtements et s'attarde exactement là où je le voulais. Nous poursuivons ainsi, les yeux dans les yeux, encore habillés, et sans que je puisse l'expliquer, je crois que rien ne saurait être plus indécent ou plus érotique.

— Qu'est-ce que ça te fait ? susurre-t-il en écartant délicatement ma culotte pour glisser un doigt en moi. En guise de réponse, j'accélère le rythme de mes caresses. Il me suit et nous continuons, haletants. Je courbe la tête en arrière, contre le mur. Ses yeux ne quittent pas les miens sauf pour regarder mes lèvres. Nous jouissons à quelques secondes d'intervalle. Mes genoux se dérobent sous moi. Cooper passe son bras autour de ma taille pour m'empêcher de tomber.

— Mon Dieu, souffle-t-il en secouant la tête.

— Je sais, dis-je, tremblante.

Cooper disparaît quelques instants dans la salle de bains et lorsqu'il revient, quelques instants plus tard, je suis assise sur le canapé, encore essoufflée, m'accrochant aux délicieuses sensations qui m'enveloppent, un sourire paisible aux lèvres. Soudain, j'entends mon téléphone vibrer, à l'autre bout du salon, et les premières notes de *Jump Around* retentissent.

— J'aime beaucoup cette chanson, lance Cooper derrière la porte, tandis que je me rue sur mon sac à main, le cœur battant.

Ça fait partie de ton plan pour parvenir à embrasser Jonah ?

Le message scintille puis disparaît en un clin d'œil. Je scrute la pièce. Est-ce qu'elle me surveille ? Je file dans la salle de bains et ferme la porte derrière moi pour que Cooper n'entende rien.

— Tu as regardé ? je siffle entre mes dents.

Le téléphone sonne de nouveau.

Beurk. Bien sûr que non. Mais je reconnaitrais ce teint éclatant entre mille. Typiquement postcoïtal.

— Stop ! De toute façon, je ne suis pas sûre que je devrais continuer à t'écouter, dis-je à voix basse en jetant un œil en direction de la porte de la salle de bains. Je suis à peu près certaine que Jonah n'est pas mon âme sœur.

Ce n'est plus une question d'âme sœur, Delphie ! Tu n'as pas envie de te bouger un peu, pour te sauver la vie ?

Je me renfrogne. Je refuse de gaspiller mes deux dernières journées sur Terre dans une quête qui se terminera à coup sûr par une nouvelle humiliation. J'éteins mon téléphone et retourne dans le salon.

— Ça te tente, une douche ? demande Cooper en me tendant la main avec un sourire espiègle.

— Oui, dis-je en ôtant ma robe. Mille fois oui !

Allongée dans son lit, ma tête contre son torse, je savoure ses caresses et pousse un profond soupir.

— Que se passe-t-il ?

Je me tourne sur le côté pour le regarder, et soutiens ma tête avec ma main.

— Quand on marchait, tout à l'heure, on est passés devant des gens qui chantaient *Joyeux Anniversaire* à l'un de leurs amis.

— Je les ai vus, oui.

— Normalement, je déteste les fêtes. Je trouve que c'est un vrai cauchemar.

— Ah bon ? Pourquoi ?

— Eh bien...

Parce que personne ne m'a jamais organisé de fête d'anniversaire et que je sais pertinemment que personne ne fera jamais ça pour moi ?

— Je ne sais pas, toute cette gaieté forcée, pff.

— C'est un peu pessimiste, comme vision des choses.

— Peut-être que je suis comme ça.

— Oh non, je te connais. Tu n'es pas comme ça. Loin de là. D'ailleurs, si ton âme avait une couleur, je crois qu'elle serait jaune. Comme un tournesol.

— C'est possible de faire plus cucul ? Tu es sûr que tu es écrivain, Cooper ?

— OK, je retire mon compliment, lance Cooper en faisant mine d'être offensé. Ton âme est vide et grise comme une vieille boîte de conserve.

J'éclate de rire et m'assois sur le lit.

— Ce que je veux dire, c'est qu'en voyant ces gens qui chantaient *Joyeux Anniversaire* à ce type tout à l'heure, j'ai compris. Qu'ils aient été ses amis, sa famille, ou que sais-je encore, ces gens-là sont en quelque sorte des témoins de sa vie. Le simple fait qu'ils aient été là, en cette occasion précise, ça signifie qu'on se souvient de lui. Et qu'on se souviendra de lui, même lorsqu'il ne sera plus de ce monde. Parce qu'il y avait des témoins.

— Je ne suis pas sûr de comprendre.

— M. Yoon, par exemple. Il va bien, certes. Mais il est âgé et il ne va pas durer éternellement. Pour une raison que j'ignore, il s'est cloîtré dans cet appartement depuis aussi longtemps que je le connais, soit plus de vingt ans. S'il était mort ce matin, qui auraient été les témoins de son existence ? Qui aurait été présent à ses funérailles ? Toi et moi. Et nous ne savons presque rien de lui. Mon Dieu, dire que bientôt je serai…

— Tu seras quoi ?

Je me tourne vers Cooper. Ses yeux scintillent et un sourire détendu éclaire son visage. On dirait qu'il m'aime bien – au-delà du sexe, je veux dire. Je me demande à nouveau si ma mort l'affectera. Est-ce que je lui manquerai ? Sans doute pas assez pour que je mette un frein à cette histoire pour les deux jours qui restent, non ? J'imagine qu'il pensera à moi pendant une semaine ou deux. Mais ça n'aura rien à voir avec la douleur de la disparition de sa sœur, qu'il aimait profondément. Je suis sûre qu'il s'en remettra très vite, avec l'aide de Lara et de toutes les filles qui lui ont rendu visite ces dernières années.

— M. Yoon a besoin de plus de témoins. Que plus de gens le connaissent, se souviennent de lui, prennent soin de lui.

— Il nous a nous !

— Ce n'est pas suffisant. Il faut d'autres gens, au cas où.

Je plisse les yeux tandis qu'un plan commence à se dessiner dans mon esprit.

— Au cas où ?

— Oui... dis-je en me relevant soudain, la tête haute. Je sais ! Je vais organiser une fête en l'honneur de M. Yoon. Rien d'extraordinaire. Mais ce sera l'occasion de le présenter. À des gens.

— De le présenter ? Il a 88 ans, Delphie ! Et puis je crois qu'il aime sa solitude.

— 86. Tu en es sûr ? Comment peut-on le savoir ? J'ai moi-même passé ma vie à éviter les autres. Par choix. Et aujourd'hui, je...

Ma voix se met à trembler, mais je ravale mes larmes.

— Même si M. Yoon voulait être davantage, ce doit être quasiment impossible quand on perd la mémoire, qu'on ne parle pas et qu'on est aussi fragile. Il a manqué tant de choses.

— Il m'a toujours eu l'air plutôt satisfait.

— Ce sera dimanche !

Mon dernier jour sur Terre. Cooper éclate de rire, incrédule.

— Tu vas organiser une fête pour notre voisin de 86 ans, après-demain ? Pourquoi te presser comme ça ?

— Parce que la vie est trop courte pour laisser filer une bonne idée.

37

Le lendemain matin, le Dr Chizimu confirme que M. Yoon est autorisé à rentrer chez lui. Parfait. Je l'interroge à propos d'une éventuelle petite fête entre amis, pour avoir son avis : s'il est partant, elle trouve que c'est une excellente idée et un bon moyen de le distraire et de lui remonter le moral. Elle m'avertit qu'en plus de son nouveau médicament permettant de réguler son estomac, M. Yoon devra absolument éviter toute nourriture acide ou épicée.

— Fini les bouteilles de Coca pétillantes ! dis-je en l'aidant à grimper dans le taxi. Et il va aussi falloir arrêter de fumer.

Il émet un petit rire en guise de réponse et me secoue un peu les épaules, comme si c'était à moi de me détendre.

— Je suis sérieuse. Je ne serai pas toujours là pour veiller sur vous.

M. Yoon cesse soudain de rire et nous passons le reste du trajet en silence, appuyés l'un contre l'autre.

En entrant dans la bibliothèque, je vois immédiatement Alec en train d'aménager une table au milieu de la pièce. En m'approchant, je réalise qu'il s'agit d'une sélection de livres de Cooper portant une petite étiquette « Auteur local ». Waouh. Il y en a une dizaine, dont celui que j'ai commandé et que je n'ai jamais eu le temps de lire.

— Delphie ! Ma meilleure amie d'un soir ! s'exclame Alec, tout sourire, lorsqu'il m'aperçoit.

Il porte un gilet sans manches en jacquard violet sur une chemise marron, ce qui lui donne un air de joueur de billard.

— Tu as retrouvé le corps du type que tu cherchais ? demande-t-il d'un ton trop enjoué pour les circonstances.

Un homme passe à côté de nous et me lance un regard en biais, horrifié.

— Il était vivant, Alec ! Mais oui. Je l'ai trouvé.

— Ah, formidable ! Alors ça y est, tu peux lire rien que pour le plaisir désormais ? Je t'ai concocté une petite liste de recommandations et…

— Non, non… Enfin, c'est adorable, Alec, mais si je suis venue ici, c'est pour te demander un service. Et pas des moindres.

— Oh… Je t'écoute.

— Bon. J'ai un ami très chouette, M. Yoon, qui vient de sortir de l'hôpital. Il va bien, Dieu merci, mais il a son âge et même si ça fait un siècle qu'il vit dans le quartier, il ne connaît pas grand monde.

— Il n'a pas d'amis ? C'est triste… Le pauvre.

— Certaines personnes sont des loups solitaires, dis-je en prenant la mouche.

— Pas moi ! J'aime qu'il y ait autant de personnes que possible dans mon entourage. Je collectionne les gens comme des bibelots ! Et chacun a une fonction qui lui est propre, un rôle dans ma vie.

Je ne parviens pas à réprimer une grimace, car je ne crois pas avoir déjà entendu quelque chose d'aussi glauque depuis longtemps.

— Et moi, je sers à quoi, alors ? Dans ta collection ?

— Eh bien, nous n'en sommes qu'au début de notre relation, donc je ne suis pas encore sûr de moi, mais je te soupçonne d'être mon amie grincheuse : celle que je dois m'efforcer d'attendrir, sans y parvenir complètement. Nous avons déjà fait des progrès considérables – le jour où je t'ai rencontrée, tes yeux lançaient des éclairs sans discontinuer. Aujourd'hui, ça ne t'est arrivé qu'une seule fois ! J'imagine que tu m'apprendras la persévérance.

Je ris ; Alec est vraiment du genre à se prendre pour le personnage principal de sa propre vie.

— Bref, je voudrais organiser une petite fête en l'honneur de M. Yoon, qui serait l'occasion de lui présenter des personnes du quartier.

— Mon amie grincheuse a un cœur en or, on dirait… Je serai là. Tu me donneras la date et le lieu ?

— Eh bien, justement. J'espérais faire ça ici… dans la salle de musique, précisément. M. Yoon jouait du violon autrefois ; je suis sûre que ça le toucherait. Et puis c'est un endroit magnifique.

— Hmm… Il faudrait faire une demande officielle. Heureusement pour toi, c'est à moi que revient ce genre de décision et je peux d'ores et déjà t'informer que ce sera oui ! Tu pensais à quoi, septembre ? Octobre ? Décembre, c'est un peu compliqué, il y a beaucoup de réservations au moment des fêtes, mais peut-être en semaine ?

— En fait, je voudrais faire ça demain. Je suis consciente que c'est plus que court comme délai, mais après je pars pour quelque temps et je ne sais pas quand je serai de retour, donc je suis pressée.

— Organiser une fête ici au pied levé… ça serait aller

à l'encontre de toutes les règles. Or que seraient les bibliothèques sans règles ?

— Ça ne durera pas longtemps, dis-je d'une voix suppliante. Quelques heures tout au plus. Une dizaine de personnes maximum. Ce sera très sobre. Et puisque demain, c'est dimanche, la bibliothèque sera fermée, donc ça pourrait rester secret. S'il te plaît ? je gémis en joignant les mains pour l'implorer. La salle de musique est tellement belle, et c'est toi qui en es le gardien tout-puissant !

Alec pose une main sur sa poitrine et jette des regards alentour, avant de se pencher vers moi.

— C'est vrai, chuchote-t-il à mon oreille. Je suis le gardien tout-puissant des clés de cette somptueuse salle et bien que cela soit contraire à toutes les règles et que je risque de me faire renvoyer, je te suis redevable.

— Redevable ? je répète en haussant les sourcils.

— Frida, répond-il. On s'envoie des textos non-stop depuis le soir où on s'est rencontrés. C'est une perle. Tu savais qu'elle parlait quatre langues ? Et qu'elle avait un diplôme de toilettage canin ?

— Euh… non, dis-je, impressionnée. Je ne la connais pas depuis très longtemps. On s'est vues très brièvement.

— Delphie, elle est incroyable ! Il est peut-être un peu tôt pour le dire, mais j'ai la sensation qu'elle pourrait devenir encore plus que la plus belle de mes nouvelles amies. Ce n'est pas que tu ne sois pas belle, bien sûr ! s'exclame-t-il en virant au rouge. Mais…

— Tout va bien, Alec, dis-je en tapotant son bras. Frida est magnifique, je suis d'accord. Et absolument adorable.

— Oh oui, n'est-ce pas ? Quand tu seras rentrée de je ne sais où, il faudra que l'on fasse quelque chose tous les trois ! Oh, et on pourrait inviter R. L. Cooper aussi ! Ce serait chouette, non ?

Ma gorge se serre. Pour la première fois de ma vie, je réalise que cette idée ne me fait pas horreur. Au contraire. *Stop, Delphie. Ça ne sert à rien d'y penser.*

— 15 heures demain, ça te va ? On ne dit pas plus de dix, quinze personnes ?

Alec hoche la tête et me serre les mains.

— Je n'ai jamais enfreint les règles, murmure-t-il, exalté.

— Tu sais quoi, Alec, il est peut-être temps qu'on commence à vivre un peu !

38

Sur le chemin du retour, je téléphone au généraliste de M. Yoon, le Dr Garden, pour le convier à la fête, mais je me heurte à un refus catégorique : d'après lui, il est parfaitement inapproprié de fréquenter ses patients. Je passe ensuite au pressing, où le couple qui tient l'endroit me regarde comme une folle en entendant mon invitation pour le lendemain, en l'honneur d'un inconnu. Cela me chiffonne un peu, mais l'enthousiasme du serveur à sequins du *Broadway Club* – Flashy Tom – compense leurs refus.

Je me dirige alors vers la pharmacie. Sans surprise, Leanne et Jan sont partantes. Elles n'ont jamais rencontré M. Yoon, mais selon Leanne, bien que j'ouvre rarement la bouche au travail, quand je le fais, c'est « M. Yoon par-ci, M. Yoon par-là » : « M. Yoon a besoin de bananes, donc je prendrai cinq minutes de plus au déjeuner pour aller lui en acheter au marché. » Ou encore : « M. Yoon a un vinyle de Kylie Minogue, mais je ne comprends pas comment il est arrivé entre ses mains, car quand je l'ai passé, il s'est bouché les oreilles. » Elles sont donc plus que ravies à l'idée de faire sa connaissance ; pour elles, comme le dit Jan, M. Yoon est une sorte de célébrité locale.

Au moment où je lui rends la robe du gala, Leanne

s'enquiert du code vestimentaire. Ma réponse – tenue décontractée – semble la décevoir.

— Tu ne veux pas un thème ? Une fête costumée ? Peut-être quelque chose comme... Disney ? Une soirée Disney ?

J'imagine un instant le visage de M. Yoon lorsqu'il entrera dans une salle remplie d'inconnus déguisés en personnages de dessins animés, et n'y vois que du dédain.

— On va faire sobre, dis-je, avant de leur demander si elles ont des idées d'habitants du quartier à inviter.

Jan évoque Dan de chez *Baba's Deli*, le traiteur en bas de la rue, pour lequel elle a un petit faible : elle s'y rend à chaque pause déjeuner, pour acheter nos sandwichs. Pour ma part, je ne l'ai jamais rencontré. Comme d'habitude, l'idée de m'adresser à un parfait inconnu ne me sourit guère, mais je n'ai pas le choix : plus il y aura de convives, plus M. Yoon aura de personnes sur lesquelles compter quand je ne serai plus là. De toute façon, ces derniers jours, j'ai vécu bien pire.

En me rendant chez *Baba's Deli*, je décide de faire un saut dans les autres magasins de la rue, dans l'espoir de rassembler quelques personnes de plus. Je m'arrête d'abord à l'épicerie. L'adolescente renfrognée qui m'accueille, piercing au nez et épais trait d'eye-liner noir sur la paupière, est l'archétype de la vendeuse parfaite – selon mes propres critères, bien sûr : jamais, au grand jamais, elle n'essaie de faire la conversation. Quand je m'approche du comptoir, elle inspire bruyamment, se met à bégayer et lance des regards apeurés alentour.

— C'est à moi que vous parlez ? s'étonne-t-elle.

— Eh bien, oui. Vous connaissez M. Yoon ?

Elle secoue la tête. Je m'en doutais. Elle devait être bébé quand M. Yoon sortait encore dans le quartier.

— C'est un vieux monsieur charmant qui aurait bien besoin de se faire quelques amis. Il n'a pas été très bien ces derniers temps et j'ai organisé une petite fête à la bibliothèque avec des gens du quartier, histoire de lui remonter le moral. Je suis consciente que c'est une proposition bizarre…

— Il y aura à boire ?

— Évidemment, dis-je en notant « acheter de l'alcool » sur ma liste mentale de choses à faire. C'est ce qui se fait dans ce genre de fête, n'est-ce pas ? Donc oui, bien sûr.

— Super, je serai là ! s'écrie-t-elle, le regard brillant. Ma sœur peut venir ?

— Attends une minute… tu as quel âge ?

— 18 ans, dit-elle après un court silence.

— Et ta sœur ?

— Euh… 18 aussi ?

OK, elle ment.

— Peut-être que tu pourrais proposer à ton père de vous accompagner.

— Peut-être, peut-être… !

— Parfait. À demain, 15 heures. Bibliothèque Tyburnia, salle de musique. Au fait, moi, c'est Delphie.

— Shelley.

— Enchantée, Shelley.

Je reprends mon chemin tout en réalisant que Shelley a dû me servir environ cinq cents fois sans que je connaisse son nom. Comment se fait-il que ça ne m'ait pas semblé étrange, durant tout ce temps ?

Chez *Baba's Deli*, une foule de femmes se dispute l'attention d'un bel homme aux cheveux et à la barbe grisonnants et aux yeux gris froid, qui pourrait faire concurrence à Paul Hollywood, ou à une chèvre, tout dépend. Une petite étiquette accrochée à sa poitrine indique « Dan Baba ». C'est donc lui, le fameux Dan !

Une chose est sûre, il adore être l'objet de tous les regards. Je me glisse dans la file d'attente et l'observe distribuer des clins d'œil aux clientes, qui elles-mêmes ne se privent pas de flirter un peu tout en achetant du pâté en croûte et du fromage. Lorsque c'est mon tour, Dan me fixe et je comprends pourquoi Jan – comme, semble-t-il, toutes les femmes d'un certain âge du quartier – en pince pour lui.

— Bonjour, dis-je. Je m'appelle Delphie et je suis venue pour vous convier à une fête que j'organise demain. C'est à la dernière minute, je sais, mais ça s'est décidé hier soir.

Contrairement à Shelley, Dan réagit comme si les invitations pleuvaient et qu'il était tout à fait normal de voir une inconnue débarquer pour lui faire une telle proposition.

Derrière moi, la file d'attente continue de s'allonger.

— Ça ne va pas être possible, ma belle. Je suis pris. Qu'est-ce que je vous sers ? lance-t-il dans un parfait accent cockney.

— Oh, dommage, dis-je en laissant mes épaules s'affaisser un peu. Jan était sûre que vous accepteriez.

Il repose le sandwich à la dinde qu'il était en train d'emballer.

— Jan Meyer ? De la pharmacie ?

— La seule, l'unique !

— Une chic femme, Jan. Une très chic femme. Elle sera là ?

— Oui ! À 100 %.

Il hoche la tête, une petite lueur dans les yeux.

— Vous vous êtes occupée du buffet ?

Le buffet ! Comment ai-je pu ne pas y penser ? Cela dit, est-ce bien nécessaire ?

— Non, non, la fête ne durera pas très longtemps.

— Vous ne pouvez pas ne pas servir à manger à vos invités, ma chère, chuchote une dame, juste derrière moi. Ce serait manquer aux convenances.

— Oh... je vois, d'accord.

Dan lève les yeux au ciel, amusé.

— Je pourrais vous donner un coup de main. Deux, trois pâtés, quelques sandwichs, des gâteaux.

— Ça coûterait combien ?

Le prix qu'il m'annonce correspond aux tarifs pratiqués dans l'Ouest londonien, c'est-à-dire exorbitant. À moins de puiser dans mes économies, je ne pourrais pas me le permettre. J'ai mis cet argent de côté en cas de coup dur ou d'urgence. Et si ce n'est pas une urgence, qu'est-ce que c'est ? De toute façon, je pourrais le dépenser, ça n'a aucune importance. D'ailleurs, c'est ce que je vais faire !

— Ça marche ! dis-je en sortant mon portable de mon sac et en transférant immédiatement l'intégralité de mes économies sur mon compte courant, avant de tendre ma carte bleue à Dan. Vous pourriez ajouter un peu de ce fromage ? dis-je avant qu'il ne procède au paiement. Ah, et vous pourriez aussi vous occuper de l'alcool ? Sauf si vous avez un grossiste à me conseiller ?

— Il y aura combien d'invités ?

— Pour l'instant, nous sommes six, dis-je en grimaçant. Mais j'espère arriver à dix ou quinze.

— Dans ce cas, ça me paraît faisable. Je m'en occupe, ma belle. Que voulez-vous : bière, vin, champagne ?

— Champagne ! j'affirme en hochant fermement la tête.

Autant mettre le paquet.

— Merci beaucoup !

— Si je peux aider les gens du quartier, dit-il en haussant les épaules. Jan sera là, hein ?

— Oui, à 100 %.

— Vous pourriez vous dépêcher ? s'agace la femme derrière moi tandis qu'une autre, un peu plus loin dans la file, rafraîchit son rouge à lèvres.

— Bibliothèque Tyburnia, salle de musique, rendez-vous à 14 h 55. La fête commence à 15 heures.

Je longe la file d'attente et sors dans la rue, l'adrénaline à son maximum.

Incroyable, mais vrai ! Moi, Delphie Denise Bookham, j'organise une fête !

39

C'est dimanche. Je me réveille le cœur serré.

Mon dernier jour sur Terre.

Je pense à tout ce que j'ai traversé et à tout ce qui pourrait arriver : questions et hypothèses affluent, envahissent mon cerveau. Je les chasse toutes. Oui, c'est mon dernier jour sur Terre avant de retourner à Evermore, selon les règles d'un pacte que *j'ai* choisi de conclure, selon une décision que *j'ai* prise. Or, je me dois d'être en paix avec cette décision, car à vrai dire, il n'y a pas d'alternative. Si j'y réfléchis trop, je risque d'être submergée, je crains de m'écrouler. Or, j'ai beaucoup à faire et m'écrouler n'est pas envisageable : j'organise une fête pour M. Yoon. Je ne peux imaginer de meilleure occupation.

Je passe la matinée à noircir un carnet acheté à la papeterie hier, notant méticuleusement les habitudes de M. Yoon, ses goûts, la façon dont il aime son café, etc. Je le laisserai à Cooper qui pourra le transmettre aux agents du conseil municipal lorsqu'ils viendront faire leur visite. Ça ne devrait plus tarder, étant donné que j'ai envoyé pas moins de cinq e-mails, très insistants.

J'enfile de nouveau ma robe vert pâle, non seulement parce qu'elle a coûté les yeux de la tête, mais aussi parce qu'en la mettant lors du dîner avec Cooper, je me suis dit que j'aurais dû porter de jolies robes à chaque fois que j'en avais l'occasion – qu'est-ce que j'attendais ? Même si c'était pour me prélasser à la maison, je me serais tout de suite sentie mieux. J'ajoute de petites boucles d'oreilles scintillantes en forme de gouttes d'eau trouvées dans le sac d'affaires appartenant à ma mère et je brosse mes cheveux jusqu'à ce qu'ils brillent et retombent parfaitement sur mes épaules. Puis je traverse le couloir pour aller chercher l'homme du jour.

M. Yoon admire son reflet dans le miroir de sa chambre. Je contemple la chemise bleu marine profond et le pantalon gris qu'il a choisi de porter, satisfaite, puis lui propose de le coiffer. Debout l'un à côté de l'autre, nous nous regardons dans le miroir et nous sourions.

— On est pas mal ! dis-je en prenant la pose, les mains sur les hanches.

Il presse son épaule contre la mienne et lève les pouces.

— Vous êtes sûr que ça va aller ? Vous ne trouvez pas ça bête, de vous avoir organisé une fête le lendemain de votre sortie de l'hôpital ?

M. Yoon attrape le crayon et le bloc-notes sur la table, et se met à écrire :

Je suis ravi. C'est ma première fête depuis trente ans.

Je repense à la photo de lui à la remise de prix et à sa réaction, lorsque je la lui ai montrée. Qu'est-ce qui a bien pu le pousser à se cacher du monde et à délaisser ce qu'il aimait ? La semaine qui vient de s'écouler semble nous avoir rapprochés et si nous avions eu plus de temps devant nous, je crois qu'il aurait fini par s'ouvrir un peu à moi. Peut-être que lorsque je serai partie, il se confiera à Cooper. Ou à l'un des nouveaux amis qu'il s'apprête à rencontrer.

M. Yoon expire bruyamment.

— Vous êtes nerveux ? De rencontrer de nouvelles personnes ?

Il secoue la tête et lève les yeux au ciel.

— Moi non plus.

Il se met à rire, décelant immédiatement le mensonge. Alors que nous nous dirigeons vers la porte, M. Yoon lève le doigt, me faisant signe de m'arrêter. Il pivote sur ses talons et file en direction de la cuisine. Je me demande s'il a changé d'avis quand soudain, je le vois ressortir, son cahier de mots croisés à la main.

— Oh, vous n'aurez-pas besoin de ça ! C'est une fête. On ne fait pas de mots croisés !

Il le serre contre sa poitrine et me rejoint près de la porte d'entrée. J'essaie de le lui retirer, car s'il y a bien une chose que je veux éviter, c'est que M. Yoon ignore tout le monde au profit d'une grille de mots croisés. Il s'y accroche avec une telle poigne que je suis contrainte d'abandonner.

— Très bien ! Emmenez-les donc, vos fichus mots croisés.

Ce doit être une source de réconfort. Un soutien émotionnel. Je peux comprendre.

— Mais vous verrez, on s'amusera tellement que vous n'y penserez même plus.

Pour toute réponse, il tapote le dos de son cahier, serré contre lui.

— Si ça vous aide à tenir le coup...

M. Yoon et moi entrons dans la salle de musique, bras dessus bras dessous, et restons bouche bée.

C'est splendide. La salle était déjà très belle avec son plafond en forme de dôme et ses hautes étagères circulaires remplies de livres et d'instruments de musique. Mais Alec y a apporté sa touche personnelle : outre les centaines de lumières jaunes qui étincellent le long des rayonnages, le piano à queue, nappé d'un drap blanc, est orné de cinq vases en cristal débordant de roses. À l'autre bout de la pièce, j'aperçois Dan en train de disposer des plateaux de sandwichs et de gâteaux recouverts de papier d'aluminium sur deux tables qu'il a rassemblées.

— Ça plaît toujours, les lumières qui scintillent, n'est-ce pas ? lance Alec qui apparaît soudain derrière une contrebasse en tenant une sorte de petite machine à la main.

— C'est incroyable ! Merci beaucoup ! Monsieur Yoon, voici Alec. Il travaille ici, à la bibliothèque.

— Eh oui, je suis le commandant de ce magnifique vaisseau. Ravi de vous rencontrer, dit Alec en serrant la main de M. Yoon, radieux à l'idée d'ajouter un nouvel ami à sa collection. Delphie m'a prévenu que vous ne parliez pas.

— Alec !

M. Yoon chasse mes protestations du revers de la main. À son sourire, je vois que le franc-parler d'Alec lui plaît immédiatement.

— Je ne voulais pas vous vexer, dit Alec. Mais j'étais curieux de savoir si vous aviez déjà testé une machine comme celle-ci, poursuit-il en allumant celle qu'il tient dans les mains, faisant apparaître un clavier tactile. C'est un système de synthèse vocale. Nous en avons un à la bibliothèque pour nos visiteurs muets. Beaucoup ne savaient même pas que ça existait ! Quoi qu'il en soit, comme Delphie m'a confié que ces derniers temps, vous viviez un peu en ermite…

— Alec !

M. Yoon semble pris d'un fou rire silencieux. Le voir ainsi me met du baume au cœur.

— Et donc, poursuit Alec en me lançant un regard éloquent, je me disais que vous n'en aviez sans doute pas entendu parler non plus. En gros, vous tapez votre phrase ici, et le synthétiseur la dira à haute voix à votre place.

Alec tape alors « Bonjour, bonjour, et bonne journée à tous ! » et une voix d'homme – qui ressemble curieusement à celle du journaliste Louis Theroux – se met à prononcer les mots à voix haute.

— Génial ! je m'exclame.

M. Yoon scrute la machine et l'examine, un sourire étonné sur le visage.

— Vous pouvez aussi utiliser des phrases préenregistrées, explique Alec en mettant la machine entre les mains de M. Yoon et en faisant défiler l'écran.

De nouvelles cases apparaissent comportant des phrases telles que « Merci beaucoup », « Ravi de vous rencontrer » et, plus étrange, « Allez-vous-en ! ».

M. Yoon appuie sur la case « Merci beaucoup » et acquiesce d'un hochement de tête impressionné lorsque la voix de Louis Theroux retentit de nouveau. Il fait immédiatement défiler l'écran dans l'autre sens et tape : « C'est formidable ! »

J'exulte en voyant son visage resplendissant.

M. Yoon se met à taper de nouveau : « Je m'appelle Yoon Jung-won. »

Mon cœur se met à battre un peu plus fort. « Enchantée, Yoon Jung-won ! » dis-je en lui tendant la main. Il la serre fermement.

— Ce synthétiseur vocal a plein d'autres fonctionnalités, poursuit Alec avec enthousiasme. Je vous montre ? Nous avons encore quelques minutes avant que la soirée ne commence officiellement.

M. Yoon fait glisser son doigt sur l'écran d'un geste déjà expert et appuie sur la case « OUI ».

Alec le conduit vers les fauteuils en velours, un peu plus loin. J'observe leurs visages s'animer tandis qu'Alec bavarde et que M. Yoon lui répond à l'aide de sa nouvelle machine.

Cette vision me donne le sourire : je suis d'ores et déjà certaine que ces deux-là s'entendront bien. Un synthétiseur vocal… Quelle idée de génie !

Derrière moi, une voix lance : « Ils font déjà la paire, à ce que je vois. »

Je me retourne et vois Cooper, vêtu d'un tee-shirt noir à la coupe parfaite et d'un pantalon slim gris lui donnant l'allure d'un Gene Kelly aux cheveux bouclés. Il porte un énorme sac à dos et alors que je m'apprête à lui demander ce qu'il contient et si un tel attirail est indispensable, il me regarde de haut en bas. Je suis aussitôt transportée à notre dernière nuit ensemble, lorsque ces mêmes yeux étincelaient comme de l'onyx tandis que je prenais du plaisir. Je frémis. Il doit s'en apercevoir puisqu'il affiche le fameux sourire que je trouvais prétentieux et arrogant avant, et qui semble à présent me mettre au défi d'enlever nos vêtements le plus rapidement possible.

Quand je réalise que quelqu'un se tient juste derrière Cooper, cela refroidit immédiatement mes ardeurs.

— Madame Ernestine ! je roucoule en lançant un regard en coin à Cooper. Euh… bienvenue !

— Mme Ernestine n'a jamais rencontré M. Yoon, tu imagines ? explique-t-il. Elle m'a demandé où j'allais « tout pomponné » comme ça, alors je lui ai proposé de se joindre à nous.

— Vous n'avez jamais rencontré M. Yoon ? Mais je

croyais que vous viviez dans l'immeuble depuis plus de cinq ans !

— Il habite à l'étage du dessus, non ? répond-elle comme si cela justifiait parfaitement leur absence d'interaction. Je ne parle qu'à celui-là, dit-elle en désignant Cooper.

— Eh bien… plus on est de fous, plus on rit !

— Jolie salle, ma foi ! Franchement, je ne la connaissais pas. Je croyais que c'était juste une bibliothèque normale.

— Moi aussi, dis-je en remarquant qu'elle a glissé une rose derrière son oreille. Je suis entrée ici pour la première fois la semaine dernière. Depuis l'extérieur, le bâtiment respire l'ennui. Impossible de se douter qu'il renferme ce joyau.

— J'ai promis à Dan de l'aider et d'apporter le seau et la glace, pour le champagne, annonce Cooper en reculant.

Je lui adresse un regard suppliant « *ne m'abandonne pas seule avec Mme Ernestine* » qu'il comprend très bien, mais qu'il choisit d'ignorer. Même s'il ne me laisse plus indifférente, force est de constater qu'il ne s'est pas départi de ses caractéristiques les plus détestables, comme trouver un certain plaisir à me mettre mal à l'aise.

Il s'éloigne en gloussant. Mme Ernestine et moi restons immobiles, côte à côte, plus embarrassées que jamais. Je jette un œil sur l'horloge accrochée au mur : plus que trois heures avant de retourner à Evermore. Je repense à Merritt, incapable de me promettre que Mme Ernestine ne m'assassinerait pas.

— Je… J'aime bien votre tatouage, dis-je comme une imbécile, en pointant du doigt ses phalanges.

— Oh, répond-elle en levant les yeux au ciel. C'est

une connerie. Je me suis fait faire ça en taule. Je pensais que ça me donnerait l'air d'une dure à cuire. N'importe quoi !

— En taule ? Vous voulez dire... en prison ?

— Bah oui, en prison. Qu'est-ce que ça peut signifier d'autre « en taule », selon vous ?

— Mais vous... vous avez... Qu'est-ce que vous avez fait ?

Je parviens tout juste à me retenir de lui demander si elle a été impliquée dans des affaires de meurtre.

Mme Ernestine rougit légèrement avant de répondre.

— J'avais de mauvaises fréquentations. Trafic de drogue. C'étaient les années 1990, j'étais rien qu'une imbécile.

— Waouh... mais... pourquoi « NEVER AGAIN » ?

— Je me souviens du regard de ma fille quand la police est venue me chercher, explique-t-elle en fixant ses baskets. J'avais honte. Je me suis promis que plus jamais elle ne me regarderait comme ça.

— Et alors ?

— J'ai tenu parole et j'ai changé de vie. Rien de dingue, rien de clinquant, mais je mène une vie honnête. Ma fille, elle est médecin maintenant. Chloé, ajoute-t-elle avec un sourire empreint de fierté qui illumine soudain ses traits renfrognés.

— Vous savez, on peut se faire enlever des tatouages, de nos jours. Si vous regrettez, je veux dire.

— Oh non, réplique-t-elle en secouant la tête. Je ne les aime pas vraiment, mais mon passé fait partie de moi. C'est tout ça, le bon comme le mauvais, qui m'a menée ici aujourd'hui, dans cet endroit chicos, où je vais pouvoir descendre un max de champagne à l'œil.

Moi aussi, je repense à ce qui m'a menée ici. Si je ne m'étais pas étouffée avec ce fichu burger, je n'aurais sans doute jamais réalisé que Mme Ernestine était en fait une sacrée dure à cuire. Je n'aurais jamais rencontré Alec ni Frida, ni découvert que le sexe est clairement ce qu'il y a de plus incroyable au monde.

— À ce propos... lance Mme Ernestine en pointant du doigt le buffet où Dan et Cooper s'affairent à plonger les bouteilles de champagne dans les seaux remplis de glace, à côté desquels sont disposées des flûtes en plastique et des canettes de soda pour les invités qui ne boiraient pas d'alcool.

Je n'y aurais même pas pensé. Dan m'a fait une fleur en m'aidant. Si je n'étais pas aussi éprise de Cooper, il ne me laisserait sans doute pas indifférente.

Je ris en voyant Mme Ernestine filer, attraper une bouteille de champagne, l'ouvrir et s'en aller – sans flûte – pour s'asseoir à côté d'Alec et de M. Yoon, en pleine conversation sur Bach.

Je regarde autour de moi. Pendant que je parlais avec ma terrifiante voisine, la pièce s'est remplie et hormis quelques personnes que j'ai moi-même sollicitées, la plupart des invités me sont inconnus – comme ces dames qui se trouvaient juste derrière moi dans la queue, chez *Baba's Deli*. J'aperçois alors les parents de Cooper avancer vers lui pour le saluer ; le regard d'Amy se tourne un instant vers Dan, en battant des cils. Cooper a dû les inviter pour faire nombre au cas où les convives manqueraient. Je lui souris, mais il est trop occupé à papoter avec sa mère pour me remarquer. Je repère aussi Shelley, de l'épicerie du coin, en compagnie de sa sœur, qui filent tout droit vers les flûtes à champagne. Aucune trace de leur père, mais une petite tape sur mon épaule m'empêche de m'en préoccuper.

— Frida ! je m'exclame tandis qu'elle me serre dans

ses bras, me laissant inhaler son parfum de rose et de citron.

— Je suis aux anges ! s'écrie-t-elle. Alec dit que nous allons sortir ensemble, toi, moi, lui et R. L. Cooper. Tu te rends compte, un vrai rendez-vous ! Enfin, j'imagine que c'est ça qu'il voulait dire... On s'écrit tout le temps, mais il n'a encore fait aucun geste romantique.

— Oh ne t'inquiète pas, tu lui plais !

— Tu crois ?

— Ça crève les yeux.

Nous jetons un regard vers Alec qui montre à M. Yoon et Mme Ernestine une vitrine contenant divers instruments à vent. Cooper s'approche d'eux, flûtes et bouteille de champagne en main, affichant un large sourire.

— Il est vraiment canon, soupire Frida, une lueur dans les yeux.

— Ça oui, dis-je en observant Cooper faire sauter le bouchon.

— Oh, des sandwichs ! s'extasie Frida en se précipitant vers le buffet. J'espère qu'il y aura plein de mayonnaise.

J'adresse un signe à Leanne et Jan, venues accompagnées de trois autres amies. Alors que je m'apprête à les rejoindre pour leur présenter M. Yoon, la mère de Cooper, Amy, s'approche de moi et glisse une coupe de champagne dans ma main.

— J'ai pensé que ça te ferait plaisir.

— Et tu as vu juste, dis-je en avalant une gorgée et en savourant le crépitement des bulles sur ma langue. Merci. Ça se remplit, ici. J'espère qu'Alec ne m'en voudra pas.

— Lequel est-ce, Alec ?

— Gilet violet, mi-joueur de billard, mi-prof de sciences nat.

— Oh, aucun risque, il m'a l'air ravi !

Elle a raison. Frida s'est glissée à ses côtés, le faisant rougir de plaisir. Non loin d'eux, Cooper ouvre son énorme sac à dos et en sort deux enceintes Bluetooth qu'il connecte à son téléphone. En un clin d'œil, le son du saxophone de Charlie Parker retentit dans la pièce. Je ris. Nos yeux se croisent et il lève les pouces dans notre direction.

— Il aime tellement Charlie Parker, dis-je en émettant un petit rire. Regarde cette tête !

— J'adore ce sourire-là.

Je me souviens de la première soirée chez ses parents, lorsqu'Amy lui a demandé de sourire pour lui faire plaisir. Aujourd'hui, son sourire est différent, il illumine son visage tout entier.

— C'est un très beau sourire, j'acquiesce d'une voix douce.

— Je ne l'avais encore jamais vu amoureux, confie Amy d'un ton détaché, en posant une main sur mon bras. C'est incroyable. On dirait qu'une lumière scintille en lui.

Je cligne des yeux. Cooper est amoureux ? Minute. Elle veut dire que… ?

— Oh… Cooper et moi c'est… C'est juste comme ça, je prétends en me rappelant soudain lui avoir promis de prétendre que nous étions ensemble. Enfin, on se voit, bien sûr. Mais c'est juste comme ça.

Et c'est vrai. Cooper et moi sommes attirés l'un par l'autre, c'est indéniable, et ces deux derniers jours m'ont permis d'échapper à la réalité pesante à laquelle je suis confrontée. Mais de l'amour ? L'idée me fait presque rire.

— Ce n'est pas de l'amour, dis-je.

Amy pose son regard doux sur moi.

— Dans ce cas, tu devrais peut-être lui en parler...

— Mais...

— Je connais mon garçon, poursuit-elle. Ça fait longtemps qu'il n'a pas souri comme ça. Après le décès d'Em, j'ai bien cru que nous ne retrouverions jamais l'homme lumineux, simple et heureux que nous adorions. Et puis tu es arrivée. C'est magique, regarde-le. Il est conquis. Surtout, garde ça pour toi, ajoute-t-elle à voix basse. Il m'en voudrait, s'il apprenait que je t'ai dit ça.

Cooper avance fièrement vers nous en faisant semblant de jouer d'un saxophone imaginaire. Il me sourit, l'air joyeux, avant de se pencher vers moi et de déposer un baiser sur ma joue, attrapant mon lobe d'oreille au passage. J'en ai la chair de poule. Nos regards se croisent. Amy dit-elle vrai ? Cooper serait-il amoureux de moi ? Si c'est le cas, que va-t-il arriver lorsque j'aurai disparu ? Cela risque-t-il de le détruire encore une fois ? Je croyais que nous passions du bon temps ensemble et que ma disparition serait sans conséquence. Pourquoi cela lui ferait-il quoi que ce soit, lui qu'une ribambelle de femmes toutes plus extraordinaires les unes que les autres attend devant sa porte ? Mais s'il éprouve de réels sentiments... de l'amour... Alors...

La sonnerie de mon téléphone retentit soudain, reconnaissable aux premières notes de *Jump Around*.

— Oh, j'adore cette chanson ! s'écrie Amy.

Un texto de Merritt. Et merde. Vais-je devoir me rendre à Evermore dès maintenant ? Eric ou l'un des responsables nous aurait-il démasquées ? Mon cœur se met à palpiter. Je fourre ma flûte dans les mains de Cooper et me précipite hors de la pièce, en direction des toilettes. J'ouvre la porte, vérifie que les deux autres cabines sont désertes, m'assois sur la lunette des toilettes et lis le message.

Bonne nouvelle ! Eric ne soupçonnait rien du tout. Il traînait dans les parages parce que figure-toi qu'il a le béguin. Je lui plais grave. J'aurais dû m'en douter, mais à cause de TOI, j'ai tellement été distraite que mon infaillible intuition romantique laisse à désirer.

Un nouveau texto arrive alors immédiatement.

Jonah est toujours là, quelque part, tu sais.

Je cligne des yeux en lisant ces mots, car je me rends compte que je n'ai pas pensé à Jonah depuis presque deux jours.

Que tu veuilles de lui ou non, ça vaut quand même le coup de faire un dernier effort avant d'abandonner, tu ne crois pas ? L'embrasser est le seul moyen de sauver ta peau. Et j'ai l'impression que tu t'amuses beaucoup trop pour renoncer à tout ça… Allez, Delphie. Ça vaut la peine de se battre, non ? XOXO

Le message disparaît et j'expire bruyamment, en essayant d'apaiser le rythme de mon cœur.

J'ouvre la porte de ma cabine et me plante devant le miroir, sur le mur d'en face. Mes joues sont rouges et mes yeux écarquillés semblent briller d'effroi.

Je me mords la lèvre et tente de retrouver les sentiments qui m'animaient il y a quelques jours, au moment où j'étais certaine qu'abandonner Jonah était la meilleure chose à faire. C'est là que j'ai pris la décision de ne pas passer mes derniers jours sur Terre à poursuivre quelque chose de vain. Car je le savais, c'était absolument irréaliste. N'est-ce pas ? Jamais Jonah ne m'embrassera. Pas après le fiasco de la soirée de gala. Impossible. Si je pensais que j'avais la moindre chance, je me battrais. D'ailleurs, je me suis battue. Mais je ne peux pas gaspiller les quelques heures qu'il me reste dans cette quête futile qui ne mènera presque assurément à rien.

Pas vrai ?

40

Quand je retourne dans la salle de musique, je vois que les invités ont formé un cercle.

— La voilà ! crie une voix électronique provenant du centre du cercle ; M. Yoon maîtrise parfaitement le synthétiseur désormais.

— Que se passe-t-il ? je demande tandis qu'Alec installe un pupitre métallique et que Cooper sort un étui à violon noir de son sac à dos.

M. Yoon place le synthétiseur sur la table juste à côté de lui. Il ouvre son cahier de mots croisés et le pose sur le pupitre. Aurait-il perdu la boule ?

Cooper fait signe aux invités de se taire. Je m'apprête à l'interroger quand M. Yoon fait glisser son archet sur les cordes du violon et se met à jouer.

Mon Dieu.

Je m'attendais à ce qu'il soit doué, mais des années se sont écoulées entre sa remise de prix et aujourd'hui, et depuis que je vis ici, je n'ai jamais vu ni entendu M. Yoon jouer d'un instrument. Après la colère qui s'est emparée de lui quand j'ai trouvé cette fameuse photo, je pensais que ce jour n'arriverait jamais.

Je ne reconnais pas le morceau, mais le rythme lent et les couleurs langoureuses remplissent mon cœur de mélancolie. M. Yoon ferme les yeux et se détend petit à petit, tandis que la musique devient plus forte et pleine de nostalgie.

Autour de moi, je perçois quelques exclamations silencieuses mêlées à des chuchotements, et alors que j'écoute mon vieux voisin grincheux jouer ces notes, je réalise que je n'ai jamais rien entendu, jamais rien vu, et jamais rien senti d'aussi beau. Le rythme s'accélère dans un crescendo joyeux et les larmes coulent sur mon visage sans que je m'en aperçoive, jusqu'à ce que M. Yoon joue la dernière note, sa main tremblante créant un subtil vibrato qui se propage dans la pièce. Il ouvre alors ses yeux emplis de larmes.

Les applaudissements enthousiastes fusent et je me joins à eux, frappant dans mes mains de toutes mes forces.

— Bravo ! hurle Frida derrière moi.

— Nous avons une star parmi nous ! crie Jan.

Les autres invités finissent par reprendre le cours de leurs conversations, faisant connaissance de façon un peu guindée et maladroite au premier abord, mais après tout, n'est-ce pas ainsi que toutes les relations commencent ? M. Yoon me fait signe d'approcher.

Lorsque j'arrive à sa hauteur, il tapote le cahier de mots croisés posé sur le pupitre et je découvre deux feuilles de papier remplies de portées et de notes de musique, soigneusement tracées au crayon.

— C'est vous qui l'avez composée ? Mais… Monsieur Yoon !

J'en ai le souffle coupé. Il désigne alors le coin en bas à droite de la feuille où est écrit, en petits caractères : « Sonate à Delphie ». La date indique qu'il l'a composée il y a deux ans. Soudain, je m'en souviens : c'était le lendemain de mon anniversaire, le fameux jour où je lui avais apporté une part de gâteau pour le petit-déjeuner.

Mes yeux se remplissent à nouveau de larmes. Sous l'effet de l'émotion, ma gorge se serre tant que je ne parviens pas à dire un mot. Alors je me contente de reprendre doucement mon souffle et de sourire en regardant ces feuilles pleines de gribouillis qui viennent de me faire entendre la plus belle sonate au monde. Ma sonate.

M. Yoon attrape le synthétiseur et se met à taper, les yeux plissés pour déchiffrer les lettres. Je note dans un coin de ma tête de demander à Cooper de l'emmener chez l'ophtalmo.

— J'ai commencé à composer il y a longtemps, mais je ne l'avais jamais terminée. J'avais trop peur de jouer, dit la voix automatique.

— Pourquoi ? Pourquoi aviez-vous peur de jouer ? C'est pour ça que vous vous êtes mis en colère quand j'ai trouvé la photo ?

— C'est une longue histoire. Plus tard. Quand tu es venue à l'hôpital, j'ai su comment l'achever.

— Attendez… c'est pour ça que vous avez passé la nuit dernière debout à griffonner ?

M. Yoon acquiesce et émet un petit rire.

— Il m'a forcé à trouver un moyen d'amener son violon ici en douce, ajoute Cooper qui vient d'arriver près de moi.

Il sort son téléphone et au bout de quelques secondes, de douces notes de jazz retentissent dans la pièce.

— Je… Je peux vous serrer dans mes bras, monsieur Yoon ?

Il hausse les épaules, sourit, puis acquiesce.

Nous restons ainsi enlacés au milieu de la salle, et son odeur est exactement la même que celle de chez lui : fumée de cigarette, café, pull en laine – même si nous sommes en été et qu'il porte une chemise.

— Hum… Puis-je vous interrompre ? demande Cooper au bout d'un moment.

M. Yoon hoche la tête puis attrape le synthétiseur et s'éloigne en direction de Jan et Leanne, en pleine conversation avec Dan.

Cooper glisse son téléphone dans sa poche.

— Au gala, avant que tu… enfin, tu vois.

— Avant que je ne jette ma coupe de champagne à la figure de l'organisatrice et que je ne fasse des avances à un pauvre innocent devant tout le monde ?

— Oui, voilà. Avant ça. J'avais envie de danser avec toi.

— Pourquoi ne m'as-tu pas demandé ? je murmure.

— Tu aurais refusé.

Il a raison. Comment les choses ont-elles pu autant changer en l'espace de quelques jours à peine ?

— Pose-moi la question maintenant, alors.

— M'accorderais-tu cette danse, Delphie ?

Une main dans la mienne, l'autre dans le creux de mes reins, il me serre contre lui et me guide au gré de la musique dont je ne saisis pas bien le rythme, mais qu'il semble connaître par cœur.

À côté de nous, Frida et Alec se mettent à danser eux aussi – elle les joues rougies, lui se balançant maladroitement.

Cooper penche la tête en arrière pour observer mon visage : « Tu brilles comme le jour. »

Je ne peux pas m'empêcher de rire en voyant Cooper lever un sourcil, l'air mièvre, tout en faisant référence à mon affreuse chemise de nuit. Il sourit et me serre encore plus fort contre lui.

Je repense aux mots de sa mère. Cooper est amoureux de moi. Vraiment ? Comment est-ce possible alors que nous nous connaissons à peine ? Je ne sais rien de l'amour, mais quelque chose me dit que ce que je ressens en tourbillonnant avec lui en cet instant est exactement ce que l'on est censé ressentir. De l'excitation. De l'espoir. Et l'envie de vivre, encore. Si je disparais et retourne à Evermore, les conséquences émotionnelles que cela aurait sur lui, un homme amoureux… Je ne veux pas y penser.

Derrière moi, Jan et Leanne rient à gorge déployée en entendant la phrase que M. Yoon vient de taper sur la machine. Alec embrasse Frida sur la joue. Elle lève discrètement le pouce dans son dos. Shelley et sa sœur s'enfilent du champagne dans un coin et Flashy Tom fait la conversation à Mme Ernestine, la bouche pleine de sandwichs de chez *Baba's Deli*.

J'ai le cœur léger et l'estomac noué.

Comment puis-je seulement quitter cela ? Cette vie. Mon quotidien d'il y a dix jours n'avait rien à voir avec la vie, la vraie. Mais tout ce bruit, ces rires, ce joyeux bazar, ces craintes, ces gens. Ces amis. Et peut-être même, cet amour. Je ne peux pas perdre ça.

Je sais désormais que dans cette salle, il y a des personnes qui ne voudraient pas me perdre non plus. Des personnes pour lesquelles je compte.

Je ne peux pas partir. Evermore est bien trop loin de tout ça. Je ne veux pas mourir.

Merde.

Je veux vivre !

Je jette un œil à l'horloge.

Il me reste deux heures avant que Merritt ne me rappelle à elle.

Il faut que je trouve Jonah. Maintenant.

Pour la première fois en dix jours, je sais exactement où aller.

41

La fête bat son plein lorsque je m'éclipse discrètement et hèle un taxi en direction de Ladbroke Grove. Arrivée devant la maison, ma gorge se serre et une avalanche de souvenirs m'envahit. Cette fois il ne s'agit pas de mauvais souvenirs, mais des anciens, plus heureux. Ceux où nous sommes assises sur la pelouse dans le jardin à jouer aux Barbie, à inventer des chorégraphies et à parler de ce que nous ferions quand nous serions plus grandes (moi, une artiste et elle, Rihanna). Dès que la porte s'ouvre, ces douces pensées cèdent instantanément la place à un mélange de nervosité, de colère et de peur. Chaque cellule de mon corps me dit de faire demi-tour et de m'enfuir, mais je reste là. Je ne suis plus au lycée, c'est fini. Je suis une adulte désormais. Et j'ai des amis. De tout nouveaux amis, certes, mais tout de même. Des gens bons, justes et sincères, qui m'apprécient, qui aiment vivre, s'amuser et non rabaisser, écraser et blesser.

Il est 16 h 15, mais Gen porte encore une robe de chambre en polaire. Ses cheveux sont ternes et ses yeux cerclés de rouge.

— Qu'est-ce que tu veux ? demande-t-elle d'une voix monotone.

— Je peux entrer ? Je serai rapide, c'est promis.

Elle hésite un instant puis ouvre la porte en levant les

yeux au ciel. L'intérieur a manifestement été redécoré au goût du jour avec soin, mais des jouets jonchent le sol et les meubles sont couverts de piles de factures et de tas de vêtements.

— Où sont tes enfants ?

— Au parc. Avec Ryan, dit-elle en s'écroulant dans son canapé crème en désignant vaguement l'endroit où je suis censée m'asseoir. Il est tout le temps là... tu vois ? Depuis le lycée, il a toujours été là. Alors parfois, ça fait du bien d'avoir un peu de répit.

Elle attrape un verre de vin à moitié vide sur la table basse devant elle et en prend une gorgée.

— Tu en veux ?

Je secoue la tête.

Elle a un petit rire forcé, avale une nouvelle gorgée, puis reprend :

— Tu es venue pour t'excuser de m'avoir balancé du champagne à la figure ? Tu as bousillé ma robe, tu sais. Ça m'a coûté 400 livres cette histoire. Même si franchement, je n'aurais jamais cru que tu en aurais le cran, dit-elle en gloussant.

J'étouffe tant bien que mal la colère qui monte en moi avant de lui répondre.

— C'était mérité, dis-je d'une voix placide. Mentir, utiliser les traumatismes dont tu es à l'origine, dans le but d'en tirer parti ? Tu ne pouvais pas faire pire. Moi qui pensais que tu aurais grandi.

Gen hausse les épaules, finit son verre et le remplit à nouveau.

Je m'apprête à lui poser la question qui m'a menée jusqu'ici, mais une tout autre phrase sort de ma bouche : « Tu m'avais vraiment oubliée ? »

Au bout du compte, je crois que c'est la seule chose

que je n'arrive pas à comprendre. Nous étions si proches, enfants.

Nos regards se croisent et Gen secoue la tête.

— Non. Je n'ai pas oublié. Mais comme tu n'as pas accepté mes excuses ce soir-là, j'ai voulu te blesser.

— Ta spécialité.

— Tu te souviens du jour où on avait coupé les cheveux de ma Barbie à ras parce qu'on n'avait pas de Ken ? dit-elle en s'assoyant sur le bord du canapé. Ta mère était devenue folle.

Je ne peux réprimer un rire en repensant à cet épisode, mais je m'interromps soudainement.

— Pourquoi est-ce que tu t'es mise à me détester ? je lance sur un ton plus désespéré que je ne l'aurais voulu. On s'amusait tellement toutes les deux.

Gen se mord la lèvre et laisse échapper un petit hoquet.

— C'est toi qui m'as détestée en premier.

— Quoi ? Qu'est-ce que tu racontes ?

— Tu as arrêté de m'inviter. Tu savais que mes parents passaient leur temps au travail et que j'étais seule, à la maison. Je vivais pratiquement chez toi et du jour au lendemain, tu as mis un terme à tout ça, juste parce que tu étais jalouse.

— Jalouse ? De quoi ?

— De la relation que j'avais avec ta mère.

Je repense à ces journées passées à chanter, jouer, cuisiner et papoter avec Gen et ma mère. Elles s'entendaient à merveille. Comme deux copines, deux adultes.

Je regarde le bout de mes chaussures.

— Peut-être ai-je été un peu jalouse. Mais ce n'est pas pour ça que j'ai arrêté de t'inviter. Ma mère était...

— Quoi ?

— Mon père l'a quittée et à partir de ce moment-là,

elle a pété les plombs. Elle passait son temps à boire et à pleurer. Je ne voulais pas que tu voies ça, j'avais honte.

— Bon sang, Delphie. Je t'aurais aidée ! Pourquoi ne m'as-tu rien dit ?

— Je... Je ne sais pas. Mais peu importe... Tu m'as détruite, Gen.

Elle soupire, passe une main dans ses cheveux, puis me regarde.

— Je suis désolée, OK ?

Une larme roule sur ma joue ; je l'essuie de mon poing.

— Je dois trouver Jonah, dis-je en jetant un œil sur l'horloge. Le plus vite possible. Il faut que tu me donnes son adresse.

— C'est quoi cette histoire ? demande Gen en plissant les yeux. Jonah a juré qu'il ne t'avait jamais vue. Et toi, tu as eu un comportement tellement étrange. Il a menti ? Vous vous connaissez ?

— Oui, mais ce n'est pas ce que tu penses. Je... Je ne peux pas tout t'expliquer, parce que c'est juste insensé, mais il faut que tu me donnes ses coordonnées. Numéro de téléphone, adresse, tout ce que tu as. Tu me dois bien ça.

— Tu vas encore essayer de l'embrasser ? s'inquiète-t-elle. Parce que sans vouloir te blesser, tu lui as vraiment fait peur. C'est quelqu'un de très calme, d'habitude.

Elle me fixe un instant puis se lève et se dirige vers un grand buffet en acajou. Elle ouvre un tiroir, en sort un stylo, griffonne quelque chose sur un bout de papier et me le tend.

— Voilà le numéro de Jonah et son adresse. Ne lui dis pas que c'est moi qui te les ai donnés.

Je soupire de soulagement. Enfin. Je vais y arriver.

Tandis que je redescends l'allée du jardin qui mène au portail, Gen m'interpelle.

— Hé, Delphie ?

— Quoi ? dis-je en me retournant.

— Tu t'envoies R. L. Cooper ?

— Tout le temps.

— Sympa, lâche-t-elle en s'appuyant contre l'embrasure de la porte et en haussant une épaule. Tu… Ça te dirait un verre, un de ces jours ?

Je baisse les yeux puis les relève et croise son regard. Une étincelle jaillit entre nous, imperceptible. Mais ce n'est pas suffisant.

— Absolument pas. Mais merci ! dis-je en brandissant le bout de papier avant de partir en courant.

42

Il me reste moins d'une heure sur Terre lorsque je pousse la porte d'entrée de mon immeuble. Je perçois immédiatement des éclats de rire en provenance de l'appartement de Cooper. Que se passe-t-il ? Qui peut bien être là ?

La porte est entrouverte. Je glisse une tête dans l'entrebâillement et découvre la plupart des invités de la fête assis sur les canapés ou sur le rebord de la fenêtre. Dans la cuisine, Jan semble très proche de Dan, tandis qu'un peu plus loin, Leanne bavarde avec Cooper et M. Yoon. Elle rit à tout ce qu'ils disent, la tête en arrière, joyeuse.

Alec me repère le premier et se précipite vers moi.

— Delphie ! On s'est fait pincer !

— Quoi ?

— Ma collègue Laurel est passée à la bibliothèque pour récupérer le parapluie qu'elle avait oublié et elle nous a surpris ! Je ne m'étais pas rendu compte que la musique était aussi forte, mais les petites enceintes Bluetooth de R. L. Cooper envoient un max. Bref, elle a déboulé dans la pièce et menacé d'appeler la police si on ne quittait pas les lieux sur-le-champ.

Frida, moins ivre, s'approche et prend le relais :

— Il s'est mis à crier : « Tirez-voooooooooous ! » alors on a tous filé. Enfin, presque tous. Mme Ernestine a traité Laurel de vieille peau de vache et lui a dit d'aller se faire voir.

— Cooper nous a invités ici, explique Alec, les joues rouges d'avoir bu trop de champagne. Tu nous manquais – va vite te chercher un verre.

Je hoche la tête et m'empresse de rejoindre Cooper, dont le visage s'éclaire d'un immense sourire lorsqu'il m'aperçoit.

M. Yoon tape rapidement quelques mots sur son synthétiseur : « On s'est fait pincer ! », lance la voix de Louis Theroux.

— On m'a dit ça, oui ! je réponds, ravie de pouvoir communiquer aussi facilement avec lui bien qu'un peu distraite par l'idée de ma mort imminente. Cooper, il faut que je te parle.

En percevant l'urgence dans ma voix, ses sourcils se froncent. Je saisis sa main, l'entraîne vers la chambre et ferme la porte. Les joyeux échos de la fête disparaissent derrière nous.

— Tout va bien, Delphie ? demande-t-il en caressant ma joue.

J'aimerais tant pouvoir me blottir contre lui comme un chat et faire abstraction de la réalité.

— Où étais-tu ? Je t'ai envoyé un texto. Je me suis dit que tu étais peut-être rentrée pour souffler un peu. Attends… tu as pleuré ?

J'aperçois mon reflet dans le miroir : de longues traînées de mascara sur les joues, les cheveux collants et en pétard. J'ai l'air d'une folle.

— J'ai besoin d'un service, dis-je en balbutiant. Est-ce que tu peux m'emmener quelque part ? En voiture. Tu n'as pas bu, n'est-ce pas ?

— Non, juste de l'eau gazeuse. J'ai préféré faire attention, au cas où M. Yoon se sente de nouveau mal

– c'est une sacrée journée pour lui. Delphie, ça va ? Où est-ce que tu veux aller ?

La prévenance de Cooper à l'égard de M. Yoon m'attendrit un instant, puis je me ressaisis et prends une profonde inspiration.

— Il faut que j'aille à Mayfair. Maintenant. Si l'attente n'était pas si longue, j'aurais pris un taxi, mais c'est urgent. C'est à seulement quinze minutes en voiture. Je n'ai pas beaucoup de temps.

Je m'efforce de paraître sensée, mais ma voix est grave, tremblante, désespérée.

— Mayfair ? s'étonne Cooper en jetant un œil à sa montre. À cette heure-ci ? Tout va bien ?

J'enfouis ma tête entre mes mains et pousse un grognement de frustration devant cette avalanche de questions et son absence totale de panique. Au fond, je ne vois pas pourquoi il paniquerait ; il n'a aucune idée de ce qui est en jeu.

— Non, ça ne va pas. Ça ne pourrait pas être pire. Cooper, j'adorerais pouvoir prendre le temps de tout t'expliquer, mais de toute façon, tu ne me croirais pas. Tu n'y arriverais pas. Alors… viens, allons-y. Il faut qu'on y aille. Maintenant. C'est une question de vie ou de mort !

Cooper fronce les sourcils et s'assoit sur le bord du lit. Non. Non, ce n'est pas du tout de ça que j'ai besoin ! J'ai besoin qu'il aille chercher sa voiture et qu'il m'emmène à Mayfair, là où vit Jonah, pour que je le convainque de m'embrasser. Sans préambule. Je pense à ce qu'il me reste d'économies sur mon compte. Je pourrais peut-être le payer ? Ça serait quand même un baiser de son plein gré, non ? Est-ce que ça marcherait ? Merritt l'accepterait-elle ? Bon sang, j'en ai le tournis.

— Peut-être devrait-on s'asseoir quelques instants,

dit Cooper d'une voix douce, comme si nous avions tout notre temps. (Il tapote le lit, à côté de lui, l'air soucieux.) Tu veux… tu veux un peu de thé ? Je devrais peut-être appeler un médecin ?

Soudain, une image me revient en mémoire : la dernière fois qu'il m'a suggéré d'appeler un médecin… c'était il y a dix jours, quand il m'a retrouvée évanouie sur le sol de mon salon, en chemise de nuit, l'esprit confus, en train de marmonner des propos obscurs concernant un burger disparu. Mince. Il doit penser que je refais une crise. Les mains tremblantes, je regarde le temps d'attente affiché sur mon application de VTC : trente minutes. C'est trop.

— Il faut qu'on y aille !

La panique m'envahit, faisant battre mon cœur à tout rompre, si bien que j'en ressens les palpitations jusque dans mon crâne. Je saisis les mains de Cooper, et malgré tous mes efforts pour ne pas m'affoler davantage, je me mets à sangloter.

— S'il te plaît. Si je n'embrasse pas Jonah, alors Merritt me renverra à Evermore et je ne veux pas y retourner. Pas maintenant. Je veux rester ici. Je veux vivre. Je t'en supplie !

Cooper inspire brusquement ; ses yeux étincellent.

— Qu'est-ce que tu viens de dire ?

Oh non. Je n'ai fait qu'aggraver la situation. Il doit vraiment me prendre pour une folle.

— Qui… qui est Merritt, Delphie ? me demande-t-il, en bondissant du lit.

Je lève les mains. Tant pis, je craque.

— Merritt est ma thérapeute attitrée dans l'au-delà. Spécialité vie éternelle.

Cooper ouvre la bouche comme s'il allait dire quelque chose, mais aucun son n'en sort. Je réalise que ce que je raconte doit être absolument insensé à ses yeux ; déjà que ça l'est aux miens…

— Je sais que tu vas trouver ça dingue, dis-je d'une voix implorante, mais… je suis morte. Il y a dix jours. Tu comprends ? Ensuite j'ai rencontré cette fille, dans l'au-delà, une fanatique de romances et elle…

Cooper est sonné. Il se laisse tomber sur le lit, comme si ses genoux ne répondaient plus, et reste là, le souffle coupé. Je poursuis.

— Elle exigeait que j'embrasse Jonah… C'est pour ça que j'ai essayé de le retrouver ; pas parce que c'est l'amour de ma vie, mais parce que j'ai conclu un pacte avec Merritt ! Elle voulait une vraie fin heureuse, comme celles qu'elle lit dans ses romances préférées et si je n'y parvenais pas, je devais mourir à nouveau. Je pensais que ça me convenait, mais ces derniers jours passés avec toi m'ont fait réaliser que ça ne me va pas du tout. Je ne veux pas mourir. Loin de là. Alors, je t'en supplie. Allons-y. Même si tu ne me crois pas – ce que je comprendrais complètement – s'il te plaît, emmène-moi à Mayfair. Il faut au moins que j'essaie ! Même si ça te paraît fou. S'il te plaît, aide-moi.

Je pleure à chaudes larmes désormais, laissant échapper des hoquets paniqués. Comment ai-je pu prendre tout cela à la légère ?

— Une fanatique de romances ?

Quoi ? C'est tout ce qu'il a retenu de ce que je viens de lui avouer ?

— Écoute, je sais qu'on dirait que j'ai inventé tout ça, mais je te promets que non. C'est la vérité.

Cooper se lève d'un bond, me scrute, passe une main sur sa mâchoire, puis sur son front. Ses yeux brillent de larmes.

— Tu me jures que c'est la vérité, Delphie ? Parce que si c'est une mauvaise blague…

— Pourquoi ce serait une blague ? Ce n'est pas drôle une seconde !

Cooper déglutit et secoue légèrement la tête.

— S'il te plaît, emmène-moi à Mayfair. Tu es mon seul espoir.

Cooper semble considérer les possibilités qui s'offrent à lui, à savoir m'écouter ou appeler les secours. Au bout de quelques instants, il inspire un grand coup, attrape ma main et m'entraîne hors de la chambre. En un éclair, nous traversons le vacarme du salon et grimpons dans sa voiture.

Sans dire un mot, il démarre en trombe, faisant crisser les pneus, si bien que je suis plaquée contre la vitre. Je n'ai pas l'impression qu'il me croit, mais plutôt qu'il veut voir où tout cela nous mènera. Il doit se demander s'il ne s'est pas laissé entraîner par une psychopathe. Peu importe : nous sommes enfin en route pour retrouver Jonah. Il me reste encore une chance de réussir.

— L'adresse, aboie Cooper en tapant des mains sur le volant.

Je triture le bout de papier que j'ai dans les mains.

— 10, Berkeley Street… J'ai son numéro aussi. Je devrais l'appeler. Bon sang…

Je compose le numéro sur l'écran de mon téléphone, la main tremblante, les yeux brouillés de larmes. Je finis par y arriver, mais ça sonne dans le vide.

Cooper tourne sur Edgware Road et appuie sur l'accélérateur ; les voitures et les arbres bordant la route se mettent à défiler à toute vitesse. Il me jette un regard en coin, les yeux plissés. Même lorsqu'il me fixe ainsi, comme si j'étais une inconnue, mon cœur vacille devant l'intensité des sentiments que j'ai développés pour lui, en si peu de temps.

Cooper. Lui qui est là depuis toujours, à l'étage du dessous. Mon crétin de voisin qui s'avère en fait le plus doux, le plus drôle, le plus sexy et le plus intéressant de tous les hommes que j'ai rencontrés. Même si j'avais pu rencontrer tous les hommes de la planète, je crois que mes sentiments pour Cooper seraient inchangés. Cooper… Mince. Je ne connais pas son prénom !

— Je… je veux savoir quelque chose, je lance soudain tandis que nous faisons le tour de Berkeley Square.

— Quoi ? Qu'est-ce qu'il y a ? demande-t-il, les yeux rivés sur la route.

— R. L., qu'est-ce que ça signifie ? Ton prénom, c'est quoi ? Il faut que je sache !

— Tu es sérieuse ?

— Je… Je veux juste connaître ton nom. Ton vrai nom.

— OK. R. L., c'est pour Remington Leopold. Je m'appelle Remington Leopold Cooper.

— REMINGTON LEOPOLD ?

Je hurle et soudain, j'éclate de rire. Ce type si cool, si intelligent, si sexy et odieux s'appelle Remington Leopold ?

Ce doit être dû à la nervosité, à la terreur ou à l'absurdité générale de la situation, mais je ne peux plus m'arrêter. Le fou rire s'empare de tout mon corps et je convulse, sur le point de vomir.

Je parviens à m'interrompre une fraction de seconde, juste le temps de regarder Cooper et de le voir se tordre de rire à son tour. Nous bifurquons alors dans la rue de Jonah et soudain, un klaxon retentit avec une telle force que j'en ai mal aux tympans. Je me tourne vers

Cooper, qui s'efforce de braquer le volant à gauche, une expression d'horreur sur le visage.

Tout à coup, un bruit éclate, pareil à une détonation, et je me sens projetée en avant. Mon corps se heurte à la ceinture de sécurité, me coupant la respiration. Ma tête percute quelque chose. Un cri au loin. Une douleur vive.

Et puis plus rien.

43

— Ouvre les yeux… Voilà. Il est l'heure de se réveiller… Ahah ! Te voilà ! Bonjour, bonjour, ma jolie.

Je lève mes paupières : Merritt se tient devant moi, en combinaison de type bleu de travail, les mains sur les hanches, à côté d'une machine à laver. Des baguettes en plastique roses retiennent ses cheveux en un chignon flou. Près d'elle se trouve un homme aux traits si parfaits qu'il pourrait tout aussi bien avoir été généré par ordinateur. Grand, blond, ses yeux vert pâle bordés de longs cils noirs adoucissent son visage à la mâchoire carrée, presque tranchante.

Merritt se tourne vers lui et annonce :

— La voici. Le fléau de mon existence, j'ai nommé : Delphie Denise Bookham.

L'homme me fait un signe de la main et m'adresse un sourire tout droit sorti du dernier numéro de *Vogue*.

— Eric, enchanté.

— Eric ? Le type qui…

Merritt repose sa tête contre l'impeccable chemise blanche de l'homme.

— Eh bien… disons que nous nous sommes tous les deux retrouvés piégés dans le scénario classique de la romance « d'ennemis à amants ». Impensable, sauf peut-être pour Lucy Score. C'est la seule qui serait capable d'écrire une intrigue pareille.

Je secoue la tête, essayant de comprendre ce qui m'arrive. Un accident de voiture ? C'est ça, ma seconde mort ? J'étais tellement obnubilée par les bouches d'égout à éviter et les potentielles tentatives de meurtre de Mme Ernestine que je n'ai pas imaginé une seconde que ce serait quelque chose d'aussi banal qu'un accident de voiture. Mon estomac se serre quand je réalise que je n'ai même pas réussi à retrouver Jonah. Non. Oh non. Soudain, je me souviens que Cooper était avec moi, et les larmes jaillissent.

— Cooper ! je m'exclame en me relevant d'un bond de ma chaise. Il va bien ? Mon Dieu, il est blessé ?

— Il est juste là, Delphie, dit Merritt en souriant et en désignant une chaise derrière moi. Il dort comme un bébé, tu as vu ? Normalement, les nouveaux arrivants devraient tous être réveillés à cette heure-ci. Bon, je n'y tiens plus, j'y vais !

Oh non. Cooper est ici ? Il n'a rien à faire à Evermore ! Qu'ai-je fait ?

— Non, non...

Je me précipite vers Cooper, qui repose allongé sur son fauteuil, la tête de côté, paisible, comme s'il s'était laissé aller à un petit somme. Je... Cooper est mort ? À cause de moi ? NON. Ce n'était pas du tout ce qui était prévu !

— Réveille-toi ! je crie en attrapant ses épaules et en le secouant de toutes mes forces. Réveille-toi, Cooper ! Renvoie-le sur Terre, dis-je en me tournant vers Merritt. Il n'a rien à faire ici. Pas lui. Cooper, reviens s'il te plaît.

— Hé, doucement, proteste Merritt. Tu vas lui faire peur !

— Il faut que tu le renvoies, dis-je d'une voix suppliante. Sa mère va être... Ils ont déjà perdu leur... Ce n'est pas possible. Il doit vivre ! Il a encore tellement de choses à accomplir… de livres à écrire, de joie à donner, à ressentir ! Il a déjà trop souffert !

Mon désespoir semble toucher Merritt ; ses yeux brillent de larmes. Elle se penche vers Cooper et murmure quelque chose à son oreille.

Il ouvre les yeux, lentement. Un bref éclair de panique les traverse, puis ils se posent sur Merritt, accroupie près de lui. Dans son regard, la peur laisse place à la confusion, au choc puis… à la joie ? Quoi ?

Il soupire, tremblotant, chuchote « Mon Dieu » puis se lève d'un bond et serre Merritt contre lui, de toutes ses forces. J'en reste bouche bée. Ses bras l'enveloppent, et il presse une main tremblante contre sa nuque.

— C'est toi, bredouille-t-il d'une voix rauque. Tu es là. Je… Tu es là ?

Merritt pose sa joue contre son torse, les yeux fermés, un sourire aux lèvres. Cooper s'écarte et prend le visage de Merritt entre ses mains, essuyant tendrement les larmes qui roulent sur ses joues. Ses épaules, d'ordinaire si raides, se relâchent soudain, comme sous l'effet d'un immense soulagement. Il s'apprête à parler, mais laisse échapper un long sanglot. Merritt se met alors à rire, d'un rire vrai, profond, et Cooper se joint à elle. Je les observe tous deux, accrochés l'un à l'autre, riant et pleurant pour une raison connue d'eux seuls.

— C'est… Est-ce bien réel ? finit par demander Cooper. Toi, tu es réelle ? Ou n'est-ce qu'un rêve ?

Merritt prend une longue inspiration et expire doucement, comme pour se calmer.

— Oui, Coop. Ce n'est pas le genre de réalité auquel tu es habitué, mais je suis bien là. Et toi aussi. Mon Dieu, qu'est-ce que tu as pu me manquer !

Eric les contemple avec un sourire indulgent tandis que Cooper secoue la tête, incrédule, et balaie la pièce du regard, les yeux écarquillés. Il semble troublé, sonné, mais tout sauf effrayé. Il aurait presque l'air... heureux. Je ne comprends pas.

— Attends... dit-il soudain. C'est quoi ce décor ? C'est la laverie de Franny, à Barnet ? Tu es vraiment cinglée !

— J'adorais passer du temps là-bas, tu le sais très bien, répond Merritt en haussant les épaules. Mais mes clients n'ont pas les mêmes goûts ; j'ai reçu quelques commentaires peu élogieux. Apparemment, ce que je considère comme un environnement apaisant est sinistre à leurs yeux. Il faudrait que je change pour quelque chose de plus basique, qui plaît à tout le monde. L'appartement de *Friends* par exemple, ou un décor neutre, dans les tons beiges, type hall d'hôtel. Qu'en penses-tu ?

— Stop ! je hurle.

Je ne comprends plus rien. Et si nous n'étions pas à Evermore, mais dans une espèce de réalité parallèle ? Et si là-haut, les supérieurs de Merritt avaient découvert notre plan et m'avaient envoyée ici, dans cet endroit où je resterais perplexe, à tout jamais ?

— Pourquoi faites-vous tous comme si tout était normal ?

— Delphie ? dit Cooper, s'apercevant que je suis là, moi aussi, au fond de la salle.

Il se précipite vers moi, les traits sombres et inquiets, comme s'il saisissait enfin la gravité de la situation.

— Est-ce que tu vas bien ? s'enquiert-il en relevant mon menton et en inspectant mon visage. Tu es blessée ?

Il se tourne alors vers Merritt et l'assaille de questions : « Combien de temps peut-on rester ici avec toi ? Quand peut-on retourner sur Terre ? Est-ce que Delphie va bien ? »

Cooper pose de nouveau les yeux sur moi.

— Dès que tu as prononcé « Merritt », j'ai su que tu disais la vérité. Au début, j'ai cru que c'était une mauvaise blague. Ç'aurait été cruel. Or ce n'est pas ton genre. Ensuite, quand tu as évoqué sa passion pour les romans d'amour, j'ai su que c'était ma Merritt.

— Ta Merritt ? Attends... tu... tu es dans le coup ?

Je sens les larmes monter. Je ne comprends plus rien.

Cooper attrape la main de Merritt et la tire vers lui, entraînant Eric avec lui, formant une chaîne de figures aussi étranges que séduisantes.

— Delphie, c'est Em ! Ma sœur !

Je les regarde tour à tour et je m'aperçois soudain que leurs yeux ont la même teinte, vert émeraude, la même forme d'amande, et qu'ils inclinent la tête exactement de la même manière.

— Mais... c'est Merritt ? Je croyais que ta sœur s'appelait Emily ?

— Non, on l'appelle M comme la lettre M, l'initiale de Merritt ! Pas E-M !

Je commence à comprendre. D'abord, cela me fait l'effet d'une petite bruine. Puis d'un nuage qui éclate. M, pour Merritt. Il n'y a pas d'Emily. La sœur jumelle de Cooper n'est autre que... Merritt ? Je remarque alors qu'elle a mis les boucles d'oreilles que Cooper m'avait prêtées lors du gala. Elle a dû les piquer dans son appartement le jour où nous sommes rentrés ! Merritt surprend mon regard et porte une main à son oreille.

— Elles me manquaient.

— Mais... l'accent irlandais... je marmonne, soupçonneuse.

— J'ai étudié au Trinity College, et j'ai vécu dix ans à Dublin.

Évidemment. Moi qui avais pensé qu'il s'agissait du

Trinity College de Cambridge. Cooper dévisage sa sœur, émerveillé. Toute peur l'a quitté ; il est sur un petit nuage, même s'il n'a sans doute pas tout saisi. Je sais que perdre sa sœur lui a brisé le cœur. Qu'a-t-il dit, déjà, le soir où il s'est confié à moi ? Que son cœur avait volé en éclats, et que même s'il pouvait trouver des moyens de le panser, au fond, il ne serait jamais vraiment guéri. À présent…

Merritt passe son regard de l'un à l'autre et je ressens soudain une vague de colère à son égard. Bien que Cooper soit toujours en proie à la surprise et à la joie de l'avoir retrouvée, cela ne change rien au fait qu'elle l'ait fait revenir ici volontairement. Qu'elle l'ait arraché à la vie dans son intérêt à elle. C'était donc ça, son idée, depuis le début ? N'étais-je qu'un pion de son plan machiavélique ?

— Je n'ai jamais voulu faire venir Cooper ici ! proteste-t-elle, comme si elle lisait dans mes pensées. Je n'ai jamais été – je ne suis pas un monstre. Mais le destin s'en est mêlé, et à Evermore, le destin est roi.

— L'accident… ce n'était pas toi ?

— Non ! s'exclame Merritt en portant une main à sa poitrine, l'air offensé. Un accident ? Jamais. C'est bien trop banal. Je comptais te faire tomber dans une bouche d'égout, pour le côté comique de la scène. L'accident, c'était le destin. La présence de Cooper ici, c'est le destin. Quant à la volonté humaine… le destin est plus puissant que tout ce que nous pouvons inventer dans l'au-delà.

Petit à petit, Cooper semble prendre la mesure de la situation.

— Donc… nous ne pouvons pas retourner sur Terre, Merritt ? Jamais ? Je croyais que tu avais renvoyé Delphie ?

Le visage de Merritt se décompose ; ses yeux se remplissent de larmes.

— Tu n'es pas content d'être ici ? Avec moi ? C'est sympa, tu sais, une fois qu'on s'y est fait.

Une question se dessine lentement, quelque part à la frontière de ma conscience, mais je ne parviens pas à la formuler clairement, car ma vue commence à se brouiller, les lumières de la laverie se mettent à clignoter, et je perçois un bourdonnement puis soudain, le son d'une sirène.

— Oh ! s'écrie Merritt, le souffle coupé. C'est une blague ? Eh bien, Delphie… Ça, c'est une surprise ! On dirait que tu vas finir par l'avoir, ce baiser, après tout…

Je chancelle un peu et Cooper se précipite pour m'empêcher de tomber.

— Delphie ? Ça va ? Que se passe-t-il, M ? Que lui arrive-t-il ? Elle s'évanouit ! Delphie, tu m'entends ? Delphie ! Non… Reviens, reviens-moi. M, aide-moi ! Fais quelque chose ! Je ne peux pas perdre…

Les sons commencent à s'estomper. Je lève la main pour caresser le visage de Cooper, mais la chaleur de sa peau sous mes doigts disparaît, se volatilise.

Je me volatilise.

44

Je me réveille à nouveau, avec la sensation d'un front appuyé contre le mien, d'un pouce et d'un index qui pincent mes narines, de lèvres qui se posent sur les miennes. Je sens alors un souffle d'oxygène-parfum Listerine remplir mes poumons et je me mets à tousser et à crachoter. Le propriétaire dudit front crie soudain :

— Elle est vivante ! Elle... Je l'ai sauvée ! Je lui ai sauvé la vie. Mon Dieu !

La douleur s'empare immédiatement de moi. Mes épaules m'élancent, l'air du soir pique ma joue, un goût de sang emplit ma bouche. Mon genou. J'ai l'impression qu'on lui a donné un coup de marteau.

J'essaie de me concentrer sur le visage qui m'apparaît, sur ces grands yeux bleus sérieux qui semblent m'implorer.

Jonah.

— Hé, dit-il d'une voix douce.

Il pose sa main sur la mienne et je tressaille. J'ouvre la bouche pour dire quelque chose, mais il m'arrête.

— Chut. Reste tranquille, me conseille-t-il en se relevant et en adressant un signe de tête à quelqu'un. Les secours sont là. Ça va aller.

Je suis sonnée. Ma tête est lourde, mon cœur s'emballe. Autour de moi, tout s'accélère : on place un masque sur mon visage, puis deux ambulanciers me soulèvent et m'installent sur un brancard. Ils me parlent. Je le sais, car je vois leurs lèvres remuer, mais leurs mots se bousculent et je ne les comprends pas, tant mon esprit est obnubilé par une seule et unique question : où est Cooper ?

Je relève la tête. Un ambulancier au regard doux la repose délicatement sur le brancard, mais j'ai le temps d'apercevoir la Land Rover qui a percuté notre voiture et, gisant au sol devant les véhicules, Cooper.

Il est allongé, les bras le long du corps, les yeux fermés – comme s'il faisait le mort. Quatre ou cinq secouristes s'affairent autour de lui. L'un d'eux comprime sa poitrine, encore et encore, à intervalles réguliers, le visage rougi par l'effort.

— Non… je murmure avant que l'on fasse rouler mon brancard sur une rampe, à l'intérieur de l'ambulance. Le véhicule démarre, faisant hurler sa sirène plaintive.

— Ça va aller, dit Jonah, à côté de moi.

Que fait-il ici ? Pourquoi est-il avec moi ?

— Tu vas t'en sortir. Vous avez percuté une voiture juste devant ma maison. J'étais à l'intérieur quand j'ai entendu le bruit de la collision. J'ai couru, et je t'ai vue par terre, au milieu de la rue, inconsciente. Tu avais dû ramper hors du véhicule. Mais tu es sauve, maintenant. Ça va aller.

Non, ça ne va pas. Rien ne va.

Mon cœur bat si fort dans ma poitrine que c'en est douloureux. Une machine se met à biper et l'ambulancier au regard doux apparaît au-dessus de moi, brandissant une aiguille. Je ne la sens pas pénétrer dans ma chair. Je ne sens plus rien.

Je me réveille je ne sais combien d'heures plus tard, dans une chambre aux parois de verre. La douleur lancinante dans mon genou est insupportable. Je m'assois. Mon corps me fait mal, comme s'il avait dévalé un escalier. Je porte une blouse d'hôpital, ma jambe est couverte de bandages, j'ai la tête embrumée, et la bouche sèche.

— Oh, tu es réveillée ! Tu veux de l'eau ?

C'est Jonah. Encore lui.

Il est assis sur une chaise à côté de mon lit. Il me tend une bouteille en plastique puis, s'apercevant sans doute que je vais avoir besoin d'un coup de main, il dévisse le bouchon et approche la bouteille de mes lèvres. J'avale le liquide d'un trait. Quelques gouttes coulent sur mon menton et ma poitrine.

— Tu as été opérée, déclare Jonah. Du genou. Tu as des contusions au niveau des côtes et une entaille près de l'oreille, mais ils t'ont fait des points de suture. La cicatrice devrait à peine se voir.

— Cooper. Où est-il ? Est-ce qu'il est… ?

— Celui qui était avec toi dans la voiture ? Il est juste là, dit Jonah.

Je tourne la tête et l'aperçois, de l'autre côté du panneau de verre, allongé sur un lit, dans un sommeil profond. Réalisant qu'il n'est pas mort, je laisse échapper un long sanglot de soulagement, entrecoupé de cris de douleur, car chaque mouvement me donne l'impression que l'on comprime mes côtes dans un étau.

— Il… euh… Il est dans le coma, je crois.

— Le coma… Les gens se réveillent du coma, non ? Il n'est pas mort. Il va se réveiller.

Jonah reste silencieux et pince ses lèvres, sa bouche formant une ligne stoïque. C'est alors que je remarque sa barbe de trois jours, épaisse, ses yeux rouges et sa chemise en lin froissée.

— Tu as passé la nuit ici ?

— Oui. Je voulais m'assurer que tu allais bien.

— Ça va, dis-je en lançant un regard vers Cooper. Merci d'être resté avec moi, mais c'est bon, maintenant. Tu devrais rentrer. Va te reposer.

Jonah hoche la tête, mais semble réticent. Il approche sa chaise du lit et me prend la main.

— Je… Je suis content que tu t'en sois sortie.

— C'est la deuxième fois que je te fais une frayeur en une semaine, dis-je avec un petit rire forcé.

— Oui. Tu ne fais pas les choses à moitié.

— Sincèrement, tu peux y aller. Je promets de ne plus jamais te poursuivre.

Jonah prend une profonde inspiration, se relève et étire ses bras, dévoilant les poils cuivrés de son bas-ventre. Je repense à ce que j'ai ressenti pour lui, à Evermore. Je veux dire… évidemment, je comprends. Mais cette petite étincelle si singulière s'est envolée.

— Tu devrais te sentir mieux d'ici peu, dit Jonah en se retournant, sur le seuil de la porte.

— Merci, Jonah, je murmure avant de détourner les yeux et de les poser sur Cooper.

Il va se réveiller bientôt, j'en suis sûre, et je voudrais que le premier visage qu'il voie soit le mien.

Le compte rendu du médecin est similaire à celui de Jonah : un genou cassé, des côtes contusionnées et le corps meurtri – j'ai beaucoup de chance d'être encore en vie. Lorsque je lui demande quand Cooper va se réveiller, elle grimace. Ça m'étonnerait que ce soit ce que conseillent les manuels de médecine dans le cas où un proche pose ce genre de question. Elle m'explique que les traumatismes de Cooper sont graves et prononce tout un tas de mots que personne ne devrait jamais entendre : pression intracrânienne, ventilation mécanique, liquide. Quand je m'enquiers de la durée moyenne du coma à la suite de telles blessures, elle répond « Chaque patient est différent », ce qui ne m'est d'aucun secours.

Comme je ne peux pas encore me lever, je me contente de le contempler, éclairé par les lueurs blafardes des néons. Son corps est ici. Mais lui ? Il est à Evermore, je le sais. L'idée que quiconque soit coincé là-bas avec Merritt m'inquiéterait, mais il s'agit de sa sœur et il est évident qu'ils s'adorent. Alors, il va bien, je suis au moins sûre de ça. Mais il n'a rien à faire à Evermore. C'est ici, dans ce monde-là qu'il devrait être, vivre, écouter Charlie Parker, déguster du bon vin, monter des braquages imaginaires. Être odieux. M'embrasser.

J'appuie sur le bouton pour appeler une infirmière et lui demande de m'aider à m'installer dans un fauteuil roulant pour que je puisse me rendre auprès de lui.

— Oh… vous êtes arrivés ensemble, c'est ça ? C'est un proche ? s'enquiert-elle en jetant un œil à ses notes.

— Oui, dis-je avec certitude. Oui, c'est un proche.

Une fois à son chevet, je prends sa main, sur laquelle se dessine un bleu, sans doute dû à l'insertion ratée d'un cathéter. Je caresse sa paume avec mon pouce. Il a l'air si calme. Si absent.

Je jette des regards alentour pour m'assurer qu'aucune infirmière n'est en vue.

— Merritt, dis-je dans un sifflement où transparaît ma colère. Merritt, tu dois le renvoyer ici. Maintenant.

Comme je sais qu'il lui sera difficile d'apparaître dans un endroit aussi animé qu'un hôpital, je garde un œil sur mon téléphone, dans l'espoir d'entendre retentir les premières notes de *Jump Around*.

Rien.

J'essaie de la raisonner, marmonnant que j'ai

conscience que son frère lui a manqué et qu'elle s'ennuie parfois à Evermore, mais qu'elle a Eric, à présent. Pourquoi aurait-elle besoin de Cooper ? C'est ici qu'il doit être. Pourquoi faire ça à ses propres parents, les faire souffrir de nouveau ?

Toujours rien. Hormis les bips réguliers et le souffle de la machine permettant à Cooper de respirer, la pièce est silencieuse. Et même si Merritt m'a déjà fait le coup de disparaître comme ça, j'ai la sensation que cette fois, je n'en entendrai plus jamais parler. J'ai accompli la mission que j'avais acceptée à Evermore. Jonah m'a littéralement sauvé la vie en m'embrassant. Dans l'absolu, il s'agissait d'un bouche-à-bouche, mais peu importe : ses lèvres ont touché les miennes, de son plein gré. Notre pacte a pris fin. J'ai retrouvé ma vie.

Mais au moment où je pose les yeux sur le visage pâle et le front légèrement moite de Cooper, je réalise que je ne veux pas savoir ce que signifie vivre sans lui.

45

En dépit de mes protestations, je suis transférée dans un nouveau service, hors des soins intensifs, dans une chambre partagée avec d'autres patients. Si certains gémissent de douleur, la plupart sont silencieux. J'ai donné les coordonnées des parents de Cooper au personnel de l'hôpital ; ils sont en route. Il va avoir besoin de soutien et de présence. Je parviens également à appeler Alec qui, à mon grand soulagement, a passé la nuit auprès de M. Yoon (bien qu'il se soit lui-même évanoui ivre mort sur son canapé). Il me garantit qu'après la soirée de la veille, les gens ne manqueront pas de venir s'assurer que M. Yoon se porte bien. Lorsqu'il m'interroge à propos de Cooper, j'éclate en sanglots.

— Il est... il est...

— Il est mort ? crie Alec. R. L. Cooper est mort ? Non !

— Non, il n'est pas mort, Alec ! Il est dans le coma. Et il va se réveiller, crois-moi.

Au bout du fil, Alec garde le silence. Je ne peux qu'imaginer son visage, sans doute semblable à la grimace du médecin de tout à l'heure.

— J'espère que ce sera le cas. Mais peut-être faut-il te préparer...

D'une main tremblante, je raccroche. Je refuse d'entendre la suite de cette phrase.

Mes genoux m'élancent de nouveau et à côté de moi, la machine émet des bips de plus en plus rapprochés. Ma poitrine se serre, comme oppressée. Je ne parviens plus à respirer.

Une infirmière vient vérifier mes constantes et s'assoit près de moi, frottant mon dos en décrivant des cercles lents et réguliers. Elle me dit qu'il faut que je me calme et guide mes respirations jusqu'à ce que les bips ralentissent.

— Vous avez mal ? demande-t-elle. (J'acquiesce.) Sur une échelle de 1 à 10 ?

Je me rappelle alors l'arrivée de Jonah à Evermore : il était en train de se faire opérer des dents, et l'anesthésie l'avait mis KO – c'est ce que Merritt a appelé un « visiteur inconscient ».

— 10, je réponds sans hésiter. Donnez-moi ce que vous avez de plus fort.

Bon, ça n'a pas marché. À ma plus grande déception, je me réveille trois heures plus tard, non pas à Evermore, mais toujours dans ma chambre d'hôpital. Ma tête me lance. Je lève les paupières et aperçois Lester, l'oncle de Cooper, qui me fixe. Derrière lui, je distingue Amy, les yeux et le nez rougis, et Malcolm, le visage et les lèvres blêmes. Ils sont au plus mal. Eux qui ont perdu leur fille doivent maintenant faire face à la disparition de Cooper. Et c'est de ma faute.

Je me redresse. Autour de moi, la pièce semble vaciller et une douleur vive traverse mon genou.

— Eh bien, en voilà au moins une qui est consciente, ironise Lester.

Amy le fusille du regard et Malcolm réplique aussitôt, lui demandant de se taire. Lester serre ses lèvres et paraît soudain se prendre d'affection pour le panneau accroché au mur détaillant la marche à suivre en cas d'incendie. Ses yeux sont humides de larmes. Mon estomac se noue. Merde, merde, merde.

— Comment te sens-tu, ma chérie ? dit Amy en tirant une chaise et en s'assoyant près de moi. Malcolm, lui, reste debout à l'extrémité du lit, les mains dans les poches, en proie à une sorte de transe. J'essaie de contenir ma nausée.

C'est de ma faute. C'est à cause de moi.

— Je suis désolée, je bredouille. Je... Cooper conduisait et je l'ai distrait. On riait et...

— Il riait ? répète Amy, une lueur au fond des yeux.

J'acquiesce et m'apprête à leur raconter que je venais de découvrir son vrai prénom, mais je me ravise, me rappelant que c'est eux qui l'ont choisi.

— Tu penses que tu vas rester ici combien de temps ? demande Malcolm d'une voix blanche, faible, comme s'il n'avait plus aucune énergie. Le médecin nous a dit que tu avais été opérée ?

— Oui. Mon genou est... Je ne vais pas pouvoir marcher pendant quelque temps. Et puis mes côtes... Enfin, peu importe. Je vais bien. Je devrais passer encore une semaine ici, au moins. Je ne voulais pas qu'ils me changent de service, je voulais être auprès de Cooper. Si ça ne tenait qu'à moi, je serais là-bas avec lui en ce moment même.

— Tu as besoin de quelque chose ? s'enquiert Amy en me prenant la main, comme si nous nous connaissions depuis longtemps.

Je me mords l'intérieur de la joue pour retenir mes larmes et secoue la tête. Je n'ai rien d'autre que le sac que j'avais emporté à la fête de M. Yoon, donc ni affaires de rechange, ni brosse à dents, ni médicaments, mais ça ne me traverse même pas l'esprit.

— J'ai tout ce dont j'ai besoin, dis-je, d'une voix aussi assurée que possible. Je suis contente que vous soyez passés me voir, sincèrement, mais ça va aller. Retournez auprès de Cooper.

— Cooper nous avait dit que tu n'avais pas de famille à Londres. Si tu as besoin d'aide au moment de ta sortie… tu es la bienvenue à la maison. On a une chambre d'amis.

— Merci, mais vous n'êtes pas obligés de… Ça ne faisait pas longtemps que nous étions ensemble et…

— Suffisamment pour que Cooper soit le plus heureux des hommes, intervient Lester, d'une voix tremblante. C'est tout ce qui compte.

Je hoche doucement la tête, tout en sachant pertinemment que je n'accepterai pas leur offre. Je ne veux pas leur causer plus de chagrin que je ne leur en ai déjà fait.

— Je viens de passer une heure et demie à lui parler. Je me demande s'il m'entend… murmure Amy, comme pour elle-même. J'espère au moins qu'il sent qu'il n'est pas seul.

J'aimerais tellement pouvoir lui dire qu'il est avec Merritt, mais je sais que cela ne ferait que compliquer la situation, qu'ajouter de la peine et faire surgir des questions auxquelles je n'ai pas les réponses.

— Je pense qu'il vous entend, dis-je. Et où qu'il soit, il va bien, j'en suis sûre.

Amy se met alors à pleurer à chaudes larmes, comme si ses sanglots venaient du plus profond d'elle-même. Son corps tout entier s'effondre. Lester et Malcolm se précipitent vers elle et l'aident à se relever.

Après leur départ, je suis prise de tremblements.

J'appuie de nouveau pour appeler l'infirmière. Ce n'est pas la même que tout à l'heure. Je lui dis que j'ai mal. Un 10, sur l'échelle. Alors elle m'injecte un produit qui me renvoie dans la chaleur du néant. Je m'assoupis, en espérant qu'à mon réveil, Cooper sera revenu d'entre les morts.

46

Trois jours s'écoulent ainsi, ponctués par quelques périodes de conscience. Je me réveille le matin, l'esprit reposé par la nuit, et je descends voir Cooper, en fauteuil roulant. Je lui parle pendant une demi-heure, je le supplie de revenir, puis je remonte.

Entre les phases de sommeil, des gens viennent me rendre visite, mais je suis dans un état second, et pas de très bonne compagnie. Je me souviens vaguement de M. Yoon, qui s'est efforcé de converser avec moi à l'aide de son synthétiseur, et de Frida, qui m'a apporté un pack de chemises de nuit de chez *Marks & Spencer* et un lot de strings noirs – les culottes étaient épuisées. Même si je m'applique à leur répondre, les seules discussions qui me restent en mémoire sont celles en tête à tête avec Cooper, chaque matin.

Au quatrième jour, sur les coups de 11 heures, j'appuie sur le bouton pour appeler l'infirmière et recevoir ma dose habituelle de calmants. Manny, le responsable du service, apparaît et s'assoit sur le bord du lit.

— On arrête le traitement, dit-il d'une voix neutre.

— Quoi ?

— Plus de morphine ni de sédatifs. Le médecin affirme que vous n'en avez plus besoin à ce stade.

— Mais bien sûr que si ! J'en ai besoin, je vous assure.

— Je sais que votre cher et tendre est en bas, en réanimation, et que c'est difficile. Je comprends. Mais ce ne sont pas les médicaments qui vont calmer la douleur, croyez-moi.

— C'est pourtant à ça que servent les médicaments.

— C'est fini, dit-il en m'adressant un sourire plein de compassion. Votre genou va mieux. Je suis désolé, Delphie. Mais le médecin sait ce qu'il fait.

Sur ces mots, il part, se dépêchant de se rendre auprès d'un autre patient. Je pousse un soupir et attrape mon téléphone pour me changer les idées. J'ai reçu un message de ma mère. Je plisse les yeux et remonte au texto précédent, car même si je n'en ai aucun souvenir – sans doute à cause des médicaments –, il semblerait que je lui aie écrit hier.

Mon message disait :

Maman, je suis à l'hôpital. Un accident de voiture. Genou et côtes en vrac. Unité 8 de l'UCLH. Tu me manques. X

Je lis de nouveau sa réponse :

Oh non, ma pauvre chérie ! Je suis désolée d'apprendre ça. Remets-toi vite !

Je fixe l'écran quelques instants, puis remonte le fil de nos échanges, visualisant ainsi tous mes messages et toutes ses réponses, plus indifférentes les unes que les autres. Ma poitrine se serre. Je repense aux mots de Cooper, le soir du gala, après que Jonah s'est enfui : *Lorsque les gens veulent partir, il est parfois plus simple de les laisser faire.*

Je vais dans mes contacts et supprime son numéro.

Le lendemain matin, le médecin me confie qu'ils ne

pouvaient pas expliquer pourquoi Cooper ne s'était pas encore réveillé, et qu'il fallait que je me prépare psychologiquement à ce que cela n'arrive pas. Je crois que je ne me suis jamais sentie aussi mal de toute ma vie.

Quelques heures plus tard, Leanne entre dans ma chambre, me surprenant en pleine crise de larmes. Elle est vêtue d'une combinaison en tissu jaune et vert à motifs ananas, qui tranche tant avec le bleu pâle du personnel soignant qu'elle semble luminescente. Ses cils sont encore plus longs qu'ils ne le sont déjà et si épais qu'ils paraissent alourdir ses paupières. Elle tient une boîte entre ses mains et avance lentement vers moi, les yeux grands ouverts, comme si j'étais un lion en cage et elle, une enfant mourant d'envie de passer son doigt entre les barreaux, mais trop effrayée pour se lancer. J'en déduis que mon visage doit parfaitement traduire mon humeur.

— Tu as la même tête qu'avant, dit-elle.

— Quoi ?

— Tu as l'air grincheuse. Comme si tu voulais que personne ne t'approche.

— Et pourtant tu es là.

— Je t'ai apporté de la soupe, annonce-t-elle d'une voix douce.

— Pourquoi ?

Je me penche et hume la boîte. Ça sent bon.

— Parce que c'est ce qu'on fait quand quelqu'un se sent triste.

— Qui fait ça ?

— Les gens, les amis.

— Pourquoi ?

— Je n'en sais rien, c'est juste que... ça se passe

toujours comme ça, dans les livres et dans les films. Je crois que c'est une question de réconfort.

Nous laissons le silence s'installer et réfléchissons quelques instants.

— Quand je me suis fait opérer pour l'endométriose, reprend-elle, la nourriture était atroce. Ils avaient écrasé les petits pois et en avaient fait une boule. Une sorte de petit pois géant, tout mou. Rien que d'y penser, ça me donne envie de vomir. Bref. Cette soupe vient de chez *Baba's Deli*, donc aucun risque : elle sera forcément délicieuse.

Elle fouille dans son sac, en sort une serviette en papier qu'elle déballe, découvrant une cuillère en argent. Ma lèvre inférieure se met à trembler devant tant de gentillesse, et je m'en veux d'avoir été aussi sèche avec elle. Je n'avais pas songé au fait qu'on mangeait toujours très mal à l'hôpital, car jusqu'à présent, je n'avais même pas faim. Cela dit, maintenant que cette soupe est sous mon nez, mon estomac se manifeste.

— Je ne savais pas que tu avais eu de l'endométriose. C'est nul.

— Tu n'as jamais demandé.

— Je suis désolée. Toutes ces années, j'ai cru qu'en gardant mes distances avec les autres, je me protégeais. Mais je commence à penser que j'étais peut-être…

— Une sacrée connasse ?

J'éclate de rire, ce qui me fait hurler de douleur dans la foulée : mes côtes n'étaient pas prêtes pour ce genre de mouvement.

— Sans doute, dis-je en souriant. J'ai du mal à comprendre pourquoi tu voulais qu'on soit amies.

— Parce que ce serait absolument terrible, si ma

mère était ma seule collègue de travail. Ça ne refléterait pas du tout ma personnalité.

Je ris à nouveau, et elle poursuit.

— Sérieusement, je t'aime bien. Et tu te souviens de cette soirée où on avait bu un verre de vin, après le boulot ? Tu m'avais confié que ta mère partait.

— Ah oui ?

— Oui, et tu étais très drôle, aussi, ce soir-là. Tu avais baissé la garde. Je savais que je réussirais un jour. Enfin, je pensais qu'il me faudrait encore un an ou deux, mais regarde : on est là, toutes les deux, à partager une soupe.

— À partager ?

— Eh oui ! D'ailleurs, j'espérais que tu ferais le service, dit-elle en sortant une deuxième cuillère emballée dans une serviette. Je n'ai pas déjeuné, car ma mère avait pris des sandwichs au thon. Non merci.

— Tu n'aimes pas ça ?

— Mon Dieu, tu ne m'as donc vraiment jamais écoutée durant toutes ces années, hein ? Une fois, à la pharmacie, j'ai reçu quelqu'un qui souffrait d'une vaginose bactérienne. Depuis, je ne supporte plus l'odeur de poisson. Mais maman adore le thon, alors quand elle en mange, je me sauve.

— Il faut que tu arrêtes de me faire rire, dis-je en me tenant les côtes.

— Je ne peux rien promettre, répond-elle en relevant le menton, un fier sourire aux lèvres. Mais je vais essayer, au moins jusqu'à ce qu'on aille boire notre fameux verre.

— Quel verre ?

— Celui que tu as accepté de prendre avec ma mère et moi pour nous remercier d'avoir approuvé tes congés à la dernière minute.

Ah oui, ça. Mon Dieu, j'ai l'impression que c'était il y a un siècle.

C'est étrange. À l'époque, quand j'ai accepté, je m'étais tout de suite mise à penser aux différents moyens de me défiler. Mais aujourd'hui, alors que la tristesse me submerge, je me dis que cela me ferait l'effet d'un baume.

47

Les visiteurs continuent de défiler à mon chevet. Quelques heures plus tard, c'est au tour de Jan. À peine est-elle entrée que je fonds déjà en larmes. C'est tout ce dont je suis capable.

Je pleure surtout pour Cooper. Plus les jours passent, plus son réveil me paraît improbable. Depuis qu'Amy m'a confié qu'il était amoureux de moi, je n'ai cessé de penser à ce que je ressentais pour lui.

Oui, il m'attirait, mais pas seulement. Il me faisait rire. Je me sentais libre avec lui. Je savais aussi que derrière son air maussade se cachait un cœur tendre et généreux. Il m'avait montré que mon corps pouvait être une source de plaisir et non d'angoisse. Mais je m'étais convaincue que ce n'était qu'une question de désir. Et aujourd'hui, je cours le risque de ne jamais pouvoir découvrir ce qu'il y a au-delà de ce désir.

J'ai envie d'apprendre à le connaître. À le connaître vraiment, bien mieux qu'on ne peut le faire en dix jours. Je veux l'écouter se brosser les dents, entendre son avis sur les séries ou les émissions qu'on regarde à la télé, savoir quelles sont ses couleurs préférées, ses céréales de petit-déjeuner attitrées, le côté du lit où il dort, et s'il a un orteil favori. Je veux passer encore des nuits blanches avec lui, comme celle qui a suivi le gala, à parler de choses sans importance, mais qui, au bout du compte, font que l'on arrive presque à deviner ce que la personne va dire avant même qu'elle n'ouvre la bouche.

Et si je ne ressentais plus jamais cette petite étincelle au creux de mon ventre, qui me chatouillait et pétillait de fierté lorsque je le faisais rire, jouir, ou qu'il secouait la tête comme s'il ne parvenait pas à croire que j'existais ?

— Je t'ai apporté à manger, dit Jan en me tendant deux sandwichs au thon emballés dans du film alimentaire ainsi qu'une bouteille de soda énergétique et quelques grappes de raisin.

— Merci beaucoup, dis-je, tout en sachant qu'après le récit de Leanne, je serai incapable de manger du thon. (Je prends un mouchoir dans la boîte posée sur ma table de chevet, me mouche, puis le jette sur la pile de mouchoirs usagés, érigée telle une immense et triste tour Jenga.) Désolée, Jan. Je ne pleurais jamais avant, tu sais. J'avais un cœur d'acier.

— Eh bien, il n'y a pas de quoi être fière, répond Jan, l'air désapprobateur.

Je repense à ma mère. Pour elle, seules les mauviettes pleuraient, et elle me répétait sans cesse : « Les Bookham ont la peau dure. »

— Cela signifie que tu ressens des choses, poursuit Jan. Que tu vis. Que tu aimes.

— Que tu ris, aussi ?

— Que tu t'intéresses aux autres, ajoute-t-elle, ignorant ma remarque.

— Peut-être, mais c'est nul. Maintenant qu'il y a tous ces gens que j'aime, et qui me manquent, je sanglote tout le temps. Objectivement, c'est nul.

— Non ! dit Jan en riant. Enfin, peut-être, mais tu

ne trouves pas que ta vie serait terriblement ennuyeuse si tu n'avais jamais aucune raison de pleurer ?

Dire que j'ai passé les douze dernières années à justement m'assurer de n'avoir aucune raison de pleurer…

— Tu savais que les larmes provoquées par l'émotion ont une plus grande concentration en protéines que celles causées par la colère ? demande Jan, comme si c'était de notoriété publique. J'ai lu sur internet que plus la teneur en protéines est forte, plus les larmes coulent lentement, ce qui accroît les chances que les autres les voient, et donc qu'ils te viennent en aide. C'est bien la preuve que notre corps est fait pour vivre en communauté. Alors, pleure autant que tu veux !

— C'est beau, dis-je malgré moi.

— Oui, je trouve aussi.

— Mais je n'ai jamais voulu des autres, au fond. Je craignais qu'ils mettent le bazar dans ma vie.

— Ça, c'est plutôt une bonne chose, tu sais. Il faut accepter de les laisser t'emmener là où tu n'as pas envie d'aller, te dire ce que tu n'as pas envie d'entendre et parfois, te briser puis t'aider à te reconstruire. Comme le dit mon cher Stephen Sondheim : « *Somebody hold me too close, somebody hurt me too deep.* » C'est ça, la vie, prendre le risque que quelqu'un nous serre trop fort, nous blesse trop vivement.

— Je ne sais plus quoi faire, Jan.

— Alors concentre-toi sur ta guérison, dit-elle en me tenant la main. Reviens dans la meilleure forme possible. Et continue à espérer. Continue à espérer que la vie prendra exactement la tournure qu'elle est censée prendre.

La gentillesse que je lis dans ses yeux et sa bienveillance, si sincère, me donnent envie de pleurer de nouveau. Je me ressaisis.

— Tu as embrassé Dan ? je lance, me rappelant soudain les avoir vus flirter lors de la soirée.

— Oh, réplique Jan en haussant un sourcil et en émettant un rire beaucoup plus rauque qu'à l'ordinaire. On a fait bien plus que ça, ma chère ! J'avais un faible pour ce type depuis des années. Je n'aurais jamais cru qu'il remarquerait quelqu'un comme moi, mais tu vois, c'est justement ça que je te disais : le destin a sa manière à lui de t'offrir exactement ce dont tu as besoin, au moment où tu en as besoin.

Je regarde par la fenêtre, au loin, là où se trouvent peut-être Merritt et Cooper.

— J'espère de tout cœur que tu as raison, dis-je dans un long et profond soupir.

À l'occasion d'une de ses visites, Alec me dit quelque chose qui enclenche immédiatement tous les mécanismes de mon cerveau : comment est-ce possible que Cooper et moi ayons commencé à sortir ensemble il y a quelques jours à peine, alors que nous vivions dans le même immeuble depuis des années sans aucune autre interaction que les quelques piques que nous nous lancions de temps à autre ? Quand je lui raconte que Cooper m'a demandé de prétendre que j'étais sa petite amie pour que ses parents cessent d'essayer de le caser avec la voisine, Alec s'est exclamé : « Une fausse liaison ! De tous les scénarios de romans d'amour, c'est mon préféré ! Vous étiez destinés à tomber amoureux l'un de l'autre. »

Une fois Alec parti, je réfléchis : chez Merritt, les romances, c'est une vraie obsession. Or plus j'y pense, plus le fait que ma thérapeute de vie éternelle soit la sœur de mon voisin du dessous me paraît suspect. Ça ne peut pas être une coïncidence. D'ailleurs, pourquoi Merritt ne me l'a-t-elle pas mentionné ?

Je prends mon téléphone et cherche « scénarios de romances » sur Google.

Le premier site internet sur lequel je tombe m'indique que le plus populaire est de loin le dénommé « d'ennemis à amants ». Je poursuis.

« La frontière entre l'amour et la haine est ténue et rien n'accroche plus le lecteur qu'une tension palpable entre deux personnes qui se détestent, mais qui vivraient des parties de jambes en l'air incroyables, si seulement elles acceptaient de changer de perspective. Le jeu, les conflits, l'angoisse, le désir ! Tout y est. »

Étrange. On dirait que ce paragraphe parle de Cooper et moi. Je continue la liste où se suivent les termes « proximité forcée », « un lit pour deux », « triangle amoureux », « fausse liaison » ou encore « dompter le séducteur ».

Je jette mon téléphone portable sur la couverture, les sourcils froncés. Cooper et moi avons été forcés de partager un lit. Et avec Jonah dans le tableau, nous formions une sorte de triangle amoureux. Hmm... Avant moi, Cooper fréquentait une femme différente chaque soir. Aurais-je « dompté le séducteur » ?

Je me mords la lèvre. J'ai beau réfléchir, je tourne en rond, comme si je cherchais à tâtons les pièces d'un puzzle qui ne s'emboîtent pas parfaitement. Tout n'était-il que manigances de la part de Merritt, pour que je sorte avec son frère ? Était-ce ça, la fameuse fin heureuse dont elle rêvait ? Impossible. Dans ce cas, elle m'aurait simplement renvoyée en me donnant l'instruction d'embrasser Cooper. Pourquoi m'aurait-elle fait courir dans tout Londres à la recherche de Jonah ? Et pourquoi garderait-elle Cooper à Evermore ? À quoi bon ?

Minute…

À moins que…

Ma respiration s'accélère, je me redresse, et mon cœur se met à battre la chamade à cette idée… Est-ce qu'elle prévoit de le renvoyer sur Terre ?

C'est ça ! C'est forcément ça ! Merritt est folle, certes, mais elle est rusée. C'est impossible qu'elle se soit mise dans un tel pétrin – jusqu'à risquer son poste – pour finir par nous séparer alors que nous venions tout juste de nous trouver. Elle ne ferait jamais preuve d'autant de cruauté envers son propre frère jumeau, c'est certain. Elle a dû prévoir de le renvoyer depuis le début, mais selon toute probabilité, elle profite de passer un peu de temps avec lui avant de se résoudre à lui dire au revoir une dernière fois.

— Je sais que tu m'entends ! je m'écrie. Je vois clair dans ton jeu !

La patiente du lit d'à côté, assez âgée, se penche vers moi et me regarde à travers ses épaisses lunettes :

— Oh, mon jeu préféré, c'est le gin rami, ma chère. Vous avez des cartes ? Vous voulez faire une partie ?

— Peut-être plus tard, j'élude avec un sourire. Je m'adosse sur mes oreillers en secouant la tête, incrédule, et laisse échapper un petit rire de soulagement. Dans ce cas, je peux bien patienter. J'ai attendu toutes ces années pour commencer à ressentir quelque chose d'aussi beau alors après tout, qu'est-ce qu'une ou deux semaines supplémentaires ?

Trois jours de soins et de surveillance sont nécessaires avant que je ne sois autorisée à rentrer chez moi. Maintenant que je suis certaine du retour de Cooper, j'ai le cœur plus léger. Enfin, autant que possible pour quelqu'un qui vient de mourir deux fois d'affilée et dont le tout nouvel amoureux est dans le coma.

Leanne a promis qu'elle m'emmènerait à l'hôpital tous les matins pour voir Cooper, tenir sa main et lui raconter les dernières nouvelles. Je ne sais pas s'il m'entend. J'imagine qu'il se balade dans Evermore en compagnie de Merritt avant de retourner sur Terre, mais peu importe, je continue à lui parler.

Un gentil brancardier pousse mon fauteuil roulant jusque devant l'entrée de l'hôpital. Dehors, je vois Alec, Frida, Leanne, Jan et, à ma grande surprise, Flashy Tom. Ils semblent en pleine discussion.

Je remercie le brancardier, saisis mes béquilles et sautille jusqu'à eux.

— Hé, dis-je, en m'apercevant qu'en une semaine, les températures ont baissé et sont devenues bien plus agréables. Qu'est-ce que vous faites tous là ?

— J'ai écrit sur le groupe WhatsApp que JE venais te chercher, explique Alec en se tournant vers moi, les dents serrées. Mais visiblement, Leanne n'a pas pris la peine de le consulter.

— J'ai du travail ! rétorque Leanne. Et tu ne t'en prends pas à Frida ni à Flashy Tom ! Eux non plus n'ont pas vu ton message WhatsApp à temps.

— Un groupe WhatsApp ? Qu'est-ce que vous racontez ? dis-je en chancelant sur mes béquilles, bientôt secourue par Leanne et Frida.

— Notre groupe « Delphie », précise Jan, comme si c'était évident. Ça nous a permis de coordonner nos visites. Mais apparemment, ce matin, on s'est mélangé les pinceaux.

— Peut-être était-ce plutôt un manque d'attention, marmonne Alec, les joues rouges.

Leanne riposte, provoquant la réaction de Frida, qui lui demande, sur un ton calme, de ne pas lui parler ainsi. Jan me regarde et lève les yeux au ciel.

— Tu as trop d'amis, soupire-t-elle en me tapotant l'épaule avant de m'aider à grimper dans sa voiture.

Je souris, ravie de cette toute nouvelle sensation qui enveloppe ma poitrine et réchauffe mon corps : trop d'amis. Quelle idée !

Lorsque nous arrivons, je vois une silhouette en chemise noire et casquette de baseball, juste devant la porte.

— Cooper ? je m'écrie, le souffle coupé.

Mais quand l'homme se retourne, mon cœur se serre : Jonah. Ce n'est que Jonah. Quelle idiote ! Cooper est bien plus grand, plus musclé et plus... dans le coma.

Quand il m'aperçoit, un grand sourire apparaît sur son visage et je remarque que ses dents sont un peu trop parfaites : on dirait une rangée de bonbons Tic-Tac blanc éclatant. Sa fameuse opération des dents n'était-elle qu'une simple pose de facettes ?

— Delphie ! Te voilà. J'ai appelé l'hôpital ; ils m'ont informé que tu venais de sortir.

— Je suis désolée, ce n'est pas le bon moment, dis-je, les yeux rivés sur mes béquilles.

— Oh, souffle-t-il, déçu. Je voulais seulement te parler.

— C'est le type qui t'a sauvé la vie ? chuchote Jan derrière moi. Sois gentille, d'accord ? Il faut que je file, poursuit-elle en s'adressant à Jonah, mais vous pouvez peut-être l'aider à monter les escaliers ? Ça nous évitera de devoir attendre que les autres arrivent.

— Bien sûr ! répond Jonah, ravi.

Je lance un regard noir à Jan, tandis qu'elle s'apprête à partir.

Jonah attrape mon sac et me tient la porte ouverte pour que je puisse entrer.

— Tu veux que je te porte ? propose-t-il, en voyant l'escalier.

Instantanément, le souvenir de Cooper qui me porte sous la pluie battante me revient en mémoire.

— Non merci, Jonah. Je vais monter sur les fesses. Vu le temps que ça va me prendre, quand on sera arrivés en haut, tu devrais avoir dit tout ce que tu voulais, non ?

Son visage se fige, ses lèvres se tordent un peu, et je me rappelle les mots de Jan.

— Désolée. Je ne voulais pas être désagréable. C'est juste que… la vie n'est pas facile, en ce moment.

Il hoche la tête et me suit pendant que je monte tant bien que mal les escaliers, marche après marche.

— Eh bien… il fixe le bout de ses baskets puis se met à rire. Bon, je vais aller droit au but. En fait, je… Je n'arrête pas de penser à toi.

Je m'immobilise et le regarde avec de grands yeux.

— Tu quoi ?

— Je… Tu m'as fichu la trouille, le soir du gala, avoue-t-il en retirant sa casquette et en passant sa main dans ses cheveux. C'est le moins qu'on puisse dire.

— Je comprends.

— Mais après… quand… Quand je t'ai fait du bouche-à-bouche… j'ai ressenti quelque chose. Dans mon ventre. Comme si on était connectés.

Je suis à deux doigts de rire devant l'ironie de la situation.

— J'ai cru que c'était l'adrénaline – j'avais peur que tu ne survives pas. Mais depuis, chaque soir, en m'endormant, je pense à toi. J'ai rompu avec Lulu ce matin.

— Lulu ?

— La fille que je voyais.

Ah oui, la brune du gala ! Il a rompu ?

— Avec elle, ce n'était pas... Enfin, ce que je suis venu te demander, c'est si tu sortais avec le type qui était dans la voiture avec toi, le soir de l'accident. Je n'en suis pas certain parce que quelques jours plus tôt, tu m'avais dit que tu avais le sentiment que nous étions liés. Et je... je crois que tu as raison. D'une certaine manière, j'ai l'impression de te connaître. Comme si nous nous étions déjà rencontrés. Avant le gala. Et puis... pourquoi te trouvais-tu juste devant chez moi, ce soir-là ?

Il s'accroupit à ma hauteur. Son visage est si près du mien que je distingue les poils dorés de sa barbe, fraîchement taillée, qui semblent scintiller le long de sa mâchoire parfaite.

— Ça ne peut pas être une coïncidence, ajoute-t-il.

— Je...

Dire la vérité à Cooper l'a envoyé directement à l'hôpital. Merritt avait peut-être raison ; il est possible que Jonah soit l'une de mes cinq âmes sœurs, mais peu importe. Je suis amoureuse de quelqu'un d'autre. Même si Amy s'était trompée et que son fils ne m'aimait pas, je suis sûre de mes sentiments pour lui, et je suis convaincue que ce n'est qu'une question de temps avant que je puisse le lui demander en personne. Quelques jours, quelques semaines peut-être. Merritt a tout prévu. Cooper va revenir.

Je baisse le visage, l'air sombre. Cet homme aux allures d'Adonis, aux yeux bleus et au sourire facile n'est pas pour moi. Moi, je veux l'odieux fan de jazz, aux cheveux en bataille et au regard noir ; celui qui est dans le coma. Tant que la machine continuera d'émettre des bips, je l'attendrai.

Jonah me dévisage comme si j'étais la femme la plus incroyable du monde.

Je me dois d'être claire, dès maintenant, et de lui éviter que cela ne devienne une obsession qui se solderait à tous les coups par une grande déception. J'inspire profondément.

— Je suis désolée, Jonah. Tu mérites quelqu'un de merveilleux. Mais ce ne sera pas moi.

— Mais je… je t'ai sauvé la vie.

— Et je t'en serai toujours reconnaissante, je poursuis en prenant sa main.

Pas d'étincelle à signaler.

— Mais il n'y aura rien entre nous. Je sais, j'ai dit que nous étions liés l'un à l'autre, mais c'était il y a un siècle.

— C'était la semaine dernière.

— J'étais quelqu'un de tout à fait différent.

C'est peut-être ridicule à ses yeux, car après tout, à quel point peut-on changer en l'espace de dix jours ?

Il s'avère que j'ai la réponse : complètement.

48

Douze semaines plus tard

Sur le chemin de la bibliothèque, encore un peu boitillante, bien qu'enfin libérée de mes béquilles, je souris, savourant le spectacle des feuilles cuivrées qui jonchent le trottoir et leur crissement sous mes bottines. Je glisse mes mains dans les poches de mon manteau, tout en adressant un petit signe de tête à Dan, que j'aperçois derrière la vitre de chez *Baba's Deli,* en train de couper un concombre à la vitesse de l'éclair. Il est 16 heures, mais le ciel est déjà gris et bas. Les lumières orangées des réverbères semblent palpiter sur mon passage.

Depuis que je suis rentrée chez moi, j'ai décidé de suivre les conseils de Jan, de garder espoir et de m'attendre au meilleur – tant de la vie que des autres. Ça marche plutôt bien, surtout grâce à ma nouvelle thérapeute, qui m'aide à y voir plus clair et à trouver des moyens de ne pas retomber dans la spirale de l'isolement.

Tous les jours, à 10 heures, je rends visite à Cooper, espérant à chaque fois qu'il se réveillera. En vain. Je n'entends rien d'autre que les bips réguliers et le souffle de la machine qui le maintient en vie. À l'hôpital, le bruit court qu'il pourrait ne jamais se réveiller et les gens s'interrogent sur la décision qu'Amy et Malcolm prendraient dans pareil cas. Pour ma part, je refuse d'y penser. Alors, quand je suis avec lui, j'en profite pour lui faire un compte rendu détaillé de la vie au 14, Westbourne Hyde Road.

Je lui parle de M. Yoon, qui est désormais l'heureux propriétaire d'un synthétiseur vocal et tape à une vitesse telle qu'Alec, son nouveau meilleur ami, soutient qu'il a un taux de mots frappés par minute absolument inégalable. Le conseil municipal a approuvé sa demande d'aide à domicile et il reçoit maintenant la visite quotidienne de Claire, son auxiliaire, qui s'occupe de sa toilette et s'assure qu'il a tout ce dont il a besoin. Grâce au synthétiseur, mes échanges avec M. Yoon m'ont permis d'acquérir des connaissances quasiment encyclopédiques sur sa vie : je sais qu'il a grandi dans un petit village de Corée avec sa sœur, mais qu'ils se sont brouillés après qu'il a eu une liaison avec la femme du chef de l'orchestre dans lequel il travaillait, ce qui lui a valu une interdiction de jouer dans toute autre formation musicale du pays.

Je poursuis, tenant toujours sa main dans la mienne, et je lui raconte les histoires de Mme Ernestine, qui participe désormais au petit-déjeuner quotidien chez M. Yoon, avant de prendre la pose chez moi. J'imagine Cooper me demander pourquoi, alors je lui explique que je suis en train de faire son portrait. Je me suis mis en tête de dessiner tous ceux qui sont venus me voir. Je n'avais pas grand-chose d'autre pour m'occuper, coincée au lit avec un genou cassé, et tous semblaient ravis que je les dessine pendant que nous bavardions.

C'est drôle ce que disent les gens quand ils pensent qu'on ne les écoute pas attentivement. Quoi qu'il en soit, j'ai appris à connaître les habitants de mon quartier mieux que je ne l'aurais jamais cru, ou voulu. Pourtant, aujourd'hui, je n'imagine pas vivre sans la joie que j'éprouve à être proche de ces gens : je sais tout de Leanne et de son étrange phobie des lézards – phobie qui l'a tout de même fait s'évanouir lors d'une sortie scolaire dans un vivarium –, ou encore de Mme Ernestine, qui a participé au jeu télévisé *Catchphrase*, s'est disputée avec le potentiel gagnant en plein tournage, persuadée qu'il trichait, et s'est ainsi vue coupée au montage.

J'ai compris que la collection d'amis entreprise par Alec repose sur quelque chose de bien plus profond et sincère que je le pensais, après qu'il m'a confié s'être fait harceler, non pas au lycée, mais à l'université. Curieusement, sa réaction a été à l'opposé de la mienne. Tandis que je me suis coupée du monde pour éviter d'être blessée, il a tout fait pour s'entourer de personnes à aimer et qui l'aimeraient en retour. Hier, Frida m'a avoué qu'elle était en train de tomber amoureuse de lui.

Je crois même que je suis contente d'entendre les confidences de Jan, selon qui Dan a le pénis le plus fier et droit qu'elle ait jamais vu – et, me dit-elle, elle en a vu. Cela me ravit pour elle : Jan mérite d'être heureuse. Nous avons programmé une soirée au *Broadway Club* la semaine prochaine, que j'ai acceptée uniquement parce qu'elle fait partie des personnes que je préfère au monde.

Je pousse la porte de la bibliothèque et passe devant la table remplie de livres de R. L. Cooper. Je ravale le désespoir qui me serre la poitrine comme aux premières heures après l'accident. Quand je suis allée le voir hier, je l'ai supplié de revenir. J'étais certaine que Merritt avait prévu le coup, mais les semaines s'écoulent, rien ne change, et je commence à douter.

Je dépose les livres que j'avais empruntés – une

excellente sélection de romances que Merritt avait mentionnées lors de nos échanges, et les deux premiers tomes d'une série écrite par Cooper, que j'ai dévorés – puis je me dirige vers le couloir du fond, derrière les immenses vitraux, et entre dans la grande salle de lecture où se tient mon exposition.

Eh oui… Une exposition, moi ! C'est ridicule, je sais. Je viens à peine de retourner aux cours hebdomadaires de modèle vivant en compagnie de Frida, et j'ai encore tout d'une amatrice. Mais les personnes que j'ai dessinées se sont accordées à dire que c'était une bonne idée de présenter leurs portraits au public, le temps d'un après-midi. J'ai d'abord refusé, gênée, et puis je me suis souvenue des propos de Jan, à l'hôpital – elle disait que vivre, c'était faire l'expérience d'un éventail d'émotions, que si l'on ne se sent pas tour à tour poussée, tiraillée, effrayée et ravie, c'est que quelque chose cloche. Alors j'ai décidé de me lancer. Le titre de l'exposition s'est imposé : « Ma famille de cœur – Personnalités de Westbourne Hyde Road ».

La plupart des invités sont déjà là. J'aperçois M. Yoon, Alec et Frida, qui pointent du doigt l'encre où figure Mme Ernestine, sur mon canapé, la tête légèrement appuyée sur les mains, avant de porter leur regard sur le nu de Leanne, dont la pose était Dieu merci plus pudique que celle de Kat. Jan, Leanne et Diane – la mère de Jan – discutent toutes trois près d'une série de portraits de M. Yoon représentant ses attitudes les plus courantes : M. Yoon grincheux, riant aux éclats, jouant du violon, ou encore dédaigneux, car je viens de lui faire écouter l'excellent nouvel album de Doja Cat. À côté d'eux, Flashy Tom tend son téléphone portable pour prendre un selfie avec en fond mon dessin de lui déguisé en Bernadette Peters dans *Annie*, le film musical.

Je fais le tour de la salle, remerciant tout le monde d'être venu, perplexe. Je n'arrive pas à croire que ces gens se soient déplacés pour moi, ni que je sois en train de bavarder gaiement avec eux.

Mon regard se pose sur le mur où est suspendu le portrait de Cooper, dessiné d'après mes souvenirs et mes visites à son chevet à l'hôpital. Je l'ai représenté avec son sourire arrogant aux lèvres ; ce sourire qui me donne à la fois envie de lui lancer des piques, de caresser son visage et de grimper sur ses genoux. Les yeux pétillants, le menton relevé, on dirait qu'il va éclater de rire d'un instant à l'autre. Son rire résonne dans ma tête et soudain, ma gorge se serre, mes yeux me picotent ; les larmes ne sont pas loin.

Je sors dans le couloir miteux et prends quelques profondes inspirations pour essayer de me calmer. Les gens qui se trouvent dans cette pièce m'ont suffisamment vue pleurer ces temps-ci. Je ne veux pas leur infliger cela encore une fois.

Je suis sur le point de me joindre de nouveau à eux quand j'entends quelqu'un s'éclaircir la gorge derrière moi.

— L'exposition est juste ici, dis-je, l'air absent, en désignant la salle de lecture.

— Quoi ? Tu ne te fends même pas d'une remarque cinglante pour l'homme le plus détestable que tu aies jamais rencontré ? C'est une première !

Je me retourne en un éclair et là, devant les vitraux flamboyants, dans un fauteuil roulant, se tient Cooper. Il porte une chemise d'un blanc immaculé et son pantalon cargo gris, encore un peu grand pour lui. Ses boucles lui arrivent au menton, mais son regard est toujours aussi intense et étincelant. Ses lèvres s'étirent, formant un immense sourire franc et sincère.

— Tu sais, j'ai fait un rêve très étrange, avec une fille qui te ressemblait comme deux gouttes d'eau.

Je me mets à rire.

Il est revenu. Cooper est revenu !

49

Je me jette à son cou et presse mes mains sur son visage pour m'assurer qu'il est bien réel.

— Tu n'es pas un fantôme ?

J'attrape ses bras et les serre doucement. Ils me semblent bien réels, et assez solides pour que je les serre un peu plus fort.

— Non, promis, dit-il d'une voix rauque, avant de se racler la gorge. Je me suis réveillé ce matin. Encore humain, plus mince peut-être. Je ne tiens pas très bien debout, je suis un peu amoché, mais rien qu'une bonne physiothérapie ne puisse régler. En tout cas, je suis là.

— Oui... je répète, laissant libre cours à mes larmes.

Il passe son bras autour de ma taille et me tire sur ses genoux.

— Attends... je ne veux pas te faire mal. Tu ne devrais pas être à l'hôpital ? dis-je en me mettant à examiner son corps à la recherche de blessures éventuelles.

— Je vais très bien, assure-t-il en secouant la tête. Je me suis réveillé ce matin avec la sensation d'avoir fait une très longue grasse matinée. Les médecins disent que ça arrive, parfois. Les gens se réveillent tout simplement. Il va me falloir du temps pour retrouver toute ma force, mais honnêtement, je vais bien.

— Je n'y crois pas...

— On m'a fait passer tous les tests possibles et

imaginables avant de m'autoriser à rentrer. Je dois retourner à l'hôpital dans deux jours pour m'assurer que tout va bien, mais en dehors de ça, ils semblaient ravis de pouvoir libérer un lit.

— Tu te sens bien ?

— Maintenant, oui, dit-il en me souriant.

— Tes parents ! Ils sont au courant ?

— Ce sont eux qui m'ont déposé ici. Ils sont allés prendre un café quelque part et ils vont nous rejoindre dans un instant. Ils m'ont raconté, pour l'exposition. Il paraît même que tu as fait le portrait d'un auteur super connu !

— Et Merritt ? dis-je en attrapant ses mains. Est-ce que… c'est elle qui t'a fait revenir ?

Je sursaute en entendant une voix derrière moi : « Comme si quelqu'un d'autre que moi aurait pu y arriver ! »

Je me retourne et vois la silhouette de Merritt scintiller, à l'autre bout du couloir. Elle porte une combinaison rose pétant qui contraste avec la monture de ses lunettes papillon vert vif.

Je bondis, me précipite vers elle et la serre contre moi.

— Merci, je murmure. Merci de me l'avoir ramené. J'étais persuadée que tu le ferais, mais plus le temps passait, plus…

— Eh bien, il y en a certaines qui sont devenues à l'aise avec le contact physique, on dirait ! lance-t-elle en se dégageant doucement de mon étreinte. Tant mieux pour toi, Delphie.

Je recule et la regarde, perplexe, tandis que Cooper avance vers nous. Merritt le serre dans ses bras et il ébouriffe ses cheveux blonds.

— Qu'est-ce que vous pouvez être mignons tous les

deux, dit-elle en nous observant tour à tour. J'aurais tout de suite dû savoir que vous étiez fait l'un pour l'autre ! Je me suis fait avoir par votre hostilité de façade.

— Attends... Tu veux dire que tu ne m'avais pas renvoyée sur Terre pour Cooper ? Ce n'était pas ton plan depuis le début ?

— Mon Dieu, non ! Je savais que tu étais sa voisine, mais ça ne m'est pas venu à l'idée de vous mettre dans les bras l'un de l'autre. Je n'infligerais sa présence à personne, pour être honnête.

— Hé ! s'écrie Cooper en la foudroyant du regard.

— Mais pourquoi Jonah ? Pourquoi tu m'as juré que c'était mon âme sœur alors que...

Je jette un œil à Cooper.

— Alors que ça ne l'était clairement pas ?

— Avoue qu'il a agi comme un puissant catalyseur. Un simple incident déclencheur, comme on dit.

— Mais pourquoi lui, en particulier ?

— Oh, j'ai seulement choisi quelqu'un qui pourrait t'attirer – le même genre que ton prof de dessin du lycée – et je l'ai fait venir à Evermore le temps d'une petite visite inconsciente. J'étais sûre que tu lui plairais, d'une part parce que tu es magnifique et aussi parce que l'une de ses ex te ressemblait. Mais je dois admettre que les produits anesthésiants m'ont bien aidée. Ça l'a rendu tout chose.

— Je croyais que ses pupilles étaient dilatées parce que... Mon Dieu ! C'étaient les calmants ? Il planait ? Mais c'est épouvantable !

— Peut-être, mais c'est rusé, non ? s'exclame Merritt dans un éclat de rire.

— Ou juste beaucoup trop intrusif, rétorque Cooper.

— Initialement, poursuit Merritt, ignorant la remarque

de son frère, je pensais que ce serait un excellent divertissement qui te permettrait de t'envoyer en l'air, voire de régler quelques-uns de tes problèmes en cours de route, et qui dissiperait mon ennui. Mais… il y a eu un rebondissement : tu as accompagné Cooper pour la soirée jeux de société chez mes parents et tu l'as fait rire ! Je ne l'avais pas vu rire depuis cinq ans. Plus tard, j'ai vu la manière dont il t'a regardée le soir où tu es rentrée du *Shard*, sa façon d'ôter le pétale de tes cheveux et ta réaction. Vous étiez comme deux ampoules que quelqu'un aurait enfin réussi à allumer. Imaginez ma joie quand je me suis aperçue que j'étais face à un joli petit triangle amoureux !

— Un classique, dis-je en me souvenant de l'article lu à l'hôpital.

— Exactement. Dès que j'ai réalisé que Cooper et toi aviez un lien particulier, mais que vous étiez bien trop bornés pour vous en rendre compte, j'ai su que je devais vous aider sans perdre de temps.

— Mon Dieu… Mais… attends… C'est toi qui as…

— Fait éclater l'orage juste après le gala ? Oui. Volé les clés de la voiture ? Bien sûr. Créé un afflux de visiteurs chez *Bee & Bonnet* pour que vous soyez contraints de dormir dans le même lit ? Affirmatif ! Celui-ci, c'est mon scénario préféré de tous les temps. Évidemment, je ne suis pas restée pour assister à ça – beurk. Mais oui… c'était moi !

— Son plan a peut-être un peu trop bien marché… dit Cooper en me lançant ce sourire qui me fait frissonner.

— Sans blague ! s'écrit Merritt. Je pensais que cette histoire avec Cooper te donnerait envie de redoubler d'efforts pour trouver Jonah, sauver ta vie et avoir une chance d'être avec lui, mais tu as décidé de baisser les bras ! D'abandonner la piste de la seule et unique personne qui pouvait te faire rester sur Terre. Tu t'es mis en tête d'accepter ton destin, comme une... enfin non, justement, pas comme une héroïne de romance ! Je ne pouvais pas modifier notre pacte. J'étais incapable de t'aider autrement qu'en te donnant de petits coups de pouce çà et là, en prenant garde de ne jamais forcer ton libre arbitre. J'étais terrifiée à l'idée que tu n'embrasses pas Jonah et que tu reviennes à Evermore. Cooper aurait eu le cœur brisé une nouvelle fois. Mais à ma grande surprise, tu t'es remise en piste à la dernière minute. Tu as obtenu l'adresse de Jonah, sauté dans la voiture...

— Et il y a eu l'accident, et le coma.

— Cooper m'avait tellement manqué, dit Merritt, les yeux brillants de larmes. Je savais que je ne pouvais pas le garder auprès de moi à Evermore, mais je n'avais aucun moyen de le renvoyer. La clause Franklin Bellamy était inapplicable, car techniquement, Cooper n'était pas mort. Au bout de la onzième semaine, Eric et moi nous sommes lassés de le voir se morfondre. Eric a fini par convoquer le conseil pour une réunion au sommet. Il a plaidé pour que Cooper retrouve son corps, arguant du fait qu'il n'était rien d'autre qu'un visiteur inconscient qui s'attardait un peu plus longtemps que la normale. Il avait même préparé un PowerPoint et enfilé un costume : la totale. Tu as déjà vu quelque chose d'aussi romantique ?

— On dirait que ça sort tout droit d'un roman d'amour ! j'ironise en souriant.

— Tellement romantique... Nicholas Sparks lui-même n'aurait pas pu l'inventer.

Merritt m'observe un moment, tout en passant ses dents sur sa lèvre inférieure, enlevant un peu de rouge à lèvres orange à chaque fois, puis elle jette un regard par-dessus son épaule.

— Je devrais y aller… dit-elle en se tournant vers nous, les larmes aux yeux. Nous avons accueilli un nouveau mort hier. Une femme du nom de Lindy. Elle fera un parfait cobaye pour Eternity 4 U. J'ai hâte ! Eric est désormais mon assistant sur le projet. Ça sent la romance de bureau à la Sally Thorne – sans le côté « ennemis ».

— Amusez-vous bien ! lance Cooper, en lui adressant un clin d'œil.

— Tu vas me manquer, dis-je en serrant Merritt contre moi.

Elle pose son menton sur mon épaule.

— Oh non ! répond-elle en remontant ses lunettes sur son nez pour me regarder droit dans les yeux. Tu seras bien trop occupée à vivre avec ce crétin et à resplendir de bonheur. Et quand tu ne seras pas avec lui, tu pourras dessiner, peindre, prendre soin de ceux que tu aimes, partager ton petit-déjeuner avec M. Yoon, partir à l'aventure et t'émerveiller à chaque instant d'être en vie. Voilà tout.

Cooper s'avance pour l'enlacer de nouveau, mais elle l'arrête.

— Non, Cooper. Nous nous sommes déjà dit au revoir trois fois. Je n'y arrive plus, intervient-elle tout en se jetant à son cou et en déposant un baiser sur ses joues.

— Merci pour tout, M, murmure-t-il d'une voix tremblante.

— Au revoir, Merritt, dis-je, la gorge serrée.

— Au revoir vous deux. J'espère ne pas vous voir avant longtemps.

Cooper et moi la regardons se transformer en un

nuage scintillant puis se volatiliser, comme si elle n'avait jamais été là.

Je me blottis sur les genoux de Cooper. Il attrape ma main et approche son visage du mien.

— Eric a dit que si je te trouvais et que je t'embrassais dans les dix jours qui suivaient mon retour, je pouvais rester.

— Je vois, dis-je dans un murmure.

— Alors, j'aimerais beaucoup...

— Quoi ? je chuchote.

— T'embrasser, Delphie. Si tu le veux, bien sûr.

— Je n'ai jamais rien désiré autant.

Ses lèvres frôlent les miennes et nous sourions tous les deux comme des fous. Nous nous embrassons doucement puis de plus en plus passionnément. Nous sommes si proches que je sens les battements de son cœur comme si c'était le mien.

— Je pense que ça devrait fonctionner, dis-je en riant. Mon Dieu... je n'arrive pas à croire que tu es là. Je commençais à craindre que tu choisisses de rester à Evermore.

— Retrouver M... C'était tout ce que j'avais toujours voulu depuis sa disparition. Et si tout ça s'était produit avant que je te rencontre, je serais resté sans hésitation. Mais toi, Delphie Bookham... Je ne peux pas vivre sans toi. Je ne veux plus jamais vivre sans toi, dit-il en caressant mon visage. Tu me fais rire, tu m'exaspères, tu me donnes envie d'être moi-même, et d'apprendre à l'être à tes côtés. Tu me montres qu'être qui je suis peut même s'avérer amusant. Je t'aime, Delphie.

— Cooper... Je suis tellement amoureuse de toi, dis-je en pressant mon front contre le sien.

Ces mots, tout nouveaux, crépitent sur ma langue. Quelque chose me dit que je vais les prononcer souvent.

Je l'emmène dans la salle de lecture. L'un après l'autre, les invités se précipitent vers lui, tantôt riant, tantôt pleurant. Seule Mme Ernestine hausse les épaules, jouant la nonchalance, et en profite pour regarder de plus près mon nu de Leanne.

Amy et Malcolm arrivent alors et je ris tout mon saoul tandis qu'un petit attroupement se forme autour de nous.

Je tiens la main de l'amour de ma vie.

Je suis entourée de gens que j'aime et qui m'aiment en retour.

Ma famille de cœur.

Ils seront à mes côtés, pour le meilleur et pour le pire et pour tous les moments un peu entre-deux. Ils feront partie de ces modestes tranches de quotidien qui ne figurent pas dans les poèmes, les tableaux de maîtres et les livres d'histoire, mais qui constituent ce qu'il y a de plus précieux au monde.

Une vie bien entourée. Une vie bien remplie.

J'ai encore tant à voir, à faire, à ressentir.

Cooper entrecroise ses doigts aux miens et les serre fort. Mon cœur trépigne d'impatience à l'idée de tout ce qui nous attend.

Je n'ai jamais été aussi prête.

FIN

Remerciements

Créer un livre et le faire entrer dans la vie des lecteurs requiert la participation d'un grand nombre de personnes, et j'ai eu la chance d'être entourée des meilleurs collaborateurs qui soient.

Je remercie du fond du cœur Hannah Todd, mon exceptionnelle agente, qui a soutenu ce texte avant même que la première ligne ne soit écrite. Ce qui nous arrive est incroyable, et ton savoir-faire, tes conseils avisés, ta générosité et ton ambition, tant pour toi-même que pour moi, y sont pour beaucoup. Tu es d'une force remarquable, et pour rien au monde je ne voudrais avancer sans toi, tes jus de fruits d'été et tout le reste.

Merci également à la merveilleuse équipe de l'agence littéraire Madeleine Milburn, en particulier Valentina Paulmichl, Hannah Ladds, Amanda Carungi, Elinor Davies, Liane-Louise Smith, Casey Dexter, Madeleine Milburn et Hayley Steed. C'est un bonheur de travailler avec vous. Merci d'avoir changé ma vie !

Un grand merci à mes fantastiques éditrices : Jen Monroe aux États-Unis, Katie Loughnane au Royaume-Uni et Deborah Sun De La Cruz au Canada. Vous avez non seulement su transformer ce roman et le rendre meilleur que tout ce que j'aurais pu espérer, mais votre enthousiasme, votre prévenance et votre engagement passionné ont fait de ce processus une étape douce et agréable. Je vous en suis infiniment reconnaissante.

Un grand merci également aux incroyables équipes d'éditeurs de Berkley, Century et Penguin Canada qui m'ont époustouflée par leur dynamisme, leur talent fou et leur sympathie. Pour les États-Unis, je remercie tout particulièrement Claire Zion, Candice Coote, Christine Ball, Craig Burke, Jeanne-Marie Hudson, Erin Galloway, Jessica Mangicaro, Loren Jaggers, Jin Yu, Kaila Mundell-Hill, Kim Salina I et Kiera Bertrand. Pour le Royaume-Uni, mes remerciements vont notamment à Jess Muscio, Hope Butler, Rachel Kennedy, Katya Brown et Issie Levin. Quelle chance j'ai de pouvoir travailler avec vous !

J'aimerais également adresser mes sincères remerciements aux formidables équipes éditoriales de Sperling & Kupfer, Droemer Knaur, Anaya, General Press, Editura Trei, Kobiece, Znanje, Euromedia, Kobiece Companhia das Letras, Leya, Leduc, Laguna, Tchelet Books, Bazar et Bard.

Merci à Ceara Elliot et Vi-An Nguyen d'avoir créé de superbes couvertures.

Merci à Antalya von Preussen pour ces magnifiques portraits d'auteur !

Je n'aurais pas non plus pu achever ce roman sans l'aide de mes amis auteurs. Je tiens à remercier tout particulièrement Cathy Bramley pour sa relecture attentive et son accompagnement crucial tout au long de l'écriture de la première version du texte. Un grand merci à Caroline Hogg, Cressida Mclaughlin et Cesca Major pour leurs encouragements, leurs remarques, leur soutien et leurs rires. Merci également aux merveilleuses Isabelle Broom, Keris Stainton, Katy Collins, Katie Marsh, Josie

Silver, Sophie Cousens, Mhairi McFarlane, Penny Reid et Lia Louis. Vous êtes en or.

Merci à mes amis et à mes proches qui m'inspirent et m'apportent de la joie de tant de façons différentes : Elizabeth Keach et Ophelia Maleki Rae, Will Bex et Grace Bex, Dawn Dacombe, Angie Jordan, Andy Jordan, The Walshes and Greenwoods, Naomi Johnson, Nicky Allpress, Michael Roulston, l'équipe de BML, Oya Alpar et ma petite Tupi.

Je n'en serais pas là sans ma famille, cette entité magique, tonitruante et inébranlable, qui m'a appris tout ce que je sais sur l'amour. Merci maman, papa, Net, Nic, Tony, Mary, Will et C. Je vous aime et vous suis reconnaissante chaque jour de votre présence à mes côtés.

Edd – l'amour de ma vie. Tu fais naître l'extraordinaire de l'ordinaire.

Enfin, merci à mes lecteurs, anciens et nouveaux. J'espère que ce livre vous apportera de la joie.

Achevé d'imprimer
à Noyelles-sous-Lens
en octobre 2024

Imprimé en France
Dépôt légal : octobre 2024
N° d'édition : 2470384